A BIBLIOTECÁRIA DE AUSCHWITZ

Antonio G. Iturbe

A BIBLIOTECÁRIA DE AUSCHWITZ

UM ROMANCE BASEADO NUMA HISTÓRIA REAL

Tradução
Dênia Sad

AGIR

Título original: *La bibliotecaria de Auschwitz*

Editora Nova Fronteira Participações S.A.
Rua Nova Jerusalém, 345 – Bonsucesso – 21042-235
Rio de Janeiro – RJ – Brasil
Tel.: (21) 3882-8200 – Fax: (21)3882-8212/8313

O fragmento de *A montanha mágica* que aparece na página 99 foi extraído da tradução de Herbert Caro (Nova Fronteira, 2011).

CIP-Brasil. Catalogação na publicação
Sindicato Nacional dos Editores de Livros, RJ

I87b Iturbe, Antonio G.
A bibliotecária de Auschwitz / Antonio G. Iturbe; tradução Dênia Sad. – 1. ed. – Rio de Janeiro: Agir, 2014.
368 p.; 23 cm.

Tradução de: La bibliotecaria de Auschwitz
ISBN 9788522015849

1. Ficção espanhola. I. Sad, Dênia. II. Título.

14-10775
CDD: 863
CDU: 821.134.2-3

A Dita Kraus

Enquanto durou, o bloco 31 (no campo de extermínio de Auschwitz) abrigou quinhentas crianças e vários prisioneiros conhecidos como "conselheiros", e, apesar da estrita vigilância a que estava submetido, contou, contrariando todos os prognósticos, com uma biblioteca infantil clandestina. Era minúscula: consistia em oito livros, entre eles *Uma breve história do mundo*, de H.G. Wells, um livro didático russo e outro de geometria analítica [...]. Ao fim de cada dia, os livros, com outros tesouros, tais como remédios e alguns alimentos, eram confiados a uma das meninas mais velhas, cuja tarefa era escondê-los toda noite num lugar diferente.

Alberto Manguel, *A biblioteca à noite*

O que a literatura faz é o mesmo que acender um fósforo no campo no meio da noite. Um fósforo não ilumina quase nada, mas nos permite ver quanta escuridão existe ao redor.

William Faulkner, citado por Javier Marías

1

Auschwitz-Birkenau, janeiro de 1944

Esses oficiais, que se vestem de negro e veem a morte com a indiferença de coveiros, ignoram que, sobre essa lama escura em que tudo se afunda, Alfred Hirsch levantou uma escola. Eles não sabem, e é preciso que não saibam. Em Auschwitz, a vida humana vale menos que nada; tem tão pouco valor que já nem se fuzila ninguém, pois uma bala é mais valiosa do que um homem. Há câmaras comunitárias onde se usa gás Zyklon porque barateia os custos, e com um único barril dá para matar centenas de pessoas. A morte se tornou uma indústria que só é rentável se trabalharem por atacado.

No galpão de madeira, as salas de aula não passam de rodas de tamboretes amontoados. As paredes não existem, os quadros-negros também são invisíveis, e os professores traçam no ar, apenas com o movimento das mãos, triângulos isósceles, acentos circunflexos e até o curso dos rios da Europa. Há cerca de vinte pequenas ilhas de alunos, cada uma com seu tutor, tão perto uma da outra que os professores têm de dar as aulas sussurrando para que a história das dez pragas do Egito não se misture com a cadência da tabuada.

Alguns não acreditaram que isso fosse possível; pensaram que Hirsch era um louco ou um ingênuo: como escolarizar crianças num brutal campo de extermínio, onde tudo é proibido? E ele sorria. Hirsch sempre sorria, enigmático, como se soubesse algo que os demais desconheciam.

Não importa quantos colégios os nazistas fechem, respondia. Cada vez que alguém se detiver num canto para contar algo e algumas crianças se sentarem ao redor para escutar, ali terá sido fundada uma escola.

A porta do barracão se abre bruscamente, e Jakopek, o assistente de vigilância, corre até o quarto de Hirsch, o chefe do bloco. Os tamancos do assistente salpicam o chão com a terra úmida do campo, e a bolha de plácida segurança do bloco 31 estoura. Do canto onde está, Dita Adlerova olha hipnotizada para as minúsculas marcas de barro: parecem insignificantes, mas contaminam tudo de realidade, tal como uma única gota de tinta mancha uma tigela inteira de leite.

— Seis, seis, seis!

É o sinal que indica a chegada de guardas da SS ao bloco 31, e murmúrios alvoroçados se espalham por todo o barracão. Nessa fábrica de destruição de vidas que é Auschwitz-Birkenau, onde os fornos funcionam dia e noite com um combustível de corpos, o 31 é um barracão atípico, uma raridade. Mais propriamente, uma anomalia. Uma conquista de Fredy Hirsch, que começou como um simples instrutor de esportes para grupos juvenis e agora é um atleta, realizando em Auschwitz uma corrida de obstáculos contra o maior rolo compressor de vidas da história da humanidade. Conseguiu convencer as autoridades alemãs do *Lager* de que manter as crianças entretidas num barracão facilitaria o trabalho dos pais naquele campo BIIb, que chamam de "campo familiar", pois nos demais as crianças são tão raras quanto os pássaros. Em Auschwitz, não há pássaros. Eles morrem eletrocutados nas cercas.

O alto comando do campo permitiu a criação de um barracão infantil — talvez essa tenha sido sua intenção desde o princípio —, mas desde que fosse um bloco de atividades lúdicas: estava terminantemente proibido o ensino de qualquer matéria escolar.

Hirsch põe a cabeça entre o batente e a porta de seu quarto de Blockältester do 31 e não precisa dizer nada aos assistentes nem aos professores, cujos olhos estão cravados nele. Assente com a cabeça de maneira imperceptível. Seu olhar transmite exigência. Ele sempre faz o que deve fazer e espera que todos ajam do mesmo jeito.

As lições são interrompidas e vão se transformando em banais cantigas em alemão ou em jogos de adivinhação, para fingir que tudo está em ordem quando despontar o olhar louro dos lobos arianos. A patrulha composta por um par de soldados entra rotineiramente no barracão, mas mal passa da porta, fica observando as crianças por alguns segundos, às vezes até aplaude uma canção ou acaricia a cabeça de um pequeno e, em seguida, retoma a ronda.

Jakopek, porém, acrescenta algo mais ao alarme convencional:

— Inspeção! Inspeção!

Já a inspeção é bem diferente. É preciso entrar em formação, registros são feitos, às vezes interrogam as crianças menores na tentativa de arrancar alguma informação, aproveitando sua ingenuidade. Nunca arrancaram nada delas. Essas crianças entendem mais do que suas carinhas melequentas sugerem.

Alguém sussurra: "O Padre!..." E brota um murmúrio de desolação. É assim que chamam um suboficial da SS (um *Oberscharführer*) que sempre caminha com as mãos enfiadas nas mangas da jaqueta, como um clérigo, ainda que a única religião que conheça seja a crueldade.

— Vamos, vamos, vamos! Juda, você mesmo, diga: "O que é, o que é..."!

— O que é o quê, sr. Stein?

— Qualquer coisa! Por Deus, meu filho, qualquer coisa!

Dois professores levantam a cabeça, angustiados. Eles têm nas mãos algo estritamente proibido em Auschwitz e podem ser condenados à morte se forem descobertos. Esses artefatos, tão perigosos que portá-los é motivo de pena máxima, não disparam nem são objetos pungentes, cortantes ou contundentes. O que tanto temem os implacáveis guardas do Reich são apenas livros: livros velhos, desencadernados, desfolhados e quase desfeitos. Mas que são perseguidos, condenados e vetados de maneira obsessiva pelos nazistas. Ao longo da história, todos os ditadores, tiranos e repressores, fossem arianos, negros, orientais, árabes, eslavos ou de qualquer outro tom de pele, defenderam a revolução popular, os privilégios das classes nobres, os mandamentos de Deus ou a disciplina sumária dos militares. Qualquer que fosse sua ideologia, todos tiveram algo em comum: sempre perseguiram os livros com verdadeira sanha. São muito perigosos, fazem pensar.

Os grupos estão em suas posições, cantarolando, à espera dos guardas, mas uma menina quebra a harmonia típica de um tranquilo barracão de entretenimento e se põe a correr ruidosamente entre os círculos de tamboretes.

— Pare!

— Que está fazendo? Ficou louca? — gritam.

Um professor tenta puxar o braço da menina para detê-la, mas ela escapa e continua correndo aos tropeções, em lugar de ficar quieta e passar despercebida. Ela sobe na lareira horizontal de um metro de altura que divide o barracão ao meio e salta ruidosamente para o outro lado. Inclusive dá uma freada brusca e derruba um tamborete desocupado, que gira e ressoa, chegando a silenciar as atividades por um instante.

— Desgraçada! Você vai delatar todos nós! — grita a sra. Krizková, vermelha de raiva. As crianças, quando não estão em sua presença, a chamam de "Sra. Pelanca". Mal sabe ela que foi a própria menina repreendida quem inventou o apelido. — Vá sentar-se lá atrás com os assistentes, sua idiota!

A menina, porém, não para. Continua correndo, frenética, alheia a todos os olhares de reprovação. Muitas crianças observam, fascinadas, como ela corre com as pernas fracas metidas em meias de cano longo, feitas de lã, com listras horizontais. É uma menina muito magra, mas não débil, com uma cabeleira castanha até os ombros, que balança de um lado para o outro em seu veloz zigue-zague por entre os grupos. Dita Adlerova se movimenta em meio a centenas de pessoas, mas corre sozinha. Sempre corremos sozinhos.

Chega serpenteando ao centro do barracão e ali abre caminho aos tropeções no meio de um grupo. Derruba um dos assentos num movimento brusco, e uma garotinha cai e rola.

— Ei, onde é que você está com a cabeça? — grita a garotinha do chão.

A professora de Brno vê com assombro que a jovem bibliotecária, ofegante, está plantada a sua frente. Sem tempo nem fôlego para dizer nada, Dita toma o livro das mãos da professora, que se sente, de súbito, aliviada. Quando, um instante depois, reage para lhe agradecer, Dita já está a várias pernadas dali. Faltam apenas alguns segundos para os nazistas chegarem.

O engenheiro Marody, que acompanhou a manobra, já está esperando a menina fora do círculo. Entrega-lhe o livro de álgebra no ar, como se lhe passasse o bastão numa corrida de revezamento. Dita corre, desesperada, até os assistentes, que, no fundo do barracão, fingem varrer o chão.

Ainda está na metade do caminho quando nota que as vozes dos grupos fraquejam por um momento, tremendo como a chama de uma vela ao se abrir uma janela. Não precisa virar para saber que a porta se abriu e que os guardas da SS estão entrando. Ela se joga bruscamente e aterrissa num grupo de garotinhas de 11 anos. Enfia os livros sob o vestido e cruza os braços sobre o peito para evitar que caiam. As garotinhas olham de soslaio para ela, entretidas, enquanto a professora, muito nervosa, gesticula com o queixo para que não deixem de cantarolar. Na entrada do barracão, após observarem o panorama por alguns segundos, os SS gritam uma de suas palavras prediletas:

— *Achtung!*

Faz-se silêncio. Cessam as cantigas e o "o que é, o que é". O movimento se detém. E, entretanto, em meio ao silêncio, ouve-se alguém assobiar nitidamente a "Quinta sinfonia" de Beethoven. O Padre é um sargento temível, mas até ele parece um tanto nervoso, pois está acompanhado de alguém ainda mais sinistro.

— Que Deus nos ajude — sussurra a professora.

A mãe de Dita tocava piano antes da guerra, por isso a menina reconhece Beethoven perfeitamente. Ela se dá conta de que já ouviu antes essa maneira tão peculiar de assobiar as sinfonias, com tal precisão de melômano. Foi depois de viajarem amontoados durante três dias num vagão de carga fechado, sem comida nem água, vindos do gueto de Terezín, para onde foram deportados ao serem expulsos de Praga e onde viveram durante um ano. Era noite quando chegaram a Auschwitz-Birkenau. Impossível esquecer o barulho de sucata do portão metálico se abrindo. Impossível esquecer a primeira baforada de um ar gelado que cheirava a carne queimada. Impossível esquecer os clarões de luz, intensos na noite: a plataforma estava iluminada como uma sala de cirurgia. E depois, as ordens, os golpes de culatras contra as paredes do vagão, os disparos, os apitos, os gritos. E, em meio à confusão, essa sinfonia de Beethoven impecavelmente assobiada com a mais absoluta calma por um capitão, um Hauptsturmführer, para o qual os próprios SS olhavam com pavor.

Naquele dia, o oficial passou perto de Dita, e ela viu seu uniforme impecável, as luvas brancas imaculadas e a cruz de ferro sobre o peitilho da jaqueta; uma medalha que só se ganha em combate. Ele parou diante de um grupo de mães e filhos e deu uma amistosa palmadinha com a mão enluvada em um dos pequenos. Até sorriu. Apontou para dois gêmeos de 14 anos — Zdenek e Jirka —, e um cabo se apressou a tirá-los da fila. A mãe agarrou o guarda pela aba da jaqueta e se pôs de joelhos, implorando que não os levasse. O capitão interveio com absoluta calma:

— Em lugar algum eles serão tratados como tio Josef os tratará.

E, de certo modo, assim seria. Ninguém em Auschwitz tocava num fio de cabelo dos gêmeos que o doutor Josef Mengele colecionava para seus experimentos. Ninguém os trataria como ele em seus macabros experimentos genéticos para averiguar como fazer para que as alemãs dessem à luz gêmeos e assim multiplicassem os nascimentos arianos. A menina se lembra de Mengele se afastando de mãos dadas com os garotos sem deixar de assobiar placidamente.

A mesma sinfonia que agora se ouve no bloco 31.

Mengele...

A porta do quarto do responsável pelo bloco se abre com um ligeiro chiado, e o Blockältester Hirsch sai de seu minúsculo cubículo fingindo ter uma agradável surpresa com a visita dos SS. Bate sonoramente os calcanhares para saudar o oficial. É uma forma respeitosa de reconhecer a patente do militar, mas também uma maneira de mostrar uma postura marcial, nem submissa, nem acovardada. Mengele mal olha para Hirsch, está distraído e continua assobiando com as mãos para trás, como se nada daquilo fosse por sua causa. O sargento — o Padre, como todos o chamam — esquadrinha o barracão com seus olhos quase transparentes sem tirar, todavia, as mãos de dentro das mangas da jaqueta, caídas sobre o colo, não muito distantes da capa da pistola.

Jakopek não se enganou.

— Inspeção — sussurra o Obersharführer.

Os SS que o acompanham repetem sua ordem e a amplificam, até transformarem-na num grito que penetra os tímpanos dos prisioneiros. Dita, no grupo das garotinhas, sente um calafrio, aperta os braços contra o corpo e ouve os livros roçando em suas costelas. Se a pegarem com eles, será o fim de tudo.

— Não seria justo... — murmura.

Tem 14 anos e a vida por estrear, tudo por fazer. Nada pôde sequer começar. A Dita lhe vêm à cabeça estas palavras que sua mãe repete há anos, de maneira maçante, quando ela lamenta a própria sorte: "É a guerra, Edita... É a guerra."

Era tão pequena que quase já não lembra como era o mundo quando não existia a guerra. Tal como esconde os livros sob o vestido nesse lugar onde arrebataram tudo, também guarda na cabeça um álbum de fotografias feito de lembranças. Fecha os olhos e trata de evocar como era o mundo quando não existia o medo.

Ela se vê com nove anos de idade, parada em frente ao relógio astronômico da praça da Cidade Velha, em Praga, no início de 1939. Olhava meio de soslaio para o velho esqueleto a vigiar os telhados da cidade com suas órbitas vazias, enormes como punhos negros.

Na escola, haviam lhes contado que o grande relógio era um inofensivo artefato mecânico idealizado pelo mestre Hanus mais de cinco séculos antes. Mas a lenda contada pelas avós a angustiava: o rei teria mandado Hanus construir o relógio astronômico e suas estátuas, que desfilavam a cada hora em ponto; depois, teria dado ordens para que seus xerifes o cegassem, de modo que ele nunca pudesse reproduzir uma maravilha igual para outro monarca. Para vingar-se, o relojoeiro teria enfiado a mão dentro do mecanismo e o inutilizado. Quando as engrenagens a seccionaram, as peças emperraram, e anos se passaram sem que fosse possível repará-las. À noite, às vezes sonhava com essa mão amputada serpenteando por entre as rodas dentadas do mecanismo, para cima e para baixo. O esqueleto fez soar uma sineta, e teve início o festival mecânico: um desfile de autômatos que se destravava para recordar os cidadãos de que os minutos se empurram nervosos uns aos outros, e que as horas se vão uma após a outra, tal como aquelas estátuas, que havia séculos entravam e saíam apressadamente daquela descomunal caixa de música. Todavia, agora se dá conta, atormentada pela angústia, de que aos nove anos uma menina ainda não tem consciência disso, enxergando o tempo como uma cola espessa, um mar imóvel e pegajoso por onde não se avança. Por isso, nessa idade os relógios só apavoram mesmo se tiverem esqueletos próximos ao mostrador.

Dita, agarrada a esses livros velhos que podem levá-la à câmara de gás, vê com nostalgia a menina feliz que foi. Quando acompanhava a mãe nas compras no centro, adorava parar diante do relógio astronômico da praça da Cidade Velha, mas não para ver o espetáculo mecânico — porque na verdade aquele esqueleto a inquietava mais do que ela gostaria de admitir —, e sim para se divertir espiando os transeuntes absortos, muitos deles estrangeiros de passagem pela capital, que observavam muito concentrados a aparição dos autômatos. Continha com pouca dissimulação a vontade de rir que sentia ao ver as caras de assombro e o sorriso abobado dos presentes. Em seguida inventava apelidos para eles. Recorda com uma pontinha de melancolia que uma de suas diversões preferidas era pôr apelidos em todo mundo, principalmente nos vizinhos e conhecidos de seus pais. A espichada sra. Gottlieb, que tanto esticava o pescoço para se fazer de importante, Dita chamava de "Sra. Girafa". E o tapeceiro cristão da loja de baixo, completamente calvo e magricela, ela chamava em segredo de "Sr. Cabeça de Bola". Lembra-se de perseguir por alguns metros o bonde, que tocava sua campainha ao fazer a curva da praça Staroměstské e se perdia serpenteando pelo bairro de Josefov, e logo se punha a correr em direção à loja do sr. Ornest, onde sua mãe comprava tecido para fazer seus casacos e saias de inverno. Não esqueceu o quanto gostava daquela loja, cuja porta exibia um letreiro luminoso com uns carretéis coloridos, que iam acendendo um depois do outro até chegarem ao topo e recomeçarem.

Se não tivesse sido uma garotinha que corria com essa felicidade isolante das crianças, talvez, ao passar perto da banca de jornais, teria notado que havia uma longa fila de compradores e que, na pilha de exemplares do *Lidové Noviny*, a manchete, com quatro linhas e um tamanho de fonte descomunal, não só informava como também gritava na primeira página: "O governo consente a entrada do exército alemão em Praga".

Dita abre os olhos por um momento e vê os SS fuçando nos fundos do barracão. Até levantam os desenhos pendurados na parede com pregos feitos de pontas de arame para ver se debaixo se esconde algo. Ninguém fala, e o barulho dos guardas revirando tudo é ouvido com nitidez nesse barracão que cheira a umidade e mofo. A medo também. É o cheiro da guerra. Do pouco que recorda de quando era criança, sempre lhe vem à mente que a paz cheirava à densa sopa de galinha que cozinhavam nas noites de sexta-feira. Como não se lembrar do sabor do cordeiro bem-tostado e da pasta de ovo com nozes? Longos dias de escola e tardes brincando de amarelinha e de pique com Margit e outras colegas de classe que se esfumam em sua memória... Até que tudo entrou em decadência.

As mudanças não foram de supetão, mas progressivas. No entanto, houve, sim, um dia em que a infância se fechou como a gruta de Ali Babá e ficou sepultada na areia. Desse dia, sim, se lembra nitidamente. Ela não sabe a data, mas foi dia 15 de março de 1939. Praga amanheceu tremendo.

Os pingentes de cristal da lâmpada da sala vibravam, mas ela soube que não era um terremoto porque ninguém corria nem se alterava. Seu pai tomava uma xícara de chá no café da manhã e lia o jornal fingindo indiferença, como se nada acontecesse.

Ela foi para o colégio acompanhada da mãe, e a cidade estremecia. Começou a ouvir o barulho ao se dirigir à praça de Wenceslao, onde a trepidação do chão era tão forte que fazia cócegas nas solas dos pés. O ruído surdo se tornava mais perceptível à medida que se aproximavam, e Dita estava intrigada diante daquele estranho fenômeno. Ao chegar, não puderam atravessar a rua bloqueada por tanta gente, nem ver outra coisa além de uma muralha de costas, casacos, nucas e chapéus.

Sua mãe parou do nada. Endureceu o rosto e envelheceu de repente. Pegou na mão da filha para dar a meia-volta e passar por outro caminho até o colégio, mas Dita não resistiu à curiosidade e, num puxão, se libertou da mão que a levava. Como era miúda e magra, não teve dificuldades para se enfiar naquela multidão amontoada na calçada e chegar à primeira fila, justo onde os policiais da cidade formavam um cordão com as mãos entrelaçadas.

O ruído era estrondoso: uma após a outra, as motos cinzentas com *sidecar* passavam à frente transportando soldados vestidos com reluzentes jaquetas de couro e óculos de proteção pendendo no pescoço. Seus capacetes brilhavam, recém-saídos das fábricas do centro da Alemanha, sem um arranhão ainda, sem rastro de batalhas. Atrás, vinham os carros de combate munidos com enormes metralhadoras e, em seguida, retumbavam os tanques, que avançavam pela avenida com a ameaçadora lentidão dos elefantes.

Dita recorda ter lhe parecido que os que desfilavam eram autômatos como os do relógio astronômico da praça e que, ao cabo de alguns segundos, uma comporta se fecharia e eles desapareceriam. E acabaria o tremor. Mas dessa vez não eram autômatos os que formavam uma procissão mecânica, e sim homens. Naqueles anos aprenderia que a diferença entre uns e outros nem sempre é perceptível.

Tinha apenas nove anos, mas sentiu medo. Não havia música de desfile, não havia gargalhadas nem algazarra, não havia assobios... Era um cortejo mudo. Por que aqueles homens de uniforme estavam ali? Por que ninguém ria? De repente, aquela procissão silenciosa lhe fez lembrar um cortejo fúnebre.

A férrea mão de sua mãe a arrastou por entre a multidão. As duas se distanciaram na direção oposta, e Praga voltou a aparecer diante de seus olhos como a cidade vívida de sempre. Era como acordar de um pesadelo com alívio e comprovar que tudo estava de volta no lugar.

O chão, porém, continuava se agitando sob seus pés. A cidade tremia. Sua mãe também tremia. Puxava a filha, desesperada, tentando deixar o desfile para trás e escapar das gigantescas garras da guerra com passinhos apressados sobre seus faceiros sapatos de charão. Dita suspira agarrada aos livros. Ela se dá conta com tristeza de que foi nesse dia e não no de sua primeira menstruação que abandonou a infância, porque deixou de ter medo de esqueletos ou das velhas histórias de fantasmas e começou a temer os homens.

2

Os SS começaram o escrutínio no barracão sem sequer olhar para os prisioneiros, ocupando-se das paredes, do chão e dos objetos. Os alemães são organizados a esse ponto: primeiro a forma e depois o conteúdo. O doutor Mengele se volta para falar com Fredy Hirsch, que passou esse tempo todo quase em posição de sentido, sem se mexer um milímetro. Dita se pergunta sobre o assunto da conversa. O que Hirsch estará contando para que esse oficial, temido até pelos membros da SS, permaneça ali parado junto dele, sem gesticular nem mostrar reação alguma, mas aparentemente atento? Muito poucos judeus seriam capazes de se dirigir com tamanha segurança a esse homem, que alguns chamam de Anjo da Morte; muito poucos poderiam fazê-lo sem que lhes tremesse a voz ou lhes traísse o nervosismo dos gestos. A essa distância, porém, Hirsch parece conduzir a conversa com a mesma naturalidade de alguém que para na rua para conversar com um vizinho.

Há quem diga que Hirsch é um homem destemido. Outros dizem que caiu nas graças dos alemães por ele próprio ser alemão, e alguns até insinuam que existe algo turvo por trás de seu aspecto impecável.

O Padre, que comanda a inspeção, faz uma cara que Dita não consegue decifrar. Se mandam todos se levantarem e ficarem em posição de sentido, como ela vai sustentar os livros sem que eles caiam?

A primeira lição que qualquer veterano dá a um recém-chegado é a de que sempre se deve ter claro seu objetivo: sobreviver. Sobreviver mais umas horas e assim acumular mais um dia, que somado a outros poderá se transformar em mais uma semana. E assim sucessivamente: nunca fazer grandes planos, nunca ter grandes objetivos, apenas sobreviver a cada momento. Viver é um verbo que só se conjuga no presente.

É sua última chance de enfiar a mão por debaixo do vestido e deixar os livros dissimuladamente sob um tamborete desocupado a um metro dali. Quando se levantarem para entrar em formação e os livros forem encontrados lá, não poderão acusá-la, os culpados serão todos e ninguém. E não poderão levar todos para as câmaras de gás. Mas com toda a certeza fecharão o bloco 31. Dita se pergunta se esse fechamento seria mesmo algo tão importante. Já lhe contaram como alguns professores se rebelaram no começo: por acaso o estudo é de alguma serventia para umas crianças que provavelmente nunca sairão com vida de Auschwitz? Faz sentido lhes falar dos ursos polares ou insistir com eles na tabuada de multiplicação em vez de falar sobre as chaminés que a poucos metros dali expulsam a fumaça negra dos corpos incinerados? Hirsch os convenceu com sua autoridade e seu entusiasmo. Disse-lhes que o bloco 31 seria um oásis para as crianças.

Oásis ou miragem?, ainda se perguntam alguns.

O mais lógico seria se desvencilhar dos livros, lutar pela própria vida. Mas ela hesita.

O suboficial faz a posição de sentido diante de seu superior e recebe ordens precisas, que transmite de imediato com uma voz autoritária:

— De pé! Sentido!

Agora, sim, tem início o alvoroço de gente que começa a levantar. É o instante de confusão de que necessita para se salvar. Ao diminuir a pressão exercida pelos braços, os livros deslizaram por dentro do vestido até seu colo. Mas então ela volta a apertá-los contra o ventre, e com tanta força que até os sente estalar como se tivessem ossos. A cada segundo que demora para se desfazer deles, sua vida corre mais e mais perigo.

Os SS ordenam de maneira imperativa que haja silêncio, que ninguém saia do lugar. O que mais irrita os alemães é a desordem. Isso é insuportável para eles. No começo, quando puseram em prática a solução final para raças inimigas como a judaica, as execuções sangrentas despertaram repúdio em inúmeros oficiais da SS. Para eles era difícil suportar o tumulto de corpos mortos misturados com os agonizantes, a árdua tarefa de arrematar os fuzilados um por um, o lamaçal de sangue ao passar pisando nos corpos abatidos, as mãos de moribundos enroscadas nas botas como trepadeiras. Desde que encontraram a fórmula para exterminar os judeus com eficácia e sem gerar situações de caos em centros como Auschwitz, o crime em massa orquestrado por Berlim deixou de ser um problema. Tornou-se para eles mais uma rotina derivada da guerra.

Os outros se puseram de pé na frente de Dita, e os SS não podem vê-la. Ela enfia a mão direita no blusão e retira o tratado de geometria. Ao tocá-lo, sente a rugosidade das folhas e percorre com o dedo os sulcos de goma-arábica da lombada arrancada. Percebe que a lombada nua de um livro é como um campo arado.

E nesse momento fecha os olhos e aperta bem forte os livros. Sabe o que já sabe desde o princípio: que não vai fazer isso. Ela é a bibliotecária do 31. Não vai falhar com Fredy Hirsch porque ela mesma lhe pediu, quase exigiu, que confiasse nela. E foi o que ele fez, lhe mostrou os oito exemplares clandestinos e disse: "Esta é a sua biblioteca."

Por fim, se levanta com cuidado. Tem um dos braços cruzado com firmeza sobre o peito para sustentar os livros, para que não caiam no chão e façam barulho. Põe-se no centro do grupo de garotinhas, que a encobrem um pouco, mas ela é mais alta, e sua postura suspeita pode chamar a atenção.

Antes de iniciar a inspeção dos prisioneiros, o sargento dá umas ordens, e dois dos SS entram no quarto do chefe do bloco. Dita pensa no restante dos livros, escondidos no quarto de Hirsch, e se dá conta de que o Blockältester agora corre um grande perigo. Se os descobrem, tudo estará acabado para ele. Todavia, o esconderijo lhe parece seguro. O quarto tem um piso de tábuas, e uma delas, num canto, é solta. Sob esta, a terra foi escavada o suficiente para criar um espaço para depositar a pequena biblioteca. Os livros cabem com uma exatidão tão milimétrica que, ainda que pisem ou batam na tábua com as juntas dos dedos, ela não soa oca e nada leva a suspeitar que ali debaixo há um minúsculo esconderijo.

Faz apenas alguns dias que Dita é a bibliotecária, mas parecem semanas ou meses. Em Auschwitz o tempo não corre, se arrasta. Gira a uma velocidade infinitamente mais lenta do que no resto do mundo. Uns dias em Auschwitz transformam um novato em veterano. Também podem transformar um jovem num velho ou uma pessoa robusta num ser decrépito.

Enquanto os alemães reviram lá dentro, Hirsch permanece em sua posição. Mengele, com as mãos nas costas, se afastou vários passos assobiando compassos de Liszt. Um par de SS espera, à entrada do quarto, até que os outros terminem a busca. Os dois já relaxaram e tombam a cabeça para trás, num gesto preguiçoso. Hirsch permanece rígido como o mastro de uma bandeira. É uma bandeira. Quanto mais os outros descuidarem a compostura, mais firme estará ele. Não vai perder uma oportunidade sequer de demonstrar com qualquer gesto, por menor que seja, a fortaleza de um judeu. Está convencido de que os judeus são muito mais fortes do que os nazistas, e por isso estes os temem. Por isso querem exterminá-los. Os judeus só se dobraram por não terem um exército próprio, mas ele tem a convicção de que esse será um erro que não voltarão a cometer. Não lhe restam dúvidas: quando tudo isso acabar, criarão um exército e será o mais duro de todos.

Os dois SS saem do quarto. O Padre traz umas tiras de papel na mão. Ao que parece, são a única coisa suspeita que encontraram. Mengele as examina superficialmente e as entrega ao suboficial com desdém, quase as deixando cair. São os relatórios que o chefe do barracão redige sobre o funcionamento do bloco 31 para o comando do *Lager*. Mengele os conhece perfeitamente porque são redigidos para ele.

O Padre torna a enfiar as mãos nas mangas um tanto juntas de sua jaqueta. Dá as ordens em voz baixa, mas os guardas saltam como molas e partem para a caça em busca de uma presa. Avançam em direção aos internos chutando violentamente quantos tamboretes se interponham em seu caminho. O medo se alastra nas crianças e nos professores novatos, que deixam escapar gritos de angústia e soluços. Os veteranos se inquietam menos. Hirsch não se mexe nem um milímetro. Não muito distante, num canto, Mengele se põe a observar de longe.

Os veteranos sabem que não se trata de um acesso súbito de vandalismo, que os nazistas não enlouqueceram de repente e nem começarão a disparar as metralhadoras a torto e a direito. É a rotina da guerra: dar chutes nos assentos faz parte do procedimento. Gritar também. E até dar alguma pancada com a culatra. Não é nada pessoal. Derrubar tamboretes é uma forma de advertir que, logo em seguida, podem começar a derrubar vidas com a mesma facilidade. Matar também é uma rotina da guerra.

Ao chegar à primeira penca de internos, a matilha freia de repente. Quando seu superior se junta a eles, iniciam o escrutínio quase em câmera lenta. Detêm-se a cada momento esquadrinhando os prisioneiros, revistando alguns, mexendo a cabeça para cima e para baixo em busca de não se sabe exatamente o quê. Todos fingem olhar para a frente, mas olham de soslaio para o companheiro ao lado.

Exigem que uma das professoras saia da fila, uma mulher alta que ensina trabalhos manuais e consegue que as crianças façam pequenos milagres com cordões velhos, lascas, colheres quebradas ou tecidos descartados. Dita não entende o que dizem a ela, não distingue bem as palavras, mas os soldados gritam com ela, um a sacode. Provavelmente não há por quê. Gritar e sacudir também fazem parte do procedimento. A professora, alta e magra, parece um junco prestes a se quebrar com um estalo seco. Por fim, um empurrão e outro grito a devolvem a seu lugar no grupo.

Os guardas avançam de novo. Dita tem o braço cansado, mas aperta com ainda mais força os livros sobre o peito. Param no grupo ao lado, a três metros dela. O Padre levanta o queixo e manda que um homem saia da fila.

É a primeira vez que Dita repara no professor Morgenstern, um homem de aspecto inofensivo que, pelas dobras de pele abaixo do pescoço, um dia deve ter sido rechonchudo. Tem o cabelo grisalho encaracolado, veste um terno risca de giz muito desgastado e largo para ele e usa uns óculos redondos sobre os olhos míopes de castor. Dita não ouve bem as palavras que o Padre dirige ao professor Morgenstern, mas vê que este lhe entrega as lentes. O Obersharführer as toma e examina. Não é permitido a nenhum interno ficar com objetos pessoais, mas ninguém considerou que uns óculos para miopia fossem um elemento supérfluo. Ainda assim, o SS os examina, como se não soubesse que não são de ouro, que não têm nenhum valor nem outra utilidade senão a de permitir que o velho arquiteto enxergue alguma coisa. O Padre estende a mão para devolver os óculos, mas quando o professor tenta pegá-los, o outro os deixa cair e eles batem num tamborete antes de chegarem ao chão.

— Lerdo! Idiota! — grita o suboficial.

O professor Morgenstern se agacha docilmente para recolher suas lentes quebradas. Ao se levantar, deixa cair do bolso um par de passarinhos de papel amassados e tem que voltar a se agachar. Ao fazê-lo, torna a deixar os óculos caírem. O Padre observa sua lerdeza com uma irritação contida a duras penas. Suspirando, dá um giro sobre os calcanhares e continua a inspeção.

De trás, Mengele observa tudo, sem perder um detalhe. Os SS, com suas boinas ostentando a caveira e suas botas que tudo esmagam, avançam bem devagar, fixando o olhar nos internos com uma sede de violência que faz suas órbitas brilharem, avarentas. Dita os sente chegar, não se atrevendo nem a olhar de soslaio. Por uma desgraça, se detêm exatamente diante de seu grupo, e o Padre se planta de frente para ela, a menos de quatro ou cinco passos. Dita vê as garotinhas adiante tremerem como folhas de grama. O suor gela as costas da bibliotecária. Ela sabe que não há nada a fazer: sua altura faz com que sobressaia ao resto das garotinhas, e ela é a única que não está em posição de sentido com os braços junto aos flancos. Sua estranha postura — é evidente que está sustentando algo com o braço — a delata. Não é possível escapar ao olho implacável do Padre, um desses nazistas abstêmios, como Hitler, que só se embriagam de ódio.

Ela tem os olhos fixos à frente, mas sente que é atravessada pelo olhar do Padre. O medo forma uma bola em sua garganta, lhe falta o ar, se asfixia. Ouve uma voz masculina e já se dispõe a sair do centro do grupo.

Tudo está acabado...

Mas ainda não. Permanece quieta porque se dá conta de que não é a voz do Padre chamando-a e sim outra muito mais acanhada. É a voz do aturdido professor Morgenstern.

— Desculpe, senhor suboficial, o senhor me dá permissão para voltar ao meu lugar na fila? Se o senhor concordar, naturalmente. Do contrário permanecerei aqui até que me ordenem. A última coisa que quero é causar qualquer tipo de incômodo...

O Padre vira a cabeça e faz uma cara furiosa em direção ao homenzinho insignificante que ousou dirigir-se a ele sem que este lhe desse autorização para falar. O velho professor voltou a pôr os óculos, que estão com uma lente rachada, e, fora da formação, observa os SS com um semblante bobalhão de infinita bondade. O Padre dá uns passos largos até ele, e os guardas o acompanham. Pela primeira vez, eleva a voz:

— Estúpido velho judeu imbecil! Se não estiver em seu lugar em três segundos, lhe darei um tiro!

— Sim, senhor, como o senhor mandar — responde ele, dócil. — Peço perdão, não pretendia incomodá-lo, é que é preferível perguntar antes a cometer alguma indisciplina que pudesse ser contrária às ordens, porque não gosto de agir de maneira inconveniente e meu desejo é servir-lhes da maneira mais correta...

— Para a fila, imbecil!

— Sim, senhor. Às suas ordens, senhor. Perdão mais uma vez. Não era a minha intenção interromper, precisamente...

— Cale-se antes que eu meta uma bala na sua cabeça! — grita o nazista, fora de si.

O professor vai caminhando para trás, dando exagerados meneios com a cabeça, até se inserir em seu grupo. O Padre não havia se dado conta de que seus guardas vinham atrás dele e, ao se virar bruscamente, furioso, tropeça neles, num movimento estrepitoso. Uma cena digna das comédias do cinematógrafo: os nazistas batendo uns nos outros como bolas de bilhar. Algumas crianças riem baixinho, e os professores, alarmados, lhes dão cutucões para fazerem silêncio.

O sargento, visivelmente alterado, olha de soslaio para seu superior, o sombrio capitão médico, que permanece com as mãos para trás a um canto, na penumbra. O Padre não consegue ver seu rosto, mas imagina sua expressão de desdém. Nada desperta mais desprezo em Mengele do que a mediocridade e a incompetência.

O suboficial afasta os seus com uma cara irritada e retoma a inspeção. Passa pela fileira de Dita, e ela aperta seu braço adormecido. Os dentes também. Aperta tudo o que pode apertar. Se pudesse, apertaria até as orelhas. Mas, como o Padre está alterado e tem a impressão de já ter revistado aquele grupo, passa para o seguinte. Seguem-se mais gritos, mais empurrões, uma busca... e, depois, a comitiva se distancia lentamente de seu setor.

A bibliotecária recupera o fôlego, mas o perigo só terá passado quando desaparecerem do barracão. São serpentes venenosas: podem se agitar quando menos se espera. A menina espreme os livros contra o corpo e, ao menos dessa vez, se alegra por não ter um peito avolumado. Seus seios infantis lhe permitem se acoplar aos livros discretamente. Seu braço dói por passar tanto tempo na mesma posição. Ela sente ferroadas, mas não se atreve a se mexer por medo de que os livros caiam no chão e façam barulho. Para não pensar na dor, relembra como o destino a levou ao bloco 31.

A chegada do transporte que a trouxe em dezembro coincidiu com os últimos preparativos para uma apresentação teatral de *Branca de Neve e os sete anões*. Era uma forma de celebrar o Chanuca, festa que relembra a revolta dos exércitos judaicos macabeus contra os gregos. Antes da recontagem daquela manhã, sua mãe se encontrou com uma conhecida de Terezín, a sra. Turnovská, uma quitandeira de Zlin. Acabou sendo uma pequena alegria em meio a tantas penúrias.

Foi essa agradável mulher, que enviuvara no começo da guerra, quem contou que ouvira falar da existência de um barracão-escola frequentado por crianças de até 13 anos. Quando sua mãe lhe disse que Edita tinha 14, a sra. Turnovská explicou que o diretor da escola havia sido perspicaz e convencido os alemães de que precisava de alguns assistentes para ajudar a manter o barracão em ordem. Dessa maneira, empregara alguns garotos de 14 a 16 anos.

— Lá fazem a chamada em segurança, não se molham nem passam esse frio toda manhã. Não têm que trabalhar o dia inteiro. Até as porções de comida são um pouco melhores.

A sra. Turnovská, que de tudo se inteirava, ficara sabendo que Miriam Edelstein se tornaria vice-diretora de Fredy Hirsch.

— Miriam Edelstein dorme no meu barracão e me conhece. Vamos falar com ela.

As três a encontraram caminhando apressada pela *Lagerstraße*, a avenida principal do campo que o atravessava de ponta a ponta. Estava atarefada e de mau humor. As coisas não tinham ido nada bem para ela durante o traslado do gueto de Terezín, de cujo Conselho Judaico seu marido Yakub fora presidente. Logo que chegou, ele foi separado do grupo e enjaulado com os presos políticos em Auschwitz I.

A sra. Turnovská lhe contou as virtudes de Dita sem perder tempo, como se estivesse vendendo ameixas, mas, antes que acabasse, Miriam Edelstein interrompeu aquela ladainha:

— As vagas de assistentes estão preenchidas, e muitas pessoas me pediram o mesmo antes da senhora.

E saiu andando com muita pressa.

Mas quando já estava a ponto de desaparecer em meio ao marasmo da *Lagerstraße*, parou. E voltou pelo caminho que havia seguido. As três mulheres tinham se desiludido tanto que não saíram nem um centímetro de onde estavam.

— A senhora disse que essa menina fala tcheco e alemão perfeitamente e que ela lê muito bem?

Quis o acaso que durante a madrugada tivesse falecido um dos auxiliares da peça que seria apresentada naquela mesma tarde, no bloco 31.

— Precisamos de um ponto com urgência... Você seria capaz de fazer isso?

Todos os olhos recaíram sobre Dita.

Claro que ela podia!

Naquela tarde, entrou pela primeira vez no bloco 31. Parecia mais um dos 32 barracões que compunham o campo BIIb, divididos em duas fileiras de 16 e separados pela rua principal, a *Lagerstraße*, se é que aquele lamaçal podia ser chamado de rua. Era mais um daqueles estábulos retangulares atravessados por uma lareira de ladrilhos horizontal sobre o chão de terra batida, dividindo o espaço em duas metades. Mas Dita comprovou que o 31 tinha uma diferença fundamental: em vez das fileiras de treliches onde os presos dormiam, havia apenas tamboretes; e, em vez de madeira apodrecida, o que se via nas paredes eram desenhos de esquimós e dos anõezinhos de *Branca de Neve*.

Tinham disposto os tamboretes de modo a formar uma plateia improvisada, e reinava um alegre caos de idas e vindas de voluntários a transformar um miserável barracão num teatro. Uns terminavam de arrumar os assentos, outros levavam e traziam tecidos coloridos, e um grupo ensaiava alguns parágrafos com crianças que se esforçavam para memorizar tudo. Nos fundos do barracão, os assistentes se dedicavam a ajustar os colchões que formavam um pequeno cenário, e duas mulheres de idade indefinível ajeitavam os tecidos verdes que se transformariam no bosque de *Branca de Neve*. Naquele momento, o último livro que Dita leu antes de deixar Praga lhe veio à mente: chamava-se *Caçadores de micróbios*, e o autor, Paul de Kruif, contava a vida de grandes investigadores cujo campo eram as bactérias e os seres microscópicos. E naquele barracão ela se sentiu um pouco como Koch, Grassi ou Pasteur olhando, por meio de uma lente de aumento, o movimento aloucado de seres minúsculos que se mexiam animadamente, num mundo que não tinha mais do que o tamanho de uma gota d'água. Tal como a menor mancha de mofo, também naquele buraco, contra todos os prognósticos, a vida teimava em seguir adiante.

Tinham preparado para Dita um pequeno cubículo de frente para o cenário, feito com papel pardo pintado de preto. Rubícheck, o diretor da peça, se aproximou e lhe disse para se manter atenta à pequena Sarah, já que, quando ela ficava nervosa, suas palavras não saíam em alemão, e ela passava para o tcheco sem se dar conta. Uma das condições que os nazistas impuseram para autorizar a apresentação era que deveria ser em alemão.

Da peça, Dita lembra como estava nervosa antes de começar, do peso da responsabilidade em um barracão lotado e da inquietante presença na primeira fila de alguns dos oficiais que dirigiam Auschwitz II, como o comandante Schwarzhuber e o doutor Mengele. Espiava por um furo no papelão e se surpreendia ao vê-los rindo e aplaudindo. Pareciam entusiasmados com a atuação. Eram os mesmos que mandavam milhares de crianças para a morte todos os dias? Eram.

Entre todas as peças representadas naquele bloco 31, a da *Branca de Neve*, de dezembro de 1943, foi inesquecível para todos que a assistiram naquela noite e viveram para contar essa história.

Quando a apresentação deslanchou, o espelho mágico que deveria dizer à madrasta quem era a mais bela do reino gaguejou:

— A mais bela é-é-é-é-é a senhora, minha ra-ra-ra-inha...

A plateia se encheu de gargalhadas. Pensaram se tratar de uma brincadeira que fazia parte da peça. Dita suava dentro de sua concha de papel. A gagueira não estava no roteiro e sim no nervosismo do garoto, mas qualquer centelha de humor era recebida com alvoroço, porque em Auschwitz o riso era ainda mais escasso do que o pão. E precisavam desesperadamente rir.

Quando a Branca de Neve ficou abandonada no bosque, acabaram as gargalhadas. Quem a interpretava era uma menina de olhar triste. A maquiagem de olheiras avermelhadas aprofundava seu ar de desamparo. Aquela menina parecia tão frágil, vagando perdida pelo bosque, pedindo ajuda com sua voz miúda, que Dita sentiu um aperto no peito ao ver a si mesma igualmente desvalida naqueles confins da Polônia, perdida num bosque hostil cheio de lobos uniformizados.

As risadas esporádicas pelo esquecimento de algumas falas ou pelo tropeção do caçador que abandona a Branca de Neve à própria sorte no bosque (o trapalhão quase caiu de cabeça do cenário, recorda Dita) cessaram de repente quando a pequena Branca de Neve começou a cantar. Os que ainda não haviam compreendido por que, podendo escolher entre dúzias de meninas, selecionaram para o papel logo aquela tão miúda e pálida, com cara de bonequinha de porcelana antiga, encontraram aí a resposta. Sua voz era maravilhosa, e as canções melosas, tiradas do filme de Walt Disney, adquiriam tamanha intensidade, sem outro acompanhamento musical além do timbre de suas cordas vocais, que muitos tiveram afrouxados os parafusos das defesas emocionais. Quando as pessoas são arrebanhadas, marcadas e sacrificadas como animais, chegam a acreditar que são quadrúpedes. Rir e chorar faz com que se lembrem de que ainda são pessoas.

Por fim, apareceu em meio aos aplausos o príncipe salvador, altíssimo perto dos demais atores, de costas largas e com o cabelo molhado e penteado para trás, como se usasse um fixador: o próprio Fredy Hirsch. A Branca de Neve despertou com o remédio mais antigo do mundo, e a peça foi encerrada com uma enorme ovação da plateia. Até o impassível doutor Mengele aplaudia, apesar de, realmente, nunca tirar as luvas brancas.

O mesmo doutor Mengele que, parado a um extremo do bloco 31, radiografa tudo o que acontece com as mãos para trás, como se nada daquilo fosse com ele. O Padre dirige seu cortejo fúnebre de guardas para os fundos do barracão, chutando tamboretes e exaurindo nervos, fazendo internos saírem da fila mais para provocá-los do que para revistá-los. Por sorte, vão se distanciando e não encontraram nenhuma desculpa para deter ninguém, pelo menos até o momento.

Os nazistas estão acabando de passar a revista no barracão. Chegam ao final. O sargento se vira para o capitão médico, mas ele já não está ali, desapareceu. Os guardas deveriam estar contentes por não terem achado em seu escrutínio túneis de fuga, armas ou qualquer coisa que contrariasse suas ordens. Todavia, estão raivosos por não terem encontrado nada digno de repreensão. Num último capricho, dão alguns gritos, sacodem violentamente um pobre rapaz que trabalha como assistente, fazem ameaças de morte e se vão pela porta de trás do barracão. Dessa vez, os lobos se contentaram em revirar as folhas secas com o focinho. Partiram, mas voltarão.

Quando a porta se fecha depois de passarem, há um murmurinho de alívio. Fredy Hirsch leva aos lábios o apito que sempre carrega consigo e sopra com firmeza para mandar que desfaçam as filas. Dita tem o braço tão dormente que quase não consegue afastá-lo do corpo.

Dói tanto que lhe escapam as lágrimas, mas é tão grande o alívio que sente pela ida dos nazistas que chora e ri.

As pessoas foram tomadas por certa eletricidade nervosa. Os professores têm vontade de conversar, de partilhar suas sensações, de explicar uns aos outros o que todos já viram. As crianças aproveitam o momento para correr pelo barracão e descontrair. Dita vê que a professora Krizková vem ao seu encontro. A mulher avança até ela em linha reta, como um rinoceronte. Ao andar, balança a pelanca que pende logo abaixo do queixo, feito a dos perus. Para a menos de um centímetro da menina.

— Você está mal da cabeça, menina? Não sabe que, quando dão a ordem, você tem que assumir sua posição na área de assistentes em vez de sair correndo feito uma louca? Não vê que podem levá-la detida e matá-la? Não vê que podem matar todos nós?

— Fiz o que achei melhor...

— O que você achou... E quem é você para mudar as regras decididas por todos? Acha que sabe tudo? — A cara da mulher se enruga até se quebrar em mil pregas.

— Desculpe, sra. Krizková...

Dita cerra os punhos para que suas lágrimas não caiam. Não vai lhe dar esse prazer.

— Vou dar parte do que você fez...

— Não será necessário.

É uma voz muito varonil que fala em tcheco com um forte sotaque alemão, pausada, mas, ao mesmo tempo, categórica. Ao se virar, as duas veem Hirsch, perfeitamente barbeado e penteado de novo.

— Sra. Krizková, ainda falta um pouco para as aulas terminarem. A senhora deveria se ocupar do seu grupo, pois se encontra muito agitado.

A professora sempre se gaba de que, graças à sua retidão, tem o grupo de garotinhas mais disciplinado e estudioso de todo o bloco 31. Não diz nada, apesar de olhar por um instante de fúria para o chefe do barracão. Vira-se e, bem ereta, com a cabeça erguida, sai muito digna e mal-humorada em direção às alunas. Dita suspira aliviada.

— Obrigada, Sr. Hirsch.

— Fredy...

— Lamento não ter cumprido as ordens.

Hirsch dá um sorriso para ela.

— O bom soldado é aquele que não espera as ordens chegarem porque sabe sempre qual é o seu dever.

Antes de ir, ele se vira por um instante para a menina e olha para os livros que ela leva no colo.

— Estou orgulhoso de você, Dita. Que Deus a abençoe.

Ao vê-lo se afastar com seus passos enérgicos, a menina pensa na noite da apresentação de *Branca de Neve*. Enquanto os assistentes desmontavam o cenário, ela deixou seu esconderijo de ponto e se dirigiu à saída, pensando que talvez não voltasse a pisar nesse barracão capaz de se transformar num teatro. Mas uma voz vagamente familiar a deteve.

— Menina...

Fredy Hirsch ainda tinha o rosto branco da maquiagem de giz. Dita achou surpreendente ele se lembrar dela. No gueto de Terezín, Hirsch era o responsável pelo Departamento Jovem, mas ela só o vira poucas vezes e fugazmente, quando ajudava uma bibliotecária a empurrar o carrinho de livros pelos edifícios daquela cidade-presídio.

— A sua chegada ao campo é providencial — disse ele.

— Providencial?

— Com toda certeza! — Hirsch acenou para que ela o seguisse até a parte de trás do cenário, onde já não restava ninguém. De perto, os olhos dele tinham uma rara mistura de doçura e insolência, e suas palavras em tcheco ressoavam com um forte sotaque alemão. — Estou precisando com urgência de uma bibliotecária para o nosso bloco infantil.

Dita ficou perplexa. Não passava de uma menina de 14 anos que às vezes se punha na ponta dos pés para parecer mais velha.

— Desculpe, senhor. Acho que é um mal-entendido. A bibliotecária era a srta. Sittigová, eu só a ajudava a levar os livros de um lado para o outro, às vezes.

O diretor do bloco 31 sorria daquela sua maneira tão particular, amável e com um traço condescendente.

— Já reparei em você várias vezes. Você empurrava o carrinho dos livros.

— É, porque o carrinho era muito pesado para ela, e as rodinhas agarravam entre os paralelepípedos. Mas era só isso.

— Você empurrava o carrinho de livros. Podia passar a tarde deitada no catre, passeando com as amigas ou talvez fazendo as suas coisas. Mas, em vez disso, empurrava o carrinho para que os outros tivessem livros.

Ela olhava para Hirsch, perplexa, mas aquelas palavras não admitiam réplica. Ele não comandava um barracão, comandava um exército. Tal como o general de uma revolução popular que empunha armas contra uma tropa invasora aponta para um camponês e lhe diz "Você será o coronel", naquela tarde, ele apontou com a mesma solenidade para Dita naquele barracão precário e lhe disse: "Você será a bibliotecária."

E acrescentou:

— Mas é perigoso. Muito perigoso. Lidar com livros aqui não é brincadeira. Se alguém for pego pelos SS com livros, será executado.

E ao dizer aquilo, ele levantou o polegar e estendeu o indicador. Apontou com a pistola imaginária para a testa de Dita. Ela quis demonstrar que não se intimidava, mas estava ficando nervosa diante da responsabilidade inesperada.

— Conte comigo.

— É um grande risco.

— Não me importa nem um pouco.

— Poderiam matar você.

— Não me importo.

Dita cuidou para que suas palavras soassem categóricas, mas não conseguiu. Também não conseguiu controlar o tremor de suas pernas, que faziam que seu corpo inteiro vibrasse. O chefe do bloco olhava fixamente para o chocalhar das bielas enlouquecidas que eram aquelas perninhas envoltas por longas meias de lã.

— Para conduzir a biblioteca, é preciso alguém valente...

Dita ficou corada porque suas pernas não paravam de tremer. Quanto mais queria detê-las, mais se agitavam. E já tremiam também as mãos, em parte por ela pensar nos nazistas e em parte por medo de que o diretor pensasse que ela estava com medo e não a aceitasse. O medo do medo é como correr ladeira abaixo.

— E-Então o senhor não vai contar comigo?

— Você me parece uma menina muito valente.

— Mas, como, se estou tremendo? — disse ela, desolada.

Então, Hirsch sorriu daquele jeito tão seu, como se visse as dificuldades do mundo sentado numa poltrona confortável.

— Por isso você é valente. Os valentes não são os que não têm medo. Estes são os temerários, os que ignoram o perigo e se arriscam sem terem consciência das consequências. Quem não tem consciência do perigo pode pôr em risco qualquer um que esteja ao seu lado. Esse é o tipo de gente que não quero no meu grupo. Preciso é daqueles que tremem, mas não cedem, dos que são conscientes do que arriscam e ainda assim seguem em frente.

Enquanto escutava, Dita notou que o tremor de suas pernas diminuía.

— Os valentes são capazes de se sobrepor ao próprio medo. Você é desses. Como se chama?

— Me chamo Edita Adlerova, sr. Hirsch.

— Bem-vinda ao bloco 31, Edita. Que Deus a abençoe. Por favor, me chame de Fredy.

Ela se lembra com nitidez de que naquela noite da apresentação deixaram discretamente que todo mundo saísse. Depois, Dita entrou no quarto de Fredy Hirsch, um retângulo estreito com um catre e um par de cadeiras velhas. Estava repleto de pacotes abertos, recipientes vazios, papéis com selos oficiais, recortes de tecido que sobraram do cenário de *Branca de Neve*, algumas tigelas amassadas e sua roupa, escassa, mas dobrada com perfeição.

Quando Hirsch pediu que melhorassem a paupérrima dieta das crianças, o doutor Mengele ordenou com inesperada indulgência que os pacotes que os familiares enviavam para os internos que já tinham falecido fossem levados para o bloco 31. As internações no barracão médico eram frequentes, e os falecimentos, diários. Dos 5.007 deportados que haviam chegado em setembro, cerca de mil tinham falecido já no fim de dezembro. Além das doenças respiratórias, como bronquite e pneumonia, existiam a erisipela e a icterícia, agravadas pela desnutrição e pelas deficiências de higiene. Os pacotes órfãos chegavam tão saqueados ao bloco 31 depois de passar pelas mãos dos SS que às vezes continham apenas migalhas e embalagens vazias. Em outras, porém, chegavam alguns biscoitos, um pouco de embutido, um tanto de açúcar... Era um complemento valioso para a dieta das crianças e servia para organizarem concursos e festivais em que o prêmio era meia cebola, trinta gramas de chocolate ou uma pitada de sêmola.

Primeiro, Hirsch lhe contou algo que a deixou boquiaberta: possuíam uma biblioteca ambulante. Vários professores que conheciam a fundo alguma obra literária tinham se transformado em pessoas-livro.

Faziam rodízio pelos grupos distintos para contar às crianças histórias que sabiam quase de cor.

— Magda é muito boa em *A maravilhosa viagem de Nils Holgersson*, e as crianças adoram quando ela faz com que imaginem que estão voando agarradas aos gansos pelo céu da Suécia. Shasehk explica muito bem as histórias de índios e as aventuras do Oeste. Dezo Kovak se dedica a contar as histórias dos patriarcas com riqueza de detalhes, quase como uma Bíblia falante.

Fredy Hirsch, porém, não iria se conformar com isso. Contou-lhe que os livros foram chegando ao campo clandestinamente. Um carpinteiro polonês chamado Mietek trouxera três, e um eletricista eslovaco, outros dois. Eram do tipo de interno que se movimentava com mais liberdade entre os campos por estarem empregados em tarefas de manutenção. Do enorme galpão onde iam parar os objetos recolhidos dos prisioneiros que chegavam a Auschwitz, que chamavam de Canadá, conseguiram trazer alguns livros, que Hirsch pagou com provisões dos pacotes de que dispunha.

Dita seria a encarregada de controlar com que professor os livros estavam emprestados, recolhê-los no final das aulas e devolvê-los ao esconderijo quando acabasse o dia.

O quarto estava lotado, mas não uma bagunça. Se havia alguma desordem, ela era calculada meticulosamente pelo próprio Hirsch para dissimular algumas coisas que não deviam ficar à vista. O chefe do bloco se dirigiu a um canto onde empilhava retalhos e os empurrou. Retirou uma tábua, e começaram a brotar livros. Dita não pôde conter sua alegria e aplaudiu como se estivesse diante de um número de ilusionismo.

— Esta é a sua biblioteca. Não é grande coisa. — Ele olhou de soslaio para ver que efeito causava nela.

Não era uma biblioteca extensa. Na verdade, era formada por oito livros, e alguns deles em mau estado. Mas eram livros. Naquele lugar tão escuro em que a humanidade chegou a alcançar a própria sombra, a presença dos livros era um vestígio de tempos menos lúgubres, mais benignos, quando as palavras ressoavam mais do que as metralhadoras. Uma época extinta. Dita foi tomando nas mãos os volumes, um a um, com o mesmo cuidado com que se pega um recém-nascido.

O primeiro foi um atlas desencadernado carente de algumas páginas e que mostrava uma Europa com países e impérios que deixaram de existir fazia tempo. As cores vivas dos mosaicos de seus mapas políticos — o vermelhão, os verdes brilhantes, o laranja, o azul-marinho — contrastavam com o esmaecer que rodeava Dita, marcado pelo tom marrom-escuro da lama, o ocre gasto dos barracões, o grisalho do céu encoberto de cinzas. A menina começou a folhear o atlas, e era como se sobrevoasse o mundo: atravessou oceanos, dobrou cabos de nomes exóticos — Boa Esperança, Horn, a Punta de Tarifa —, pairou sobre montanhas, saltou sobre estreitos que pareciam roçar um no outro — como o de Bering, o de Gibraltar e o canal do Panamá —, navegou com o dedo pelo Danúbio, o Volga e depois sobre o Nilo. Fazer caber todos os milhões de quilômetros quadrados de mares e bosques, todas as cordilheiras da Terra, todos os rios, todas as cidades e todos os países num espaço tão minúsculo é um milagre que só está ao alcance de um livro.

Fredy Hirsch observava Dita em silêncio, contente diante daquele olhar absorto e da boca aberta enquanto ela folheava o atlas. Qualquer dúvida que ele ainda tivesse sobre a responsabilidade que depositara na menina tcheca se dissipou naquele instante. Hirsch soube que Edita cuidaria com esmero da biblioteca. A menina tinha o vínculo que une algumas pessoas aos livros. Uma cumplicidade que ele próprio não possuía, por ser ativo demais para se deixar fisgar por linhas e linhas impressas em páginas. Fredy preferia a ação, o exercício, as canções, o discurso... Mas se deu conta de que Dita tinha essa empatia que faz com que certas pessoas transformem um punhado de folhas num mundo inteiro só para elas.

O *Tratado elementar de geometria* estava um pouco mais conservado e mostrava em suas páginas outra geografia: uma paisagem de triângulos isósceles, octógonos e cilindros, de carreiras de números ordenadas em esquadras de exércitos aritméticos, de conjuntos que eram como nuvens e paralelogramos que tinham um quê de células misteriosas.

O terceiro livro lhe fez arregalar os olhos. Era *Uma breve história do mundo*, de H.G. Wells. Um livro povoado por homens primitivos, egípcios, romanos, maias... civilizações que formaram impérios e desmoronaram para que surgissem outros novos.

O quarto título era uma gramática russa. Dita não entendia nada, mas gostava daquelas letras enigmáticas que pareciam feitas para narrar lendas. Agora que a Alemanha também estava em guerra contra a Rússia, os russos eram seus amigos. Ela ouvira que havia muitos prisioneiros de guerra russos em Auschwitz e que os nazistas haviam sido extremamente cruéis com eles. Não estava enganada.

Um outro livro era um romance em francês muito deteriorado, com páginas faltando e manchas de umidade nas folhas. Dita não entendia francês, mas pensou que logo encontraria um jeito de decifrar o segredo da história. Também havia um tratado intitulado *Novos caminhos da terapia psicanalítica*, de um professor com o sobrenome Freud. Havia mais um romance em russo sem a capa. E o oitavo livro era um romance em tcheco num estado de imundície, com um punhado de folhas fragilmente sustentadas por poucos fios na lombada. Antes que Dita pudesse tocá-lo, Fredy Hirsch o pegou. Ela olhou para ele com cara de bibliotecária contrariada. Gostaria de ter uns óculos de casco de tartaruga para olhar por cima deles, como faziam as bibliotecárias sérias.

— Este está muito estragado. Não serve.

— Dou um jeito nele.

— Além do mais... não é um livro adequado para ser lido por menores. Muito menos por garotas.

Dita arregalou ainda mais seus grandes olhos para mostrar sua irritação.

— Com todo o respeito, sr. Hirsch, tenho 14 anos. O senhor acredita mesmo que, depois de ver todos os dias que o panelão do nosso café da manhã cruza com o carrinho dos mortos e que dezenas de pessoas entram nas câmaras de gás do final do *Lager*, o que eu venha a ler em um romance pode me impressionar?

Hirsch olhou para ela, surpreso. Já não era fácil surpreendê-lo. Explicou que se tratava das *Aventuras do valente soldado Svejk*, escrito por um alcoólatra e blasfemador chamado Jaroslav Hašek, que continha opiniões escandalosas sobre política e religião e situações de moral mais do que duvidosa, muito pouco apropriadas para a idade dela. O próprio Hirsch, porém, se deu conta de que tentava convencer a si mesmo sem muita convicção e de que a menina de penetrantes olhos verde-azulados olhava para ele muito determinada. Hirsch esfregou o queixo como se quisesse apagar a barba que vinha crescendo durante o dia. Suspirou. Voltou a pentear o cabelo para trás e, por fim, cedeu. Entregou-lhe também aquele livro desfigurado.

Dita olhava os livros, mas sobretudo os acariciava. Estavam rasgados e riscados, muito manuseados, com as extremidades avermelhadas de umidade, alguns mutilados... mas eram um tesouro. A fragilidade os tornava ainda mais valiosos. Ela se deu conta de que deveria cuidar daqueles livros como se fossem velhinhos sobreviventes de uma catástrofe, pois tinham uma importância crucial: sem eles, a sabedoria de séculos de civilização poderia se perder. A técnica geográfica, que nos permitia saber como era o mundo; a arte da literatura, que multiplicava a vida de um leitor em dúzias; o avanço científico que a matemática representava; a história, que nos fazia lembrar de onde vínhamos e talvez nos ajudasse a decidir para onde deveríamos ir; a gramática, que permitia tecer os fios da comunicação entre as pessoas... Mais do que uma bibliotecária, desde esse dia ela se tornou uma enfermeira de livros.

3

Dita vai tomando bem devagar a rotineira sopa de nabo, porque dizem que assim enche mais, embora nem isso mate sua fome, apenas a distraia. Nos grupinhos, entre uma colherada e outra, os professores comentam a atuação pouco lúcida do imprudente professor Morgenstern.

— Ele é um homem muito estranho. Às vezes desanda a falar, e às vezes não dirige a palavra a ninguém.

— É melhor que não fale. Só diz sandices. Está gagá.

— Foi de dar pena o jeito servil como ele abaixou a cabeça para o Padre.

— Não se pode dizer que ele seja um herói da resistência.

— Não sei por que Hirsch permite que um homem com um parafuso a menos dê aula para as crianças.

Dita escuta a certa distância e sente pena daquele homem mais velho, que lhe lembra um pouco seu avô. Avista-o nos fundos do barracão sentado em um tamborete, comendo sozinho, até falando sozinho, levando a colher à boca, cerimonioso, erguendo o mindinho com um refinamento descabido para aquele estábulo, como se estivesse sentado a uma mesa coberta por uma toalha em algum palacete, rodeado de aristocratas.

Dedicam a tarde, como de costume, a jogos e atividades esportivas para as crianças, mas ela deseja que o expediente acabe e que realizem a recontagem do fim do dia para ir correndo ver seus pais. No campo familiar, as notícias correm de barracão em barracão e, de tanto quicar, se amassam e se deformam.

Assim que pode, Dita sai apressada para tranquilizar a mãe, que já terá se inteirado do registro do 31. Sabe-se lá o que já não lhe terão contado. Enquanto ela percorre a *Lagerstraße*, é alcançada por sua amiga Margit.

— Ditinka, ouvi dizer que vocês tiveram uma inspeção no 31!

— Aquele Padre asqueroso.

— Você tem mesmo que xingar tanto? — pergunta Margit, deixando escapar uma risadinha.

— Asqueroso não é um xingamento. É a verdade. Provoca... asco! Como é que alguma coisa pode ser verdade e, ao mesmo tempo, um xingamento?

— Encontraram alguma coisa? Levaram alguém?

— Nadica de nada. Lá não tem nada que possam encontrar. — E pisca o olho para a amiga. — Mengele também esteve lá.

— O doutor Mengele? Meu Deus! Vocês tiveram muita sorte. Contam coisas horríveis desse homem. Ele está louco. Para que as pessoas tenham olhos azuis, experimentou injetar tinta dessa cor nas pupilas de 36 crianças. É horrível, Ditinka. Algumas morreram de infecção, e outras ficaram cegas.

As duas fazem silêncio. Margit é a melhor amiga de Dita e sabe de seu trabalho na biblioteca clandestina, mas Dita lhe pediu que não contasse nada disso à sua mãe. Por certo ela tentaria impedi-la, lhe diria que era arriscado demais, talvez lhe escapassem lágrimas, e ela ameaçasse contar tudo ao seu pai. Sua mãe não é muito religiosa, mas começaria a implorar a Deus ou algo assim. Não, melhor não lhe contar nada. Nem ao seu pai, que já está bastante abatido. Para mudar de assunto, Dita conta a Margit, aos risos, o incidente com o professor Morgenstern.

— Que situação! Você precisava ter visto a cara do Padre enquanto caía tudo dos bolsos do professor cada vez que ele se abaixava.

— Já sei quem é. Um homem bem velho com um terno de risca de giz, que inclina a cabeça sempre que passa por uma senhora... Como são muitas, ele parece um daqueles bonecos com uma mola na cabeça! Acho que esse senhor está meio tantã.

— E quem é que não está aqui?

Ao chegar, Dita vê os pais sentados, descansando na lateral externa do barracão. Faz frio, mas lá dentro está lotado de gente. Ela nota que estão cansados, sobretudo seu pai.

A jornada é longa: são acordados antes de amanhecer, forçados a passar por uma longuíssima recontagem à mercê das intempéries e depois a trabalhar o dia todo nas oficinas. Seu pai fabrica alças para fuzis e por isso muitas vezes tem as mãos escurecidas e bolhas nos dedos, por causa das resinas tóxicas e das colas utilizadas. Sua mãe está em uma confecção de boinas, onde a tarefa é mais suportável. São muitas horas, sobretudo com uma alimentação tão fraca, mas pelo menos não trabalham ao ar livre e nem de pé. Tem gente com um destino pior: os que recolhem os falecidos com o carrinho funerário, os que limpam latrinas, os que drenam as valetas ou os grupos de obras que passam o dia transportando materiais.

Seu pai pisca o olho para ela, e sua mãe se levanta depressa ao vê-la.

— Você está bem, Edita?

— Estou, sim.

— Está mesmo?

— Claro que estou! Você não está me vendo?

Naquele momento, passa por ali o sr. Tomashek.

— Hans, Liesl! Como vão? Vejo que sua filha continua tendo o sorriso mais bonito de toda a Europa.

Dita, ruborizada, diz que vai ficar com Margit, e as duas meninas deixam os mais velhos.

— Como o sr. Tomashek é amável!

— Você também o conhece, Margit?

— Conheço. Ele sempre visita meus pais. Aqui muitos só se importam consigo mesmos, mas o sr. Tomashek é dos que se preocupam com os outros. Pergunta como estão, se interessa pelos assuntos deles.

— E os escuta...

— É boa gente.

— Ainda bem que tem gente que não apodreceu neste inferno.

Margit fica calada. Embora seja dois anos mais velha, se incomoda com essa maneira tão direta de Dita dizer as coisas, mas sabe que ela tem razão. As vizinhas de treliche roubam colheres, a roupa ou o que for. Roubam o pão das crianças quando as mães se descuidam. Delatam qualquer ninharia aos *Kapos* para obter uma colherada extra de sopa. Auschwitz não mata só os inocentes, mas também a inocência.

— Um frio desses e seus pais aqui fora, Dita. Não vão pegar uma pneumonia?

— Minha mãe prefere não topar com a companheira de colchão dela. A mulher é muito mal-humorada... Apesar de não ser pior do que a minha!

— Mas vocês têm sorte. Dormem nos treliches de cima. Nós estamos todas divididas nos treliches de baixo.

— Deve vir muita umidade do chão.

— Ai, Ditinka, Ditinka. O pior não é o que sobe do chão, e sim o que pode cair de cima. As vizinhas de cima podem enjoar e vomitar sem dar tempo de ver onde. E algumas sofrem de disenteria e fazem tudo ali em cima. Aos jorros, Ditinka. Já vi isso em outros treliches.

Dita para por um momento e se vira para ela, muito séria.

— Margit...

— O quê?

— No seu aniversário, você pode pedir um guarda-chuva de presente.

A amiga, dois anos mais velha, mais alta, mas também com cara de criança, balança a cabeça. Sua mãe tem razão quando diz que Dita é terrível: é capaz de fazer piada com qualquer coisa!

— E como foi que vocês conseguiram esses lugares nos treliches de cima? — pergunta Margit.

— Você já sabe da confusão que foi no campo quando chegamos, em dezembro.

As duas ficam caladas por um momento. Os veteranos de setembro não só eram tchecos como também conhecidos, amigos e até parentes dos que haviam sido deportados do gueto de Terezín, como eles. No entanto, ninguém se alegrou ao ver os recém-chegados. A incorporação de mais cinco mil novos internos ao campo significava que teriam que repartir o filete de água que saía das torneiras, que as recontagens à mercê das intempéries se tornariam intermináveis e que os barracões ficariam abarrotados.

— Quando minha mãe e eu entramos no barracão que nos designaram para dividir cama com alguma veterana, aquilo estava um caos.

Margit continua assentindo com a cabeça. Ela também se lembra das discussões, dos gritos e das brigas de mulheres por uma manta ou por um travesseiro ensebado.

— No meu barracão — conta Margit —, tinha uma mulher muito doente que não parava de tossir e, quando tentava se sentar na cama, a que dividia o colchão com ela a empurrava para o chão. Aí, a mulher tossia mais e gemia, sem forças para se levantar. "Suas inúteis!", gritava a *Kapo*. "Vocês se acham saudáveis? Acham que faz diferença ter uma doente contagiosa na mesma cama ou na cama ao lado?"

— Nesse caso, era uma *Kapo* sensata.

— Que nada! Depois de dizer isso, pegou uma vara e começou a distribuir pancadas a torto e a direito. Bateu até na mulher que tinha caído no chão, a que supostamente queria favorecer.

Dita se lembra da confusão de gritos, da correria, dos prantos, e continua falando:

— Minha mãe quis que saíssemos do barracão até que as coisas se acalmassem por lá. Do lado de fora fazia frio. Uma mulher disse que não haveria camas suficientes mesmo que todas fossem divididas, e que algumas teriam que dormir no chão de terra.

— E o que vocês fizeram?

— Pois continuamos congelando lá fora. Você já sabe como é a minha mãe, ela não gosta de chamar a atenção. Se um dia fosse atropelada por um bonde, não gritaria para não dar o que falar. Mas aquilo estava me dando nos nervos. Então não lhe pedi permissão. Ela não teria me dado. Saí correndo lá para dentro antes que ela pudesse falar qualquer coisa. E me dei conta de uma coisa...

— De quê?

— De que as camas de cima estavam quase todas ocupadas. Por isso percebi que deviam ser as melhores. Eu não sabia exatamente por quê, mas num lugar como este temos que prestar atenção no que as veteranas fazem.

— Vi uma veterana que deixava ficar na cama dela quem lhe pagasse alguma coisa. Uma mulher conseguiu que a aceitassem numa cama em troca de uma maçã.

— Uma maçã é uma fortuna — comenta Dita. — Ela não devia conhecer os preços. Com meia maçã dá para comprar muitas coisas e muitos favores.

— Você tinha alguma coisa para dar?

— Nada. Tentei encontrar veteranas que estivessem desacompanhadas. Nas camas em que já estavam duas mulheres, elas se sentavam com as pernas pendendo para fora, marcando o território. Umas mulheres do nosso transporte vagavam em busca de um lugar, em cima ou embaixo, ou onde quer que fosse, em busca de compaixão. Procuravam as internas menos embrutecidas, para que lhes deixassem deitar no colchão delas. Mas as veteranas amáveis já tinham aceitado dividir a cama com outras.

— Isso também aconteceu conosco — disse Margit. — A sorte foi que acabamos encontrando uma vizinha de cabine de Terezín que ajudou minha mãe, minha irmã e a mim.

— Eu não conhecia ninguém. E não precisava de um lugar, e sim de dois.

— E você acabou encontrando uma veterana compadecida?

— Era tarde demais. Só restavam as egoístas e as grossas. Sabe o que eu fiz?

— Não.

— Procurei a pior de todas.

— Por quê?

— Porque estava desesperada. Vi uma veterana de meia-idade, com o cabelo curto como se tivesse sido aparado a mordidas, sentada no colchão de cima do treliche. A mulher tinha um semblante desafiador. Uma cicatriz preta cortava o rosto dela ao meio. Uma tatuagem azul no dorso da mão mostrava que ela já tinha passado pela prisão. Uma mulher se aproximou, suplicando, e ela a afugentou aos gritos. Até tentou chutá-la com os pés ensebados. Uns baitas pés retorcidos!

— E o que você fez?

— Parei de frente para ela com atrevimento e falei: "Escute aqui!".

— O que é isso? Não acredito! É mentira! Então você vê uma veterana com cara de delinquente e, sem conhecê-la nem nada, vai logo falando "Escute aqui!", toda tranquila?

— E quem foi que disse que eu estava tranquila? Estava morta de medo! Mas com uma mulher assim, não dá para chegar falando: "Boa noite, estimada senhora. A senhora acha que neste ano os damascos vão amadurecer a tempo?" Ela me expulsaria com um pontapé. Para aquela mulher me escutar, eu tinha que falar a língua dela.

— E ela escutou?

— Primeiro me lançou um olhar assassino. Eu devia estar mais branca do que giz, mas tentei não deixá-la perceber isso. Disse que a *Kapo* acabaria escolhendo a dedo com quem ficariam as mulheres que ainda não tinham se acomodado. "Lá fora tem mais vinte ou trinta, e você pode acabar ficando com qualquer uma. Tem uma muito gorda que esmagaria o seu fígado. Outra que tem um bafo mais fedido do que os pés. Algumas são dessas velhas que sofrem de má digestão e empesteiam o ar."

— Dita, só você mesmo! E o que ela disse?

— Olhou para mim de cara feia. Se bem que essa mulher não conseguiria fazer uma cara boa mesmo que quisesse. De todo jeito, me deixou continuar falando. "Peso menos de 45 quilos. Você não vai encontrar ninguém tão magra entre as recém-chegadas. Não ronco, me lavo todos os dias e sei quando devo ficar calada. Você não encontraria uma companheira de cama tão vantajosa em todo o Birkenau nem que procurasse com lupa."

— E o que ela fez?

— Esticou o pescoço na minha direção e me olhou como quem olha para uma mosca e não sabe se a esmaga com um tapa ou a deixa para lá. Se minhas pernas não estivessem tremendo tanto, eu teria saído correndo.

— Bem, mas o que ela fez?

— Me disse: "Você fica comigo. Claro que sim."

— Você conseguiu!

— Não, ainda não. Falei: "Como você pode ver, sou um partido muito bom para se dividir a cama, mas só serei sua companheira se você me ajudar a conseguir outro treliche de cima para a minha mãe." Você não sabe como ela ficou furiosa! Não gostou nada de uma fedelha franzina lhe dizendo o que fazer, não mesmo. Mas eu via como ela observava com asco as mulheres que vagavam pelo barracão. Sabe o que ela me perguntou, muito séria?

— O quê?

— "Você mija na cama?" "Não, senhora. Nunca", respondi. "Você vale ainda mais", disse ela com um vozeirão de vodca. No mesmo instante, se virou para a companheira do treliche ao lado, que estava sozinha.

— "Ei, Boskovic", falou, "não está sabendo que nos mandaram dividir o colchão?". A outra fez corpo mole: "Isso é o que já vamos ver. Você não vai me convencer."

— E o que a sua veterana fez?

— Ela tinha bons argumentos. Remexeu a palha do colchão e tirou dali um arame torto, de um palmo, com uma ponta afiadíssima. Com uma das mãos, se apoiou na cama da vizinha e, com a outra, pôs o arame no pescoço dela. Esse argumento a convenceu de vez, eu acho. Assentiu com a cabeça bem depressa. O pânico fez a mulher arregalar tanto os olhos que parecia que eles iam cair da cara dela! — E Dita ri.

— Para mim, isso não tem graça. Que mulher horrível! Deus vai castigá-la.

— Bem, uma vez ouvi o vendedor de tapetes cristão que tinha a loja debaixo da minha casa dizer que Deus escreve certo por linhas tortas. Talvez os arames tortos também sirvam. Agradeci a ela e falei: "Meu nome é Edita Adlerova. Quem sabe nos tornemos boas amigas."

— E o que ela respondeu?

— Nada. Devia pensar que já tinha perdido tempo demais comigo. Virou para o lado da parede e deixou apenas quatro dedos para eu me deitar com a cabeça para os pés dela.

— E não falou mais nada?

— Nunca me dirigiu a palavra, Margit. Você acredita nisso?

— Ah, Ditinka. Já acredito em tudo. Que Deus nos proteja.

Está na hora do jantar, e as duas se despedem para voltar aos seus barracões. A noite já caiu, e só as luzes alaranjadas iluminam o campo. Dita vê dois *Kapos* conversando na porta de um dos barracões. Ela os distingue porque sua roupa é melhor, pela braçadeira marrom de presos especiais e pelo triângulo que os marca como não judeus. O triângulo vermelho distingue os prisioneiros políticos, muitos deles comunistas ou social-democratas. O marrom é para os ciganos. O verde para os criminosos e delinquentes comuns. O preto é dos antissociais, dos retardados ou das lésbicas. Os homossexuais do gênero masculino recebem o triângulo rosa. Raramente se vê em Auschwitz *Kapos* com triângulos pretos ou rosa, são prisioneiros de ínfima categoria, quase como os judeus. No BIIb, as exceções são regra. Os dois *Kapos* que conversam, um homem e uma mulher, levam um triângulo preto e um rosa. Ninguém mais ali deve querer falar com eles.

Dita toca em sua estrela amarela e caminha em direção a seu barracão pensando no pedaço de pão que vão lhe dar. Para ela, é um manjar, a única comida sólida do dia, pois a sopa é um caldo sem sustância que só serve para acalmar um pouco a sede.

Uma sombra negra, mais negra do que todas as demais, também anda pela *Lagerstraße*, na direção contrária. As pessoas vão abrindo caminho, chegando para o lado para que ele passe sem interrupções. Qualquer um diria que é a morte. E é. A melodia de *Cavalgada das valquírias*, de Wagner, atravessa a escuridão.

O doutor Mengele.

Quando ele passa por Dita, ela se dispõe a abaixar a cabeça e a chegar para o lado, como todos os demais. O oficial, porém, para e a fuzila com o olhar.

— É você quem estou procurando.

— Eu?

Mengele a observa, atento.

— Nunca esqueço um rosto.

Suas palavras têm uma calma de cemitério. Se a morte falasse, seria exatamente com essa cadência gelada. Dita relembra o acontecido no bloco 31 naquela tarde. O Padre não chegou a prestar atenção na menina depois da discussão com o professor pirado, e ela pensou que tivesse escapado. Mas não pensou no doutor Mengele. Ele estava mais distante, mas é claro que a viu. Impossível aquele olhar de forense não ter se dado conta de que a menina não estava no lugar certo, de que tinha um dos braços cruzado e de que escondia algo. Ela vê isso na frieza transmitida pelos olhos dele, de um pardo incomum em um nazista.

— Número?

— 67.894.

— Vou vigiá-la. Quando não me vir, estarei de olho em você. Quando achar que não a ouço, estarei escutando você. Sei de tudo. Se exceder um milímetro sequer as ordens do campo, ficarei sabendo, e você acabará deitada na minha sala de autópsias. As autópsias em vivos são muito reveladoras.

E ao dizer aquilo, assente com a cabeça, como se já falasse apenas para si mesmo.

— Dá para ver as últimas ondas de sangue lançadas pelo coração chegarem ao estômago. É um espetáculo extraordinário.

Mengele fica absorto, pensando no perfeito laboratório forense que montara no crematório 2, onde dispõe dos instrumentos mais modernos que existem. Adora o piso de cimento vermelho, assim como a mesa de dissecção de mármore polido com as pequenas pias no meio e as torneiras de cobre. É seu altar dedicado à ciência. Está orgulhoso. De repente lembra que tem umas crianças ciganas esperando para completar um experimento com crânios e se apressa a passos largos, porque fazê-los esperar não seria educado de sua parte.

Dita fica parada no meio do campo, aturdida. Suas pernas de cabo de vassoura tremem. Um instante atrás, havia um monte de gente na

Lagerstraße, mas agora ela está sozinha. Todos desapareceram pelas reentrâncias do campo. Ninguém se aproxima para ver se ela está bem ou se precisa de alguma coisa. O doutor Mengele a marcou. Uns internos que pararam para observar a cena a uma distância prudente lamentam vê-la tão assustada, tão desorientada. Uma mulher até a conhece de vista do gueto de Terezín. Mas todos decidem apertar o passo e sair logo dali. A sobrevivência em primeiro lugar. É um mandamento de Deus.

A menina reage e toma o rumo de seu beco. Será que ele vai mesmo vigiá-la?, se pergunta. E a resposta é aquele olhar de gelo. Enquanto caminha, as perguntas se multiplicam em sua cabeça. E o que ela deve fazer a partir de agora? O prudente é renunciar ao cargo de bibliotecária. Como vai cuidar dos livros com o Anjo da Morte de olho nela? Há algo nele que a aterroriza, que não é nada normal. Ao longo desses anos, ela viu muitos nazistas, mas esse tem algo diferente. A intuição lhe diz que ele detém um poder especial para fazer o mal.

Dita dá boa-noite à mãe num sussurro apressado para que ela não note sua aflição e se deita com cuidado junto aos pés pestilentos da veterana. Sussurra um boa-noite que se perde por entre as rachaduras do teto.

Ela não consegue dormir nem pode se mexer. Há de manter o corpo quieto enquanto sua cabeça dá voltas. Mengele lhe deu um aviso. E talvez isso tenha sido um privilégio, pois com certeza não haverá mais alertas. Da próxima vez, ele cravará uma agulha hipodérmica em seu coração. A menina não pode continuar cuidando dos livros do bloco 31. Mas como vai renunciar à biblioteca?

Se Dita fizer isso, vão pensar que ela tem medo. Ela dará todas as explicações, todas muito sensatas e razoáveis. Qualquer um em seu lugar que tivesse um pingo de juízo faria o mesmo. Mas ela já sabe que as notícias em Auschwitz correm de treliche em treliche, mais rápidas do que pulgas. Se no primeiro treliche alguém conta que um homem tomou uma taça de vinho, quando a notícia chega ao último treliche o homem já tomou um barril inteiro. E não fazem isso por maldade. Todas são mulheres muito respeitáveis. Com a própria sra. Turnovská, que é uma boa mulher e se porta muito bem com sua mãe, também acontece: ela tem dinamite na língua.

Dita já ouve suas palavras: "Claro que essa garotinha ficou com medo...". E dirão isso com o tonzinho condescendente falsamente compreensivo que faz seu sangue ferver tanto. E o pior é que sempre haverá alguém tão bondoso que dirá: "Pobrezinha, é compreensível. Ela se assustou. É uma criança."

Uma criança? Nada disso, senhora! Para ser criança, é preciso ter uma infância.

4

Uma infância...

Foi numa dessas noites de insônia que teve a ideia da brincadeira de transformar suas recordações em fotografias, e sua cabeça, no único álbum que ninguém poderá lhe tomar. Depois da chegada dos nazistas a Praga, Dita e seus pais tiveram que deixar seu apartamento da casa elétrica. Ela gostava muito daquele lugar, porque era o mais moderno da cidade, com lavanderia no andar de baixo e um interfone de dar inveja em todas as suas colegas de classe. Lembra-se de que, um dia, ao voltar do colégio, se deparou com o pai de pé na sala, elegante como sempre, no terno transpassado cinza, mas com uma seriedade incomum. Ele anunciou que trocariam aquele maravilhoso apartamento por um perto do castelo, em Hradcany.

"Nesse bate mais sol", disse ele sem olhar nos olhos dela. Nem sequer fez uma brincadeira, como costumava fazer quando queria diminuir a importância de algo. Sua mãe folheava uma revista e não disse nada.

— Eu não pretendo ir embora daqui! — berrou Dita.

Seu pai abaixou a cabeça, abatido, e foi a mãe quem se levantou da poltrona, se aproximou e lhe deu um bofetão que deixou marcas de dedos em sua bochecha.

— Mas, mamãe — respondeu Dita, mais perplexa do que dolorida, acostumada a que a mãe nem sequer levantasse a voz para ela —, você tinha dito que esse apartamento da casa elétrica era o sonho da sua vida...

E Liesl lhe deu um abraço.

— É a guerra, Edita. É a guerra.

Um ano depois, seu pai tornava a ficar de pé no meio da sala. Com o mesmo terno transpassado cinza. A essa altura já tinha menos serviço na previdência social, onde trabalhava como advogado, e passava muitas tardes em casa concentrado em estudar mapas e girar seu globo terrestre. Disse que se mudariam para o bairro de Josefov. Todos os judeus deviam se concentrar ali por ordem do *Reichsprotektor* nazista que mandava no país inteiro. Os três e os avós tiveram que se mudar para um apartamento minúsculo e precário na rua Elisky Krásnohorské, muito perto daquela sinagoga tão extravagante que Dita conhecia bem, já que seu pai, quando passavam por ali, sempre lhe dizia que era de arquitetura espanhola. A menina já não fez perguntas nem tentou se opor.

Era a guerra, Edita. Era a guerra.

E naquele tobogã por onde a vida normal ia irremediavelmente deslizando, numa tarde chegou, por fim, a declaração do Conselho Judaico de Praga, em que eram coagidos a se mudar de novo, mas dessa vez para fora de Praga. Deviam ir para Terezín, um pequeno povoado que havia sido um forte militar e acabado como um gueto judaico. Um gueto que, ao chegar, ela achou horrível e do qual agora sente falta, pois dali ainda desceram mais um nível naquele precipício rumo à escuridão, ao cair no barro de cinzas de Auschwitz. Já não restam mais degraus para descer.

Ou sim...

Depois daquele inverno de 1939 em que tudo começou, um ano que trouxe o desfile dos nazistas sem barulho, como um vírus gripal que congestionou a realidade, o mundo ao seu redor não se rachou nem desabou de repente. Mas tudo foi desmoronando, primeiro pouco a pouco e depois cada vez mais depressa. As cadernetas de racionamento, as proibições de entrar nos cafés, de ir às lojas no mesmo horário que os demais cidadãos, de possuir aparelhos de rádio, de assistir aos filmes no cinema e às peças de teatro, de comprar maçãs... Depois viria a expulsão das crianças judias dos colégios. Elas foram proibidas até de brincarem no parque. Era como se, às crianças, quisessem lhes proibir a infância.

Dita dá um leve sorriso... Não conseguiram.

Uma fotografia aparece no álbum de sua cabeça. Duas crianças caminham de mãos dadas pelo velho cemitério judaico de Praga, entre sepulturas salpicadas de pedrinhas sobre folhas de papel, de modo que não fossem levadas pelo vento. Os nazistas não haviam imposto restrições para frequentar o cemitério, que se conservava em bom estado desde o século XV. Em seus planos organizados e demenciais, Hitler queria transformar a sinagoga e o cemitério em um museu sobre o que já seria a extinta raça judaica. Um museu antropológico onde os judeus seriam como dinossauros de uma era remota, que as escolas de crianças — arianas, é claro — visitariam com uma curiosidade fingida.

A criançada judia da cidade, que tinha o acesso a parques e colégios proibido, transformara o velho cemitério num parquinho. Entre as lápides centenárias com barbas de grama submersas em séculos de silêncio, as crianças corriam por toda a parte.

Sob a castanheira, entrincheirados atrás de lápides espessas e inclinadas, quase desmaiadas, Dita mostrou a seu colega de classe o nome de uma lápide maior sobre a qual se lia o nome de Jehuda Low Ben Becadel. Erik não sabia quem era, e ela lhe contou, pois seu pai, quando punha o quipá e os dois passeavam pelo cemitério, lhe contara aquela história muitas vezes.

Becadel foi um rabino do gueto de Josefov, onde todos os judeus tinham que viver, como agora. Ali estudava a cabala e aprendeu como dar vida própria a uma escultura de argila.

— Isso não pode ser! — interrompeu Erik, aos risos.

Foi então, e ela ainda sorri ao recordar, que usou o truque de seu pai: abaixou a voz, chegou a cabeça perto dele e lançou um sussurro com uma voz cavernosa:

— O Golem.

Erik ficou pálido. Todos em Praga tinham ouvido falar do gigantesco Golem, o monstro de pedra.

Dita contou, exatamente como seu pai havia lhe contado, que o rabino conseguiu decifrar a palavra sagrada que Jeová utilizou para dar o dom da vida. Ele fez uma pequena figura de barro e enfiou na boca dessa figura um papel com a palavra secreta. E a figura cresceu e cresceu até se tornar um colosso com vida própria. O rabino Low, porém, não soube como controlá-lo, e o homem de pedra sem cérebro começou a devastar o bairro e a causar pânico. Era um titã indestrutível, e parecia impossível derrotá-lo. Só houve uma maneira: esperar até que adormecesse e, criando muita coragem para meter a mão em sua boca no meio de um ronco, puxar o papel, para que ele se transformasse de volta num ser inanimado. O rabino rasgou o papel com a palavra mágica em mil pedaços e enterrou o Golem.

— Onde? — perguntou Erik, ansioso.

— Ninguém sabe. Num lugar secreto. E disse que, quando o povo judeu se encontrasse em apuros, surgiria um rabino iluminado por Deus que tornaria a decifrar a palavra mágica, e o Golem voltaria para nos salvar.

Erik olhou para Ditinka com admiração por ela saber histórias tão misteriosas, como a do Golem. Acariciou seu rosto com doçura e, sob o amparo dos muros espessos do cemitério e das confidências, pousou inocentemente os lábios em sua bochecha.

Dita sorri com amargura ao relembrar.

O primeiro beijo, ainda que pequeno, nunca se esquece, talvez por ele traçar a primeira linha do amor em uma página em branco. Ela recorda, contente, o prazer daquela tarde e se surpreende com essa capacidade de fazer germinar a alegria no deserto da guerra. Os mais velhos se desgastam inutilmente procurando uma felicidade que nunca encontram. Por outro lado, nas crianças, a felicidade brota na palma da mão.

Agora, porém, ela já se sente mulher e não permitirá que a tratem como uma criança. Não irá renunciar. Seguirá adiante, porque é isso o que tem que fazer. Foi o que Hirsch lhe disse: mastigue o medo e engula. E continue. Os valentes se alimentam do próprio medo. Não, ela não irá deixar a biblioteca.

Nem um passo para trás...

Não lhes dará esse gosto, nem às velhas comadres venenosas, nem a esse satânico doutor Mengele. Se ele quer sua alma para abri-la de cima a baixo, que venha pegá-la.

Depois desse momento de orgulho, Dita abre os olhos na escuridão do barracão e a intensidade de sua chama interior se transforma numa pequena chama de candeia. As tosses, os roncos, os gemidos de alguma mulher que talvez esteja agonizando. Pode ser que ela não reconheça para si mesma que o que mais a perturba não é o que diriam os demais internos, seja a sra. Turnovská ou qualquer outro. Preocupa-se mesmo é com o que Fredy Hirsch pensaria dela.

Uns dias antes, escutou Hirsch falar com um grupo de idosos que fazem parte de uma equipe de atletismo e treinam à tarde correndo ao redor do barracão. Com neve ou chuva, com frio ou muito frio. Hirsch corre com eles, à frente. É o primeiro.

— O atleta mais forte não é o que atinge a meta antes. Esse é o mais rápido. O mais forte é o que se levanta cada vez que cai. O que, quando sente dor nas costas, não para. É aquele que, quando enxerga a meta bem ao longe, não desiste. Quando esse corredor atinge a meta, ainda que chegue em último, é um vencedor. Às vezes, mesmo que você queira, não está em suas mãos ser o mais rápido, porque suas pernas não são tão compridas ou seus pulmões são mais limitados. Mas você sempre pode escolher ser o mais forte. Só depende de você, da sua vontade e do seu esforço. Não vou pedir que vocês sejam os mais rápidos, mas vou exigir que sejam os mais fortes.

Dita tem certeza de que, se lhe dissesse que precisaria deixar a biblioteca, ele lhe diria palavras amáveis, extremamente educadas e até reconfortantes... mas ela não sabe se poderia suportar seu olhar de decepção. Ela o vê como um homem indestrutível, como esse Golem imbatível da lenda judaica que um dia salvará todos eles.

Fredy Hirsch...

Ela invoca o nome dele para tomar coragem nessa noite tão escura.

Entre as imagens conservadas em sua cabeça, encontra uma de alguns anos antes nos suaves campos de Strasnice, nos arredores de Praga. Ali os judeus podiam tomar um pouco de ar, fora das rígidas restrições da cidade. Ali ficavam as instalações esportivas de Hagibor.

Nessa fotografia, é verão, um dia quente, pois muitos meninos estão sem camiseta. Na imagem se vê, em meio a uma concorrida roda de crianças e jovens, três pessoas. Uma é um garoto fofinho de 12 ou 13 anos que usa óculos e veste apenas uma calça curta e branca. No meio, um mágico que se apresentara teatralmente como Borghini faz uma reverência. Está elegante, vestido com uma camisa, um blazer e uma gravata listrada. Do outro lado, há um jovem com sandálias e apenas uma calça curta, deixando à mostra seu corpo esbelto, mas atlético. Ela descobriu naquele dia que seu nome era Fredy Hirsch e que ele dirigia atividades juvenis em Strasnice. O garoto de óculos segura a ponta de um barbante, o mágico pega no meio, e Hirsch, no outro extremo. Dita se lembra perfeitamente da postura do treinador: uma das mãos na cintura, um tanto faceiro, enquanto a outra segurava um dos extremos do barbante. Hirsch olha para o ilusionista com um meio sorriso matreiro.

Aquele professor de esportes e instrutor de jovens lhe pareceu muito bonito, mas era outra coisa que fazia com que não conseguissem deixar de olhar para ele. Não eram apenas suas feições retilíneas nem seu corpo de atleta. Era a elegância de cada movimento de suas mãos, a precisão de cada palavra, a maneira penetrante de fitar os olhos de quem o escutava, até de ir olhando alternadamente para todo o seu público sem deixar ninguém de fora. Havia uma certa marcialidade em seus gestos cortantes, mas também uma harmonia própria da dança clássica. Ele falava com tanta firmeza, explicava de maneira tão sedutora como fariam caminhadas até o alto do Golã e os fazia sentir tanto orgulho de serem judeus que era difícil não querer fazer parte de sua equipe. Não falava como um rabino. Era muito mais apaixonado e muito menos ortodoxo. Talvez fosse por seu porte físico que, mais que um religioso, ele parecesse um coronel motivando suas tropas juvenis, um exército sonhador que se embalava em suas palavras.

Depois começou o espetáculo, e o esforçado Borghini tentava opor ao rolo compressor da guerra seus pequenos truques de mágica: lenços coloridos sob a manga contra canhões, ases de paus contra caças-bombardeiros. O extraordinário foi que, durante uns instantes de caras admiradas e risonhas, a mágica venceu.

Uma garota muito vivaz se aproximou de Dita com uma pilha de folhas e lhe entregou um papel.

— Você pode se juntar a nós. Organizamos acampamentos de verão para praticar esportes e fortalecer o espírito judaico em Bezprávi, junto ao rio Orlice. Nesta folha estão os detalhes sobre as atividades.

O pai de Dita não gostava desse tipo de coisa. Ela escutara quando ele comentou com seu tio que não o agradava a mistura de esporte e política. Diziam que esse tal de Hirsch organizava brincadeiras de guerrilhas com as crianças, que cavavam trincheiras de onde fingiam que disparavam e que ele lhes falava de técnicas de combate como se aquelas crianças fossem um pequeno exército sob seu comando.

Se o comandante é Hirsch, ela está disposta a se meter em qualquer trincheira. De todo modo, já está metida até o pescoço. São judeus, gente difícil de dobrar. Não poderão com ela, não poderão com Hirsch. Ela não irá renunciar à biblioteca... mas deve ficar muito atenta, ter quatro orelhas e oito olhos, vigiar as sombras entre as quais Mengele se move para não se deixar fisgar por elas. Dita é uma garotinha de 14 anos, e eles são o instrumento militar de destruição mais poderoso da história, mas ela não voltará a assistir ao desfile calada. Não dessa vez. Irá resistir.

Custe o que custar.

Dita não é a única do campo que agita os pensamentos na coqueteleira da insônia.

Fredy Hirsch, como chefe do bloco 31, tem o privilégio de dormir em um quarto próprio e, além do mais, num barracão do qual é o único habitante. Depois de passar um tempo trabalhando em um de seus relatórios, sai do quarto e fica sozinho em um silêncio sobre o qual ainda pairam vestígios das vozes e da agitação do dia. Cessaram os murmurinhos, fecharam-se os livros, acabaram as canções... Quando as crianças saem dali atropelando umas às outras, a escola volta a ser um tosco hangar de madeira.

— São o melhor que temos... — diz ele a si mesmo.

Mais um dia e mais uma inspeção. Cada dia que passa é uma batalha vencida. Como se naquele momento tirassem o pino de uma bola inflável, seu estufado peito de atleta se encolhe, e suas clavículas retas se afundam nos ombros. Deixa-se cair, indolente, em um tamborete e fecha os olhos. De repente se dá conta do quanto se sente cansado. Está exausto, mas ninguém deve saber disso. Ele é um líder. Não tem o direito de desanimar. Confiam nele. Não pode decepcioná-los.

Se soubessem...

Está mentindo para todos. Se soubessem quem ele é de verdade, os que agora o admiram o odiariam.

Sente-se esgotado. Por isso, se levanta e se deita de barriga para baixo com as palmas das mãos apoiadas no chão e começa uma série de flexões. Diz muitas vezes aos membros de suas equipes: o cansaço passa com o esforço.

Descer e subir, descer e subir.

O apito que sempre leva pendurado no pescoço esbarra ritmicamente na terra batida. Esconder as coisas significa arrastar dia e noite uma bola de ferro pesada presa ao tornozelo, mas ele também sabe que é fundamental fazê-lo, assim como é necessário cerrar os dentes quando lhe doem os braços ao tentar levantar o corpo, numa nova flexão. É preciso continuar subindo e descendo. O apito metálico esbarrando no chão não deve parar. Cerrar os dentes.

Subir e descer.

A fraqueza é pecado, sussurra ele quase sem fôlego.

Pensa que dizer a verdade liberta os homens. Dizer a verdade tem muito prestígio. É o que fazem os valentes. Mas também é certo que a verdade às vezes incinera tudo que toca. Por isso, continua apertando as mandíbulas e começa uma nova série de flexões. E enquanto o suor lhe escorre pelas costas, pensa que permanecer com essa verdade suja dentro de si e suportar sozinho esse ardor para que os demais não sofram as queimaduras também pode ser um gesto de generosidade. De generosidade ou de covardia? Por acaso não tem medo de perder a admiração que conquistara com tanto esforço? Prefere não pensar mais, continuar contando as flexões e cerrar os dentes.

Por isso o esporte nunca foi para ele um sacrifício, e sim uma libertação. Em Aquisgrano, onde nasceu em 1916, bem perto da fronteira da Alemanha com a Bélgica e a Holanda, todas as crianças iam andando para o colégio. Ele era o único que ia correndo, com o livro e o caderno presos nas costas por uma corda. Os lojistas da rua lhe perguntavam de gozação aonde ele ia tão apressado, e o menino os cumprimentava com toda a educação, mas sem diminuir a velocidade. Não que estivesse atrasado ou tivesse pressa por algum motivo. É que gostava de ir correndo. Quando algum adulto perguntava por que ele sempre ia trotando a toda parte, o menino respondia que andar o deixava muito cansado, que logo se fatigava, mas que quando corria não se cansava.

Chegava correndo à pracinha que havia em frente à porta principal da escola e, como àquela hora não havia idosos sentados tomando sol, aproveitava o impulso para pular o banco num grande salto, como se estivesse em uma corrida de obstáculos. Seu sonho era ser atleta profissional. Era o que contava a todos os seus colegas de classe sempre que surgia uma oportunidade.

Quando tinha dez anos, sua infância, feita de vigorosas passadas e partidas de futebol nos descampados do bairro, se quebrou em mil pedaços com a morte do pai. Enquanto ele descansa sentado no tamborete do barracão, tenta evocar a imagem do pai, mas sua memória era um cimento ainda fresco demais. Então, o que mais se lembra dele é o vazio que sua ausência deixou. Esse vazio, que chegou bem lá dentro, nunca foi preenchido. Até hoje, ele continua com essa incômoda sensação de se sentir sozinho ainda que rodeado de gente.

Começaram a lhe faltar as forças, inclusive para correr. Perdeu até o gosto pelas corridas. Estava desorientado. Desde então, sua mãe passava o dia trabalhando e, para que ele não ficasse tanto tempo sozinho em casa ou brigando com o irmão mais velho, ela o inscreveu no Jüdischer Pfadfinderbund Deutschland (JPD), um grupo de atividades juvenis que vinha a ser uma versão judaica e alemã dos escoteiros, com um segmento esportivo chamado Maccabi Hatzair.

Na primeira vez que entrou naquele lugar amplo e um tanto bagunçado com uma lista de regras pregada à porta por uma tachinha, cheirava a água sanitária. Ele se lembra bem disso e tampouco esquece que teve que engolir as lágrimas para não chorar. No JPD, porém, o pequeno Fredy Hirsch encontrou pouco a pouco a calidez que não existia num lar vazio, em um pai desaparecido e uma mãe quase sempre ausente. Encontrou ali seu lugar no mundo. O companheirismo, os jogos de mesa nos dias de chuva e as excursões, em que nunca faltavam um violão e alguém que contasse uma bela história sobre os mártires de Israel. As partidas de futebol, o basquete, as corridas do saco e o atletismo foram para ele uma tábua a que se agarrar. Quando chegava o sábado e todos ficavam em casa com a família, ele ia sozinho para o ginásio lançar bolas aos aros oxidados da quadra de basquete ou fazia longuíssimas séries de abdominais, até ensopar a camiseta.

Treinar até o esgotamento apagava suas preocupações, dissipava as inseguranças. Ele se impunha pequenos desafios: ir à esquina e voltar cinco vezes em menos de três minutos, fazer dez flexões e na última bater palmas no ar, encestar quatro vezes seguidas de uma certa distância em tantas tentativas... Enquanto estava concentrado em seus desafios não pensava em mais nada, até poderia dizer que era feliz e não se lembrava de ter perdido o pai na época em que mais se precisa de um.

Sua mãe se casou de novo e, durante a adolescência, Fredy se sentia mais à vontade na sede do JPD do que na própria casa. Ao sair do colégio, ia direto para lá. Sempre tinha uma justificativa para dar à mãe por não voltar para casa até que fosse tarde: reuniões da direção juvenil — da qual já fazia parte —, organização de excursões, torneios esportivos, trabalhos de manutenção da sede... No entanto, à medida que ficava mais velho, sua capacidade de se relacionar com os meninos e as meninas de sua idade foi diminuindo. Muitos não compartilhavam de seu inflamado misticismo sionista que o fazia conceber o retorno à Palestina como uma missão nem de sua exagerada paixão por praticar esportes o tempo todo. Passaram a convidá-lo para algumas festas onde começavam a se formar os primeiros casais, mas

Fredy não se sentia à vontade e foi inventando desculpas para não ir, até que pararam de convidá-lo.

Ele descobriu que o que mais gostava era de organizar equipes e torneios para os menores, com quem se dava bem. A paixão com que organizava os times de voleibol e basquete fazia com que o entusiasmo de Fredy contagiasse seus pupilos. Seus times sempre disputavam até a final.

— Vamos, vamos! Adiante! Mais forte! Mais! — gritava para os meninos da beira da quadra. — Se você não luta pela vitória, não chore depois pela derrota!

Fredy Hirsch não chora. Nunca.

Descer e subir. Descer e subir. Descer e subir.

Seus músculos tensos só choram suor, e continuam se esticando e contraindo mecanicamente até concluir a extensa série de flexões. Ele se levanta satisfeito consigo mesmo. Tão satisfeito quanto pode estar um homem que silencia a verdade.

5

Rudi Rosenberg está há cerca de dois anos em Birkenau, o que é uma proeza. Um raro acaso que o transformou num veterano de 19 anos e lhe rendeu um cargo de registrador, que consiste em manter em dia os livros de altas e baixas de internos, num lugar onde o movimento de pessoas é tragicamente constante. É um cargo muito valorizado pelos nazistas, meticulosos que são até para matar. Por isso, Rudi Rosenberg não usa o uniforme listrado dos presos convencionais. Exibe com orgulho uma calça velha de montaria que em qualquer outra época teria sido descartada, mas que em Auschwitz acaba sendo um artigo de luxo. Com exceção dos *Kapos*, dos cozinheiros e dos cargos de confiança, como os registradores ou secretários do bloco, todos os internos usam os ensebados uniformes listrados. Salvo em casos raros, como no campo familiar.

Rudi Rosenberg atravessa o posto de controle do acampamento de quarentena ao qual foi designado abrindo um afável sorriso de interno-modelo para os guardas com que cruza. Não lhe fazem maiores objeções quando ele informa que se dirige ao campo BIId para levar umas listagens.

Caminha pela avenida de terra que liga os diferentes campos do complexo de Birkenau pelo perímetro externo e olha a linha de árvores ao longe que delimitam o bosque, o qual, a essa hora de uma tarde de inverno, não passa de um traço borrado. Uma rajada de vento lhe traz um pouco do aroma enjoativo da mata úmida, de cogumelos e de musgos. Ele fecha os olhos por um momento para apreciá-lo. A liberdade tem cheiro de bosque molhado.

O jovem registrador foi convocado para uma reunião clandestina para falar desse enigmático campo familiar. Ele revive lembranças de uns seis meses antes, muito embora, nesse lugar fora da realidade que é o *Lager*, lhe pareçam acontecimentos remotos, de uma era imprecisa. Assim como as bússolas se desorientam ao se aproximarem do polo Norte, em Auschwitz, os calendários enlouquecem.

Era uma manhã de setembro. Ele esperava o mesmo de sempre: pessoas enrugadas em seu uniforme de presidiário, completamente raspadas e ainda aturdidas pela chegada ao mundo alambrado de Auschwitz, que fede a carne queimada. Caras idênticas de estupor porque o desamparo iguala as pessoas. Ao erguer os olhos, porém, se deparou com a vívida carinha de uma menina sardenta com duas tranças louras, agarrada a seu urso de pelúcia atrás da mesa. Ficou desconcertado. A menina ficou ali, olhando para ele. Depois de tantas atrocidades, o eslovaco já tinha esquecido que era possível ver o mundo dessa maneira: sem medo, sem rancor, sem indícios de loucura. A menina tinha seis anos e estava viva em Auschwitz. Parecia um milagre.

Nem ele, nem a Resistência entenderam, então, por que os nazistas haviam deixado crianças com vida no *Lager*. Algo assim só tinha acontecido no campo cigano utilizado pelo doutor Mengele para seus experimentos raciais, mas nunca com judeus. E em dezembro chegara outro transporte, mais uma vez vindo do gueto tcheco de Terezín.

Os trâmites com todos os transportes que chegam são sempre os mesmos. Fazem todos descerem aos empurrões e pancadas. Separam homens e mulheres em dois grandes grupos. Na própria plataforma, os forçam a passar, um por um, pelos olhos de um médico, que os separa à direita e à esquerda. Os saudáveis que podem ser explorados como mão de obra vão para um lado. Os velhos, as crianças, as grávidas e os doentes vão para um grupo que nem sequer pisa no *Lager*: eles são conduzidos diretamente para a parte superior do campo, onde ficam os crematórios, que funcionam dia e noite. Ali, são executados nas câmaras de gás.

Quando Rudi Rosenberg chega ao ponto de encontro, na parte de trás de um barracão do campo BIId, há dois homens esperando. Um está com um avental de cozinha e uma palidez doentia; se apresenta como Lem e nada mais. David Schmulewski, que começou como telhador e agora é assistente do *Blockältester* do barracão 27 no campo

BIId, se veste como um civil: calça de pano gasta e um agasalho tão enrugado quanto sua pele. Ele traz a vida inteira gravada no rosto.

Já tinham recebido as informações básicas sobre a chegada do novo contingente de dezembro ao campo familiar BIIb, mas queriam que Rosenberg lhes desse o maior número possível de detalhes. O eslovaco confirma a vinda em dezembro de cinco mil judeus deportados do gueto de Terezín. Chegaram ao campo familiar em dois trens consecutivos com três dias de diferença. Como acontecera em setembro, puderam manter os trajes civis, inclusive o cabelo, e foi permitida a entrada de crianças.

Os dois dirigentes da Resistência escutam em silêncio as palavras de Rudi Rosenberg. São informações que já tinham, mas lhes custa assimilar: uma fábrica da morte como Auschwitz-Birkenau, em que se aproveita ao máximo o trabalho escravo dos internos, optou por algo tão pouco rentável como transformar um de seus campos em um ambiente familiar. Algo não se encaixa nessa equação.

— Continuo sem entender isso... — murmura Schmulewski. — Os nazistas são psicopatas e criminosos, mas não são burros. Para que querem crianças pequenas num campo de trabalho forçado, se elas consomem comida, ocupam espaço e não rendem nenhum benefício?

— Será que é um experimento em grande escala do lunático do doutor Mengele?

Ninguém tem respostas. Rosenberg toca em um dos assuntos mais intrigantes. As fichas do transporte de setembro traziam uma anotação em particular: "*Sonderbehandlung* (tratamento especial) depois de seis meses." E na tatuagem, confirmando isso, aquelas pessoas tinham "SB6" junto ao número.

— Foi averiguada mais alguma coisa sobre esse "tratamento especial"?

A pergunta fica flutuando no ar sem que ninguém a agarre. O cozinheiro polonês se concentra em raspar com a unha um resto de sujeira seca no avental, que há muito deixou de ser branco. Raspar crostas sobre o tecido sujo se tornou um vício para ele, como fumar. Schmulewski sussurra o que todos pensam: aqui os tratamentos são tão especiais que matam.

— Mas com que propósito? — pergunta Rudi Rosenberg. — Se querem se desfazer deles, por que gastar dinheiro para alimentá-los durante seis meses? Não tem lógica.

— Pois deve ter. Se aprendemos alguma coisa quando trabalhamos perto deles é que tudo sempre tem uma lógica, qualquer que seja, terrível, impiedosa... mas tem. Nada é aleatório nem acontece "porque sim". Deve haver mais alguma coisa. Os alemães não são capazes de viver fora de uma lógica.

— E, mesmo que o tratamento especial consistisse em levá-los para as câmaras de gás... o que poderíamos fazer?

— No momento, não muito. Nem temos certeza de que se trata disso.

Naquele instante chega outro homem, alto e forte, que se mostra nervoso. Também não usa uniforme de presidiário e ostenta um casaco de gola alta, um privilégio pouco comum entre os internos. Rudi faz menção de sair para não interferir, mas o polonês, com um gesto, lhe pede que fique.

— Agradeço a você por ter vindo, Shlomo. Chegam muito poucas informações do *Sonderkommando* para nós.

— Não posso demorar muito, Schmulewski.

O jovem gesticula, pomposo, com as mãos. A partir desse detalhe, Rudi deduz que ele é latino — e não está enganado a esse respeito, pois Shlomo vem de uma comunidade judaica italiana de Tessalônica.

— Não sabemos muito sobre o que acontece nas câmaras de gás.

— Nesta manhã, mais trezentos só no segundo crematório. Quase todos mulheres e crianças. — Ele faz uma pausa e olha para os outros. Pergunta a si mesmo se, na verdade, é possível explicar o inexplicável. Agita as mãos, pomposo, e olha para cima, mas o céu está encoberto. — Tive que ajudar uma menina a tirar as sandálias porque a mãe tinha um bebê nos braços, e é preciso entrar nu na sala. A menina brincava de fazer língua para mim enquanto eu tirava as sandálias. Não devia ter nem quatro anos.

— E não desconfiam de nada?

— Que Deus me perdoe... Acabam de chegar de uma viagem de três dias metidos num vagão. Estão aturdidos, assustados. Um SS com uma metralhadora lhes diz que vão desinfetá-los, que estão indo para as duchas, e eles acreditam. Que escolha têm? Os SS os fazem pendurar a roupa nuns cabides e até mandam que guardem o número para depois recuperá-la. E assim os levam a acreditar que vão voltar. Até mandam amarrar os sapatos juntos para que não os percam. Desse jeito é mais fácil recolher os calçados com organização e levá-los para o bloco Canadá, onde escolhem as melhores peças para enviar para a Alemanha. Os alemães aproveitam tudo.

— E você não pode avisar a essa gente? — pergunta Rudi, abalado.

E, naquele instante, sente o olhar severo de Schmulewski se cravar nele. Ali Rudi não tem voz nem voto. O ítalo-grego, porém, responde com aquele seu jeito pesaroso de falar, pedindo perdão a cada palavra que sai de sua boca.

— Que Deus me perdoe. Não, não aviso. Para quê? O que faria uma mãe com dois filhos? Se revoltar contra os guardas armados? Bateriam nela na frente das crianças, lhe dariam chutes no chão. Na verdade, já fazem isso. Se alguém pergunta alguma coisa, lhe quebram os dentes com uma coronhada para que não fale mais, e ninguém volta a dizer nada. Todos olham para o outro lado. Os SS não permitem que nada atrapalhe o processo. Uma vez, uma idosa muito bem-vestida e muito ereta chegou de mãos dadas com o neto de seis ou sete anos. Essa mulher sabia, não sei como, mas sabia que iriam matá-los. Se jogou aos pés de um SS, se pôs de joelhos: implorou que a matassem, mas que deixassem seu neto viver. Sabem o que a sentinela fez? Abriu a braguilha, pôs o membro para fora e começou a urinar em cima dela sem mais nem menos. A mulher voltou para o lugar dela, humilhada. Hoje tinha uma mulher muito elegante. Com certeza era de boa família. Ela estava com muita vergonha de se despir. Me pus na frente dela, de costas, para lhe servir um pouco de proteção. Depois tinha tanto pudor de estar nua na nossa presença que punha a filha na frente para que a menina a tapasse, mas me agradeceu com um sorriso tão doce... — Ele para por um instante, e os demais respeitam o silêncio, até abaixam a cabeça como que para não olhar sem pudor para a mãe nua abraçada à filha. — Entraram com os demais... Que Deus me perdoe. Os SS os apertam, sabem? Enfiam mais do que os que cabem ali. Se há homens sãos, os deixam por último e logo os obrigam a entrar a golpes de vara para que pressionem e arranjem espaço empurrando os de dentro. Então, fecham a câmara, que tem umas peças de ducha para que não desconfiem e continuem acreditando que vão se lavar.

— E depois? — pergunta Schmulewski.

— Abrimos a tampa do depósito, e um SS joga um bujão de gás Zyklon. Aí, temos que esperar 15 minutos, talvez menos... Depois, o silêncio.

— Sofrem?

Primeiro um suspiro, depois uma olhada para o céu.

— Que Deus me perdoe... Vocês não sabem o que é aquilo. Quando entramos, encontramos uma montanha de cadáveres embolados uns nos outros. Com certeza muitos morrem por esmagamento e asfixia. Quando esse veneno entra, o corpo deve ter uma reação horrível, de sufocamento, convulsões. Os cadáveres ficam cobertos de excrementos. Têm os olhos sem órbitas, o corpo sangrando, como se o organismo tivesse arrebentado por dentro. E os braços contraídos, como garras, presos em outros corpos, num gesto de desespero. Os pescoços tão esticados para cima buscando ar que parece que vão se partir.

— Qual é a sua função?

— Tenho que cortar o cabelo, principalmente os mais compridos e as tranças. Depois o recolhem num caminhão. Como a minha tarefa é mais rápida, às vezes revezo com outros colegas para arrancar os dentes de ouro. E também para arrastar os cadáveres até o monta-cargas que os ergue do sótão ao crematório. É horrível arrastá-los. Primeiro, temos que desgarrá-los dos outros corpos, que viraram uma massa com braços, besuntados de sangue e de tudo. Puxamos os corpos pelas mãos, que estão molhadas. Pouco depois, já estamos com as mãos tão viscosas que não conseguimos segurar nada. Por fim, usamos as bengalas dos idosos que morreram e os puxamos pela nuca. É a melhor maneira. Lá em cima, são queimados.

— Já ouvi dizer que às vezes usam armamento.

— Só para o que chamam de "o caminhão vassoura". Ele chega no final de tudo. Traz da plataforma da ferrovia os que já não andam: inválidos, doentes, gente muito idosa. Para em frente ao crematório, vira o basculante e joga aquela gente no chão como se fossem pedras. Despi-los e enfiá-los na câmara de gás seria muito trabalhoso. O que temos que fazer é levantar um por um pela orelha e pelo braço, e um SS lhes dá um tiro na cabeça. E então temos que abaixar a cabeça deles depressa enquanto os deixamos cair, porque o sangue jorra como uma fonte, e, se pinga num SS, ele se irrita e nos castiga. Pode até nos dar um tiro ali mesmo.

— De quantos assassinatos por dia estamos falando?

— Quem sabe? Há um turno de dia e outro à noite. Não param nunca. Pelo menos duzentas ou trezentas pessoas em cada sessão, e isso só no nosso crematório. Às vezes, há uma sessão por dia, em outras, duas. Com frequência, os crematórios não bastam para queimar os corpos e nos pedem que levemos os cadáveres para uma clareira do bosque. Pomos todos numa caminhonete e depois temos que descarregá-los outra vez.

— E vocês os enterram?

— Para isso seriam necessárias várias unidades de trabalho! Não querem. Que Deus me perdoe. Os corpos são borrifados com gasolina e queimados. Depois, é preciso recolher as cinzas com pás e jogá-las num caminhão. Acho que são usadas como adubo. Os ossos do quadril são grandes demais e não se queimam. É preciso triturá-los.

— Meu Deus... — murmura Rudi.

— Pois se alguém não havia se inteirado — diz Schmulewski com um semblante severo —, isso é Auschwitz-Birkenau.

Enquanto acontece essa reunião sombria, a dois campos de distância Dita chega em frente ao barracão 22, ao lado do segundo bloco de latrinas. Olha para um lado e para o outro: não há guardas nem se vê ninguém suspeito pelos arredores. Ainda assim, não consegue se livrar da sensação pegajosa de estar sendo vigiada. Mas entra no barracão.

Naquela manhã, depois da recontagem, tinha lhe chamado a atenção uma mulher mais velha que, desafiando a proibição, vagava perto do alambrado. A sra. Turnovská, a quem Dita chama de Rádio Birkenau, contou à sua mãe que os guardas dão a essa mulher certas liberdades. Ela é costureira, conhecida por todos como Dudine por ser dessa cidade do sul da Eslováquia. Perto da cerca, encontra pequenos fios de arame estragados que, depois de afinados com uma pedra, servem como rudimentares agulhas de coser.

Dita tomou a firme decisão de continuar no posto de bibliotecária, mas tem que encontrar a maneira mais prudente de fazer isso. Depois da última recontagem e antes do toque de recolher, que proíbe a saída dos barracões, ocorre o momento das transações. Dudine recebe a clientela nessa hora. Diz que seus consertos são os mais baratos da Polônia: apertar uma jaqueta, meio pão; ajustar a cintura de uma calça, dois cigarros; fazer um vestido inteiro com o tecido incluso, um pão inteiro.

A eslovaca está sentada em seu treliche com uma guimba presa aos lábios, enquanto mede um tecido com uma fita métrica que ela mesma fez a olho sobre uma tira de couro. Quando levanta a cabeça para ver o que é que lhe tampa a luz, se depara com uma jovenzinha magra, de cabelo despenteado e olhar decidido.

— Quero que a senhora faça para mim dois bolsos por dentro do meu blusão, na altura dos flancos. Têm que ser fortes.

A mulher pega o que lhe resta do cigarro com a ponta dos dedos e dá uma tragada profunda.

— Um forro para o casaco. Já entendi. E para que você vai usar esses bolsinhos secretos?

— Eu não falei secretos...

Dita dá um sorriso exagerado para ela, tentando parecer boba. A mulher olha para ela, arqueando as sobrancelhas.

— Ei, não nasci ontem.

A menina já começa a se arrepender de ter ido até lá. Pelo campo, correm histórias sobre delatores que vendem os colegas por uma concha de sopa ou meio maço de cigarros. E ela observa como a costureira fuma, com um certo ar de *vamp* fracassada.

Condessa Guimba, como a batiza Dita em pensamento.

No entanto, conclui que, se ela obtivesse privilégios como delatora, não precisaria passar as tardes costurando à luz mortiça das lâmpadas do barracão. E sente certa ternura por ela.

Não, melhor condessa Remendos.

— Bem, sim. É um pouco secreto. É que quero guardar neles umas lembranças das minhas finadas avós.

Dita torna a adotar um ar de menina ingênua.

— Escute, vou lhe dar um conselho. E, ainda por cima, o farei de graça. Se você não sabe mentir melhor, vale mais a pena, de agora em diante, dizer sempre a verdade.

A mulher volta a dar outra tragada tão profunda que a brasa chega à ponta de seus dedos amarelados. Dita fica corada e abaixa a cabeça. E então é a velha Dudine quem sorri suavemente, como uma avó diante da travessura de uma neta.

— Escute, menina, não me importa nem um pouco o que você vai enfiar nos bolsos, se é uma pistola... Tomara que seja e que você acerte um tiro em algum desses malnascidos. — E ao dizer isso, a velha cospe uma saliva escura. — Só pergunto para saber se o que você quer esconder pesa, porque se pesa vai deformar seu casaco todo, vai aparecer muito. Então, o que eu teria que fazer é pôr umas pences de reforço nos flancos para que aguente.

— Pesa, mas receio que não seja uma pistola.

— Está bem, está bem, não me interessa. Não quero saber mais. Isso dá trabalho. Você trouxe tecido? Não, claro. Bem, a tia Dudine tem uns retalhos sobrando que servirão. O conserto vai custar meio pão e sua porção de margarina, e o tecido, mais um quarto de pão.

— Combinado — diz a menina.

A costureira fica olhando para Dita, estupefata, ainda mais do que quando achava que ela queria esconder uma pistola.

— Você não vai pechinchar?

— Não. A senhora faz um trabalho e merece uma recompensa.

A mulher começa a rir e a tossir ao mesmo tempo. Depois cospe para o lado.

— Jovens! Vocês não sabem nada da vida. É isso o que esse diretor tão bonito ensina a vocês? Bom, também não faz mal que lhes reste um pouco de decência. Escute, não cobrarei a manteiga, que já estou farta dessa gordura amarela. Só meio pão. O tecido é pouca coisa, lhe dou de presente.

Já anoiteceu quando Dita deixa a condessa Remendos e sai a passos apressados em direção ao seu barracão. Não quer, a essa hora, mais encontros inesperados. Mas uma mão puxa seu braço, e um berro histérico sai de sua garganta.

— Sou eu. Margit!

Dita recupera o fôlego que havia perdido, e a amiga olha para ela, preocupada.

— Belo grito. O que deixou você assim? Notei que você anda muito alterada, Dita. Aconteceu alguma coisa?

Margit é a única pessoa a quem ela pode contar isso.

— É culpa do maldito doutor... — Dita não consegue nem arranjar um apelido para ele. Sua mente se fecha ao pensar naquele homem. — Ele me ameaçou.

— De quem está falando?

— De Mengele.

Margit leva a mão à boca num gesto de espanto. Como se Dita tivesse citado o demônio. E foi o que fez, na verdade.

— Disse que não vai tirar o olho de mim. Que, se me pegar fazendo alguma coisa estranha, me abrirá como um bezerro no matadouro.

— Isso é horrível. Meu Deus! Você precisa tomar cuidado!

— E o que quer que eu faça?

— Tem que ser prudente.

— Já sou.

— Ontem contaram algo horrível nos treliches!

— O quê?

— Escutei uma amiga da minha mãe contar que Mengele pratica o culto ao diabo, que à noite adentra o bosque com umas velas pretas.

— Que bobagem!

— É verdade. Falaram isso. Foi a *Kapo* quem contou. Disse que entre os chefes nazistas isso é bem-visto. Que eles não têm religião.

— Dizem muitas coisas...

— Os pagãos fazem essas coisas. Adoram o Satã.

— Bem, a nós nos protege Deus. Mais ou menos.

— Não fale desse jeito. Isso não está certo! Claro que Deus nos protege.

— Pois eu não me sinto muito protegida aqui.

— Ele nos ensina que também devemos nos cuidar.

— Já faço isso.

— Esse homem é o demônio. Dizem que ele abre a barriga das grávidas com um bisturi e sem anestesia. Depois, também abre os fetos. Injeta bactérias do tifo em pessoas saudáveis para observar como a doença se desenvolve. Submeteu um grupo de freiras polonesas a sessões de raios X até queimá-las. Contam que ele obriga pares de irmãs gêmeas a ter relações sexuais com irmãos gêmeos para saber se assim irão gerar gêmeos. Já imaginou que nojo? Ele já fez enxertos de pele humana, e os pacientes morreram de gangrena...

As duas passam um momento caladas, imaginando o laboratório de horrores de Mengele.

— Você tem que ser prudente, Dita.

— Já falei que sou!

— Mais prudente.

— Estamos em Auschwitz. O que você quer que eu faça? Um seguro de vida?

— Você precisa levar mais a sério essa ameaça de Mengele. Você tem que rezar, Dita.

— Margit...

— O quê?

— Você fala como a minha mãe.

— E isso é ruim?

— Não sei.

As duas ficam caladas até que Dita decide falar de novo.

— A minha mãe não pode saber disso, Margit. Por mais que você queira. Ela ficaria preocupada, não dormiria, e a angústia dela acabaria me mortificando.

— E o seu pai?

— Não está bem, apesar de dizer que está ótimo. Não quero preocupá-lo.

— Não vou contar nada.

— Sei disso.

— Mas acho que você deveria contar à sua mãe...

— Margit!

— Está bem, está bem. Isso é assunto seu.

Dita sorri. Margit é a irmã mais velha que ela nunca teve.

A bibliotecária volta para o barracão, acompanhada do crepitar de seus passos sobre o barro gélido. Acompanhada também dessa estranha sensação de ter pupilas cravadas em suas costas, apesar de, ao se virar para trás, os únicos olhos na escuridão serem os clarões avermelhados dos crematórios, que vistos ao longe têm um ar de irrealidade ou de sonho inquietante. Chega sã e salva ao barracão e, depois de dar um beijo na mãe, se encolhe entre os pés imensos da veterana. Tem a impressão de que a mulher afasta um pouco as pernas para que ela possa se acomodar melhor, mas, quando lhe deseja boa-noite, amável, a veterana nem sequer responde. Dita sabe que não será fácil pegar no sono, mas fecha os olhos e aperta as pálpebras com todas as suas forças para ser do contra. É tão cabeçuda que acaba adormecendo.

Depois da recontagem, a primeira coisa que faz naquela manhã é se apresentar antes de qualquer outra pessoa no quarto do *Blockältester*. Dá três batidas espaçadas, e Hirsch já sabe que é a bibliotecária. Abre a porta para ela passar e a fecha logo depois. Ergue o alçapão depressa e separa os livros que lhe foram solicitados para essa vez, até um máximo de quatro. Se há mais pedidos, devem esperar até o dia seguinte, pois não cabem mais nos compartimentos secretos do vestido de Dita.

Para poder enfiar os livros nos bolsos internos, ela precisa abrir vários botões da parte superior do vestido. Fredy olha para Dita e hesita por um momento. Uma menina decente não deveria estar sozinha no quarto de um homem. E muito menos desabotoar o vestido na frente dele. Se a mãe dela soubesse, seria uma catástrofe. Mas não há tempo, é perigoso demais. Alguém poderia chegar e bater na porta do quarto do chefe do bloco a qualquer momento. Ela desabotoa o vestido, e um de seus pequenos seios fica à mostra. Nesse momento, ele se dá conta e vira o rosto para a porta. Ela enrubesce, mas se sente orgulhosa. Hirsch percebeu que não pode vê-la como uma criança.

O forro de lona tem uma faixa na altura da barriga que prende um bolso ao outro e faz com que os livros não balancem. Os quatro mal fazem volume nesse vestido largo, que Dita nem preenche por completo. O diretor do bloco assente com a cabeça, satisfeito com a ideia da menina para camuflar os livros. Para essa manhã, há apenas dois pedidos, feitos no dia anterior: o livro de álgebra e *Uma breve história do mundo*.

Até onde se pode ver, ela sai do quarto do *Blockältester* do mesmo jeito que entrou, sem levar nada nas mãos, com os pequenos volumes perfeitamente camuflados sob a roupa. Ninguém que a visse entrar e sair saberia o que ela traz. Dita aproveita o momento de alvoroço em que as filas são desfeitas e as crianças vão se acomodando em seus grupos para ir aos fundos do barracão. Esconde-se atrás de uma pilha de madeira e tira os livros por debaixo do vestido. Os demais a veem chegar com os livros nas mãos, mas não sabem de onde exatamente esses livros saíram. Um truque de ilusionismo que desperta entre as crianças a admiração risonha que se tem pelos mágicos.

Foi o professor Avi Ofir quem solicitou o tratado de matemática para seus alunos, que são os mais velhos da escola. Dita se considera mais uma do grupo, uma que passa despercebida até demais: às vezes, gostaria de ser mais alta e ter mais curvas. Por isso, quando começou a trabalhar como bibliotecária, pensou que chegaria a um grupo, entregaria o livro ao professor e ninguém repararia nela. Desapareceria em meio à multidão do barracão como uma sombra. Mas estava enganada.

Quando ela se aproxima, uma mistura de instinto e curiosidade faz com que até os mais agitados — os que andam puxando a roupa um do outro ou os que estão envolvidos numa conversa sobre marcas de carros —, de repente, parem o que estão fazendo e olhem para seu rosto: ela estende a mão e entrega um livro. O professor o pega e abre. Abrir um livro ali é um ritual.

Muitos daqueles alunos odiavam os livros quando estudavam na escola. Os livros eram sinônimo de estudos chatos, de extensas lições de ciências, de sessões de leitura sob o olhar ameaçador do professor, de deveres de casa que os impediam de ir brincar na rua. Ali, porém, o livro parece um ímã. Não conseguem tirar os olhos dele e muitos não conseguem nem conter o impulso de se levantar dos tamboretes e se aproximar de Avi Ofir para que ele os deixe tocá-lo. A ansiedade gera um pequeno tumulto, e o professor manda, enérgico, que voltem a se sentar.

Dita repara em Gabriel, um louro com sardinhas e malícia de sobra. É impossível ver Gabriel sem que ele esteja imitando ruídos de animais no meio da aula, puxando o cabelo de uma menina ou tramando uma travessura qualquer. Mas agora está absorto, olhando para o livro. Todos estão.

Nos primeiros dias, Dita não entendia o repentino interesse pelos livros até nos menos aplicados, porém, pouco a pouco, foi se dando conta de que os livros são uma ligação com as provas, o estudo e as tarefas menos gratas da escola, mas também um símbolo da vida sem alambrados nem medo. Até os que nunca quiseram abrir um livro, que sempre o fizeram a contragosto, reconhecem agora nesse objeto de papel um aliado. Se os nazistas proíbem os livros é porque os livros estão do seu lado.

Manejar livros faz com que estejam um passo mais perto da normalidade, e esse é o sonho de todos. O desejo fervoroso que todo mundo faz em suas pregações, enquanto rezam de olhos bem fechados, não é o de brinquedos luxuosos nem de grandes coisas. O que pedem a Deus é para brincar de esconde-esconde numa praça, tomar água em uma fonte.

Quando Dita vai entregar o segundo livro, vê que outros professores lhe fazem sinais indicando que gostariam de dispor de algum dos exemplares. Um professor do grupo ao lado estica o pescoço e diz que também estaria interessado. E depois o de mais adiante. Ao cruzar com o vice-diretor, Lichtenstern, ela comenta com ele sua estranheza:

— Não sei o que aconteceu. De repente, os pedidos de livros começaram a multiplicar...

— É que se deram conta de que o serviço bibliotecário funciona.

Ela sorri, meio incomodada com o elogio e com a responsabilidade. Agora todos esperam muito de Dita. Mas ela é apenas uma menina de 14 anos, na mira de um nazista louco que jamais esquece um rosto!

Não importa.

— Escute, sr. Lichtenstern, tenho uma sugestão. O sr. Hirsch lhe contou sobre o sistema que inventei para camuflar livros sob a roupa?

— Contou. Ele gostou muito.

— Bom, esse sistema facilita as coisas se aparece uma súbita inspeção. Não é nada que aconteça com frequência. O que proponho é que tomando como modelo o meu bolso secreto, mandem fabricar mais um para outro assistente voluntário. Dessa maneira poderíamos ter os livros aqui durante o dia à disposição dos professores. Aí, sim, seria como uma biblioteca de verdade.

Lichtenstern olha fixamente para ela.

— Não sei se entendi bem...

— Deixaríamos os livros sobre a lareira durante as aulas da manhã e, assim, a cada mudança de turma, os professores poderiam vir pedi-los. Inclusive, um professor poderia solicitar vários livros diferentes na mesma manhã, se desejasse. Se houvesse uma inspeção, os esconderíamos nos compartimentos secretos sob a roupa.

— Você quer manter os livros em cima da lareira? É uma imprudência. Não estou de acordo.

— E acha que o sr. Hirsch estaria?

Ela formula a pergunta com tanta candura que deixa o professor enfurecido. Por acaso essa fedelha pretende passar por cima de sua autoridade? Está claro que sim, mas ele prefere explicar isso a Hirsch pessoalmente. Não permitirá que essa garotinha atrevida o convença.

— Comentarei isso com o diretor, mas já vá esquecendo esse assunto. Eu conheço Hirsch.

Nisso ele se engana. Ninguém conhece a verdade oculta de Hirsch.

Ninguém conhece ninguém.

6

Lichtenstern tem o único relógio do campo e, no fim da manhã, toca um gongo, feito com uma vasilha de metal especialmente fina, que vibra, ruidosa, para marcar o final das aulas. Está na hora da sopa. Meio litro de água amarga onde às vezes flutua um pedaço de nabo ou, nos grandes dias, uma lasca de batata. Apesar da ânsia de matar a fome perpétua, as crianças precisam formar uma fila ordenada para se dirigir às latrinas e fazer o asseio nos grandes cochos metálicos habilitados como lavatórios.

Dita vai até o canto do professor Morgenstern e recolhe o livro de H.G. Wells com que ele explicava aos alunos a queda do Império Romano. O professor tem um ar de Papai Noel descomposto, com o cabelo branco sempre despenteado, a barba grisalha comprida e sobrancelhas feito arames brancos. Usa um blazer velho muito gasto, descosturado nas ombreiras e sem botões, mas caminha muito ereto, com cerimoniosa dignidade, e seus modos são de uma cortesia antiga, um tanto excessiva, como o hábito de chamar de "senhor" e "senhorita" até as crianças menores.

Dita pega o livro com as duas mãos. Não vai permitir que esse homem tão desajeitado o deixe cair. Desde o incidente durante a inspeção, que foi muito conveniente para que ela escapasse do Padre, Dita vem sentindo por ele uma curiosidade especial e, em algumas tardes, se aproxima para vê-lo. O professor Morgenstern sempre se ergue de um jeito atropelado logo que a vê chegar e lhe faz uma reverência afetada de tão cortês. Ela acha graça que, às vezes, sem que venha ao caso, ele comece a falar sem preâmbulos sobre qualquer coisa.

— Já pensou na importância da distância entre as sobrancelhas e os olhos? — pergunta o professor, muito intrigado. — É difícil encontrar pessoas com a distância precisa, nem perto demais, nem longe demais.

Fala de maneira torrencial e entusiasmada sobre os temas mais absurdos, mas também pode se calar de repente, olhando para o teto ou para parte alguma. Se alguém tenta interrompê-lo, ele faz um gesto com a mão para que a pessoa espere um momento.

— Estou escutando as rodas do meu cérebro girarem — afirma ele, muito sério.

Morgenstern não participa das tertúlias que os professores mantêm no fim do dia. De todo jeito, não seria bem-recebido. A maioria pensa que ele anda mal da cabeça. Nas tardes em que seus alunos ficam brincando atrás do barracão com outros grupos, ele costuma se sentar sozinho. Com as poucas folhas usadas que descartam quando já não cabe um risco sequer, o professor Morgenstern faz passarinhos de papel.

Quando Dita se aproxima nessa tarde, ele larga um bico de papel dobrado pela metade e se levanta atropeladamente para lhe fazer um meneio com a cabeça e olhar para ela através de suas lentes riscadas.

— A senhorita bibliotecária... É uma honra.

Dita acha graça na maneira como é recebida, o que a envaidece e a faz se sentir mais velha. Por um momento, se pergunta se ele não estaria zombando dela, mas logo descarta essa ideia. O olhar do professor é bondoso. Ele fala de edifícios porque "antes da guerra era arquiteto". Quando ela diz que ele ainda é, que depois dos parênteses da guerra continuará levantando edifícios, ele sorri, benevolente.

— Já não tenho forças para levantar nada, nem para me levantar desse banco tão baixinho.

Antes de chegar a Auschwitz, passou vários anos sem poder exercer sua profissão por ser judeu e diz que sua memória começa a falhar.

— Já não me lembro das fórmulas para calcular as massas, e a minha mão treme tanto que eu seria incapaz de fazer a planta até de uma piscina.

E, ao acabar de dizer isso, sorri.

Morgenstern confessa que às vezes lhe pede que leve algum livro, mas depois se entretém falando de outros assuntos e não chega nem a abri-lo.

— Então, por que o senhor pede? — reprova ela, zangada. — Não percebe que os livros são escassos e não podem ser pedidos por capricho?

— Tem razão, srta. Adlerova, tem toda a razão do mundo. Peço desculpas. Sou um velho egoísta e caprichoso.

Em seguida se cala, e Dita são sabe o que dizer. O homem parece mesmo lamentar. Pouco depois, sorri de repente, sem transição. Conta em voz baixa, como se fosse um segredo, que ter um livro no colo enquanto fala da história da Europa ou do êxodo dos judeus faz com que se sinta um professor de verdade.

— Assim, as crianças me dão mais importância. Nas palavras de um velho caduco não prestariam atenção alguma, mas, se são as palavras de um livro... Aí, já é outra coisa. Os livros guardam em suas páginas a sabedoria de quem os escreveu. Os livros nunca perdem a memória.

E se aproxima ainda mais de Dita para lhe confiar algo muito secreto e misterioso. Ela repara naquela barba grisalha toda bagunçada e naqueles olhos minúsculos.

— Srta. Adlerova... os livros sabem tudo.

A bibliotecária deixa Morgenstern absorto no origami, tentando fazer o que parece uma foca de papel. Está com a impressão de que o velho professor tem as porcas do cérebro meio frouxas, mas, ainda assim... as coisas que ele diz são absurdas e ao mesmo tempo fazem sentido. Ela realmente não consegue dizer se ele é louco ou sábio.

Lichtenstern faz sinais nervosos para que Dita vá falar com ele. Está com uma cara de infinitamente aborrecido. A mesma que faz quando acabam seus cigarros.

— O diretor disse que gostou da sua proposta.

O vice-diretor observa Dita para ver sua reação vitoriosa, mas ela não é criança: sabe rir por dentro. De fato, se mostra séria e concentrada enquanto Lichtenstern faz uma cara de amargura. Por dentro, a alma da menina está dando pulos de alegria, saltando loucamente como em uma cama elástica.

— Ele disse que sim e assim será. É o chefe. Mas diante do primeiro aviso de inspeção, é preciso guardar os livros a toda velocidade. Tudo isso fica sob sua responsabilidade.

Ela assente com a cabeça.

— Só não concordei de maneira alguma com um ponto levantado por ele — afirma o vice-diretor, mais animado, como se isso recuperasse seu orgulho ferido. — Hirsch insistiu para que ele mesmo usasse os bolsos internos para o caso de uma inspeção. Fiz com que ele visse que isso seria uma estupidez. Ele tem que receber os guardas, vai estar a dois palmos deles, não pode carregar esse volume. Ele foi muito cabeça-dura. Você já sabe, é alemão. Mas eu sou tcheco. Ele é determinado, mas eu sou resistente. E acabei conseguindo convencê-lo. Cada dia, um assistente diferente ajudará você na biblioteca.

— Perfeito, sr. Lichtenstern! Amanhã inauguramos a biblioteca pública.

— Para mim, essa coisa toda de livros é uma loucura. — E suspira enquanto se afasta. — Mas existe algo aqui que não seja uma loucura?

Dita sai contente do barracão, além de nervosa, pensando em como vai se organizar para que o empréstimo de livros funcione bem. Está em meio a essas suposições quando se encontra com Margit, que a esperava do lado de fora. Logo ali na frente, as duas veem sair do barracão que faz as vezes de hospital um homem puxando um carrinho com um cadáver coberto por um pano. A passagem de cadáveres é tão habitual que já quase ninguém parece se dar conta. As duas se olham e não dizem nada. É melhor não falar. Por isso, caminham em silêncio até que se deparam com René, uma garota loura com quem Margit fez amizade um dia, na fila da sopa. Ela tem a roupa suja de barro depois da jornada de trabalho nas valas de drenagem, e olheiras que a fazem parecer mais velha.

— Que azar você teve com o trabalho, René!

— O azar me persegue... — E diz aquilo de maneira um tanto enigmática, para que as duas a escutem com atenção.

Gesticula com as mãos e entra no beco formado pelos dois barracões. Na parte de trás de um deles, procuram um lugar a alguns metros de um grupo de homens que, pela maneira de sussurrar e levantar a cabeça, desconfiados, para espiá-las, devem estar falando de política. As três se encolhem bem juntas para sentir menos frio, e então René lhes conta:

— Tem um guarda que fica me olhando.

As duas trocam um olhar de estranheza. Margit não sabe o que dizer, e Dita dissimula.

— Os guardas são pagos para isso, René. Para que olhem os presos.

— Me olha de um jeito diferente... muito fixamente. Espera até que eu saia da formação depois de fazer a chamada e me segue com o olhar. Eu noto. E na recontagem da tarde é a mesma coisa.

Dita está prestes a fazer outro gracejo e lhe dizer que ela é muito vaidosa... mas a vê tão preocupada que opta por se calar.

— Primeiro, não dei importância a isso, mas, nesta tarde, enquanto o guarda fazia a ronda pelo campo, se desviou do caminho dele pelo centro da *Lagerstraße* e se aproximou da vala onde estávamos trabalhando. Não me atrevi a me virar, mas notei que ele estava muito perto. Depois se afastou.

— Talvez só estivesse inspecionando o trabalho na vala.

— Mas logo depois voltou para o centro da *Lagerstraße*. Fiquei observando, e ele não se desviou mais, até o final. É como se só vigiasse a mim.

— E você tem certeza de que é sempre o mesmo SS?

— Tenho. Ele é baixinho. É fácil reconhecê-lo. — E, ao dizer aquilo, ela tapa o rosto com as mãos. — Estou com medo.

René vai falar com a mãe, cabisbaixa e preocupada.

— Essa garota é impressionável demais — diz Dita, um tanto desrespeitosa.

— Está assustada. Eu também estou. Você nunca tem medo, Dita? Você, sim, está sendo vigiada. É justamente você quem deveria estar mais assustada, mas é a que menos medo tem. Você é muito valente.

— Que bobagem! É claro que tenho medo! Mas não saio anunciando isso por aí.

— Às vezes precisamos dizer o que sentimos por dentro.

As duas passam um instante em silêncio e logo se despedem. Dita volta para a *Lagerstraße* e vira na direção de seu barracão. Começou a nevar, e as pessoas vão se recolhendo em seus barracões. São estábulos imundos, mas em compensação faz um pouco menos de frio lá dentro. De longe, ela vê que na porta do bloco 16, o seu, não há ninguém amontoado, como de costume, ainda mais entre os casais, que aproveitam o momento antes do toque de silêncio para ficarem juntos. Pouco depois, ela descobre a razão para não haver ninguém ali. A ópera *Tosca*, de Puccini, paira no ar. Dita a conhece bem. A música é uma das preferidas de seu pai. Alguém assobia aqueles acordes com precisão e, ao aguçar o olhar, ela descobre uma figura apoiada junto à dobradiça da porta com o quepe dos oficiais das SS.

— Meu Deus...

Parece estar esperando alguém. Mas ninguém quer ser esperado por ele. Dita para no meio da *Lagerstraße*. Não sabe se ele a viu. Nesse momento, passa por ela um grupo de quatro mulheres, apressadas para chegar antes do toque de recolher enquanto vão conversando, nervosas, sobre seus maridos. Dita dá dois passos largos, abaixa a cabeça e segue logo atrás delas para se camuflar. Quando chega à porta do barracão, sem tirar o rosto do chão, passa à frente delas, depressa, e entra quase correndo.

Uma vez leu num livro sobre a fauna africana que, se alguém se vê diante de um leão, nunca deve correr e sim se movimentar bem devagar. Talvez tenha cometido um erro fatal ao entrar correndo, mas acha que o livro, apesar de saber muito sobre leões, não dizia como se comportar com psicopatas da SS. Ela entrou de cabeça baixa para passar mais despercebida, mas não conseguiu deixar de olhar de soslaio para o capitão médico, por um instante. Uma vez um veterano da Grande Guerra foi visitar seu pai. Havia perdido um dos olhos com a explosão de uma bomba e agora tinha um olho de cristal. Ela nunca se esqueceu do olhar neutro desse olho que, na verdade, não enxergava nada, porque não passava de matéria inanimada. O olhar de Mengele é exatamente assim, o de olhos de cristal gelados, onde não há vida nem emoção alguma.

Dita pensa que o leão faminto vai disparar atrás dela. Chega quase correndo a seu treliche e sobe na cama num pulo. Pela primeira vez, se alegra de ver a veterana da cicatriz e se esconde entre seus pés sujos como se pensasse que ali, encolhida, poderia escapar desse capitão médico que tudo vê. Não escuta passos apressados nem ordens em alemão. Mengele não corre atrás dela, e isso a deixa temporariamente aliviada.

A menina não sabe que ninguém chegou a vê-la correr. Não lhe parece elegante. Para que correr? Um prisioneiro não pode se esconder em lugar algum. É como pescar um peixe num aquário.

Sua mãe, ao vê-la chegar tão agitada, lhe diz para não se angustiar, que ainda falta um pouco para o toque de silêncio. Ela assente com a cabeça, até se recompõe para disfarçar e sorri, como se nada tivesse acontecido.

Dita dá boa-noite à mãe e depois também às meias ensebadas da veterana, que exalam um cheiro de queijo velho. Não recebe resposta.

Já nem espera uma. Pergunta-se o que Mengele fazia ali, na entrada do barracão. Se ele esperava por ela, se alguém tão poderoso acredita que Dita possa estar escondendo algo do comando do campo... por que não a detém logo? Ela não sabe. Mengele abre as tripas de milhares de pessoas e investiga seu interior com olhos gulosos, mas ninguém teve a oportunidade de ver o que há dentro de sua cabeça. As luzes se apagam e, por fim, ela se sente a salvo. Mas começa a pensar e se dá conta de que está enganada.

Quando Mengele a ameaçou, ela ficou sem saber ao certo se deveria contar o que houve à direção do bloco 31. Se fizesse isso, seria dispensada de sua responsabilidade para que não corresse riscos. Se isso acontecesse, todos pensariam que ela havia pedido para deixar seu posto porque estava com medo. Por isso, fez tudo ao contrário: tornou a biblioteca mais acessível e também mais visível. Arriscou-se mais, para que ninguém tenha a menor dúvida de que Dita Adlerova não se assusta perante nazista algum.

E com que direito?, se pergunta.

Se ela se põe em risco, está pondo em risco todos os demais. Se a descobrem com os livros, fecharão por completo o bloco 31. Para quinhentas crianças, acabará o sonho de levar algo parecido com uma vida normal. A faceirice de se sentir valente fez com que ela abandonasse a prudência. Na verdade, só trocou um medo por outro: o medo por sua integridade física pelo medo do que os demais pensarão dela. Acha-se muito valente com seus livros e sua biblioteca, mas que tipo de valentia é essa? Ela está disposta a pôr em perigo o bloco inteiro só por temer o descrédito. Hirsch falou dos que ignoram o perigo e comprometem os demais. Os temerários. Esses ele não quer ali. Não servem. Tomam banho de gasolina enquanto fumam. Quando se dão bem com sua audácia, exibem uma medalha e estufam o peito. Quando se dão mal, arrastam todo mundo em sua queda.

Dita abre os olhos, e as meias encardidas a fitam na escuridão. Ela não pode esconder a verdade nos compartimentos de lona de seu vestido. A verdade pesa demais, acaba descosturando qualquer forro, caindo, ruidosa, rasgando tudo. A menina pensa em Hirsch. Ele é um homem transparente, e ela não tem o direito de esconder os fatos apenas pela vaidade de se sentir valente.

Seria jogar sujo. Fredy não merece isso.

Ela decide que no dia seguinte irá falar com ele. Explicará que o doutor Mengele a vigia de perto e que, seguindo seu rastro, pode chegar à biblioteca e descobrir a verdadeira função do bloco 31. Hirsch irá dispensá-la, naturalmente. E ninguém olhará para ela com admiração. Isso a entristece um pouco. Ninguém elogia os que recuam. Ela se dá conta de que é fácil medir o heroísmo, quantificá-lo em honras e medalhas. Mas como se mede o valor dos que renunciam?

7

Rudi Rosenberg se aproxima da cerca que separa o campo de quarentena, onde fica seu escritório, da agitação do campo familiar. O registrador enviou um recado a Hirsch com o intuito de marcarem uma data para conversar, mesmo que seja com o alambrado no meio. Rosenberg respeita muito o trabalho que o instrutor da juventude do bloco 31 tem feito. Também há maledicentes que acreditam que ele colabore com entusiasmo demais com o comando do campo, mas, em geral, desperta simpatia e se mostra confiável. Schmulewski, com aquela voz tão áspera, disse que Hirsch "é o mais confiável que alguém pode ser em Auschwitz." Rosenberg foi se aproximando de Hirsch através de conversas fugazes e já lhe fez pequenos favores com as listagens. E não apenas porque os dois se dão bem: Schmulewski lhe pediu que, com discrição, averiguasse todo o possível sobre ele. A informação vale infinitamente mais do que ouro.

O que não se esperava nessa manhã era que o responsável pelo bloco 31 chegasse para conversar acompanhado de uma garota que, mesmo vestida com uma saia comprida toda manchada e um agasalho de lã largo demais, tem a elegância de uma gazela.

Fredy lhe conta dos problemas de provisões que tem no bloco, de sua tentativa de que aprovem outra melhora nas porções das crianças.

— Ouvi dizer — comenta Rosenberg com um tom neutro, como se fosse um comentário insignificante — que a peça de teatro com que vocês celebraram o Chanuca no bloco 31 foi um sucesso. Parece que os oficiais da SS aplaudiram muito. Pelo visto, o comandante Schwarzhuber se divertiu bastante.

Hirsch sabe que a Resistência não confia de todo nele. Também não confia na Resistência.

— É verdade. Aproveitei que o doutor Mengele estava de bom humor para me aproximar dele e pedir que nos cedessem o depósito ao lado do barracão de vestuários, porque queríamos fazer uma creche para os menores.

— O doutor Mengele de bom humor? — Rosenberg arregala os olhos, como se lhe parecesse impossível que um ser que toda semana manda para a morte centenas de pessoas sem se abalar pudesse ter um sentimento tão humano quanto esse.

— Hoje chegou a ordem com a autorização dele. Assim os pequeninos poderão ter o espaço deles e não irão distrair os mais velhos.

Rosenberg assente com a cabeça e sorri. Sem se dar conta, o registrador fixou os olhos nos da garota, que assiste em silêncio, prudentemente, a alguns passos de distância. Hirsch, ao perceber isso, apresenta a jovem como Alice Munk, uma das assistentes que ajudam no bloco 31.

Rudi tenta voltar a cabeça para o que Hirsch lhe conta, mas seus olhos giram como bolas de gude em direção à jovem assistente, cujos lábios adolescentes retribuem com um sorriso espontâneo. Hirsch é capaz de não mexer um músculo e se manter impávido perante um batalhão de oficiais da SS, mas se sente incomodado ao perceber o galanteio entre os dois jovens. Para ele, o amor tem sido uma fonte de problemas desde a adolescência. Ao longo desses anos, vem tentando se manter atarefado com seus torneios e treinamentos e já organizou um monte de eventos de uma só vez para manter a cabeça ocupada. Estar entretido também tem lhe permitido disfarçar o fato de que, por ser alguém tão popular e tão solicitado por todo mundo, sempre acaba ficando sozinho.

Por fim, opta por dizer aos dois jovens que soltam faíscas pelos olhos que tem algo urgente para fazer. Retira-se discretamente para que possam continuar lançando um para o outro os fios da teia do amor, tão transparentes e ao mesmo tempo tão fortes, tão pegajosos às vezes que alguém se prende mesmo sem querer.

— Meu nome é Rudi.

— Eu sei. E o meu é Alice.

Ao ficarem sozinhos, Rosenberg tenta utilizar o seu melhor repertório de sedução, que, na verdade, está mais para escasso, pois jamais teve uma namorada. Também nunca teve relações com uma mulher. Em Birkenau, com exceção da liberdade, tudo pode ser comprado e vendido. O sexo também. Ele, porém, nunca quis fazer parte desse mercado carnal que se desenvolve clandestinamente, ou nunca se atreveu a isso. Há um momento de silêncio, e ele se apressa para preenchê-lo, pois de repente se dá conta de que o que mais deseja no mundo é que essa moça esbelta como uma jovem corça não se vá, o que mais deseja é que ela fique sempre ali, do outro lado da cerca, e sorria para ele com esses lábios rosados rachados pelo frio que ele adoraria curar com um beijo.

— O que você acha do trabalho no bloco 31?

— Muito bom. Nós, os assistentes, cuidamos para que tudo esteja no lugar. Alguns são responsáveis por fazer a lareira funcionar quando temos carvão ou madeira, o que só acontece de vez em quando. Outros ajudam a dar comida aos menores. Também varremos. Agora estou no grupo dos lápis.

— Lápis?

— Há muito poucos lápis de verdade, e eles são reservados para ocasiões especiais. Fabricamos uns bem toscos, mas ajudam.

— E como é que vocês fazem isso?

— Primeiro afiamos umas colherinhas com duas pedras até cortarem. Então, com essa lâmina que fabricamos, tiramos a ponta das lascas que extraímos das madeiras que já não servem mais. Costumo me encarregar da parte final: queimar a ponta com fogo até ela ficar preta como carvão. Assim as crianças podem escrever algumas palavras. Por isso, todos os dias temos que fazer ponta em novos pedaços de madeira e chamuscá-los.

— Com a quantidade de crianças que há! Talvez eu consiga arranjar uns lápis para vocês...

— Verdade? — Os olhos de Alice brilham, e Rudi gosta disso. — Mas seria muito difícil levá-los para o campo.

Ele gosta ainda mais disso. É a oportunidade de marcar pontos.

— Só preciso de alguém de confiança do outro lado da cerca... Poderia ser você.

Ela assente com a cabeça, num gesto muito veemente, feliz por poder ser ainda mais útil a Hirsch, por quem sente, como todos os jovens assistentes, uma profunda admiração.

Um instante depois de dizer aquilo, passa pela cabeça do registrador uma dúvida repentina. Até então, as coisas têm corrido muito bem para ele em Auschwitz, e ele conseguiu um posto privilegiado porque jogou bem suas cartas. Soube conquistar os internos influentes que tinham cargos de confiança e teve a habilidade de arriscar apenas o indispensável, contrabandeando produtos e serviços de baixo risco e alta rentabilidade para seu status. Conseguir lápis, pelos quais terá que dar algo em troca, para entregá-los a um barracão infantil totalmente improdutivo não é benéfico nem prudente. Mas ele vê o sorriso e o brilho negro dos olhos daquela moça e se esquece de todo o resto.

— Dentro de três dias. Neste mesmo ponto da cerca. No mesmo horário.

Alice lhe diz que sim e se afasta correndo muito nervosa, como se tivesse sido tomada por uma pressa súbita. Ele observa a moça indo embora, com o cabelo alvoroçado pela brisa fria da tarde. Terá que quebrar a regra de sobrevivência que até agora funcionou tão bem: não pedir favores pelos quais não receberá nada em troca. Quando a ganância é pouca, a perda está perto. E em Auschwitz ninguém pode ser dar ao luxo de perder nada. Com essa moça, fez um mau negócio e, no entanto, de maneira incompreensível, está contente. Enquanto volta para seu barracão do campo BIIa, se sente fraco, como se suas pernas estivessem bambas. Nunca pensou que se apaixonar fosse tão parecido com uma gripe.

As pernas de Dita Adlerova também tremem. Os joelhos se chocam como chocalhos. As crianças e os professores vão entrando e percebendo que a bibliotecária está atrás da lareira e que diante dela há uma dezena de volumes. É como se estivesse disposta a vendê-los atrás de um balcão. Fazia muitos meses, desde Terezín pelo menos, que não viam tantos livros juntos. Os professores se aproximam e leem as lombadas legíveis, perguntam com o olhar se podem pegá-los para folhear, e Dita assente com a cabeça. Mas não tira os olhos dos exemplares. Quando uma mulher abre o livro de psicanálise com demasiado ímpeto, Dita lhe pede suavidade. Na verdade, exige, mas disfarçando com um sorriso, e a professora fica olhando para ela, um tanto incomodada por ter sido repreendida por uma assistente de 14 anos.

— São muito frágeis — diz a menina com um sorriso forçado.

Os livros devem voltar de hora em hora para que circulem e ela mantenha o controle. Ao longo da manhã, os observa espalhados pelo barracão. Reconhece os exemplares mesmo que tenham sido levados por alguém dos grupos do canto mais distante. Vê no final de tudo uma professora gesticulando excessivamente com o livro de geometria na mão. Perto de si, vê, apoiado num tamborete, o atlas, o livro mais grandalhão de todos, apesar de caber bem em seu bolso interno. Distingue com muita facilidade o verde da gramática russa, que às vezes usam para que as crianças se espantem com esses caracteres cirílicos que parecem tão misteriosos. Os romances têm menos saída. Alguns professores pediram para lê-los, mas devem fazê-lo sem sair do bloco 31.

Ela precisa falar com Lichtenstern para ver se ele e Hirsch autorizam que ela empreste os livros durante as tardes aos professores que ficam livres quando há jogos ou quando se reúne o coro de Avi Ofir, que tanto entusiasma as crianças e, ao cantar *Alouette*, inunda o barracão de vozes risonhas.

No final da manhã, todo mundo devolve os livros, e Dita os vai recebendo com o alívio de um filho que chega à janela e vê seus pais idosos, que saíram de bengala para dar um breve passeio, voltando para casa. Torce um pouco a cara e franze a testa para o professor que devolve algum exemplar mais desgastado do que estava. Com o passar dos dias, já conhece cada dobra de cada livro, cada rasgo, cada cicatriz. Ao retornarem, os analisa tal como uma mãe severa analisa os arranhões no joelho de um filho que volta de uma brincadeira na rua.

Fredy Hirsch, que traz uns papéis na mão e parece atarefado, passa pelo posto da menina na lareira. Ainda assim, para por um instante e observa a pequena biblioteca. Fredy é dessas pessoas que sempre têm pressa, mas sempre têm tempo.

— Menina, isso, sim, é que é uma biblioteca.

— Fico feliz que tenha gostado.

— Muito bem. Nós, judeus, sempre fomos o povo mais culto. — E ao dizer isso, ele sorri para ela. — Se eu puder fazer alguma coisa por você, me diga.

Hirsch dá meia-volta e começa a andar a passos largos e enérgicos.

— Fredy! — Dita ainda se incomoda ao chamá-lo com tanta intimidade, mas ele lhe dera ordens para fazer isso. — Você pode fazer uma coisa por mim, sim.

Ele lhe pergunta o que com os olhos.

— Consiga esparadrapo, cola e tesoura. Esses pobres livros precisam de alguns cuidados.

Hirsch assente com a cabeça. Enquanto caminha em direção à saída, sorri. Nunca se cansa de repetir para todos que queiram escutar: "As crianças são o melhor que temos".

À tarde, apesar do frio, os pequenos aproveitam que parou de chover para brincar lá fora de pique ou de procurar tesouros invisíveis no barro úmido. Os mais velhos reuniram seus tamboretes num grande semicírculo. Dita já recolheu os livros e se aproxima para escutar. No centro se encontra Hirsch, e ele está falando de um de seus temas preferidos: a *aliyá*, a ida para as terras da Palestina. Escutam com interesse, absortos. Em meio a tanta vulnerabilidade, com o estômago sempre vazio e a ameaça de morte permanentemente recordada por esse cheiro de pele queimada que a brisa traz, o diretor do bloco faz com que se sintam invencíveis.

— *Aliyá* é muito mais do que uma emigração. Não, não se trata disso. Não se trata de ir para a Palestina como a qualquer outro lugar para ganhar a vida e pronto. Não, não, não. Não é isso. — Ele faz uma longa pausa em que se forma um silêncio e uma expectativa. — É uma viagem de conexão com a força dos nossos antepassados. É retomar um fio que se rompeu. É tomar a terra e fazê-la sua. É a *hagshama atzmit*. Algo muito mais profundo. Talvez vocês não percebam, mas têm uma luz em seu interior. Sim, sim, não me olhem com cara de quem está estranhando. Vocês têm uma luz aí dentro... Você também, Markéta! Mas ela está apagada. Alguém dirá: "De que me serve isso? Vivi assim até agora e tenho me saído bem." É claro que vocês podem viver como viveram até agora, mas será uma vida medíocre. A diferença entre viver com essa luz apagada ou acesa é a mesma que iluminar uma caverna escura com um fósforo ou com uma lanterna. Se vocês cumprirem a *aliyá* e empreenderem o caminho rumo à terra de nossos ancestrais, ao pôr um pé na terra de Israel essa luz se acenderá com uma potência incrível e os iluminará por dentro. É uma coisa que não basta contar, que vocês têm que viver por conta própria. Então, irão entender tudo. E então vão saber quem são.

Os jovens o observam com uma concentração absoluta. Têm os olhos muito abertos. Alguns acariciam o peito num gesto inconsciente, como se procurassem algum interruptor que pudesse acender essas luzes apagadas que Hirsch disse que trazem dentro de si.

— Vemos os nazistas com seus armamentos modernos e uniformes reluzentes. E acreditamos que são poderosos, invencíveis até. Não, não, não. Não se enganem. Dentro desses uniformes que brilham tanto não há nada. É uma carcaça. Eles não são nada. Nós não estamos interessados em brilhar por fora. Queremos brilhar por dentro. Isso, no final, nos fará vencedores. Nossa força não está nos uniformes e sim na fé, no orgulho e na determinação.

Fredy faz uma pausa e observa sua plateia, que o encara com os olhos muito abertos.

— Somos mais fortes do que eles porque nosso coração é mais forte. Somos melhores do que eles porque nosso coração é mais poderoso. Por isso, não poderão conosco. Por isso, regressaremos à terra da Palestina e nos ergueremos. E ninguém nunca voltará a nos humilhar. Porque nos armaremos de orgulho e também de espadas... muito afiadas. Mente quem diz que somos uma raça de contadores. Somos uma raça de guerreiros e devolveremos todos os golpes e todos os ataques multiplicados por cem.

Dita assiste em silêncio por um instante e se afasta com discrição. As palavras de Hirsch não deixam ninguém indiferente. Muito menos ela.

Vai falar com ele logo que todos se forem. Não quer gente impertinente rodeando quando expuser o incidente com Mengele. Ainda há professores e assistentes demais ali, pois formaram um grupinho para conversar. Ela reconhece algumas das garotas mais velhas, que riem. E uns garotos que parecem uns perus cheios de espinha no rosto, como esse Milan, que se acha muito bonito. Bem, claro que é bonito, mas se um tonto desses tentasse paquerá-la, ela o mandaria para o inferno. Já sabe, porém, que Milan jamais repararia numa menina tão magrela. Até com a escassa dieta do campo, algumas têm quadris marcados e um peito glorioso.

Dita decide esperar até que todo mundo tenha ido embora para então falar com Hirsch. Opta por se esconder no canto que se forma atrás de umas madeiras empilhadas, onde às vezes se refugia o velho professor Morgenstern, e ali se senta sobre um banco. Um papel roça sua mão: é um passarinho bicudo um tanto amassado. Ela sente vontade de abrir o álbum de fotos de sua cabeça e voltar a Praga, talvez porque, quando não se pode sonhar com o futuro, sempre se pode fazê-lo com o passado.

Depara-se com uma fotografia muito nítida: sua mãe costurando uma horrenda estrela amarela sobre sua preciosa blusa azul ultramarina. O que mais a deixa desconcertada nessa imagem é o rosto de sua mãe: concentrado na agulha, impávido, tão neutro quanto se estivesse refazendo a bainha de uma saia. Dita lembra que quando lhe perguntou, furiosa, o que estava fazendo com sua blusa preferida, ela se limitou a responder que não fazia diferença ter uma estrela de pano por cima. Sequer tirou os olhos da tarefa. A menina se lembra de cerrar os punhos, vermelha de indignação porque as estrelas amarelas de tecido grosso não combinavam nada com o tecido acetinado de seu vestido azul e imaginava que ficariam ainda piores com a camisa verde. Ela não entendia como sua mãe, que era tão elegante, que sabia falar francês e lia aquelas revistas europeias de moda tão bonitas que deixava na mesinha baixa da sala, podia costurar aqueles remendos na roupa. É a guerra, Edita... É a guerra, sussurrou sem tirar os olhos da costura. A menina se calou e aceitou aquilo como algo inevitável, como sua mãe e os outros adultos já tinham aceitado. Era a guerra. Não havia nada a fazer.

Dita se encolhe em seu esconderijo e procura outra imagem, a do dia em que fez 12 anos. Pode ver o apartamento, seus pais, seus avós, seus tios e alguns primos. Ela está no meio, esperando algo, e toda a família forma um círculo ao seu redor. Esboça esse seu sorriso melancólico, esse que aparece quando ela tira a máscara de menina aguerrida, e surge a Dita tímida que se esconde dentro de seu aparente desembaraço. O estranho da imagem é que ninguém mais da família sorri.

Ela se lembra bem dessa festa, a última, com um bolo delicioso que sua mãe preparou. Nunca mais houve outro. Agora a festa é encontrar um pedaço de batata flutuando nesse líquido salgado que chamam de sopa. É verdade que aquele *strudel*, que agora deixa sua boca cheia d'água só de recordá-lo, era muito menor do que os que sua mãe costumava fazer, mas ela não se queixou, porque a vira durante a semana toda visitando dezenas de comércios na tentativa de conseguir mais passas e mais maçãs. Foi impossível. Sua mãe chegava todos os dias à porta do colégio com a sacola de compras vazia e já sem o menor sinal de contrariedade.

Assim era sua mãe: pouco dada a explicar as coisas, como se contar o que a angustiava fosse uma gafe. Dita pensa que teria gostado de lhe dizer: mamãe, desabafe, me conte tudo..., mas ela era uma mulher de outros tempos, feita de outros materiais, como o dessas caçarolas de cerâmica que não deixam passar o calor e mantêm tudo ali dentro. Dita, por outro lado, aproveitava seus 12 anos contando tudo a todo mundo. Gostava de falar e que falassem com ela, de ficar de cabeça para baixo apoiada na mureta das fachadas e tomar sopa fazendo muito barulho. Era uma criança feliz e, pensando bem, acredita que, mesmo agora, nesse campo horrível, não tenha deixado de ser.

Sua mãe apareceu no salão sorrindo com nervosismo e levando seu presente na mão. Os olhos de Dita se iluminaram porque era uma caixa de sapato e já fazia meses que ela sonhava com um sapato novo. Queria um de cores claras, com fivela e, se possível, um pouco de salto.

Abriu a caixa de papelão depressa e se deparou com um sapato para o dia a dia, preto, fechado, tristonho. Ao olhar com mais atenção, percebeu que sequer eram novos. Tinham um arranhão no bico disfarçado com betume. De repente, fez-se silêncio total: seus avós, seus pais e seus tios olhavam para ela com expectativa, aguardando sua reação. Dita esboçou um grande sorriso e disse que tinha adorado o presente. Beijou a mãe, que a abraçou muito forte, e depois o pai, que, com seu humor elegante, lhe disse que ela era uma menina de sorte, porque naquele outono em Paris os sapatos pretos fechados estariam na moda.

Dita sorri ao se lembrar disso. Mas tinha os próprios planos para o décimo segundo aniversário. Quando sua mãe foi ao quarto lhe dar boa-noite, a menina pediu mais um presente. Antes que a mãe protestasse, ela falou que o presente não custava dinheiro: já tinha feito 12 anos e queria permissão para ler um de seus livros de adultos. A mãe ficou calada por um momento, acabou de cobri-la e saiu sem dizer nada.

Um tempo depois, quando já começava a adormecer, Dita ouviu a porta se abrir em sigilo e viu que uma mão deixava sobre a mesinha o exemplar de *A cidadela*, de A.J. Cronin. Logo que sua mãe saiu do quarto, a menina se apressou para pôr o roupão na fresta entre a porta e o chão para que não percebessem que a luz estava acesa. E naquela noite não dormiu.

Já estava de tarde, num dia de outubro de 1924, e um jovem, em trajes despreocupados, olhava distraído através da janela de uma cabine de terceira classe no trem quase vazio, que, vindo de Swansea, subia, penoso, pelo vale de Penowell. Manson passara aquele dia inteiro viajando, partindo do norte, fazendo baldeações em Carlisle e Shrewsbury e, não obstante, na etapa final daquela tediosa viagem, se encontrava empolgado diante da perspectiva de seu destino — o primeiro da carreira de médico — naquela estranha e inóspita região.

Ela se acomodou na cabine junto do jovem doutor Manson e viajou com ele até Drineffy, um povoado de mineradores modestíssimo nas montanhas de Gales. Embarcara no trem da leitura. Naquela noite, sentiu a emoção de uma descoberta, de saber que não importava quantas barreiras seriam impostas por todos os *Reichs* do planeta, porque, se houvesse um livro, ela poderia saltar todas.

Ao pensar agora em *A cidadela*, sorri com afeto, até com gratidão. Escondia o livro na bolsa da escola, sem que sua mãe notasse, para poder continuar lendo na hora do recreio. Foi o primeiro livro que a fez se indignar.

Aquele jovem doutor idealista e talentoso, que acreditava com firmeza na importância de se combater a doença mediante o rigor científico, se mudou para uma cidade maior ao se casar com Christine, a adorável professora de Drineffy. E quando passou a ser aceito pela classe rica, começou a se obcecar absurdamente pelos honorários e a se tornar um médico de senhoras endinheiradas cuja única doença real era o tédio.

Dita balança a cabeça. Como o doutor Manson foi idiota ao se transformar num pedante e deixar de se dedicar a Christine!

Também foi o primeiro livro que fez Dita chorar.

Quando o doutor Manson, depois da morte de um paciente humilde por culpa da negligência de um de seus novos colegas da aristocracia médica, enfim reagiu, ficou de joelhos e pediu perdão a Christine. Manson decidiu romper com aquele mundo frívolo, voltar a ser médico de verdade e ajudar o povo, com ou sem dinheiro para pagar honorários mais altos. E voltou a ser o homem admirável de antes. E Christine voltou a sorrir. Pena que, pouco depois, como mandava o gênero, a bela mulher faleceu.

Dita sorri agora ao pensar nessas páginas. Desde então, soube que sua vida seria mais ampla porque os livros multiplicam a vida e nos permitem conhecer gente como Andrew Manson e, sobretudo, como Christine, uma mulher que nunca se deixou deslumbrar pela alta sociedade nem pelo dinheiro, que nunca renunciou a suas convicções, que foi forte e não cedeu diante do que acreditava ser justo.

Desde então, quer ser como a sra. Manson. Ela não se deixaria desanimar pela guerra porque o romance demonstrava que, se alguém persevera naquilo que acredita, a justiça acaba aflorando por mais encoberta que esteja. Assente com a cabeça cada vez mais lentamente e vai sendo vencida pelo sono no refúgio em meio às madeiras.

Quando abre os olhos, está muito escuro e o barracão se encontra em silêncio. Por um momento, tem um ataque de pânico ao pensar que talvez a sirene para o toque de recolher já tenha soado sem que ela se desse conta. Não regressar ao seu barracão seria uma falta muito grave, o erro que Mengele está esperando para transformá-la em material de laboratório. Mas a menina aguça os ouvidos e se tranquiliza ao escutar o rumor de gente lá fora. Também ouve umas vozes e percebe que foram elas que a despertaram. Falam em alemão.

Estica o pescoço e vê que a porta do quarto de Hirsch está aberta, e a luz, acesa. Hirsch acompanha alguém até a entrada do barracão e abre a porta com cautela.

— Espere um pouco. Tem gente por perto.

— Vejo que você está preocupado, Fredy.

— Acho que Lichtenstern desconfia de alguma coisa. É preciso cuidar, de todas as maneiras, para que nem ele, nem ninguém do bloco 31 descubra. Se isso acontecer, estou acabado.

O outro ri.

— Vamos, não se preocupe tanto. O que podem fazer com você? Afinal, não passam de prisioneiros judeus... Não podem fuzilá-lo!

— Se descobrem como estou enganando a todos, haverá quem queira fazer isso.

Por fim, o outro indivíduo sai do barracão, e Dita o vê fugazmente. É um homem robusto e usa um casaco impermeável largo. Também vê que ele põe o capuz apesar de não estar chovendo, como se não quisesse ser reconhecido. Seu calçado, porém, fica à mostra: não são os tamancos habituais dos prisioneiros e sim umas botas reluzentes.

O que um SS faz ali, às escondidas?, se pergunta ela.

A luz que escapa do quarto de Hirsch lhe permite ver como ele volta cabisbaixo para lá. Ela nunca tinha visto esse homem com um semblante tão derrotado. O homem erguido abaixa a cabeça.

Dita ficou paralisada em seu esconderijo. Não entende o que acaba de ver. Na verdade, a ideia de entender a deixa apavorada. Ela ouviu com clareza o que Hirsch disse: está enganando a todos.

Mas por quê?

Dita se sente como se o chão se movesse sob seus pés e se senta de novo no banco. Ela estava envergonhada porque não havia contado toda a verdade a Hirsch... mas ele é o primeiro a esconder que tem segredos com membros da SS, que eles aproveitam a noite para transitar, camuflados, pelo campo.

Meu Deus...

Ela suspira e leva as mãos à cabeça.

Como vou contar a verdade a alguém que esconde a verdade? Se Hirsch não é confiável, quem é?

Está tão confusa que, quando se põe de pé, fica tonta. Depois que Hirsch se fecha no quarto, Dita sai do barracão sem fazer barulho. As portas do barracão são como as celas dos manicômios: não têm travas que as fechem por dentro.

Naquele momento, soa a sirene que anuncia o iminente toque de recolher. Os últimos retardatários, que desafiaram o frio da noite e a fúria de seus *Kapos* de barracão, correm para os treliches. Dita não tem forças nem para correr. As perguntas pesam muito, se enredam em suas pernas.

E se a pessoa com quem Hirsch falava não fosse um SS e sim alguém da Resistência? Mas, então, por que ele iria se preocupar se as pessoas do 31 soubessem, uma vez que a Resistência está do nosso lado? E quantos membros da Resistência falam com esse sotaque pedante de Berlim?

Enquanto Dita caminha, balança a cabeça. Impossível negar o óbvio. Era um SS. Hirsch tem que lidar com eles. Isso é verdade. Aquela, porém, não era uma visita oficial. O nazista não queria ser reconhecido e conversava com Hirsch com certa intimidade, camaradagem até. E depois aquela imagem de um Fredy abatido pelo remorso...

Meu Deus...

Há rumores o tempo todo nos grupos sobre a existência de informantes e espiões dos nazistas entre os presos. Ela não consegue deter o tremor nas pernas.

Não, não e não.

Hirsch, um delator? Se alguém tivesse insinuado isso duas horas antes, ela teria lhe arrancado os olhos! Não faria sentido Hirsch ser um informante da SS quando ele mesmo engana os nazistas ao transformar o bloco 31 numa escola. Nada faz sentido. De repente lhe ocorre que talvez ele finja, perante os nazistas, ser um informante, mas lhes passe informações irrelevantes ou errôneas e, dessa maneira, os mantenha apaziguados.

Isso explicaria tudo!

Mas então se lembra de como Hirsch foi cabisbaixo para o quarto quando ficou sozinho. Não era um homem orgulhoso de si mesmo que cumpria uma missão. Ele arrastava o peso da culpa. Ela viu isso em seu olhar.

Entra no barracão quando a *Kapo* já está na porta com a vara para bater nas que chegassem depois do toque de recolher, e Dita tapa a cabeça com as mãos para amortecer o golpe. A *Kapo* bate bem forte, mas a menina mal sente dor. Ao subir no treliche, vê uma cabeça levantada na cama ao lado. É sua mãe:

— Você chegou muito tarde, Edita. Está bem?

— Estou, mãe.

— Está mesmo? Não está mentindo para mim?

— Nããão — responde a menina de má vontade.

Irrita-se por ser tratada pela mãe como uma criancinha. Tem vontade de lhe dizer que claro que está mentindo, que em Auschwitz todos mentem para todos. Não seria justo, porém, fazer sua mãe pagar pela raiva que sente por dentro.

— Então, tudo bem?

— Tudo, mãe.

— Calem-se já, suas cadelas, senão corto o pescoço das duas — berra alguém.

— Chega de baderna! — manda a *Kapo*.

Fazem silêncio no barracão, mas o eco não cessa dentro da cabeça de Dita. Hirsch não é quem pensam que é? Então, quem é ele?

Ela tenta relembrar tudo o que sabe sobre ele, mas percebe que não é muito. Depois de vê-lo por breves instantes nas quadras esportivas dos arredores de Praga, só voltou a topar com ele em Terezín.

No gueto de Terezín...

8

Dita se lembra nitidamente da carta escrita a máquina com o selo do *Reichsprotektor* sobre a toalha xadrez grená da mesa, naquele apartamento minúsculo do bairro de Josefov. Um papel ínfimo que mudava tudo. Mudava até o nome da pequena região de Terezín, a sessenta quilômetros de Praga, escrito ali à maneira alemã em maiúsculas bem negras, como se quisessem gritar aquele nome: "THERESIENSTADT". Ao lado, a palavra "Traslado".

Terezín, que os alemães se empenhavam em chamar de Theresienstadt, foi uma cidade com que Hitler, num gesto generoso, presenteou os judeus. Era isso o que dizia a propaganda nazista. Até chegaram a filmar um documentário dirigido pelo diretor de cinema judeu Kurt Gerron, onde se via o povo trabalhando alegremente nas oficinas, praticando esportes e inclusive assistindo, plácido, a conferências e atos sociais, tudo isso sublinhado por uma voz em off que revelava o quanto os judeus eram felizes em Terezín. O documentário mostrava que os rumores de internamento e assassinatos de judeus eram falsos. Logo depois de terminar o filme, Kurt Gerron foi mandado pelos nazistas para Auschwitz, onde morreu em 1944.

Dita suspira.

O gueto de Terezín...

O Conselho Judaico de Praga ofereceu ao *Reichsprotektor* Reinhard Heydrich várias opções para a localização dessa cidade dos judeus. Heydrich, porém, queria Terezín, nenhuma outra. E havia uma razão inapelável: Terezín era uma cidade murada.

Dita se lembra da tristeza pastosa da manhã em que tiveram que meter a vida inteira em duas maletas e arrastá-las até o ponto de encontro, no parque Stromovka. A polícia tcheca os escoltou até a estação de Bubny para se assegurar de que tomariam o trem rumo a Terezín.

Encontra em sua cabeça uma fotografia de novembro de 1942. Seu pai ajuda seu avô, o velho senador, a descer do trem na estação de Bohusovice. Ao fundo, vê a avó observando a manobra com atenção. Há no rosto de Dita uma expressão raivosa, irritada, diante dessa decadência biológica que ataca até os mais robustos e enérgicos. Seu avô havia sido uma fortaleza de pedra e agora não passava de um castelo de areia. Ela também vê na imagem congelada, um passo mais para trás, sua mãe, com aquele olhar obstinado e neutro, fingindo que não acontece nada de mal, tentando não chamar a atenção. E a menina também vê a si mesma com 13 anos, mais criança e extremamente gorda. Sua mãe lhe forçara a vestir vários agasalhos, um por cima do outro. Não era pelo frio e sim porque podiam levar nas maletas apenas cinquenta quilos por pessoa e, daquele jeito, poderiam carregar um pouco mais. Seu pai estava atrás. "Já falei, Edita, para você não comer tanto faisão", dissera ele naquela seriedade com que fazia gracejos.

Nesse álbum de Terezín, a primeira foto que seus olhos armazenaram, depois de transpor o posto de guarda da entrada sob o arco com a frase "*Arbeit macht frei*" (o trabalho os libertará), foi a de uma cidade dinâmica. Um lugar com as avenidas cheias de gente, hospital, corpo de bombeiros, cozinhas, oficinas, creche. Terezín dispunha até dos próprios policiais judeus, a *Ghettowache*, que desfilavam com o casacão e o quepe escuro, como os agentes de qualquer outra polícia do mundo. Se alguém prestasse mais atenção no movimento, porém, percebia que o que seus habitantes carregavam eram cestos sem alça, mantas desfiadas, relógios sem ponteiro... Ela pensa que viver entre apetrechos quebrados é um sinal de vidas arruinadas. Aquela gente ia e vinha como se tivesse pressa, mas compreendeu que, por mais depressa que alguém caminhasse, sempre acabava topando com a muralha. Esse era o engano.

Terezín era uma cidade onde as ruas não levavam a parte alguma.

Foi lá que ela voltou a ver Fredy Hirsch, embora a primeira lembrança não seja a de uma imagem e sim de um som. Um retumbar de bisões em disparada, como nos romances de aventura de Karl May ambientados nas grandes pradarias norte-americanas. Era um de seus primeiros dias no gueto, e ela ainda estava aturdida com a chegada. Dita voltava do trabalho ao qual havia sido destinada, nas hortas plantadas aos pés das muralhas para abastecer a guarnição da SS.

Caminhava pela rua de volta à sua cabine quando escutou um galope que se aproximava por uma rua dali de perto e se agarrou à fachada de um bloco de apartamentos para não ser atropelada, pois pensou que só poderiam ser cavalos. Ao dobrar a esquina, porém, quem apareceu correndo foi um considerável grupo de meninos e meninas. À frente, ia um homem atlético, num penteado impecável, com o cabelo para trás. Dava umas passadas largas e elásticas e, ao passar, a cumprimentou com um leve aceno de cabeça. Era Fredy Hirsch. Inconfundível, elegante até de calça curta e camiseta.

Depois demoraria a tornar a vê-lo. E seria um acaso desses de livros o que a levou ao encontro seguinte.

Tudo começou quando Dita descobriu que, entre os lençóis, a roupa, os cosméticos e os apetrechos que sua mãe enfiara sob pressão nas maletas, seu pai — sem que a mulher se desse conta, pois seu grito teria chegado ao céu diante de tamanho desperdício de peso — camuflara um livro. Quando sua mãe desfez a maleta na primeira noite, ficou surpresa ao se deparar com aquele volume espesso e lançou um olhar severo para o marido.

— Com o que isso pesa, podíamos ter trazido outros três pares de sapato.

— Para que iríamos querer tantos sapatos, Liesl, se não podemos ir a lugar nenhum?

Sua mãe não respondeu, mas Dita pensou tê-la visto abaixar a cabeça para que não se dessem conta de que sorria. Às vezes ela repreendia seu pai porque ele era sonhador demais, mas, no fundo, adorava que fosse assim.

Papai tinha razão. Aquele livro me levou muito mais longe que qualquer par de sapatos.

Da beira de sua cama em Auschwitz, Dita sorri ao recordar esse momento em que abriu a capa de *A montanha mágica*.

Começar um livro é como subir num trem rumo às férias.

A história contava que Hans Castorp viaja de Hamburgo a Davos, nos Alpes suíços, para visitar o primo Joachim, que se submete a um tratamento num elegante balneário onde tentam curar a tuberculose. No começo, Dita não sabia se ela se identificava com o alegre Hans

Castorp, que acaba de chegar ao balneário para passar uns dias de férias, ou com o doente e cavalheiresco Joachim.

— Pois é, aqui estamos e nos divertimos — disse com uma expressão dolorosa, ainda interrompido, de vez em vez, pelas trepidações de seu diafragma — e no entanto não posso prever, nem de longe, quando poderei sair daqui. Pois, quando o Behrens me diz: "Mais meio ano", sei que preciso preparar-me para um prazo maior. É bem duro isso. Você deve compreender como é triste para mim. Já me haviam aceitado no exército, e no mês que vem poderia fazer exames para oficial. Agora vivo aqui vadiando, com o termômetro na boca, conto os erros dessa ignorantona da sra. Stöhr e perco meu tempo. Um ano tem tanta importância na nossa idade, traz tantas alterações e tantos progressos na vida lá de baixo! E eu obrigado a estagnar aqui como uma poça d'água, sim senhor, como um charco apodrecido. Não há exagero nenhum nessa comparação...

Dita se lembra de como assentia, num gesto inconsciente, enquanto lia, e continua fazendo isso, acordada, em sua cama de Auschwitz. Parecia que os personagens daquele romance a compreendiam melhor do que os próprios pais, pois, quando ela se queixava de todas as desgraças por que passavam em Terezín (com seu pai obrigado a passar a noite em outro pavilhão, o trabalho nas hortas, a asfixia de viver em uma cidade fechada, a comida insossa...), os dois lhe diziam para ter paciência, que tudo passaria logo. "Talvez no ano que vem a guerra já tenha acabado", diziam, como se estivessem dando uma notícia maravilhosa. Para os mais velhos, um ano não era mais do que um gomo de laranja. Seus pais sorriam, e ela se mordia de raiva porque eles não entendiam nada: na juventude, um ano é quase a vida inteira.

Nas tardes em que seus pais estavam no pátio interno do pavilhão conversando com outros casais, ela se deitava e, depois de se cobrir com a manta, se sentia um pouco como Joachim fazendo seus tratamentos de repouso, deitado em sua *chaise longue* do balneário. Ou, mais propriamente, como Hans Castorp, que também decide tirar uns dias para relaxar e seguir as sessões de repouso, mas com menos rigidez, como um turista e não como um enfermo. Castorp, que fora para passar três semanas de férias, começa a se contagiar pela maneira de medir o tempo naquele lugar, onde já lhe disseram que a unidade mínima é o mês, que por menos não contam, e onde se perde a noção das horas e dos dias na rotina das refeições e dos momentos de repouso que se sucedem, um dia após o outro, sem distinção.

Em Terezín, ela também esperava deitada a chegada da noite, como os dois primos. Se bem que seu jantar era muito mais escasso do que os cinco pratos que serviam no sanatório internacional Berghof: apenas um pedaço de pão com queijo.

Queijo!, recorda ela agora na cama em Auschwitz. Que sabor tem o queijo, que já não me lembro? De glória!

Isto, sim: lá em Terezín, ainda que embutida em seus quatro casacos, ela sentia o mesmo frio que Joachim e os doentes, que se deitavam envoltos em suas mantas na varanda dos quartos para tomar o seco ar noturno daquelas montanhas, que parecia ter grandes propriedades curativas para os pulmões. E lhe veio, deitada e de olhos fechados, como acontece com Joachim, essa sensação de que a juventude é um pestanejar. Era um livro muito extenso, de modo que, ao longo dos meses seguintes, ela compartilhou com Joachim e seu alegre primo Hans Castorp a clausura. Penetrou nos segredos, nas fofocas, na servidão do suntuoso Berghof, nesse tempo estático da doença que parece avançar, participou das conversas dos primos com os outros pacientes e se juntou a elas de alguma forma. A barreira que a separava dos personagens, a que isola a realidade real da realidade lida, em muitas tardes de exaustiva leitura, se fundia em sua cabeça como chocolate quente. A realidade do livro era muito mais verídica e compreensível do que a que a rodeava naquela cidade amuralhada. Mais crível do que o pesadelo de eletricidade e salas de gás em seu mundo atual de Auschwitz.

Ao vê-la ler tanto, uma companheira de cabine do gueto, que vagava por ali sem que ela lhe desse importância, certa tarde decidiu perguntar se ela já tinha ouvido falar da *República SHKID* e dos rapazes do bloco L417. Claro que já tinha ouvido falar deles!

E foi quando Dita fechou o livro e abriu as orelhas. A curiosidade havia germinado em Dita como um feijão num copo d'água, e ela pediu a Hanka que a levasse para conhecer os rapazes... Agora mesmo! A garota meio alemã tentou lhe dizer que estava um pouco tarde, que talvez no dia seguinte, mas Dita atalhou a companheira e ainda sorri ao se lembrar disso:

— Não temos amanhã. Tudo tem que ser agora!

As duas seguiram a passos ligeiros rumo ao bloco L417, um bloco para rapazes, mas que podiam visitar até as sete. Hanka parou por um instante na entrada e se virou muito séria para a vizinha de cama:

— Cuidado com Ludek... Ele é muito bonito! Mas nem se atreva a paquerá-lo. Eu o vi primeiro.

Dita ergueu a mão direita com uma solenidade festiva, e, rindo, as duas subiram as escadas. Logo que chegaram lá em cima, Hanka começou a conversar com um varapau, e Dita, sem saber muito bem o que fazer, se aproximou de um rapaz que desenhava o planeta Terra visto do espaço.

— O que são essas montanhas tão estranhas que se vê diante de tudo? — perguntou ela, ainda sem conhecê-lo de maneira alguma.

— É a Lua.

Petr Ginz era o redator-chefe da *Vedem*, revista clandestina escrita em folhas soltas e lida em voz alta às sextas-feiras, trazendo informações sobre os acontecimentos do gueto, mas admitindo também artigos de opinião, poemas e fantasias. Ele era um grande admirador de Julio Verne, e entre suas leituras prediletas estava *Da Terra à Lua*. À noite, deitado na cama, pensava no quanto seria extraordinário dispor de um canhão como o do sr. Barbicane e se projetar, dentro de uma bala gigantesca, para o espaço. Deixou o desenho por um momento, levantou a cabeça e observou com atenção a menina que o havia interpelado com tanto desembaraço. Gostou da vivacidade de seus olhos, mas impostou uma voz severa ao se dirigir a ela:

— Parece que você é muito curiosa.

Dita enrubesceu, e toda a sua timidez aflorou de repente. Lamentou ser tão tagarela. Então, o semblante de Petr mudou.

— A curiosidade é a principal virtude de um bom jornalista. Sou Petr Ginz. Bem-vinda à *Vedem*!

Dita se pergunta que crônica Petr Ginz teria escrito sobre as atividades do bloco 31 se estivesse ali. Pergunta-se o que terá sido daquele rapaz magricela e sensível que dizia que um dia seus pais o ensinariam a falar esperanto, um idioma criado para que todos os homens e todas as mulheres da Terra pudessem, por fim, se entender. Uma ideia generosa demais para que pudesse seguir adiante.

No dia seguinte ao de seu primeiro encontro, Dita atravessava em frente aos chamados "blocos de Dresden" junto de Petr. Quando ele perguntou se a menina gostaria de acompanhá-lo numa entrevista que iria fazer para o semanário, ela levou um segundo — provavelmente menos — para responder que sim. Entrevistariam o diretor da biblioteca.

Dita tinha os olhos arregalados, contagiada pelo entusiasmo que aquele rapaz demonstrava pelas coisas. Achava emocionante se fazer de jornalista e sentiu cócegas de orgulho quando se apresentou junto do determinado Petr Ginz à porta do edifício L304, onde se encontrava a biblioteca, e os dois perguntaram se o diretor, o doutor Utitz, poderia receber dois repórteres da revista *Vedem*. A mulher lhes deu um sorriso amável e pediu que esperassem.

Depois de poucos minutos, apareceu Emil Utitz, que antes da guerra havia sido professor de filosofia e psicologia na universidade Charles, em Praga, e colunista em vários jornais.

Contou que havia naquela biblioteca cerca de sessenta mil volumes, procedentes do desmantelamento e espólio realizado pelos nazistas em centenas de bibliotecas públicas e particulares da comunidade judaica. Também explicou que ainda não dispunham de uma sala de leitura e que, por isso, a biblioteca era móvel: saíam com os livros pelos pavilhões e os ofereciam emprestados. Petr perguntou se era verdade que Utitz havia sido amigo de Franz Kafka. E ele assentiu com a cabeça.

O redator chefe da *Vedem* pediu permissão para acompanhar um de seus bibliotecários na missão de oferecer os livros para poder explicar o trabalho na revista, e Utitz aceitou, satisfeito.

Dita não enxergou o sorriso melancólico do professor ao vê-los sair tão entusiasmados e felizes. O doutor Utitz não conseguia tirar da cabeça as lembranças daquelas tertúlias no café Louvre, como se lamentasse tudo o que não perguntou a Kafka na época, como se lamentasse por todas as coisas que o romancista não lhe contou na época e agora tinham se perdido para sempre. Indagou-se o que o pensativo Franz teria chegado a escrever se tivesse vivido o suficiente para ver o que estava acontecendo. E Utitz sequer poderia imaginar então que mais tarde suas irmãs Elli e Valli Kafka morreriam nas câmaras de gás do campo de extermínio de Chelmno e que a pequena Ottla seria igualmente assassinada com gás Zyklon em Auschwitz-Birkenau.

Na verdade, o autor de *A metamorfose* soube antes de todos o que iria acontecer: que os homens se transformariam da noite para o dia em seres monstruosos.

A biblioteca de Terezín era um polvo de papel que esticava os braços lá do edifício L304 para levar seus livros pela cidade inteira. Os exemplares viajavam em plataformas rolantes que iam passando pelos diferentes blocos de apartamentos para que as pessoas pudessem pegá-los emprestados.

Petr trabalhava nos campos de cultivo e, após a jornada, naquela tarde, tinha um recital de poesia, de modo que foi Dita quem acompanhou com gosto uma bibliotecária, a srta. Sittigová, enquanto empurrava o carrinho de livros pelas ruas de Terezín. Depois da jornada de trabalho em oficinas, fábricas, fundições ou atividades agrícolas, a oferta de evasão que chegava rolando lá da biblioteca era muito bem-vinda. A srta. Sittigová, porém, lhe contou que com frequência roubavam livros, nem sempre para lê-los e sim para usá-los como papel higiênico ou combustível para os aquecedores. Em todo caso, de um jeito ou de outro, os livros se mostravam de grande serventia.

Não era necessário elevar muito a voz anunciando sua chegada: "Serviço de biblioteca!" Jovens e mais velhos formavam um eco de vozes desiguais que difundia o aviso, e este era gritado alegremente até que apareciam à porta dos edifícios pessoas que saíam, contentes, a folhear os diferentes exemplares. Ela gostou tanto de empurrar os livros pela cidade toda que, a partir aquele dia, começou a circular com eles. Uma vez finalizada sua jornada de trabalho, nos dias em que não tinha aula de pintura, ajudava pela tarde a bibliotecária com sua tarefa.

E foi então que voltou a ver Fredy Hirsch.

Ele vivia em um dos edifícios que havia perto do depósito central de roupas. Não era comum encontrá-lo ali porque estava sempre indo e vindo, organizando competições esportivas ou participando de atividades com os jovens do gueto. Nos dias em que Dita o via se aproximar de seu carrinho, ele sempre chegava com aquele andar enérgico, a roupa impecável, e a cumprimentava com seu sorriso leve, mas suficiente para fazer alguém se sentir importante. Procurava cancioneiros ou livros de poesia para poder utilizá-los nas reuniões que organizava com grupos de rapazes e moças às sextas-feiras à noite para celebrar o sabá. Nessas reuniões, cantavam, contavam histórias, e Fredy falava do retorno a Israel, para onde iriam depois da guerra. Uma vez até convidou a jovem Dita para se juntar aos grupos de rapazes e moças, e ela, enrubescida, lhe disse que um dia, mas tinha muita vergonha de ir e achava que seus pais não lhe dariam permissão para isso. No fundo, porém, teria adorado se juntar a esses grupos de rapazes e moças um pouco mais velhos que cantavam, debatiam com se fossem adultos e até se beijavam às escondidas. Depois Fredy saiu com aqueles passos enérgicos de quem tem uma missão a cumprir.

Dita se dá conta do pouco que conhece Alfred Hirsch. E ele tem a vida dela nas mãos. Se disser ao comando alemão: "A interna Edita Adlerova esconde livros clandestinos sob a roupa", ela será detida em flagrante na primeira inspeção. Mas, se ele quisesse delatá-la... por que ainda não havia feito isso? Como Hirsch delataria a si mesmo, se o bloco 31 inteiro era uma iniciativa sua? Ela não entende. Terá que perguntar, mas deve fazer isso de um jeito discreto. Talvez Hirsch esteja de alguma forma favorecendo os prisioneiros, e ela poderia pôr tudo a perder.

Tem que ser isso.

Dita quer confiar em Hirsch... Mas, então, por que seu chefe de bloco tem medo de que o descubram e odeiem? Hirsch não pode ser um traidor, diz ela a si mesma. É impossível. Ele é o homem que mais encarou os nazistas, o que mais desdenha deles, o que mais orgulho sente de ser judeu, o que arrisca o pescoço para que as crianças tenham uma escola.

Mas por que mente para nós?

9

O campo de quarentena está abarrotado de soldados russos recém-chegados. Da dignidade de soldados resta pouco: rasparam-lhes a cabeça, e eles usam o traje listrado de presidiário. Agora são um exército de mendigos. Esperam andando em círculos ou sentados no chão. Há poucos grupinhos e muito silêncio. Alguns olham através da cerca e veem as mulheres tchecas do campo familiar com o cabelo intacto e as crianças perambulando pela *Lagerstraße*.

Rudi Rosenberg, na qualidade de registrador do campo de quarentena, trabalha ativamente para redigir as listas de novos ingressados no *Lager*. Ele fala russo, polonês e um pouco de alemão, o que facilita as coisas para os SS que estão de guarda, supervisionando o registro, e Rudi sabe disso. Nessa manhã, se encarregou de ir fazendo desaparecer em seus bolsos os três ou quatro lápis de que dispunha e se dirige a um cabo ainda mais jovem do que ele, um conhecido seu com quem costuma trocar alguns gracejos, sobretudo às custas das moças que chegam nos transportes femininos.

— Cabo Latteck, hoje estamos até o pescoço. Sempre sobra para o senhor se sujar com o trabalho duro! — Os alemães se tratam de senhor, mesmo que seja um rapaz de 18 anos.

— É verdade. Também notou, Rosenberg? Sou eu quem faz todo o trabalho. Parece que não há mais cabos nesta seção. Esse maldito primeiro sargento cismou comigo. É um caipira fodido da Baviera, não suporta o povo de Berlim. Vamos ver se me concedem de uma maldita vez a transferência para a frente.

— Cabo, me perdoe por incomodá-lo, mas acabaram todos os meus lápis.

— Mandarei um soldado ao corpo de guarda buscar um.

— Que ele aproveite a viagem, já que vai. Por que não manda trazer uma caixa?

O SS olha fixamente para ele e então deixa escapar um sorriso.

— Uma caixa, Rosenberg? Para que diabos tanto lápis?

Ele se dá conta de que o cabo é menos tonto do que parecia. Então, também sorri com malícia, como dois cúmplices.

— Bem, aqui há muito o que anotar. E, sim... se sobra algum lápis, para os responsáveis pelo vestuário também seria útil para fazerem suas anotações. E a verdade é que são difíceis de conseguir no *Lager*. Se alguém lhes proporciona alguns lápis, de repente podem retribuir com meias novas.

— E uma putinha judia!

— Pode ser.

— Entendi...

O olhar inquisitivo do SS é perigoso. Se ele fizer uma denúncia, Rudi está perdido. Este precisa convencê-lo depressa.

— Bem, trata-se apenas de ser um pouco amistoso com essa gente. Assim, também podem ser conosco. Há gente amistosa que me dá cigarros de presente.

— Cigarros?

— Às vezes, no meio da roupa que chega à lavanderia, fica nos bolsos algum maço de cigarro... Em uma ocasião vi até tabaco louro.

— Louro?

— Louro. — Ele tira um cigarro do bolso da camisa. — Como este.

— O senhor é um malnascido, Rosenberg. Um malnascido muito esperto. — O cabo sorri.

— Não são fáceis de encontrar, mas talvez eu consiga lhe arranjar alguns.

— Adoro tabaco louro. — E ao dizer isso, o cabo tem um brilho de cobiça no olhar.

— O paladar é outro. Não é como o tabaco escuro.

— Não mesmo...

— O tabaco louro é como as mulheres louras... De outra qualidade.

— É verdade.

No dia seguinte, Rosenberg vai se encontrar com Alice e leva no bolso dois pacotes de lápis. Terá que fazer alguns favores para conseguir os cigarros do cabo, mas isso não o preocupa muito. Ele sabe como fazê-lo. Enquanto caminha em direção à fronteira cercada, se pergunta mais uma vez sobre o campo familiar. Jamais permitiram que os judeus permanecessem em família. Para que servem as crianças e os idosos num campo de trabalho forçado e de extermínio? Entre dúzias de subcampos, o BIIb é uma exceção. Por que os nazistas a propiciaram? A incógnita deixa a Resistência de cabeça quente. Ele se pergunta se Fredy Hirsch sabe mais sobre isso do que aparenta. Será que Hirsch tem algum ás escondido na manga? E por que não? Por acaso todos não fazem isso? Ele mesmo não conta a Schmulewski a boa relação que mantém com alguns SS, o que lhe permite traficar pequenos produtos. Isso poderia não ser bem-visto na Resistência, mas convém ao jovem. Com certeza o próprio Schmulewski, aparentemente tão severo e reservado, tampouco mostra de todo suas cartas. Por acaso não goza de um posto de adjunto ao *Kapo* alemão de seu barracão? Que concessões o herói das Brigadas Internacionais terá tido que fazer para conseguir esse posto vantajoso? Quantas cartas se ocultam sob o tabuleiro de lama de Auschwitz?

Rudi serpenteia pela parte de trás dos barracões até ver que Alice se aproxima e, então, se dirige à cerca. Se o guarda da torre é um dos mal-humorados, a qualquer momento fará soar o apito, mandando que se retirem. Alice está do outro lado do arame, a poucos metros. Rudi pensa nesse momento há dois dias e, ao vê-la, sente uma alegria que o faz esquecer todas as penúrias.

— Sente-se.

— Estou bem de pé. O chão está enlameado!

— Mas você deve sentar para que o guarda saiba que só estamos conversando e não tenha receio de que estejamos tramando qualquer coisa perto da cerca.

Ela se senta e, ao fazê-lo, a saia se levanta, deixando à mostra por um instante sua calcinha, milagrosamente branca naquele lamaçal. Rudi sente seu corpo se eletrizar.

— Como vão as coisas? — pergunta Alice.

— Agora que estou com você, tudo bem.

Alice enrubesce e sorri, complacente.

— Trouxe os lápis.

Ela não parece muito surpresa e isso deixa Rudi um pouco decepcionado. Ele esperava que os lápis fossem um feito e tanto e que ela dissesse algo, que quase desmaiasse de emoção. A moça não deve saber que contrabandear no *Lager* não é simples e que, para fazer isso, ele teve que se arriscar com um SS.

Rudi não conhece as mulheres. Alice está muito impressionada, sim. Era só ver em seus olhos para se dar conta. Os homens sempre esperam que tudo seja dito.

— E como você irá infiltrar os lápis no nosso campo? Através de algum mensageiro?

— Não se pode confiar em ninguém nesses tempos.

— E então?

— Você já vai saber.

Rudi observa de soslaio o vulto do soldado na torre. Este está bem distante e só se distingue a silhueta de uma pequena parte do dorso e da cabeça. Mas, como o soldado tem um fuzil a tiracolo, Rudi sabe em que momento está virado para eles e quando está de costas: quando está de frente para eles, a ponta do fuzil que se apoia sobre o ombro direito aponta para o interior do campo. Ao se virar de costas, a ponta do fuzil muda de lado e aponta para o exterior do recinto. Graças àquela bússola improvisada, ele nota que o soldado vai virando, indolente, de tempos em tempos. Quando Rudi vê o cano do fuzil em direção à entrada, dá uns passos audaciosos em direção à cerca. Alice leva a mão à boca num gesto de medo.

— Rápido, chegue mais perto!

Rudi tira do bolso os dois feixes de lápis atados com firmeza por um barbante e, com cuidado, contrai os dedos e passa os pacotes para o outro lado da cerca, através dos espaços no arame eletrificado. Alice se apressa para recolhê-los do chão. Ela nunca havia se aproximado tanto daquela cerca de milhares de volts. Os dois chegam uns metros para trás e, justo naquele momento, Rudi vê o cano que marca o movimento do guarda começando a girar como o ponteiro de um relógio até ter os dois à vista.

— Por que não me avisou que faríamos assim? — perguntou ela, com o coração batendo forte e a toda velocidade no peito. — Eu teria me preparado um pouco.

— Para algumas coisas, é melhor não se preparar. Às vezes é preciso agir por impulso.

— Vou entregar os lápis ao sr. Hirsch. Estamos muito agradecidos.

— Agora é melhor irmos...

— Está bem.

— Alice...

— O quê?

— Eu gostaria de voltar a ver você.

Ela sorri. Muito melhor do que as palavras.

— Amanhã, nesse horário? — pergunta ele.

Alice assente com a cabeça e começa a se afastar rumo à rua principal de seu campo. Rudi lhe dá adeus com a mão. Ela lança um beijo soprado de seus lábios carnudos para ele que voa por cima do arame de espinhos, e Rudi o pega no ar. Ele nunca pensou que um gesto simples pudesse deixá-lo tão feliz.

Nessa manhã, há alguém que tem um labirinto na cabeça. Dita está atenta a todos os rostos, à maneira como as sobrancelhas se arqueiam ou as mandíbulas se contraem. Observa tudo ao seu redor com o afã dos caçadores de micróbios do livro de Paul de Kruif ao pôr o olho sobre o microscópio. Com uma postura policial, tenta descobrir algo no modo como as pessoas se movem. Quer saber a verdade que as palavras não contam. E espera que o jeito de olhar, de titubear ou de engolir saliva delate os que escondem algo. A desconfiança é uma coceira que começa devagar, mas quando você se dá conta, já não consegue mais deixar de coçar.

A vida, porém, não para, e, além do mais, Dita não quer que ninguém note sua inquietação. Por isso, logo que amanhece, está na biblioteca, sentada num banco com as costas apoiadas na parte horizontal da lareira. Pôs os livros em outro banco comprido adiante, desafiando o mundo. Lichtenstern lhe cedeu um dos assistentes para ajudar a controlar o vaivém de livros nas trocas ao final de cada hora e, naquela manhã, está sentado ao lado da bibliotecária um garoto de pele branca tão calado que nem sequer abriu a boca.

O primeiro a se aproximar é um jovem professor que dá aula para um grupo de garotos perto de onde Dita está e que a cumprimenta com um silencioso aceno de cabeça. Ela ouviu dizer que ele é comunista. E também que é muito culto, que até fala inglês. Observa seu semblante para descobrir se é confiável, mas não sabe o que pensar. Dá para notar um brilho de inteligência por trás de sua estudada indiferença. Ele passeia pelos livros com os olhos e, ao reparar no exemplar de H.G. Wells, assente com a cabeça como se desse sua aprovação. Depois se detém no livro sobre as teorias de Freud e balança a cabeça negativamente. Dita observa o professor com atenção e quase teme o que ele vai dizer. Por fim, ele se mostra pensativo por um momento.

— Se H.G. Wells se desse conta de que é vizinho de Sigmund Freud, ficaria aborrecido com você.

Dita arregala os olhos e enrubesce um pouco.

— Não entendi...

— Não tem importância. Só que me choca ver um racionalista socialista como Wells junto de um vendedor de fantasias como Freud.

— Freud é um escritor de contos fantásticos?

— De maneira alguma. Freud foi um psiquiatra austríaco, da Morávia, judeu. Alguém que olhava o que havia dentro da cabeça das pessoas.

— E o que ele viu?

— Segundo ele, várias coisas. Explica em seus livros que o cérebro é uma despensa onde as lembranças apodrecem e fazem os outros enlouquecerem. Criou uma maneira de curar as doenças mentais: deitar o paciente num divã e fazê-lo falar até contar a última de suas lembranças. Desse modo, investigava seus pensamentos mais ocultos. Chamou isso de psicanálise.

— O que aconteceu com ele?

— Se tornou célebre. Graças a isso, escapou por pouco em Viena, em 38. Uns nazistas entraram no consultório dele, destruíram tudo e levaram mil e quinhentos dólares. Quando comunicaram isso a Freud, ele comentou que nunca havia recebido tanto por uma consulta. Conhecia muita gente influente. Mesmo assim, só o deixaram sair do país e ir para Londres com a mulher e a filha quando assinou um papel contando como havia sido bem-tratado pelas autoridades nazistas e como era maravilhosa a vida na Viena do Terceiro Reich. No final do papel, ele pediu para acrescentar algo porque estava incompleto e escreveu: "Recomendo vivamente a Gestapo a todo o mundo." Os nazistas adoraram.

— Não sabem nada do humor judeu.

— Para os alemães, o humor é fazer cócegas nos pés.

— E quando ele chegou a Inglaterra?

— Freud morreu no ano seguinte, em 39. Já estava muito velho e doente. — O professor pega o exemplar de Freud e folheia. — Os livros de Freud foram dos primeiros que Hitler mandou queimar, em 1933. Este livro é puro perigo. Não só é um livro clandestino, como proibido.

Dita sente um ligeiro calafrio e decide mudar de assunto.

— E quem foi H.G. Wells?

— Um livre-pensador, um socialista. Mas, sobretudo, um grande escritor. Você já ouviu falar do homem invisível?

— Já.

— Foi ele quem escreveu esse romance. E também *A guerra dos mundos*, onde conta como os marcianos chegam à Terra. E *A ilha do doutor Moreau*, com esse cientista louco que faz misturas genéticas entre homens e animais. O doutor Mengele adoraria. Mas acho que o melhor de todos é *A máquina do tempo*. Avançar e retroceder no tempo... — E ao dizer aquilo, fica pensativo. — Já imaginou? Sabe o que significaria se enfiar nessa máquina, voltar ao ano 1924 e impedir que Adolf Hitler saísse da prisão?

— Mas tudo isso sobre a máquina é inventado, não é?

— Infelizmente, sim. Os romances acrescentam à vida o que falta.

— Bem, se achar melhor, posso pôr o sr. Freud e o sr. Wells cada um em uma ponta.

— Não, deixe-os assim. Talvez um aprenda alguma coisa com o outro.

E o professor falou com tamanha seriedade que Dita não sabe se ele, que apesar de tão jovem tem a postura de um homem mais velho, está brincando ou falando sério.

Quando ele se vira e volta para seu grupo, Dita pensa que aquele homem é uma enciclopédia ambulante. O assistente que está ao lado da menina não falou nem meia palavra. Só depois que o professor se afasta é que o garoto diz, com uma voz infantil tão aguda quanto uma flauta (e então Dita entende por que ele procura falar o mínimo possível), que aquele homem se chama Ota Keller e que ele é comunista. Ela assente com a cabeça.

À tarde, pediram a Dita um de seus livros vivos, *A maravilhosa viagem de Nils Holgersson*. A sra. Magda é uma mulher de aparência frágil, com o cabelo muito branco, e tão miúda que parece um pardal. Quando começa a contar a história, porém, se agiganta, sua voz se torna inesperadamente enérgica, e ela abre os braços, grandiosa, para descrever como esvoaçam os gansos que conduzem Nils Holgersson. Sobre esse bando de pássaros vigorosos sobe também o abundante grupo de garotos de idades variadas que acompanham as palavras da sra. Magda com as pupilas dilatadas e que voam montados na garupa pelos céus da Suécia.

Quase todos já ouviram a história antes, várias vezes inclusive, mas os que mais a conhecem são os que mais aproveitam e vão reconhecendo as distintas etapas do relato e até riem antes que as coisas aconteçam, pois também já fazem parte das aventuras. Mesmo Gabriel, o terror dos professores do 31, que costuma ser incapaz de ficar quieto por um instante, se transformou numa estátua.

Nils é um garoto caprichoso que vive fazendo brincadeiras desagradáveis com os animais de sua granja. Num dia que fica sozinho em casa enquanto seus pais assistem à missa, tem que se haver com um duende que está farto de sua soberba e o reduz ao tamanho de um habitante do bosque. Para se salvar, ele se agarra ao pescoço de um ganso doméstico e se une a um bando de gansos selvagens que sulcam os céus de seu país. Ao mesmo tempo que o impertinente Nils, agarrado ao pescoço do bom Martin, começa a amadurecer e a perceber que o mundo é algo além de si mesmo e de sua postura egoísta, o auditório também se eleva por sobre sua áspera realidade, onde também se impõem com frequência o egoísmo, o furar fila para chegar antes à sopa e o roubar a colher do vizinho.

Quando Dita vai procurar a sra. Magda para lhe dizer que em determinado horário ela tem uma sessão de Nils Holgersson, às vezes, a mulher hesita por um instante.

— Mas todos já ouviram a história uma dúzia de vezes! Quando virem que estou contando a mesma de novo, vão se levantar dos tamboretes e ir embora.

Só que ninguém nunca vai. Não importa quantas vezes escutem a história, sempre gostam. E, além do mais, querem ouvi-la desde o início. Às vezes, a professora, por medo de entediá-los, tenta atalhar e tornar a história mais curta, pulando algum trecho, mas no mesmo instante começam os protestos na plateia.

— Não é assim! — dizem.

E é preciso rebobinar e contar tudo, sem pular nada. Quanto mais as crianças escutam a história, mais ela lhes pertence.

A professora acaba de contar a história; terminam em outros grupos os jogos de adivinhações ou os modestos trabalhos manuais que podem se permitir fazer com os escassos materiais disponíveis. Um grupo de meninas andou confeccionando marionetes com meias velhas e varetas de madeira. Depois da recontagem da tarde, supervisionada pelo vice-diretor, as crianças já deixaram o barracão 31 e voltaram para seus familiares.

Os assistentes terminam sua tarefa depressa. Passar as vassouras de urze pelo chão está mais para um ritual ou uma forma de justificar seu posto do que para uma necessidade real. Em seguida, acabam de organizar os tamboretes e de limpar os restos imaginários de comida, pois ninguém desperdiça nada e as tigelas são limpas com a língua para aproveitar até a última gota de sopa. Uma migalha é um tesouro. Vão se retirando do barracão à medida que terminam a simulação de limpeza, e a calma se instala definitivamente no bloco 31, que havia sido durante o dia um fervedouro de lições, canções e repreensões aos mais agitados.

Os professores se sentam numa ilhota de tamboretes e comentam os incidentes da jornada. Dita permaneceu no canto escondido das madeiras, como às vezes faz ao acabarem as aulas, para ler um pouco, pois os livros não podem sair do bloco 31. Os livros em Auschwitz oficialmente não existem. Repara que há no canto, apoiado na parede, um pau com um barbante que forma uma pequena rede, como se fosse um puçá rústico, mas está tão mal-amarrado que, se fosse usado para tentar caçar uma borboleta, ela escaparia por qualquer buraco. Ela não imagina de quem seja uma ferramenta tão inútil. Em Auschwitz não há borboletas. Quem dera houvesse.

Dita nota que numa abertura das tábuas da parede há algo e, ao tirá-lo, vê que é um lápis minúsculo, apenas um toco com uma ponta negra. Um lápis, porém, é uma máquina extraordinária. Ela apanha do chão um passarinho descartado pelo professor Morgenstern e o desdobra com cuidado. Assim, consegue um pedaço de papel em que desenhar. Está amassado e meio manchado, mas continua sendo papel. Fazia tanto tempo que ela não desenhava... Desde Terezín.

Um professor de desenho muito amável que dava aula para as crianças do gueto dizia que desenhar era uma forma de ir para muito longe dali. Ele era um homem tão culto e tão apaixonado que Dita nunca se atreveu a contradizê-lo. Para ela, porém, o desenho não transportava para longe nem fazia embarcar no vagão de outras vidas, como os livros, e sim o contrário. O desenho era uma catapulta para dentro de si mesma. Desenhar não era uma forma de sair, e sim de entrar. Por isso, os desenhos que fazia em Terezín eram escuros, de traços agitados, céus carregados de um cinzento tenebroso, como se já na época intuísse que esses céus interiores se tornariam o único que ela veria quando os levassem para Auschwitz, um céu em que as nuvens são de cinzas. Desenhar foi uma maneira de conversar consigo mesma em muitas daquelas tardes em que era vencida pelo desalento de uma juventude que nem havia começado e que já parecia ter sido encerrada.

Ela desenha no papel um esboço do barracão, com seus arquipélagos de tamboretes, a lareira como uma faixa de pedra e os dois bancos: um para ela e outro para os livros. Esse é seu mundo.

Não pode deixar de ouvir a ressaca das vozes dos professores, especialmente encrespadas naquela tarde. A sra. Pelanca reclama com amargura que, para ela, é impossível explicar geografia às crianças e ensinar a diferença entre o clima mediterrâneo e o clima continental enquanto ouvem os gritos, as ordens e o pranto dos deportados que entram no campo e passam a poucos metros do barracão a caminho das duchas ou da morte.

— Chegam os trens, e temos que fingir que não ouvimos nada, e continuar com a lição, e as crianças viram o pescoço, cochicham entre si, e nós como se não tivéssemos ouvido nada, como se não soubéssemos de nada... Não seria melhor enfrentar isso, falar com elas sobre o campo de concentração, explicar o que está acontecendo, se é que já não sabem perfeitamente?

Fredy Hirsch não está. Tem o hábito de se fechar no quarto à tarde para trabalhar e participa cada vez menos da vida social. Dita costuma se encontrar com ele em sua guarida quando vai devolver os livros ao esconderijo e o vê escrevendo, muito concentrado, debruçado sobre uns papéis. Um dia, ele explicou que era um relatório para Berlim, que estavam muito interessados na experiência do bloco 31. Será que se encontra nesses relatórios a sombra que Hirsch tenta omitir dos demais? Na ausência dele, é Miriam Edelstein quem se mostra inflexível com a resistente sra. Krizková e lembra a ela as ordens da direção.

— Mas você não acha que as crianças já estão muito preocupadas? — interpela outra professora.

— Por isso mesmo — responde Miriam Edelstein. — Que sentido há em insistir nisso? De que vale pôr sal numa ferida? Esta escola tem uma missão acima da puramente pedagógica: transmitir a essas crianças uma sensação de normalidade, evitar que caiam no desânimo, mostrar que a vida segue.

— Por quanto tempo? — pergunta uma voz, e a conversa já se alvoroça. Brotam comentários pessimistas, otimistas, teorias diversas para tentar explicar a tatuagem no braço das crianças do transporte de setembro que fala de um tratamento especial depois de seis meses, e o diálogo acaba se tornando um vozerio.

Dita, a única assistente jovem que tem permissão para permanecer no barracão naquele horário, se sente um tanto incomodada por testemunhar a discussão dos professores, e a palavra "morte" soa para seus ouvidos como algo obsceno e pecaminoso, algo que uma menina não deveria estar escutando. Por isso, vai embora. Nesse dia, não viu Hirsch em lugar algum. Ao que parece, ele está ocupado com algum assunto importante. Precisa se preparar para uma visita protocolar do alto comando. É Miriam Edelstein quem está com a chave do quarto e abre a porta para Dita ir até o esconderijo e guardar os livros. As duas se olham por um instante. A menina tenta detectar na vice-diretora algum traço de traição ou falsidade, mas já não sabe o que pensar. O que vê na sra. Edelstein é uma profunda tristeza.

Dita deixa o bloco 31, pensativa. Pondera se deveria consultar seu pai, que é uma pessoa sensata. De repente, lembra que também precisa ficar atenta a Mengele e vira a cabeça depressa um par de vezes para ver se alguém a segue. Ao parar o vento, começou a nevar sobre o campo, e a *Lagerstraße* está quase vazia. Apenas alguns caminham, apressados, em busca do calor dos barracões. Nem rastro de SS algum. Por outro lado, em uma das passagens laterais entre dois barracões, ela vê alguém dando pulos enquanto desafia a gélida temperatura com um casaco gasto e um lenço fazendo as vezes de um cachecol. Olha com mais atenção: a barba branca, o cabelo despenteado, os óculos redondos... É o professor Morgenstern.

Movimenta as mãos energicamente para cima e para baixo com um pau que traz uma rede presa, e Dita percebe que é o puçá que ela viu no bloco 31. Agora já sabe de quem é. Passa alguns instantes observando o professor porque não entende o que ele está fazendo ao agitar o artefato no ar, até que, por fim, se dá conta. Não poderia imaginar que Morgenstern utilizasse aquilo para caçar flocos de neve.

O professor vê que é contemplado pela menina ali parada, absolutamente atônita, e a cumprimenta num amistoso gesto com a mão. Em seguida, continua na exaustiva caça de borboletas de gelo. Às vezes, perseguindo algum floco, quase escorrega e tropeça, mas acaba conseguindo pegá-lo e o põe na palma da mão por um momento para ver como derrete. O velho professor tem a barba grisalha brilhante de cristais de gelo, e a menina acredita avistá-lo ao longe com um sorriso de felicidade.

10

À tarde, quando vai guardar os livros no quarto de Fredy Hirsch, Dita procura evitar que seus olhares se cruzem e sair logo em seguida. Não quer correr o risco de descobrir nos olhos dele algo que possa fazer desmoronar essa torre de palitos que chamamos de confiança. Prefere acreditar nele de olhos fechados, como se faz com as coisas mais sagradas. É obstinada, porém, e, por mais que tente, a lixívia da fé não é capaz de apagar a cena que presenciou no bloco 31. Como Nils Holgersson, que se agarrou ao pescoço de um ganso para ir longe, ela se agarra aos livros de sua biblioteca para que eles a tirem desse pântano de lama e dúvidas.

Contagiada pela curiosidade do professor Ota Keller, ela tem passado as tardes encolhida em seu canto lendo H.G. Wells enquanto no barracão as aulas comuns já terminaram e os alunos brincam, participam de partidas de adivinhações, fazem desenhos com uns lápis que chegaram milagrosamente ou ensaiam peças de teatro. Teria preferido algum desses romances tão empolgantes sobre os quais o professor falou, mas *Uma breve história do mundo* era o livro mais solicitado de sua biblioteca, pois era o mais parecido com um livro escolar. É verdade que meter a cara em suas páginas a faz sentir como se estivesse de novo na escola de Praga e, ao levantar os olhos, fosse ver adiante o quadro-negro e a professora com as mãos sujas de giz.

> A história de nosso mundo ainda é uma história conhecida de maneira muito imperfeita. Algumas centenas de anos atrás, os homens conheciam apenas a história dos últimos três mil anos. O que acontecera antes era tema de fábulas e especulações.

Wells era mais romancista do que historiador. No livro, fala da formação da Terra com teorias extravagantes sobre a Lua desenvolvidas pelos cientistas no princípio do século XX e depois conduz o leitor pelos períodos geológicos: o Pré-Cambriano, com as primeiras algas; o Cambriano, com os trilobitos brincalhões; o Carbonífero, em que surgem bosques imensos; e o Permiano, em que aparecem os primeiros répteis.

Dita passeia com assombro por um planeta agitado pelas erupções vulcânicas e pelas posteriores mudanças climáticas bruscas, em que se alternam épocas quentes e glaciações extremas. O que mais chama sua atenção é a época dos dinossauros, répteis de tamanhos extraordinários que se fizeram os donos do planeta.

> Essa diferença entre o mundo dos répteis e o mundo de nossos comportamentos humanos é algo pelo qual não devemos passar batido. Não podemos conceber em nós mesmos o imediatismo e a falta de complicações do comportamento instintivo dos répteis nem seus apetites, medos e fobias. Não podemos compreendê-los em sua simplicidade porque todas as nossas motivações são complexas. Ponderamos e avaliamos o comportamento e não nos limitamos a agir de maneira impetuosa.

Dita se pergunta o que H.G. Wells diria se visse o lugar onde vivem, se ele saberia distinguir entre répteis e humanos.

O livro lhe faz companhia nessas tardes mais desordenadas do bloco 31 e, com ele como salvo-conduto, ela adentra passagens subterrâneas das imponentes pirâmides do Egito, atravessa a Babilônia dos jardins suspensos ou a Assíria das grandes batalhas. Um enorme mapa dos domínios do imperador persa Dario I mostra um território imenso, maior do que o mais antigo dos impérios atuais. Ela percebe que o que o autor explica em "Sacerdotes e profetas na Judeia" não coincide com o que aprendeu quando pequena sobre a história sagrada, e isso a deixa um tanto confusa.

Por isso, prefere passar para as páginas do Egito antigo, que a transportam a esse mundo de faraós com nomes misteriosos e lhe permitem subir a bordo das embarcações que navegam pelo Nilo. No fim das contas, H.G. Wells tinha razão, a máquina do tempo existe de verdade: são os livros.

Logo que a jornada acaba, antes da hora da recontagem, é preciso devolver os livros. Depois da interminável tortura de permanecer em formação durante uma hora e meia para fazerem a chamada dentro do barracão, Dita sai muito contente para ir à aula de seu pai. Hoje é de geografia.

Ao passar diante do barracão 14, vê Margit sentada na lateral com René. Acabam de sair da recontagem, que ali é muito mais dura, exposta às intempéries. Percebe que as duas estão muito sérias e faz uma pausa para cumprimentá-las.

— O que aconteceu, meninas? Tem alguma coisa errada? Vocês vão congelar aqui!

Margit se vira para René, que pelo visto tem algo para lhe contar. A loura desenrosca um cacho de cabelo do rosto e o morde, nervosa. Suspira, uma espiral de vapor sai de sua boca e se perde no ar.

— Esse nazista... me persegue.

— Ele fez alguma coisa com você?

— Não, ainda não. Mas nesta manhã se aproximou de mim outra vez e parou na minha frente. Eu sabia que era ele e não queria levantar a cabeça. Mas ele não ia embora. Acabou tocando no meu braço.

— E o que você fez?

— Eu sabia que, se levantasse a cabeça e olhasse para ele, não teria como escapar. Então, enquanto cavava, joguei uma pá de terra nos pés da minha companheira ali do lado, e ela começou a gritar como uma fera. Foi uma confusão, e o resto da patrulha se aproximou. Ele se afastou e não me disse nada. Mas estava atrás de mim... Não é imaginação minha. Margit viu isso ontem.

— É verdade. Depois da recontagem. Nós duas estávamos conversando antes de irmos para o barracão ver nossos pais, e ele parou a poucos passos. Estava olhando para René. Não há dúvida disso.

— Ele olhava para ela com raiva? — perguntou Dita.

— Não. Olhava muito fixamente para ela. Como é que vou dizer... Era aquele olhar sujo dos homens.

— Sujo?

— Acho que ele quer ter relações carnais com René.

— Você está louca, Margit?

— Sei do que estou falando. O olhar dos homens revela tudo. Se ficam de boca aberta, é como se já nos imaginassem nuas. São uns porcos.

— Estou com medo — sussurra René.

Dita abraça a garota e diz que todas elas têm medo. Que passarão todo o tempo possível com ela.

René está com os olhos cheios de lágrimas e treme, não se sabe se de frio ou de medo. Margit também parece que está prestes a chorar ou a espirrar. Dita apanha uma lasca no chão e começa a traçar, enérgica, uns quadrados no branco da neve.

— O que você está fazendo? — perguntam as duas quase ao mesmo tempo.

— Uma amarelinha.

— Ditinka, por favor! Temos 16 anos. Não brincamos de amarelinha. Isso é coisa de criança.

Dita continua desenhando o campo do jogo, meticulosa, como se não tivesse ouvido o comentário. E ao acabar, levanta a cabeça virada para as duas, que a observam esperando uma resposta.

— Já foram embora para os barracões. Ninguém vai nos ver!

René e Margit franzem a testa e fazem que não com a cabeça enquanto Dita procura no chão.

— A lasca serve — diz ela, jogando-a em um dos quadrados.

Dita pula com pouco equilíbrio.

— Que desajeitada! — fala René, rindo.

— Por acaso você consegue fazer melhor com essa neve toda? — repreende Dita, se fazendo de chateada.

René arregaça um pouco as mangas do vestido e joga a lasca para se pôr a saltar com precisão sob o aplauso de Margit. A própria Margit vai atrás. Ela é a mais lerda das três: tropeça pulando num pé só e cai, barulhenta, no chão nevado. Quando tenta ajudá-la a se levantar, Dita tropeça com força numa placa de gelo e cai para trás.

René ri das duas. Do chão, Margit e Dita jogam algumas bolas de neve na amiga, que pegam no cabelo e o deixam branco.

E as três riem.

Enfim riem.

Dita, molhada, mas contente, sai toda apressada porque às quartas tem aula de geografia. Às segundas, tem matemática, e às sextas, latim. O professor é o sr. Adler, seu pai. E o caderno de anotações é a própria cabeça.

Ainda se lembra do dia em que chegou ao apartamento de Josefov e seu pai, que já não tinha escritório, estava sentado na única mesa da casa, a da copa, girando o globo terrestre com um dedo. Dita entrou com a bolsa do colégio e foi lhe dar um beijo, como em todas as tardes. Às vezes, ele a sentava no colo, e os dois brincavam de adivinhar o país, girar o globo bem depressa sobre o eixo de metal e pará-lo de repente com um dedo para tentar acertar o nome. Nesse dia ele estava distraído. Disse que tinham mandado um recado do colégio: férias. A palavra "férias" é música para o ouvido das crianças. Mas o jeito como seu pai falou e a falta de aviso prévio daquelas férias escolares fizeram com que a música soasse desafinada. Dita lembra que passou da alegria do primeiro instante para a angústia repentina ao se dar conta de que nunca mais voltaria a ter uma escola. Então, seu pai fez um sinal para que ela se sentasse em seu colo.

— Você vai estudar em casa. O tio Emile, que é farmacêutico, lhe dará aulas de química, e a prima Ruth, de desenho. Vou falar com eles. Você vai ver. Eu darei as lições de línguas e matemática.

— E de geografia?

— Claro. Você ficará farta de viajar pelo mundo!

E assim foi.

Foram os últimos tempos em Praga, até serem deportados para Terezín, em 1942. E, vistos desse porão de Auschwitz, não foram tão ruins. Até então, seu pai trabalhara tanto que não tivera muito tempo para ficar com a filha. Por isso, Dita gostou de ele ter se tornado seu professor e explicado que o monte mais alto do mundo é o Everest e que as fontes de água subterrânea dos desertos formam os oásis.

As aulas eram à tarde. Pela manhã, seu pai continuava se levantando na mesma hora de sempre, se barbeava, vestia o terno como fizera a vida inteira, dando o nó duplo da gravata com muito esmero. Antes de sair pela porta para ir trabalhar no escritório da segurança social, dava um beijo com sabor de creme de barbear nela e na mulher.

Só que certa manhã Dita foi passeando até o centro. Passou por acaso em frente ao café Continental e, pelo vidro, avistou seu pai lá dentro. Depois de meia manhã olhando as vitrines de umas lojas nas quais estava proibida de entrar, voltou a passar pelo Continental. E ali continuava seu pai na mesma mesinha redonda, com a mesma xícara vazia à frente e o mesmo jornal. Então entendeu certas conversas sussurradas entre seus pais que acabavam bruscamente quando ela se aproximava. Fazia muito tempo que tinham despedido seu pai, mas ele não queria que a filha soubesse.

Ela saiu dali discretamente e jamais lhe contou que sabia que seu trabalho consistia em chegar até a rua Graben para tomar um chá no café Continental — que deveria durar a manhã inteira — e em tentar ser o primeiro a pegar o jornal, que costumava ficar pendurado em uma vareta de madeira com o carimbo do local, um dos últimos lugares onde o dono, um judeu influente, conservava a licença de abertura.

Pelo caminho rumo ao barracão de seu pai, Dita se vira algumas vezes para olhar para trás. Não é possível que esteja sendo seguida por Mengele. Nesse instante, porém, se preocupa mais em saber a que se ater com o diretor do bloco 31.

Seu pai está à sua espera, como toda segunda, quarta e sexta em que não chove, na lateral do barracão. Ali desdobra uma velha manta xadrez repleta de rasgos, mas que ele estende da maneira mais graciosa possível para que os dois se sentem. Essa é a escola de Dita. Quando ela chega, seu pai já traçou um mapa-múndi no barro com um pau. Para que ela recordasse os lugares, quando pequena, ele lhe disse que a península escandinava era a cabeça de uma serpente gigante e que a Itália era a bota de uma senhora muito elegante. É custoso reconhecer o mundo desenhado na lama de Auschwitz.

— Hoje vamos estudar os mares do planeta, Edita.

Ela não consegue se concentrar na aula. Pensa em como o atlas do bloco 31 seria útil a seu pai, mas é proibido tirar os livros de lá e, com o bafo de Mengele na sua nuca, não dá nem para pensar nisso. Nessa tarde está distraída demais para prestar atenção às explicações, e a verdade é que a temperatura é gélida e começa a nevar.

Por isso, ela se alegra ao ver sua mãe antes da hora.

— Está frio demais. Parem por aqui hoje ou vão pegar uma gripe.

Ali, sem penicilina nem mantas, nem comida suficiente, as gripes matam.

Os dois se levantam, e seu pai a envolve com a manta quando, na verdade, é ele quem treme.

— Vamos para o barracão. Logo irão distribuir o jantar.

— Chamar um pedaço de pão seco de jantar é muito otimista, mamãe.

— É a guerra, Edita...

— Já sei, já sei. É a guerra...

Sua mãe fica calada, e a menina aproveita para trazer à tona o assunto que a preocupa sem contá-lo diretamente.

— Papai... se aqui no campo você tivesse que confiar um segredo a alguém, em quem confiaria cegamente?

— Em você e na sua mãe.

— É, disso eu já sei. Estou falando dos outros.

— A sra. Turnovská é uma boa mulher. Dá para confiar nela — comenta sua mãe.

— Dá para confiar que, se alguém lhe contar alguma coisa, logo irão saber até no *Kommando* da limpeza de latrinas. Essa mulher é como uma rádio — replica o marido.

— Concordo, papai.

— A pessoa mais íntegra que conheci aqui é o sr. Tomashek. Faz pouco tempo que ele passou para nos cumprimentar. É alguém que se preocupa com mais do que chegar primeiro à fila da sopa, que se importa com os outros, levanta os ânimos e se interessa pelo que acontece com os demais. Não há muita gente assim por aqui.

— Então, se você pedisse a ele uma opinião sincera sobre uma coisa, acha que ele diria a verdade?

— Com certeza. Por que você está perguntando?

— Ah, nada de importante. Bobagem...

Dita não pode esquecer. Precisa conversar com o sr. Tomashek para ver o que acha.

— Sua avó sempre dizia — comenta sua mãe — que os únicos que dizem a verdade são as crianças e os loucos.

As crianças e os loucos... As crianças pouco ou nada sabem sobre Hirsch. Mas uma ideia se ilumina na cabeça de Dita. Morgenstern... Ela não pode chegar para qualquer adulto com a história de que duvida de alguém com o prestígio de Hirsch porque poderiam repreendê-la severamente, acusá-la perante os demais de traição ou sabe-se lá do quê. Com Morgenstern, porém, não corre esse perigo. Se o ancião saísse contando isso por aí, ela desmentiria, diria que é mais uma das loucuras dele. Será que ele sabe alguma coisa sobre Hirsch? Será uma questão de averiguar.

Despede-se dos pais com a desculpa de ir ver Margit. Sabe que o arquiteto aposentado costuma ficar no bloco 31 até a hora da sopa, às vezes no esconderijo das madeiras onde ela também se enfia à tarde para folhear algum livro e abrir janelas nos alambrados.

Os assistentes comuns não têm autorização para continuar ali depois que as aulas acabam, mas ela é a bibliotecária e tem outro status.

Talvez seja por isso que os outros meninos e meninas olham de cara feia para Dita e que ela não tenha conseguido conquistar a simpatia dos jovens da sua idade. Também não importa tanto. Sua cabeça é um caldeirão onde fervilham muitas coisas. Seu coração está alterado demais desde que o caruncho da dúvida se instalou ali dentro, e ela já não sabe se Fredy é um príncipe ou um vilão.

Um grupo de professores está conversando e nem sequer repara em Dita. Ela vai para os fundos e espia o esconderijo das tábuas. O professor Morgenstern está repassando a dobradura de um passarinho com o papel já muito gasto. Não é fácil conseguir folhas velhas. É um material muito desejado para vários usos, entre eles o higiênico.

— Boa tarde, professor.

— Ora, a senhorita bibliotecária! Que visita mais encantadora! — Ele se levanta e faz uma reverência. — Em que posso servi-la?

— Nada em especial. Só estava passeando...

— Faz bem. Passear meia hora por dia aumenta a vida em dez anos. Um primo meu que passeava três horas todos os dias viveu até os 114 anos. E morreu porque, durante um passeio, tropeçou e caiu num barranco.

— Pena que este lugar tão horrível não nos anime a passear.

— Bem, para movimentar as pernas serve. As pernas não têm olhos.

— Professor Morgenstern... faz tempo que o senhor conhece o sr. Hirsch?

— Nos encontramos no trem que nos trouxe para cá. Isso deve ter sido...

— Em setembro.

— Exatamente.

— E o que o senhor achou dele?

— Me pareceu um jovem muito distinto.

— Mais nada?

— Acha pouco? Em tempos como este não é fácil encontrar gente com classe. Não se ganha nada com a boa educação.

Dita hesita, mas não tem tantas oportunidades de ser sincera com alguém.

— Professor... o senhor diria que Hirsch esconde alguma coisa?

— Sim, com certeza.

— O quê?

— Livros.

— Maldição! Isso eu já sei!

— Bom, srta. Adlerova, não se irrite. A senhorita perguntou, e eu respondi.

— Sim, sim. Peço desculpas. O que eu queria perguntar, cá entre nós, é se o senhor acha que podemos confiar nele.

— A senhorita faz perguntas muito estranhas.

— É verdade. Esqueça.

— Ainda não entendi o que a senhorita quer dizer com essa história de confiar em Hirsch. Na competência dele como diretor do bloco?

— Não exatamente. O que eu queria saber é se o senhor acha que ele é realmente quem aparenta ser.

O professor reflete por um instante.

— Não, não é.

— Não é quem parece ser?

— Não. Eu também não. Nem a senhorita. Ninguém é. Por isso, Deus fez com que os pensamentos fossem mudos, para que só nós mesmos pudéssemos ouvi-los. Ninguém deve saber o que realmente pensamos. Sempre que eu digo o que penso, os outros se aborrecem comigo.

— É...

— Acho que o que a senhorita está perguntando é em quem se pode confiar aqui, neste buraco de Auschwitz...

— Isso mesmo!

— Confesso que, pessoalmente, confiar, confiar de verdade, só confio no meu melhor amigo.

— Está bem. E quem é o seu melhor amigo?

— Eu mesmo. Eu sou o meu melhor amigo.

Dita fica olhando para o velho professor, que continua concentrado em alisar a ponta de seu passarinho de papel. Desiste. Não vai arrancar nada desse homem.

Se eu conseguir alguma coisa, diz ela para si mesma, será que ele me enlouqueça.

Ela chega a seu barracão, e tudo está tranquilo. Já são alguns dias sem sinal de Mengele. Isso é bom. Dita, porém, não pode se enganar. Esse homem tem olhos por toda a parte. Quando ela se deita, tentando não esbarrar na curvatura gravitacional criada pelo volumoso traseiro de sua companheira de cama no colchão, pensa que talvez pudesse falar sobre Hirsch com a vice-diretora Miriam Edelstein. Mas e se ela estiver mancomunada com ele? Seu marido, Yakub, foi o presidente do Conselho Judaico do Gueto de Terezín, e os nazistas o separaram do resto dos prisioneiros tchecos. Ela está muito preocupada, dá para notar sua tristeza, e, quando acha que o filho não está por perto, tapa os olhos com as mãos num gesto de desespero. Não pode ser que esteja de conluio com os nazistas. Não estaria ficando paranoica?

Mas talvez haja algo mais do que nazistas e prisioneiros, quem sabe há mais grupos e ela desconheça isso? Dita tentará falar com o sr. Tomashek. Tudo é muito confuso, mas, ao fechar os olhos, lhe vem uma imagem à cabeça que ela vai arquivar entre suas fotos mais estimadas de Auschwitz: Margit e ela espatifadas no chão coberto de neve, René olhando e as três rindo, dando gargalhadas. Enquanto continuarem rindo, nada estará perdido.

11

No fim de fevereiro de 1944, uma delegação encabeçada por Adolf Eichmann (*Obersturmbannführer* responsável pelo Departamento de Assuntos Judaicos da Gestapo entre 1941 e 1945) e pelo diretor da seção externa da Cruz Vermelha alemã, Dieter Neuhaus, visitou Auschwitz-Birkenau. Sua missão era apanhar pessoalmente um relatório solicitado ao *Blockältester* do 31 sobre o funcionamento desse barracão experimental, o único em todo o complexo de campos de Auschwitz onde se abrigavam crianças.

Hirsch deu instruções precisas a Lichtenstern para que todos, mais velhos e pequenos, estivessem em formação e em perfeito estado de revista. O responsável pelo bloco 31 é especialmente rigoroso com a higiene. Todos os dias, as crianças se levantam às sete da manhã, e os ajudantes os levam em ordem até as duchas. Ali se lavam com um filete de água tão fria que, mais do que limpar, queima. A temperatura de janeiro é, ao amanhecer, de até 25 abaixo de zero. Há dias em que a tubulação congela. Hirsch, porém, insiste, obsessivo, nos hábitos de higiene, ainda que as crianças tremam compulsivamente de frio enquanto se lavam. São muito poucas toalhas, de modo que cada vinte ou trinta crianças dividem uma. Dali vão para seu barracão para a recontagem.

Quando Hirsch aparece, na metade da manhã, perfeitamente penteado e barbeado, as filas já estão formadas. Dá para notar a tensão pelo fato de sua postura ser ainda mais militar do que de costume: suas ordens são incisivas. Lá fora se ouvem alguns apitos, e retumbam as botas dos verdugos sobre o tablado instalado na lateral do barracão. Pouco depois, apontam as cabeças de alguns membros da SS que abrem caminho para um grupo de oficiais abarrotados de uma sucata de insígnias e condecorações.

Fredy Hirsch passa por entre as filas de prisioneiros e entra na posição de sentido dando uma batida marcial com os saltos dos sapatos, menos práticos, porém mais elegantes do que os tamancos de costume. Depois de pedir licença, começa a explicar que no bloco 31 reúnem as crianças durante o dia e que, dessa maneira, elas não perturbam o funcionamento normal do resto do campo, liberando seus pais para trabalhar nas diferentes oficinas. Hirsch se sente à vontade podendo se expressar em seu idioma. Não se sai muito bem em tcheco.

O comandante Rudolf Höss e Eichmann encabeçam a comitiva. Depois, há outras autoridades da SS, entre as quais se destaca Schwarzhuber, o *Lagerführer* responsável por Auschwitz-Birkenau. Mais atrás, um pouco deslocado, está o doutor Mengele. Sua patente de capitão é inferior à dos tenentes-coronéis que encabeçam a visita, e poderia se pensar que ele se distanciou para demonstrar respeito pela hierarquia. No entanto, Dita o observa e acredita ver em seu rosto tanta indiferença que seria capaz de dizer que ele está entediado. E é isso mesmo: para ele, é maçante esse desfile de autoridades que decidiram passar a manhã no *Lager* como quem vai jogar golfe num campo.

De repente, Mengele levanta a cabeça e olha para os internos. Olha para Dita. Ela finge fitar o horizonte, mas sabe que Mengele a observa com o mesmo interesse distante com que um médico examina um paciente. Queria derreter e escorrer para debaixo da terra. O que esse homem quer dela? A menina não acredita que seja sexo, como no caso de René. Gostaria que Margit estivesse ali para ver se ela, que tanto parece saber do assunto, identifica essa sujeira que diz que os homens têm nos olhos quando olham para as jovens. A Dita lhe parece que Mengele não tem um olhar sujo. Não há expressão em seu rosto. Seu olhar é nada. E isso apavora.

Eichmann assente com a cabeça, e há em seu semblante severo uma condescendência não dissimulada com relação às palavras de Hirsch. Faz com que este saiba que ele lhe concede um enorme favor ao escutá-lo. Nenhum dos oficiais chega a menos de meio metro do *Blockältester* judeu. Apesar de estar com uma camisa limpa e uma calça não amassada demais, Hirsch parece um camponês pobre em meio a uma reunião de soberanos que exibem seus uniformes passados, suas botas reluzentes e seu aspecto saudável. No entanto, Dita olha para ele e, apesar de todas as dúvidas, não pode deixar de sentir uma admiração imensa por esse homem desarmado que se põe diante das faces dos tubarões e consegue que não o devorem. Com desprezo, mas o escutam. Hirsch é um faquir que hipnotiza serpentes muito venenosas. Dita acredita nele. Precisa desesperadamente acreditar nele.

Logo que a comitiva de botas altas e cassetetes compridos se afasta, dois assistentes chegam carregando a panela da sopa do meio-dia pronta para ser servida no barracão, e tudo volta à rotina habitual. Sacam-se as tigelas amassadas e as colheres tortas, e as crianças pedem a Deus que em sua concha venha ao menos um pedaço de cenoura. Depois de comer, estão livres para brincar à vontade ou voltar com seus pais, e o barracão esvazia. Apenas alguns professores se aglomeram nos tamboretes dos fundos para comentar a visita dos figurões nazistas. Teriam gostado de saber a opinião de Hirsch, mas o chefe tornou a se evaporar, justamente para que ninguém lhe pergunte nada.

Onde está Hirsch?, se perguntam alguns.

Há comida de gala no refeitório dos oficiais. Sopa de tomate, frango, batata, repolho roxo, lúcio ao forno, sorvete de baunilha, cerveja. Quem serve são as prisioneiras testemunhas de Jeová. São as preferidas de Höss porque nunca se queixam, acham que, se essa é a vontade de Deus, é preciso acatar com alegria.

— Vejam — diz ele aos colegas, se levantando da mesa sem tirar o guardanapo do pescoço.

Faz um sinal para uma das serviçais para que ela se aproxime e desencapa sua Luger. Põe o cano da pistola na têmpora da mulher. Os demais chefes nazistas deixaram de tomar a sopa e observam com expectativa. Fez-se silêncio, e paira uma certa tensão no refeitório. A prisioneira ficou quieta sem se alterar com alguns pratos sujos nas mãos, sem sequer olhar para a pistola ou para quem a empunha. Olha para parte alguma e reza num sussurro inaudível. Nem uma queixa, nem um protesto, nem um gesto de temor.

— Está dando graças a Deus! — diz Höss com uma gargalhada.

Os demais riem levemente, por cortesia. Rudolf Höss foi recentemente destituído do comando geral de Auschwitz porque os oficiais sob seu controle cometeram certas irregularidades na gestão das contas do *Lager*, e alguns cargos altos da Gestapo já não o veem com olhos muito bons. Eichmann não espera que Höss volte para a mesa e começa a tomar sua sopa em silêncio. Esses gracejos lhe parecem inoportunos durante uma refeição. Matar judeus, para ele, é uma tarefa séria. Por isso, quando nesse mesmo ano de 1944 o próprio chefe da SS, Heinrich Himmler, lhe pedir que parem a solução final em vista da inevitável derrota, ele continuará ordenando assassinatos em massa até o fim.

A notícia anunciada pela sra. Turnovská, que Dita chama com razão de Rádio Birkenau, sobre uma refeição especial com salsichas para todos os prisioneiros, acabou sendo um falso rumor. Mais um.

Dita está indo se encontrar com seus pais, mas, em meio ao tumulto de gente que há nessa hora de descanso, antes que os adultos voltem ao trabalho nas oficinas, vê o sr. Tomashek a certa distância, e lhe parece um bom momento para falar com ele. Esse homem lhe dará uma orientação. Conhece tanta gente que com certeza saberá dizer que Fredy Hirsch é uma pessoa honesta e que não há sombra alguma nele. Ela vai ao seu encontro, mas há tanta gente na *Lagerstraße* que fica difícil seguir adiante. Perde o homem de vista por alguns instantes, mas logo volta a vê-lo. Caminha em direção ao bloco 31 e ao barracão-hospital, a zona onde há menos gente. Embora seja um homem da idade de seu pai, movimenta as pernas com agilidade, e Dita não consegue alcançá-lo. Ela vê que ele passa sem parar no 31 e segue até quase o final do campo, onde se encontra o barracão de vestuários regido por um preso comum alemão, não judeu, com a patente de *Kapo*. Ela não sabe o que ele vai fazer ali, pois os internos não podem entrar sem autorização. Para os nazistas, os trapos guardados no depósito devem ser muito valiosos. Provavelmente, o sr. Tomashek vai tentar conseguir uma peça de roupa para algum interno necessitado. Seus pais comentaram que esse homem tão bondoso ajuda muita gente, até arranja peças de roupa para quem precisa.

O homem entra muito decidido no depósito, e Dita não tem tempo de alcançá-lo, então deve esperá-lo na saída. Perambula um pouco ao redor do barracão. Atrás da cerca do campo familiar fica a grande avenida da entrada de Auschwitz-Birkenau, com a linha de trem que estão acabando de construir para que os transportes ferroviários penetrem nas entranhas do campo por baixo da torre de vigilância da porta principal, que domina tudo. Ela não gosta de ficar ali, tão à vista dos vigilantes da entrada principal, então passeia pela lateral do barracão-depósito e vê uma janela. Isso chama a sua atenção porque o resto dos barracões não tem janelas e deixaram aquela aberta para ventilar o interior, eternamente úmido. Ela se aproxima e ouve, vinda lá de dentro, a voz moderada do sr. Tomashek. Ele cita uns nomes e uns números de barracão. Faz isso em alemão. Dita, um pouco intrigada, se senta debaixo da janela. Não é educado escutar conversas alheias.

Também não é educado sufocar os outros com gás venenoso...

Uma voz enfurecida interrompe o relato do sr. Tomashek.

— Já falamos muitas vezes! Não queremos nomes de aposentados socialistas! Queremos nomes da Resistência.

Dita reconhece essa voz e essa dureza fria ao falar. É o Padre.

— Não é fácil. Eles se escondem. Eu tento...

— Tente mais.

— Sim, senhor.

— Agora vá.

— Sim, senhor.

Dita se dirige às escondidas para os fundos do barracão para que não a vejam ao sair, e ali se joga no chão. Tem os olhos tão arregalados que eles quase caem de seu rosto.

O bondoso sr. Tomashek... Que baita filho da mãe!

A menina se afasta, cautelosa, e se pergunta que diabos acontece nesse campo com a verdade. É como se ela tivesse sido tragada pela lama.

E agora em que demônios vou confiar?

Nesse momento, lhe vem à cabeça o que lhe disse o louco do professor Morgenstern: "Confie em si mesma."

No fim das contas, quem tem razão é o velho louco.

Ela está sozinha nisso e terá que resolver isso sozinha.

Fredy Hirsch também é um homem que ficou sozinho em seu labirinto. Talvez porque já está há anos tentando tapar as rachaduras com um cimento de mentiras que, quando é tocado, se desfaz.

O instrutor está sentado na cadeira de seu quarto, e batem à porta. Miriam Edelstein entra e se senta no estrado do chão com as costas apoiadas na madeira, como se estivesse terrivelmente cansada.

— Eichmann falou alguma coisa sobre o seu relatório?

— Nada.

— Para que ele quer isso?

— Quem sabe?

— Schwarzhuber estava todo inchado, sorria o tempo todo para Eichmann como um cachorrinho de colo.

— Ou como um dobermann.

— É, a cara dele lembra a de um dobermann louro. E o que você me diz de Mengele? Ele parecia deslocado.

— Está por conta própria.

Miriam fica calada por um instante. Nunca lhe ocorrera falar assim de Mengele, como se fosse um conhecido qualquer.

— Não sei como você é capaz de chegar a se entender com alguém tão repugnante.

— Foi ele quem autorizou que os pacotes de comida que chegassem ao campo no nome dos internos falecidos fossem encaminhados para o bloco 31. Me entendo com ele porque essa é a minha obrigação. Sei que tem quem diga que Mengele é meu amigo. Não sabem de nada. Se disso eu tirasse vantagens para nossas crianças, eu me entenderia até com o diabo.

— Você já faz isso. — E ela sorri ao dizer aquilo, dando uma piscadela de compreensão.

— Lidar com Mengele tem uma vantagem. Ele não nos odeia. É inteligente demais para isso. Talvez por essa razão seja o mais terrível de todos os nazistas.

— Se ele não nos odeia, por que colabora com toda essa aberração?

— Porque lhe convém. Ele não é um desses nazistas que acreditam que nós, os judeus, somos uma espécie de seres inferiores e distorcidos vindos de um mundo infernal. Já me disse que encontra muitas coisas admiráveis nos judeus...

— Então por que nos massacra?

— Porque nós judeus somos perigosos. Somos a raça que pode enfrentar os arianos, que pode derrotar a hegemonia deles. Por isso, precisam nos eliminar. Para Mengele não é nada pessoal, só uma questão prática. O que faz o granjeiro que planta batata e sabe que há javalis por perto é pôr armadilhas para matar os javalis. Eles morrem numas armadilhas com pregos horrendos. É uma morte muito cruel. Mas não há no camponês um ódio furioso contra esses animais. Se ele os visse trotando pelo bosque, até lhe pareceriam simpáticos. Mengele é como esse granjeiro. Em vez de batata, cultiva a primazia da raça ariana porque é a dele. É um homem que não conhece o ódio...

O terrível é que ele também não conhece a piedade. Nada é capaz de comovê-lo.

— Eu não conseguiria negociar com criminosos assim.

Ao dizer isso, Miriam faz uma cara de dor. Fredy se levanta, chega mais perto dela e pergunta com ternura:

— Mais alguma notícia de Yakub?

Quando ela e a família chegaram, seis meses antes, vindos de Terezín, dois membros da Gestapo detiveram seu marido e o levaram para a prisão de presos políticos de Auschwitz I, a três quilômetros de distância. Ela não voltou a vê-lo e nem teve mais notícias dele.

— Hoje pela manhã, consegui me aproximar de Eichmann por um instante. Ele me conhece de algumas reuniões em Praga, apesar de no princípio ter fingido que não me reconhecia. É um miserável, como todos os nazistas. Os guardas estavam a ponto de me bater, mas, ao menos, ele os deteve e me deixou perguntar por Yakub. Me disse que o transferiram para a Alemanha, que ele está em perfeitas condições e que logo todos nós nos reuniríamos. Depois deu meia-volta e me deixou com as palavras na ponta da língua. Eu tinha uma carta para Yakub, mas nem consegui entregá-la a Eichmann. Ariah havia escrito umas linhas para o pai...

— Vou ver se consigo descobrir alguma coisa.

— Obrigada, Fredy.

— Devo isso a ele — acrescenta Hirsch.

Miriam assente com a cabeça de novo. Ela sabe, mas é algo de que não deve falar. Fredy Hirsch é o Aquiles dos judeus: ele sozinho poderia dominar Troia inteira. Mas também poderia cair com estrépito, pois tem um calcanhar de tremenda fragilidade.

Esse é o problema dos mitos: nunca caem, se derrubam. Edita caminha pela *Lagerstraße* muito decidida a derrubar um mito do campo familiar. Ela não sabe se será fácil. Afinal, trata-se de um homem prestigiado, de modos corteses, gentil, encantador e amável com todo mundo. E ela é apenas uma garotinha magricela. Mas irá confrontá-lo. Ele lhe dá mais asco do que os próprios SS. Esses usam uniforme, e sabe-se quem são e a que vêm. Ela os teme, despreza e até odeia... mas nunca havia experimentado essa náusea que sente só de pensar no elegante sorriso judeu do sr. Tomashek.

Enquanto caminha depressa, quase levantando voo com suas pernas de garça, tenta traçar um plano na mesma velocidade, mas não consegue tramar nenhum. Seu único propósito é dizer a verdade, embora isso não pareça ser muito praticado em Auschwitz.

Chega ao barracão do pai e mais adiante, sentado num tapete feito com as mantas de cada um, se encontra o grupo que costuma se reunir ao redor do sr. Tomashek. Seus pais estão ali, é claro. Uma senhora conta algo, e o sr. Tomashek, no meio do círculo, assente com a cabeça, entrefechando os olhos, e, com um sorriso bondoso, encoraja a mulher a continuar se explicando.

Dita irrompe de maneira avassaladora e até pisa de modo grosseiro em algumas das mantas, sujando-as de barro.

— Ei, menina...

Ela está corada, e sua voz treme. Mas não treme o braço ao esticá-lo e apontá-lo para o centro do círculo.

— O sr. Tomashek é um traidor. Ele é um espião da SS.

De imediato, começam os murmúrios e as pessoas se agitam, nervosas. O sr. Tomashek tenta conservar seu sorriso intacto, mas não consegue totalmente. Seus lábios estão retorcidos para um lado.

Uma das primeiras a ficar de pé é Liesl.

— Edita! O que é isso?

— Vou lhe dizer — se levanta uma das mulheres num movimento brusco. — Sua filha é uma mal-educada! Como é que pode interromper dessa maneira para insultar uma pessoa de bem como o sr. Tomashek?

— Sra. Adlerova — lhe diz outro dos homens —, a senhora deveria dar uma boa bofetada na sua filha. E se não fizer isso, eu mesmo farei.

— Mamãe, o que estou falando é verdade — afirma Dita, muito nervosa, já com menos convicção. — Ouvi o sr. Tomashek conversando com o Padre no barracão do vestuário. Ele é um espião!

— Isso é impossível! — volta a mulher de antes, totalmente indignada.

— Ou a senhora repreende a menina com uma bofetada para que ela se cale ou eu mesmo faço isso. — E o homem faz menção de se levantar.

— Se vocês têm que castigar alguém, que me castiguem — diz Liesl, dócil. — Eu sou a mãe, e se a minha filha não agiu corretamente é a mim quem o senhor deve esbofetear.

Aí quem se levanta é Hans Adler.

— Ninguém vai bater em ninguém aqui — afirma ele, incisivo. — Edita está falando a verdade. Eu sei.

Um coro de murmúrios estupefatos emana do grupo.

— Claro que estou dizendo a verdade! — grita Dita, já mais encorajada. — Ouvi o Padre pedindo informações sobre a Resistência ao sr. Tomashek. Por isso, ele passa o dia indo de um lado para o outro, por isso, pergunta tanto e pede que falemos de nossa vida.

— O senhor vai negar, sr. Tomashek? — pergunta Hans, apontando o olhar para ele como se fosse uma arma.

Quase todos se puseram de pé, e as cabeças se viram em direção a Tomashek, que continua sentado, calado como uma estátua. Levanta-se devagar e mantém meio sorriso no rosto. É seu semblante habitual, só que mais alterado, como se fosse o único que sabe esboçar e, num caso como esse, não pudesse fazer outra coisa além de mantê-lo a qualquer custo.

— Eu... — começa ele. Todos se dispõem a escutar com atenção, porque o sr. Tomashek tem muita facilidade para o discurso, e aquilo não deve passar de um mal-entendido que ele pode explicar perfeitamente. — Eu...

Daí, porém, não passa. Abaixa a cabeça e não diz mais nada. Abre caminho e sai, apressado, para seu barracão. Todos ficam perplexos, olhando uns para os outros e observando, em especial, os três membros da família Adler. Dita abraça o pai.

— Hans — pergunta Liesl. — Como é que você tinha tanta certeza de que Edita estava certa? Parecia tão inacreditável...

— Eu não sabia. É um truque que se usa nos julgamentos. Você blefa. Finge que sabe alguma coisa com determinação apesar de, na realidade, não saber. E o acusado é delatado pela própria insegurança. Crê que foi descoberto e desaba.

— E se ele não fosse um informante?

— Eu teria pedido desculpas. Mas — ele pisca um olho para a filha — eu sabia que tinha boas cartas na mão.

Um dos homens do grupo se aproxima e, amistoso, põe uma das mãos no ombro de Hans.

— Já não me lembrava que você é advogado.

— Nem eu — responde Hans.

A mulher e o homem que antes tinham se mostrado tão agressivos se retiram, confusos.

No entanto, ainda falta mais uma coisa para acabar com a carreira de delator do sr. Tomashek: Dita se encarrega de pôr aquilo na Rádio Birkenau. Os três vão falar com a sra. Turnovská. A boa mulher se encomenda a Deus várias vezes e também a vários outros patriarcas bíblicos. Depois, dá início ao falatório.

A dúvida é uma planta que brota muito bem no lodo de Auschwitz. Depois de 48 horas, o campo inteiro está avisado, e o sr. Tomashek cai em desgraça. Ninguém mais vai querer se sentar para lhe fazer companhia na hora da sopa nem lhe contar nada. Um falso ídolo que cai.

12

Rudi Rosenberg comparece aos fundos de seu barracão do campo de quarentena e se aproxima da cerca eletrificada. Do outro lado, Alice Munk está à sua espera. Os dois param a três passos da cerca, depois até dão mais um passo à frente, apesar dos milhares de volts que serpenteiam pelo arame, e se sentam devagar para acalmar a desconfiança dos guardas que os observam das torres.

É uma das tantas tardes em que Rudi passa um tempo com ela para falar de mil coisas. Alice lhe conta de sua família de industriais abastados no norte de Praga e da vontade que tem de voltar para casa. Rosenberg lhe conta seu sonho de ir embora para a América no dia em que o pesadelo da guerra e dos campos terminar.

— É a terra das oportunidades. Lá o comércio é sagrado. É o único lugar do mundo onde um homem pobre pode chegar a ser presidente da nação.

Faz um frio glacial, e o chão está coberto de geada. As palavras tremem. Ele veste uma jaqueta pesada, mas Alice usa apenas um casaco gasto e um velho xale de lã. Quando Rudi vê que os lábios da jovem estão roxos e tiritando, lhe diz que é melhor ela voltar para seu bloco, mas ela diz que não.

Sente-se muito melhor na intimidade gélida da tarde do que enfurnada no barracão de mulheres, que cheira a suor e a doença. E às vezes a rancor.

Quando o frio se torna insuportável, os dois se levantam e caminham devagar, cada um de seu lado da cerca. Os guardas já se acostumaram à sua presença. Para alguns deles, o registrador arranja tabaco ou serve de intérprete junto aos soldados russos ou tchecos e conseguiu uma tolerância momentânea a seus encontros perto da cerca.

Ele conta a Alice uma peripécia qualquer de seu trabalho como registrador. Não quer lhe contar o que vê nos olhos dos rostos abatidos do outro lado da mesa de registro logo que chegam ao campo. Por isso, às vezes, as anedotas, para que fiquem mais divertidas, ele inventa. Quando Alice pergunta se é verdade que matam centenas de pessoas por inalação de gás todos os dias, ele responde que isso só acontece com os desenganados, pede que ela não se angustie e, em seguida, muda de assunto. Rudi sabe que, em Auschwitz, a verdade é um mau negócio.

— Trouxe um presente para você...

Ele enfia uma das mãos no bolso e desdobra os dedos. O que mostra é algo muito pequeno, mas ela arregala os olhos ao se dar conta de seu elevado valor. É uma joia. É um dente de alho.

Rudi já adquiriu certa prática em observar de soslaio o soldado da torre de vigilância e, quando a posição do fuzil apoiado no ombro indica que ele está de costas, virado para o outro lado do *Lager*, o registrador se aproxima da cerca em dois passos largos. Não deve encostar no metal, mas não pode titubear porque, se os vigilantes perceberem, podem lhe dar um castigo severo. Ele só tem dez segundos até que o guarda se vire para seu lado. Contrai os dedos e os enfia precisamente no buraco. Cinco segundos. Larga o alho. Alice abre a mão e o pega depressa. Quatro segundos. Os dois dão duas passadas para trás e voltam para o lugar onde estavam, a uns metros da cerca.

Alice olha para ele com cara de susto e de admiração. Rudi fica contente por despertar esse tipo de sentimento na moça. A verdade é que pouca gente se atreve a enfiar os dedos nesse arame que mata. Alguns contrabandistas lançam as coisas de um campo para o outro por cima da cerca, mas ele considera esse um movimento que se vê de uma distância muito grande, e há olhos demais no *Lager*, línguas demais.

— Coma, Alice. Tem muitas vitaminas.

— Mas aí eu não poderia lhe dar um beijo...

— Vamos, Alice, é importante. Você precisa comer. Está muito magra.

— Não agrado você? — pergunta ela, faceira.

Rudi suspira.

— Você já sabe que sou louco por você! E hoje está belíssima com esse penteado.

— Você reparou!

— Mas você tem que comer esse alho! Foi muito difícil conseguí-lo.

— E eu agradeço muitíssimo.

Mas esconde o alho no punho e não come. Rudi reclama em voz baixa.

— Você fez a mesma coisa no outro dia, quando lhe dei um aipo.

E então ela faz uma cara faceira e levanta o olhar, como se lhe mostrasse algo. Rudi percebe e se dá um tapa na testa.

— Alice, você está louca!

Ele não tinha percebido até aquele momento que ela tem um diadema no cabelo. Um diadema violeta, talvez infantil demais para ela, mas que ali é um artigo de luxo. Tão luxuoso que lhe custou um aipo. Ela ri.

— Não, não faça isso! O inverno ainda não acabou. Você mal tem roupa de frio. Precisa se alimentar. Então não se dá conta? Toda manhã o *Kommando* passa o carrinho recolhendo uma dúzia de cadáveres no seu campo, gente que morre de esgotamento, de desnutrição ou de uma simples gripe. Aqui, um resfriado mata, Alice. Estamos muito fracos. Você tem que comer! — E Rudi vai endurecendo as palavras. É a primeira vez que fala com Alice nessa severidade. — Quero que você coma esse alho agora!

Para conseguir aquele alho, Rudi teve que passar por debaixo dos panos os nomes e as patentes dos oficiais russos do último transporte para um certo ajudante de cozinha. Não sabe nem quer saber para que ele pediu a lista, mas a informação tem um valor, e a Resistência, muitas ramificações que ele desconhece. Conceder esses favores poderia lhe custar até a vida. E ela nem vai comer o alho.

Alice olha para ele com tristeza e uma lágrima brota em seus olhos.

— Você não entende, Rudi.

Ela não diz mais nada, fica calada, não é de falar muito. E não, ele não entende. Acha uma estupidez trocar um alimento tão nutritivo e difícil de conseguir como o aipo por um inútil pedaço de arame forrado às pressas com veludo feito a mão, em alguma das oficinas do campo. Não entende que Alice vai fazer 16 anos e nunca mais voltará a tê-los. A caducidade de suas vidas avança a uma velocidade vertiginosa, a decrepitude conhece atalhos inesperados em Auschwitz. Depois de passar toda a adolescência presa na feiura da guerra, sentir-se bela por uma tarde a faz feliz por um instante. Esse momento a alimenta mais do que uma plantação inteira de aipo.

Alice faz uma careta para que Rudi a perdoe, e ele encolhe os ombros. Não entende, mas é impossível se aborrecer com ela.

Rudi não sabe, mas o alho já tem destino. Depois da recontagem da tarde, Alice se aproxima do barracão 9 com toda pressa e pergunta pelo sr. Lada. É um baixinho que trabalha no grupo do carrinho de defuntos. Não é um trabalho agradável, mas lhe permite circular pelo *Lager*. E circular é sinônimo de negócios. Alice fareja a minúscula pastilha de sabão e sente o cheiro de glória. Lada faz o mesmo com o dente de alho. Este também cheira a glória.

Ela fica tão entusiasmada com sua aquisição que dedica o último momento antes do toque de recolher a lavar a roupa. Está com um agasalho de lã muito furado e uma saia xadrez muito velha que guarda sob o travesseiro, na cama. É a única roupa que tem para vestir quando, a cada duas semanas, lava seu vestido, azul ou já cinza, as peças íntimas e as meias.

É preciso passar uma hora e meia na fila em frente às três únicas torneiras de onde sai um filete d'água, uma água não potável que levou embora uns quantos que não acreditaram que fosse prejudicial ou que não conseguiram resistir à sede que os torturava, ainda mais ao cair da noite, quando já fazia muitas horas desde o último líquido, a sopa do meio-dia.

A água gelada queima as mãos, deixando-as insensíveis e ásperas. Não faz nem um minuto que Alice está ali e já é repreendida e insultada pelas mulheres da fila para que termine o quanto antes. Algumas murmuram contra ela em voz alta para que Alice escute. No campo, os segredos não existem, e os rumores empapam tudo, são como uma mancha de umidade que se infiltra pelas paredes do chão ao teto e corrompe o que encontra no caminho.

Sua relação com o registrador eslovaco é conhecida e não agrada a certos prisioneiros, muito menos aos que odeiam que aconteça algo de bom com os demais. O afã de sobreviver dos internos provoca tamanha degradação moral que muitos transformam o medo e a dor num rancor arrojado. Acham que prejudicar os demais é uma espécie de justiça que alivia o seu sofrimento.

— Que injusto as vagabundas desavergonhadas que abrem as pernas para os internos influentes disporem de um pedaço de sabão, enquanto as mulheres decentes têm que lavar só com água turva! — diz uma.

Um burburinho de cabeças com toucas de pano lhe dá razão.

— Perdeu-se a decência — diz outra. — Não se respeita nada.

— Que vergonha — comenta mais uma em voz deliberadamente alta, para que Alice escute.

A moça esfrega com raiva como se o rancor pudesse ser tirado com aquele sabonete de glicerina e encerra sua tarefa antes da hora, sem terminar, sem se atrever a levantar a cabeça, envergonhada e incapaz de se defender. Ao ir embora, deixa o pedaço de sabão ali. Várias mulheres se jogam para pegá-lo, formando um tumulto de empurrões e gritos.

Alice está tão envergonhada e nervosa que não quer se encontrar com sua mãe e acaba indo até o bloco 31. É obrigatório que as portas dos barracões permaneçam sempre abertas. Quando ela entra, cai no chão uma tigela de metal com umas porcas. É um truque de Hirsch para saber se alguém entra no barracão fora de hora. O chefe do bloco sai do quarto e vê Alice tremendo.

— O que foi, criatura?

— Me odeiam, sr. Hirsch!

— Quem?

— Todas essas mulheres! Elas me insultam porque sou amiga de Rudi Rosenberg!

Hirsch pega nos ombros da jovem, e ela não consegue parar de chorar.

— Essas mulheres não odeiam você, Alice. Elas nem a conhecem.

— Me odeiam! Me disseram coisas horríveis, e nem fui capaz de responder como elas mereciam.

— Você fez a coisa certa. Quando um cachorro late, feroz, para um estranho e até quando morde, não faz isso por ódio, faz por medo. Se alguma vez você se deparar com um cachorro agressivo, não deve correr nem gritar, porque acabará assustando esse cachorro e tomando uma mordida. Você deve ficar quieta e falar devagar para acalmar o medo dele. Elas estão assustadas, Alice. Estão furiosas por tudo o que estamos passando.

Alice começa a se tranquilizar.

— Você devia pôr a sua roupa para secar.

Ela assente com a cabeça e, quando vai agradecer, ele faz um gesto com a mão e a interrompe. Não há pelo que agradecer. Ele é responsável por seu povo. Os assistentes são seus soldados. E um soldado nunca agradece: faz posição de sentido e bate continência. Mais do que isso não é preciso.

Quando Alice parte, Hirsch olha em direção ao silêncio dos tamboretes e das paredes com desenhos pendurados e volta a se fechar no quarto. Na realidade, porém, o barracão não está vazio. Há alguém encolhido atrás da trincheira de madeiras que assistia à cena em silêncio.

Faz dias que seu pai arrasta uma gripe que não sara nunca, e sua mãe o obrigou a suspender as aulas ao ar livre, de modo que Dita tem dedicado as tardes a montar guarda no esconderijo dos fundos do barracão. Espera que o contato secreto da SS volte a aparecer, mas, até o momento, sua vigilância não deu resultado. Se ela não pode confiar em ninguém, terá que desvendar por conta própria o mistério de Hirsch. Ele saiu algumas vezes do quarto para fazer flexões e abdominais e ficou levantando tamboretes como se fossem pesos. E ela teve que permanecer muito quieta e muito enovelada atrás das tábuas. Numa tarde dessas, Miriam Edelstein foi visitá-lo. Nada mais. Dita sente falta de falar com Margit e sabe que em alguns dias ela se senta para conversar com René.

Hirsch, convencido de que o barracão estava vazio, apagou as luzes e ficou às escuras. Ela se encolhe para se aquecer um pouco, e o calafrio que a atravessa por dentro lhe traz à memória aqueles doentes do balneário Berghof, que se deitavam à noite de frente para os Alpes para que o frio seco das montanhas cauterizasse a umidade de seus pulmões atacados pela tuberculose. Nessas semanas no *Lager*, ela custou a voltar a se sentar e ler com a intensidade com que leu *A montanha mágica* em Terezín. Essa leitura teve um impacto tão grande em Dita que os personagens passaram a fazer parte de suas recordações.

Hans Castorp, que chegou para visitar o primo e, no princípio, passaria apenas alguns dias no sanatório, acabara ficando durante meses. Mesmo quando seu primo Joachim decidiu voltar para casa e retomar a carreira militar, apesar de não ter o consentimento da equipe médica, ele permaneceu placidamente nesse microcosmo do balneário com os tratamentos para relaxar, as comidas magníficas e os pequenos rituais cotidianos que mal agitavam uma adormecedora rotina. Ainda sob essa aparência de um cotidiano inofensivo, aos poucos, a tuberculose deixava cadeiras vazias no refeitório, e o frio da morte percorria os corredores.

Berghof fazia Dita se lembrar do gueto. Lá a vida era melhor do que em Auschwitz. Era um lugar muito menos violento e terrível do que a fábrica de dor onde agora sobrevivem, embora, na verdade, Terezín fosse um balneário onde ninguém sarava.

Castorp chegou para passar uns dias, mas, depois dos meses, passaram os anos. Quando fazia menção de ir embora, o doutor Behrens detectava uma leve afecção no pulmão, e ele tinha que prolongar a estada. Quando leu o livro, Dita já estava em Terezín havia um ano e continuava sem saber quando poderia sair daquela cidade-prisão. No entanto, dadas as notícias do mundo fora dali, com os nazistas avançando, implacáveis, pela Europa numa guerra que contava seus mortos por milhões e com os rumores de campos para onde mandavam os judeus a fim de exterminá-los, passou a pensar que as muralhas de Terezín aprisionavam, mas também protegiam do mundo, como acontecia com Hans Castorp no sanatório de Berghof, de onde ele já não queria sair para enfrentar sua época.

Dita trocou o trabalho nas hortas perimetrais de Terezín por outro mais confortável, numa oficina de peças têxteis militares, e, enquanto o tempo passava e sua mãe ia perdendo a energia e seu pai fazia cada vez menos observações engenhosas, ela continuava lendo. A história de Hans Castorp a mantinha absorta, e ela acompanhou o personagem até o momento culminante da vida dele: era noite de carnaval e, aproveitando a liberdade que o pretexto das fantasias outorgava a esse dia, se atreveu pela primeira vez a ir falar com a madame Chauchat, uma belíssima dama russa por quem estava perdidamente apaixonado, embora não tivesse trocado com ela mais do que maravilhosos cumprimentos corteses. Naquele ambiente estático e cerimonioso de Berghof, teve a ousadia, amparado pelo parêntese do carnaval, de tratá-la por você e chamá-la de Clawdia. Dita fecha os olhos e revive o momento em que ele, tão romântico, se ajoelhou diante dela e declarou de um jeito galante e apaixonado seu amor avassalador.

Dita gosta da madame Chauchat, uma senhora elegantíssima de olhos oblíquos que costuma ser a última a chegar à suntuosa sala de jantar e fechar a porta forte o bastante para fazer com que Hans Castorp dê um pulo na cadeira; nos primeiros dias com uma incômoda irritação e depois com uma fascinação entregue por sua beleza tártara. Madame Chauchat, nesse momento de liberdade que o período do carnaval oferece, quando quem fala não são as pessoas presas às rígidas normas de cortesia social e sim as máscaras, diz a Castorp: "Vocês, alemães, amam mais a ordem do que a liberdade. A Europa inteira sabe disso."

E Dita, encolhida no esconderijo das tábuas, concorda com ela.

Quanta razão tem a madame Chauchat.

Dita pensa que gostaria de ser como ela, uma mulher culta, refinada e independente. E que, quando entrasse num salão, todos os rapazes olhassem de soslaio para ela, disfarçando. Depois dos galanteios, certamente atrevidos, mas primorosos do jovem alemão, que, na verdade, não desagradam em nada a dama russa, acontece o mais inesperado. Ela decide ir para o Daguestão ou talvez para a Espanha a fim de mudar de ares.

Se Dita fosse Clawdia Chauchat, não teria sido capaz de resistir à gentileza e ao encanto de um cavalheiro como Hans Castorp. E não que lhe faltasse ânimo para percorrer o mundo. Quando aquele pesadelo da guerra acabasse, ela gostaria de ir com a família para qualquer lugar. Quem sabe a essa terra da Palestina de que Fredy Hirsch tanto fala.

Justo naquele instante, Dita ouve o barulho da porta do barracão. E, ao espiar com cautela, vê que é a mesma figura alta, com botas e um capote escuro, da primeira vez. Seu coração dispara no peito.

Chega o esperado momento da verdade. Mas será que Dita tem certeza de que quer sabê-la? Cada vez que a verdade se mostra, algo desmorona. Por isso, ela suspira e pensa que o melhor é se levantar e sair do barracão sem fazer barulho, agora que ainda dá tempo. Ela não está com um frio na barriga, e sim com uma geleira. E a incerteza a queima por dentro. A verdade pode abrasá-la... mas Dita precisa dela. Pois sabe que, se não levantar a tampa agora, a mentira vai cozinhá-la em fogo baixo até consumi-la como uma coxa de frango num panelão de caldo. Por isso vai ficar, até ver o fundo do caldeirão.

Em um dos exemplares da *Reader's Digest* que Dita pegava clandestinamente da mesa baixa da sala quando seus pais saíam, ela leu um artigo sobre espiões capazes de escutar conversas através de um tabique apoiando a orelha no fundo de um copo. Vai na ponta dos pés com a tigela do café da manhã até a parede do quarto do *Blockältester*. É arriscado. Se a pegarem ali espiando, Dita não sabe o que será dela. Se não acabar com as dúvidas, porém, vai explodir.

Posiciona a vasilha de metal, mas percebe que ouve perfeitamente só de aproximar o rosto da parede de madeira. E, além do mais, há um buraco por onde dá até para ver lá dentro, como se ela espiasse através do olho mágico de uma porta.

É Hirsch. Ele está com um semblante sombrio. O homem louro para quem Hirsch está de frente, ela vê de costas. O homem não se veste como um SS, ainda que sua roupa não seja a de um prisioneiro comum. Dita repara, então, no bracelete marrom que o distingue como *Kapo* do barracão.

— Esta será a última vez, Ludwig.

— Por quê?

— Não posso continuar enganando meu povo. — Ele passa a mão no cabelo para alisá-lo. — Acham que sou uma coisa e, na realidade, sou outra muito diferente.

— E o que é isso tão horrível que você é?

Hirsch dá um sorriso amargo.

— Você já sabe. Melhor do que ninguém.

— Vamos, Fredy, atreva-se a dizer...

— Não há mais nada a dizer.

— Por que não? — Uma mistura de ironia e ressentimento encharca as palavras de seu interlocutor. — O homem destemido não se atreve a reconhecer o que é? Falta coragem para dizer isso tão horrível que você é?

O *Blockältester* suspira, e sua voz se obscurece:

— Um... invertido.

— Que inferno! Chame pelo nome! O grande Fredy Hirsch é um maricas!

Hirsch, fora de si, parte para cima dele e o agarra pela lapela com violência. Joga-o contra a parede, e suas veias do pescoço estufam.

— Cale-se! Não volte a dizer isso nunca mais na sua vida.

— Vamos, vamos... Isso é tão horrível assim? Também sou e não me considero nenhum monstro. Você acha que sou um monstro? Acha que mereço que me marquem como um pestilento? — E ao dizer aquilo, olha para o triângulo rosa que tem costurado na camisa.

Hirsch solta o homem. Leva a mão ao cabelo e o puxa enquanto fecha os olhos, tentando se acalmar.

— Me desculpe, Ludwig. Não era a minha intenção magoá-lo.

— Pois foi o que você fez. — Ele ajeita a lapela amassada com um asseio requintado. — Você diz que não quer enganar aqueles que o seguem. E o que irá fazer quando sair daqui? Procurar uma agradável judia que prepare comida *kosher* para você e se casar com ela? Irá enganá-la?

— Não quero enganar ninguém, Ludwig. Por isso, temos que deixar de nos ver.

— Faça o que quiser. Se reprima, se isso faz você se sentir melhor. Experimente fazer amor com uma moça. Eu experimentei. É como tomar um prato de sopa sem caldo. Mas não é de todo ruim. E você acha que dessa maneira as mentiras terão acabado? Como se engana! Haverá alguém para quem você vai estar mentindo barbaramente. Para você mesmo.

— Já falei que isso acabou, Ludwig.

São palavras que não admitem réplica. Os dois se olham com tristeza e ficam em silêncio. O *Kapo* do triângulo rosa assente com a cabeça devagar, aceitando a derrota. Aproxima-se de Hirsch e lhe beija os lábios. Uma lágrima escorre pelo rosto de Ludwig, tão silenciosa quanto a gota da chuva que escorre pela vidraça de uma janela.

Do outro lado da parede de madeira, Dita está prestes a soltar um grito. É mais do que sua juventude pode suportar. Ela nunca tinha visto dois homens se beijarem, e isso lhe parece asqueroso. Ainda mais por ser Fredy Hirsch. O seu Fredy Hirsch. Ela sai apressada do barracão sem fazer barulho, e nem a bofetada fria da noite a faz reagir. Está tão obcecada que nem sequer se lembra de tomar precauções para o caso de o doutor Mengele se encontrar por perto. Ela se sente aturdida por fora e suja por dentro. Nota em seu interior uma raiva infinita de Fredy Hirsch. Sente-se estafada. As lágrimas de raiva encobrem seus olhos.

Por isso, se esbarra com alguém que caminha na direção contrária.

— Cuidado, moça!

— É o senhor que não olha por onde anda. Diabos! — responde Dita, grosseira.

Ao olhar, vê que é o rosto de barba branca do professor Morgenstern e se dá conta do quanto foi brusca. Ela quase joga o pobre idoso no chão.

— Desculpe, professor. Eu não tinha reconhecido o senhor.

— É a srta. Adlerova! — E então ele estica o pescoço, para ajustar seus olhos míopes a Dita. — Mas a senhorita está chorando?

— É o frio que me irrita os olhos. Diabos! — responde ela, seca.

— Posso fazer alguma coisa pela senhorita?

— Não, ninguém pode.

O professor põe as mãos na cintura.

— Tem certeza?

— Não posso lhe contar nada. É segredo.

— Então não conte. Os segredos foram feitos para serem guardados.

O professor inclina a cabeça e sai em direção a seu barracão sem dizer mais nada. Dita fica ainda mais desconcertada do que já estava. Talvez a culpa tenha sido sua. Talvez esse homem tenha razão e ela não devesse meter o nariz na vida dos outros e violar seus segredos. Pergunta-se com quem poderia falar do assunto e tem a intuição de que deve haver ao menos uma pessoa que conheça bem Hirsch: Miriam Edelstein. É a única que visita o rapaz fora de hora, quando ele já está recebendo apenas os amigos íntimos.

Dita encontra Miriam com seu filho, Ariah, no barracão 28. Falta muito pouco para o toque de recolher. Não é a melhor hora para fazer visitas, mas, quando a vice-diretora vê a bibliotecária chegar tão alterada e esta lhe pede que saiam para conversar lá fora por um instante, não tem como negar.

A escuridão e o frio não convidam a conversas longas, mas Dita lhe conta tudo desde o princípio: a advertência de Mengele, como acabou testemunhando o primeiro encontro de Hirsch com um homem, suas dúvidas e como tentou resolvê-las apurando a verdade. Miriam escuta sem interrompê-la, sem demonstrar espanto quando Dita lhe fala dos casos clandestinos de Hirsch com outros homens e até permanece calada por um momento depois que a menina termina seu relato.

— E então? — pergunta Dita, impaciente.

— Agora você já tem a sua verdade — diz Miriam. — Deve estar contente.

Dita nota a reprovação em seu tom de voz.

— O que a senhora quer dizer com isso?

— Você queria uma verdade, mas uma verdade que lhe agradasse. Queria que Fredy Hirsch fosse um homem valente, eficiente, insubornável, encantador, impecável... e se sente frustrada porque ele é homossexual. Você podia ter se alegrado por ter confirmado que ele não é um informante dos SS e que, de fato, é um dos nossos, um dos melhores. Mas, em vez disso, se sente ofendida porque ele não é exatamente como você queria que fosse.

— Não, não me entenda mal. É claro que estou aliviada por saber que Hirsch não está com eles! É só que... eu não podia imaginar isso dele!

— Edita... você fala como se fosse um crime. A única diferença é que, em vez de ele se sentir atraído pelas mulheres, gosta dos homens. Não me parece um delito tão horrível assim.

— No colégio nos explicaram que isso é uma doença.

— A verdadeira doença é a intolerância.

Por um momento, as duas se calam.

— A senhora já sabia, não é, sra. Edelstein?

A mulher assente com a cabeça.

— Por favor, me chame de Miriam. Agora compartilhamos um segredo. Mas ele não é nosso, então não temos direito algum de revelá-lo.

— A senhora conhece bem Hirsch, não é?

— Ele me contou umas coisas. Depois eu soube de outras...

— Quem é Fredy Hirsch?

Miriam acena com a cabeça para que as duas caminhem ao redor do barracão. Seus pés estão gelando.

— Fredy Hirsch perdeu o pai ainda muito jovem. Se sentia perdido. E então o inscreveram no JPD, a organização alemã em torno da qual costumavam se reunir os jovens judeus da época. Ali, ele cresceu, encontrou um lar. E o esporte foi tudo para ele. Depois se deram conta de que ele tinha o dom para ser treinador e organizador.

Dita pega no braço de Miriam Edelstein para que as duas se aqueçam enquanto caminham, e suas palavras se misturam com o barulho dos tamancos pisando na geada da noite.

— O prestígio de Fredy como treinador no JPD foi crescendo. Mas o auge do partido nazista estragou tudo. Ele me contou que os partidários de Adolf Hitler eram uns miseráveis arruaceiros de tabernas, desafiando as leis da república alemã. Depois eles começaram a refazê-las como bem entendiam.

Hirsch contou a Miriam que nunca conseguiria esquecer a tarde em que chegou à sede do JPD e se deparou com uma pichação que dizia: "Judeus traidores". Perguntou-se que traição haviam cometido e não soube responder. Em algumas tardes, jogavam pedras nas vidraças das janelas durante a oficina de alfaiataria ou enquanto o coro ensaiava. A cada golpe nos vidros, algo se quebrava dentro de Fredy.

Certa tarde, sua mãe lhe pediu que voltasse do colégio diretamente para casa porque precisavam conversar sobre algo importante. Fredy tinha umas coisas para resolver, mas aceitou sem hesitar a ordem da mãe porque uma das coisas que aprendera no JPD era respeitar zelosamente as hierarquias e patentes. De algum jeito, o JPD era como um exército sem armamento, com seus uniformes, seus galões e sua cadeia de comando.

Encontrou o clã familiar reunido. A gravidade que todo mundo transparecia era muito pouco habitual naquela casa: sua mãe comunicou que seu padrasto havia perdido o emprego por ser judeu e que a situação estava se tornando perigosa. Então, tinham decidido ir embora para a Bolívia, na América do Sul, e começar de novo.

— Ir embora para a Bolívia? Quer dizer fugir! — respondeu ele com hostilidade.

Seu padrasto, que nunca conseguiu dobrar Fredy, cerrou os dentes a ponto de se levantar da mesa para encará-lo. No entanto, foi o irmão mais velho, Paul, quem exigiu que ele calasse a boca.

Fredy saiu de casa aturdido, com essa sensação de vertigem provocada pelas más notícias recebidas de maneira inesperada. E sua desorientação o levou por inércia ao único lugar onde ele conseguia que as coisas fossem ordenadas e coerentes: a sede do JPD. Ali, encontrou um dos diretores, que revisava os cantis para a excursão seguinte. Jamais falava de assuntos pessoais, mas, naquela ocasião, fez isso. Havia algo além da contrariedade de um rapaz a quem obrigam a se desarraigar: ele não suportava a covardia de abaixar a cabeça por serem judeus e de fugir.

O coordenador de atividades ao ar livre era um homem louro, mas tinha começado a ficar grisalho. Vira Fredy crescer ali. Olhou para o rapaz muito fixamente e lhe disse que, se ele quisesse ficar, no JPD haveria um lugar para ele.

Fredy tinha apenas 17 anos, mas possuía a mesma confiança em si mesmo que o acompanharia para sempre. Sua família foi embora, e ele ficou sozinho. Ainda que não de tudo: tinha o JPD. Em 1935, ele foi enviado como monitor de juventude para o escritório de Dusseldorf.

Fredy contara a Miriam que, no principio, se sentira eufórico com o novo emprego naquela cidade tão ativa, mas que esse entusiasmo logo se esvaiu, devido ao ambiente hostil que havia contra os judeus. Deixaram de chamar o vidraceiro porque choviam pedras sobre as janelas todos os dias. Da rua chegavam gritos de insulto. Cada vez vinham menos meninos. Em algumas manhãs, a equipe de basquete tinha apenas um jogador.

Certa tarde, Fredy viu da janela que alguém pintava um xis amarelo no portão de madeira da entrada e desceu correndo. O rapaz com o pincel ficou olhando para ele com ironia e continuou pichando como se não fosse nada. Fredy partiu para cima dele e o agarrou pelo peito com tanta força que o pichador deixou a lata cair no chão.

— Por que você está fazendo isso? — perguntou Fredy olhando para a braçadeira com a suástica no braço do rapaz, numa mistura de ira e perplexidade diante de tudo o que estava acontecendo em seu país.

— Vocês judeus são um perigo para a civilização! — gritou o rapaz com desprezo.

— Civilização? Vocês é que vão me dar lição de civilização? Vocês, que passam o dia dando surra em idosos e jogando pedras nas casas? O que será que você sabe de civilização... Enquanto os arianos viviam em cabanas de madeira no norte da Europa vestidos com peles de animais e assando carne com dois paus, nós, os judeus, erguíamos cidades inteiras.

Várias pessoas que viram que Fredy segurava o jovem nazista pelo colarinho começaram a se aproximar.

— Um judeu está batendo num pobre rapaz! — gritou uma voz de mulher.

O empregado de uma quitanda se aproximou com o bastão de levantar a persiana e mais uma dúzia de homens foi para lá. Uma mão pegou no braço de Fredy com força e o puxou.

— Vamos! — gritou o diretor.

Tiveram tempo apenas de entrar no edifício e fechar o portão antes que partisse para cima deles um montão de cidadãos possuídos por uma ira que a Hirsch lhe parecia uma loucura coletiva. Aquele político rancoroso do bigodinho ridículo conseguira. Os homens tinham se transformado em máquinas de odiar.

No dia seguinte, fecharam a filial do JPD e o mandaram para a Boêmia. Lá, continuou trabalhando para a Maccabi Hatzair na organização de atividades esportivas para jovens em Ostrava, Brno e, por fim, Praga.

Não gostava em especial da capital tcheca. O caráter tcheco, mais despreocupado e menos formal do que o alemão, o desconcertava. Encontrou, porém, nos arredores da cidade, no clube Hagibor, um lugar excepcional para as atividades esportivas. Foi nomeado responsável por um grupo de meninos entre 12 e 14 anos. A ideia era tirá-los da Boêmia e, cruzando países neutros, levá-los até Israel. Deviam estar em boa forma física, mas também conhecer a história dos judeus diante das adversidades para sentirem orgulho e desejo de voltar a pisar na terra de seus antepassados.

Hirsch se dedicou à tarefa com a entrega e o entusiasmo de sempre diante das ordens recebidas. Sua mistura de eficácia e magnetismo com os garotos era tamanha que os responsáveis pela Juventude do Conselho Judaico de Praga decidiram que aquele jovem tão comprometido e tenaz se encarregaria de organizar os grupos de meninos novos, que costumavam chegar um tanto desorientados.

Fredy nunca conseguiu esquecer o quanto foi difícil animar aqueles garotos. Ao contrário dos de Havlagah, que tinham pais com uma forte consciência judaica e sionista e que, em sua maioria, haviam chegado muito conscientes e cheios de entusiasmo, esse outro grupo era formado por meninas e meninos encolhidos, tristes e apáticos. Nenhuma brincadeira parecia motivá-los, nenhuma de suas histórias divertidas arrancava um sorriso daquelas crianças, nenhum esporte parecia despertar seu interesse. Um deles tinha 12 anos e se chamava Zdenek. Tinha as sobrancelhas mais compridas que Hirsch já havia visto na vida. E também os olhos mais tristes.

No final da primeira tarde, quando Hirsch tentava conhecê-los melhor e propôs uma brincadeira de dizer em que lugar queriam estar naquele momento daquele dia de setembro de 1939, Zdenek respondeu, muito sério, que gostaria de estar no céu, para poder ver seus pais. A Gestapo prendera os dois, e sua avó lhe disse que nunca mais voltariam a vê-los. Zdenek se sentou e não voltou a abrir a boca. Alguns dos garotos, que andavam muito sérios até então, riram com a arbitrária falta de tato que às vezes as crianças têm. Zombar dos outros é uma maneira de pôr um esparadrapo nos próprios medos.

Numa tarde, o responsável pelas atividades da juventude na sede do Conselho Judaico de Praga convocou Hirsch. O vice-presidente explicou, muito sério, que o cerco nazista estava se fechando, as fronteiras estavam sendo bloqueadas e logo seria impossível tirar alguém de Praga. Por isso, o primeiro grupo Havlagah deveria partir de imediato, em 24 horas ou, no máximo, em 48. Perguntou se ele queria, como primeiro instrutor, ser o responsável por acompanhar o grupo.

Era a melhor oferta que alguém já tinha lhe feito. Ele poderia ir com o grupo, deixar para trás o terror da guerra e chegar a Israel, como sempre sonhara. No entanto, ir embora significava deixar os grupos que começara a instruir em Hagibor, abandonar uma tarefa que ele percebia que era muito importante para uns garotos sufocados em Praga pelas proibições, as privações e as humilhações do Reich. Ir embora significava abandonar Zdenek e os outros. Naquele instante, se lembrou do que o JPD no Aquisgrano havia significado para ele depois de perder o pai, quando se sentia perdido: ali encontrou seu lugar no mundo.

— Qualquer um teria dito que iria embora — conta Miriam. — Mas Hirsch não queria ser qualquer um. Por isso, disse que não, que ficaria em Hagibor.

O responsável pela juventude do conselho assentiu com a cabeça muito lentamente, e os dois passaram um bom tempo em silêncio, como que prevendo as consequências daquela decisão. Era impossível. Não dava para prever. O futuro nunca pode ser previsto.

— Hirsch poderia ter ido, mas ficou. Quem me contou foi um funcionário do Conselho Judaico de Praga.

— Depois de tudo o que Hirsch passou... me sinto culpada por ter duvidado dele.

Miriam suspira, e seu hálito se transforma em vapor branco. Naquele momento, toca a sirene ordenando que todo mundo se recolha em seus barracões.

— Edita...

— Sim?

— Amanhã você deve comentar com Hirsch sobre o doutor Mengele. Ele saberá o que fazer. O resto...

— É nosso segredo.

Miriam assente com a cabeça, e Dita sai correndo, quase voando sobre o barro congelado. Continua sentindo uma dor forte nas camadas profundas dos sentimentos mais íntimos, onde nem nós mesmos queremos mexer demais. Mas Hirsch está com eles. E ainda que doa em Dita ter perdido um príncipe, ela deve reconhecer o alívio de ter ganhado um líder.

13

A poucos barracões de distância, no bloco 31, outra conversa acontece. É Fredy Hirsch, falando com os tamboretes vazios.

— Já fiz. Já fiz o que devia.

Sua própria voz, que ressoa na escuridão do barracão, lhe parece estranha.

Ele disse àquele belo berlinense para não voltar. Deveria se sentir orgulhoso de si mesmo, até feliz, pelo triunfo da força de vontade sobre os instintos. Mas não está. Preferiria gostar de mulheres, como um homem respeitável, porém há algo de errado com suas engrenagens.

Talvez seja uma peça posta ao contrário ou algo assim...

Hirsch sai do quarto e contempla com tristeza a paisagem de barro, barracões e torres. A luz elétrica lhe permite distinguir duas figuras frente a frente, uma de cada lado da cerca. São Alice Munk e o registrador do campo de quarentena. O termômetro deve marcar perto de zero, mas os dois não estão com frio. Ou, se estão, o compartilham para torná-lo mais suportável.

Talvez o amor seja isso: compartilhar o frio.

O barracão 31 fica pequeno e barulhento quando todas as crianças estão ali, mas imenso e sem graça quando elas se vão. Sem as crianças, deixa de ser uma escola. Torna-se um estábulo vazio permeado pelo frio.

Para se aquecer, deita com os cotovelos tocando o chão e começa a cruzar as pernas para dificultar as abdominais. É preciso cansar o corpo para amansá-lo. Para ele, o amor tem sido, desde a adolescência, uma constante fonte de problemas. Sua natureza insistia com teimosia em não dar importância ao que ele tentava ditar com a cabeça. Sempre tão disciplinado em tudo, sente uma onda de frustração por não ter reunido a força necessária para dobrar seus instintos mais recônditos.

Um, dois, três, quatro, cinco...

Nas excursões do JPD, Hirsch gostava de se acomodar com seu saco de dormir entre os outros garotos, sempre dispostos a brincar e a acolhê-lo. Depois da morte de seu pai, sentia-se tão protegido e tão à vontade com eles... Nada se comparava a essa sensação de camaradagem. Um time de futebol não era um time de futebol, era uma família.

Dezoito, dezenove, vinte, vinte e um...

Quando foi crescendo, o prazer de continuar se acomodando entre os garotos não desapareceu. Com as garotas havia uma distância muito grande, não existia essa fraternidade que ele tinha com os companheiros. As garotas o intimidavam, rechaçavam os garotos, zombavam deles. Hirsch só se sentia à vontade com seus companheiros do time ou com os colegas de caminhadas e brincadeiras. E ao crescer não se desfez desse sentimento de apego a eles. Depois, foi embora de Aquisgrano para Dusseldorf.

Há uma idade em que seu corpo decide por você. E chegaram os encontros clandestinos. Alguns nesses mictórios públicos de luz fraca, onde o chão está sempre molhado e há sempre trilhas de ferrugem na louça do lavatório. E, no entanto, houve algum olhar doce, uma carícia menos mecânica, um instante de plenitude, impossíveis de resistir. O amor se transformou num tapete de vidros quebrados.

Trinta e oito, trinta e nove, quarenta...

Nesses anos, vem tentando se manter sempre ocupado com os torneios e treinos, organizando montões de eventos ao mesmo tempo para manter a cabeça ocupada e o corpo cansado. Desse modo, evita essas pulsões que fazem desmoronar a força de vontade com que se construiu e que podem destruir num único tropeço tudo o que seu prestígio acumulou durante anos. Manter-se ocupado também tem lhe permitido disfarçar o fato de que, sendo alguém tão popular e tão solicitado por todo mundo, ele sempre acaba só.

Cinquenta e sete, cinquenta e oito, cinquenta e nove...

Por isso, Hirsch continua cruzando as pernas como uma tesoura, cortando o ar para sentir dor nos músculos do abdome. Castigando-se por não ser o que queria ter sido, o que os outros queriam que fosse.

Setenta e três, setenta e quatro, setenta e cinco...

Uma poça de suor revela sua obstinação, sua capacidade de sacrifício... seu triunfo. Hirsch se senta no chão, já mais relaxado, e as recordações preenchem o vazio da noite.

E as recordações o levam a Terezín.

Como se fosse mais um tcheco, o deportaram para o gueto de Terezín em maio de 1942. Foi um dos primeiros a chegar. Nesse mesmo grupo, os nazistas enviaram operários, médicos, membros do Conselho Judaico e instrutores culturais e esportivos. Preparavam o envio de judeus em massa.

O que ele viu ao chegar foi uma cidade retilínea. Era o desenho urbanístico pensado por um militar, com ruas traçadas por esquadros, edifícios geométricos, canteiros retangulares que devem ter florescido na primavera... Aquela cidade racional lhe agradou, se encaixava em seu senso de disciplina. Pensou até que talvez ali começasse uma etapa nova e melhor para os judeus, o passo que antecederia o retorno à Palestina.

Na primeira vez que parou para observar Terezín, uma rajada de vento o despenteou um pouco, e ele ajeitou o cabelo liso para trás de novo. Não estava disposto a deixar que nada o fizesse perder a compostura, não estava disposto a deixar que o vento da história o jogasse para trás, ainda que agora soprasse como um furacão devastador. Ele pertencia a uma raça milenar e a um povo eleito.

Vinha de um intenso trabalho em Praga com grupos de jovens e estava disposto a continuar ali com suas atividades esportivas e seus encontros de sexta-feira para fortalecer o espírito hebreu. Não seria fácil: teria que enfrentar os nazistas, mas também qualquer membro do Conselho Judaico que conhecesse a mancha que Hirsch tentava esconder com tanto afã e pela qual não se perdoava. Por sorte, contou sempre com o apoio de Yakub Edelstein, o presidente do conselho.

Conseguiu organizar equipes de atletismo, aulas de boxe e jiu-jítsu, campeonatos de basquete e uma liga de futebol com vários times. Conseguiu até convencer os nazistas a montar um time de guardas para competir contra os internos.

Lembra-se de momentos gloriosos, como o rugir dos espectadores, que abarrotavam não só o perímetro do campo como também as aberturas dos edifícios que davam para o pátio interno do conjunto de apartamentos onde as partidas eram realizadas.

E também das fraquezas, que eram tantas.

Lembra-se em especial de uma partida, um encontro que organizou entre guardas da SS e judeus, em que fez as vezes do árbitro. Não cabia mais ninguém nos vãos que davam para o pátio, e em todos os patamares havia centenas de olhos assistindo àquele encontro com a máxima intensidade. Era uma partida de futebol, mas, para muitos, era mais do que isso. Especialmente para Hirsch. Ele passara semanas preparando o time, estudando a tática, conscientizando os jogadores, elaborando séries de exercícios, pedindo favores para conseguir porções de leite para seus atletas.

Faltavam alguns minutos para o final, e o atacante dos guardas interceptou a bola no meio de campo. Saiu correndo em linha reta na direção da área e pegou desprevenidos os meios-campistas do time dos internos. Faltava apenas driblar um zagueiro a sua frente. O nazista correu em direção a ele e, justo quando ia interceptá-lo, o interno encolheu disfarçadamente a perna para que o outro passasse. O SS chutou à queima-roupa e marcou o gol da vitória. Hirsch não se esquece das caras de satisfação enraivecida dos arianos. Eles tinham derrotado os judeus. Também no âmbito dos esportes.

Hirsch apitou o final sem prolongar a partida, com uma equanimidade impecável, e foi cumprimentar o zagueiro que havia marcado o último gol. Estendeu a mão com firmeza, e o SS sorriu para ele com uns dentes faltando, como se tivesse levado uma coronhada na boca. Hirsch saiu rumo aos vestiários improvisados com uma falsa expressão de neutralidade, mas fingiu se entreter amarrando os cadarços da bota e deixou os jogadores passarem até cruzar com um deles. Num movimento rápido que ninguém viu, lhe deu um empurrão violento, levando-o para o quarto das vassouras e o cravando contra os cabos de esfregão.

— O que está acontecendo? — perguntou o jogador, perplexo.

— Me diga você. Por que você deixou aquele nazista nos meter um gol e nos derrotar?

— Escute, Hirsch, esse eu conheço. Ele é um cabo muito mau-caráter e muito sádico. Tem os dentes estragados de abrir as latas de conserva com a boca. É um selvagem. Como é que eu iria dar um chute nele e arriscar meu pescoço? Isso não passa de um jogo!

Fredy se lembra exatamente de cada uma das palavras que lhe disse, do desprezo tão profundo que aquele tipo miserável o fez sentir.

— Você está muito enganado. Não é um jogo. Acabamos de decepcionar as centenas de pessoas que estavam aqui. Dúzias de crianças. O que vão pensar? Como vão se orgulhar de serem judias se rastejamos como vermes? O seu dever é dar vida a cada jogada.

— Acho que você está exagerando...

Hirsch pôs o rosto a menos de cinco milímetros do rosto do jogador e notou o medo em seus olhos, mas este não tinha como recuar mais naquele quartinho.

— Agora, escute bem. Só vou falar uma vez. Na próxima partida que você jogar contra os SS, se não enfiar a perna, vou cortá-la com um serrote.

O homem, branco como papel, se escapuliu e saiu correndo do quarto.

Com o passar do tempo, o incidente poderia ser visto com certa comicidade, mas Fredy suspira contrariado ao relembrá-lo.

Aquele sujeito não valia nada. Os adultos são um material desvirtuado. Por isso os jovens são tão importantes. Eles ainda podem ser moldados e melhorados.

Em 24 de agosto de 1943, chegou a Terezín um contingente de 1.260 crianças, proveniente de Białystok. No gueto dessa cidade polonesa foram confinados mais de cinquenta mil judeus, e, durante o verão, a SS exterminou sistematicamente quase todos os adultos.

Alojaram as crianças de Białystok em uma área separada: uns blocos da parte oeste do gueto de Terezín cercados por arames. Os membros da SS as vigiavam com rigor. Ordens taxativas do *Hauptsturmführer* de Terezín transmitidas ao Conselho de Idosos indicaram que era terminantemente proibido estabelecer qualquer tipo de contato com esse contingente, que estava ali só de passagem e cujo destino final era secreto. O acesso a essas crianças era permitido apenas a um grupo de 53 pessoas, entre elas os agentes sanitários, cuja missão era evitar problemas infecciosos que pudessem provocar alguma epidemia. Aos infratores seria aplicada a pena máxima.

Os nazistas não permitiam o contato com as crianças polonesas, testemunhas e vítimas ao mesmo tempo do massacre perpetrado em Białystok, na tentativa de que o eco de seus crimes fosse o menos audível possível numa Europa ensurdecida pela guerra.

Faltava pouco para a hora do jantar, e já começava a refrescar em Terezín. Fredy Hirsch, suado e pensativo, arbitrava uma partida de futebol de vinte contra trinta. Na realidade, estava mais atento à arcada do pátio que dava para a rua do que ao enxame de pernas que perseguia a bola.

Por mais que tivesse feito várias solicitações por escrito, não conseguiu autorização para que o Departamento Jovem pudesse intervir a favor das crianças chegadas da Polônia. Por isso, quando viu o grupo de agentes sanitários regressando dos blocos proibidos onde haviam isolado as crianças de Białystok, passou o apito para o garoto mais próximo e saiu, apressado, para se encontrar com eles.

A equipe médica caminhava pela calçada com uns jalecos muito sujos e caras de profundo cansaço. Fredy se pôs diante deles e pediu notícias sobre o estado das crianças, mas se mostraram esquivos e passaram sem se deter. Tinham recebido ordens de manter o mais absoluto sigilo. No fim do grupo, mais para trás, vinha uma enfermeira. Ela caminhava sozinha, devagar, como se estivesse distraída ou um pouco desorientada. A mulher parou por um momento, e Hirsch pôde ver em seus olhos uma indignação desgastada.

Contou que as crianças estavam com muito medo e que a maioria padecia de desnutrição aguda: "Quando os guardas quiseram levá-las para as duchas, ficaram histéricas. Davam chutes e gritavam que não queriam ir para o gás. Foi preciso levá-las à força. Uma delas, um menino cuja ferida desinfetei, me disse que antes de embarcar no trem descobriu que tinham matado seu pai, sua mãe e seus irmãos mais velhos. Agarrava meu braço com muita força e me dizia, apavorado, que não queria ir para as duchas de gás."

A enfermeira, ainda que acostumada a ver muitas coisas no hospital de Terezín, não podia deixar de se sentir abalada diante do tremor dos órfãos que agora estavam sob a custódia dos mesmos verdugos que tinham acabado de assassinar seus pais. Ela contou a Fredy Hirsch que as crianças se abraçavam a suas pernas, fingiam dores e doenças, mas não precisavam de remédios e sim e de afeto, proteção, amparo, um abraço que acalmasse seu medo.

No dia seguinte, diversos operários para fazer reparos, auxiliares da cozinha e agentes sanitários cruzavam o controle dos blocos do oeste, onde as crianças de Białystok se encontravam segregadas. Os SS do corpo de guarda observavam com cara de tédio a movimentação do pessoal.

Uma brigada de pedreiros transportava material de construção para fazer reparos em um dos edifícios. Não dava para ver a cara de um dos operários porque ele carregava uma tábua apoiada no ombro. O sujeito tinha as clavículas retas e os braços musculosos, típicos de quem trabalha com construção. No entanto, não era pedreiro, e sim instrutor de educação física. Fredy Hirsch conseguiu se infiltrar na zona proibida carregando uma tábua atrás do grupo de pedreiros.

Uma vez lá dentro, já pôde circular livremente e se dirigiu a passos rápidos ao edifício mais próximo. Sentiu uma pontada de nervoso ao se ver diante de dois guardas da SS, mas venceu o medo e o transformou em desenvoltura. Em vez de recuar, seguiu em frente, caminhando com ainda mais determinação na direção deles. Ao passar ao seu lado, nem sequer repararam nele. Havia muitos civis judeus circulando pela área em diferentes tarefas.

Entrou em um dos pavilhões que tinha a mesma estrutura que as demais edificações de Terezín: uma entrada que dava para uma área com uma escada de um lado e de outro e, ao seguir em frente, um grande pátio interno quadrado formado pelos edifícios. Escolheu uma das escadas ao acaso e enquanto subia cruzou com dois eletricistas que carregavam rolos de cabo e o cumprimentaram educadamente. Ao chegar no primeiro piso, logo viu alguns sentados em treliches com os pés pendendo.

No patamar cruzou com um cabo e o cumprimentou com um leve gesto de cabeça. O SS seguiu em frente. Fredy notou, incomodado, que havia silêncio demais num lugar com tantas crianças. Crianças quietas demais. Justo naquele momento, escutou alguém pronunciar seu nome atrás dele.

— *Herr* Hirsch?

Num primeiro momento, pensou que se tratava de algum conhecido do gueto, mas, ao se virar, se deparou com o SS com que acabava de cruzar sorrindo para ele, amistoso. Era um sorriso banguela, e Hirsch reconheceu o jogador do time de futebol dos guardas. Retribuiu o sorriso com muito autocontrole, mas em seguida o nazista começou a contrair o rosto até deixá-lo como um papel amassado. Dera-se conta de que aquele não era o lugar onde um instrutor de ginástica deveria estar. Ergueu o braço com expediente e apontou a escada com o dedo para que Hirsch passasse à sua frente, como se faz com um detido. Hirsch, num tom agradável, como que diminuindo a importância do assunto, tentou inventar uma justificativa para a sua presença ali, mas o guarda foi taxativo:

— Para o corpo de guarda! Imediatamente!

Quando o levaram até o *SS-Obersturmführer* no comando da guarda, Fredy assumiu a posição de sentido em sua presença e até deu uma forte batida com as botas. O oficial lhe pediu que mostrasse sua autorização para estar naquele lugar. Ele não tinha. O nazista aproximou a cabeça a dois centímetros da de Fredy e perguntou, furioso, que diabos fazia ali. Hirsch, olhando à frente, não se mostrou alterado e respondeu com a cortesia de costume:

— Só estava tentando cumprir da melhor maneira possível o meu dever de coordenador das atividades das crianças alojadas em Terezín, senhor.

— E por acaso você não sabe que o contato com esse contingente foi proibido?

— Sei, senhor. Mas pensei que eu fosse considerado parte do pessoal de atenção sanitária às crianças, já que sou responsável pelo Departamento Jovem.

A fleuma de Hirsch acalmou os ânimos do tenente e o deixou em dúvida. Ele disse que redigiria um relatório para seus superiores sobre o acontecido e que Hirsch receberia uma notificação do que se resolvesse.

— Não descarte um conselho de guerra.

Hirsch passou um tempo preso na área de detenção anexa ao posto de guarda, e lhe disseram que ele sairia quando acabassem de conferir seus dados para o relatório. Fredy dava voltas com seu andar determinado por aquela espécie de canil vazio, contrariado por não ter podido ver as crianças, mas absolutamente tranquilo. Ninguém reuniria um conselho de guerra por sua causa. Ele era uma pessoa bem-considerada dentro da administração alemã do campo. Ou, pelo menos, acreditava ser.

Do outro lado da cerca, passou pela rua o rabino Murmelstein, que fazia parte do triunvirato de reitores do Conselho Judaico do gueto. Para ele, foi uma surpresa desagradável ver um dos responsáveis pelo Departamento Jovem preso ali. Estava claro que Hirsch havia desrespeitado a norma de não se aproximar do recinto das crianças de Białystok e agora se encontrava detido de maneira pouco decorosa, como um delinquente qualquer. O severo reitor se aproximou da cerca, e seus olhares se enfrentaram.

— Sr. Hirsch — reprovou ele —, o que o senhor está fazendo aí dentro?

— E o senhor, doutor Murmelstein... o que está fazendo aí fora?

Não houve conselho de guerra nem uma condenação aparente. Uma tarde, porém, Pavel, *o Ossos*, recadeiro oficial do conselho do gueto — que tinha umas pernas que pareciam varas de bambu e que, além do mais, era o velocista mais rápido de Terezín —, interrompeu o treinamento de saltos a distância para comunicar a Hirsch que ele deveria se apresentar naquela tarde sem falta no bloco de Magdeburgo, a sede da administração da Autoridade Judaica.

Foi o próprio Yakub Edelstein, presidente do conselho, quem lhe deu a notícia: o comando alemão havia incluído seu nome no traslado seguinte que seria feito com destino à Polônia, mais concretamente ao campo de Auschwitz, perto de Oświęcim.

Ouviam-se coisas horríveis de Auschwitz: assassinatos em massa, tratamentos escravistas que levavam os trabalhadores à morte por exaustão, humilhações de todo tipo, pessoas transformadas em esqueletos ambulantes por culpa da fome, epidemias de tifo que ninguém curava... Mas eram apenas rumores. Ninguém conseguira confirmá-los em primeira mão. E ninguém voltara para desmenti-los. Edelstein lhe contou que o comando da SS pedira que, quando Fredy chegasse a Auschwitz, se apresentasse às autoridades do campo porque tinham interesse em que ele continuasse seu trabalho à frente dos grupos de jovens. O rosto de Hirsch se iluminou de novo.

— Então vou continuar trabalhando com os jovens. As coisas não vão mudar.

Edelstein, com sua cara rechonchuda e bonachona de professor de escola e seus pequenos óculos com armação de casco de tartaruga, franziu a testa.

— Lá as coisas vão ser duras, muito duras. Mais que duras, Fredy. São muitos os que já foram para Auschwitz, mas ninguém voltou. Ainda assim, temos que continuar lutando.

Hirsch se lembra com uma precisão milimétrica das últimas palavras que o presidente do conselho dedicou a ele naquela tarde:

— Não podemos perder a esperança, Fredy. Não deixe que a chama se apague.

Essa foi a última vez que o viu, de pé, com as mãos para trás e o olhar perdido pela janela. Por certo, já sabia, então, que ele próprio não demoraria muito a percorrer o caminho até o campo de extermínio. Acabava de receber a ordem para deixar o cargo de presidente do Conselho Judaico. Como o governante máximo de Terezín, tinha a responsabilidade de manter o controle dos internados no gueto. A vigilância da SS não era excessivamente rigorosa nos acessos, e havia quem escapulisse. Edelstein não dava parte e ia acobertando essas pessoas, até que o desfalque se tornou grande demais e o comando da SS se deu conta de que faltavam ao menos 55 internos, que haviam fugido do gueto.

A sorte de Edelstein estava lançada. Lançada à perda. Por isso, ao chegar ao *Lager*, em vez de ser levado para o campo familiar de Auschwitz-Birkenau, ele foi levado para a prisão de Auschwitz I. Fredy nunca disse isso a Miriam, mas sabe que ali se tortura com os métodos mais cruéis que a humanidade já conheceu.

O que terá sido feito de Yakub Edelstein? E o que será de todos nós?

14

Quando as crianças já se foram e restam apenas alguns professores imersos em sua tertúlia, Dita recolhe a biblioteca. Pode ser a última vez que faz isso porque precisa contar a verdade: que está marcada por Mengele. Por esse motivo, antes de guardar os livros, tira o rolo de esparadrapo do bolso secreto e repara um rasgo na gramática russa. Pega o frasco de goma-arábica e cola as bordas do dorso de outros dois volumes. O exemplar de H.G. Wells está com uma orelha, que ela desdobra. E, de quebra, alisa e acaricia o atlas, e então os outros livros, e até aquele romance sem capa sobre o qual Hirsch fazia tantas ressalvas. Dita aproveita para colar uma folha rasgada com uma tira muito estreita de esparadrapo. Depois, introduz os livros com cuidado em uma bolsa de tecido que a tia Dudine lhe deu e os acomoda como uma enfermeira faria com recém-nascidos em berços. Vai até o quarto do *Blockältester* e o chama, batendo as juntas dos dedos na porta.

Hirsch está sentado na cadeira, redigindo um dos relatórios ou planejando o calendário de alguma miniliga de voleibol. Ela lhe pede permissão para falar, e ele se vira para olhá-la com o rosto sereno e aquele sorriso que ninguém sabe o que significa.

— Diga, Edita.

— O senhor tem que saber. O doutor Mengele suspeita de mim, talvez de alguma coisa sobre a biblioteca. Foi depois da inspeção. Ele me parou na *Lagerstraße*. De alguma maneira, tinha se dado conta de que eu escondia algo. Me ameaçou dizendo que iria me vigiar de perto, e tenho a impressão de que ele me observa.

Hirsch se levanta da cadeira e, com um semblante de quem está concentrado, passeia pelo quarto durante meio minuto. Por fim, para e fala fitando os olhos de Dita:

— Mengele observa todo mundo.

— Ele disse que me poria numa mesa de autópsias e me abriria inteira.

— Ele adora autópsias, se diverte com isso. — E depois desse comentário, faz-se um silêncio incômodo.

— O senhor vai me tirar do meu posto na biblioteca, não vai? Já sei que é para o meu bem...

— Você quer deixá-lo?

O olhar de Fredy brilha. De repente acendeu nele essa luz que ele diz que todos nós temos por dentro. E em Dita se acende a sua, porque a eletricidade de Hirsch é contagiante.

— De jeito nenhum!

Fredy Hirsch assente com a cabeça como se dissesse, "Eu já sabia".

— Então, você continuará no seu posto. É claro que é um risco, mas estamos em guerra, apesar de aqui às vezes alguns se esquecerem disso. Somos soldados, Edita. Não acredite nesses pessimistas que dizem que estamos na retaguarda e se rendem. É mentira. Em uma guerra, cada um de nós tem uma frente. Esta é a nossa e devemos lutar até o fim.

— E quanto a Mengele?

— Um bom soldado tem que ser prudente. E com Mengele devemos ser muito cuidadosos. Nunca dá para saber exatamente o que ele está pensando. Às vezes, Mengele sorri para nós e parece que faz isso com afeto, mas, no mesmo instante, fica sério e, quando nos olha, notamos um frio de gelar as entranhas. Se ele tivesse uma suspeita concreta a seu respeito, você já estaria morta. Mas nunca se sabe o que ele pode ter na cabeça. Então, o melhor é que ele não veja, que não ouça, que não fareje você. Trate de evitar qualquer contato com Mengele. Se você vir que ele vem por um lado, vá pelo outro. Se ele cruzar com você, vire a cabeça, disfarçadamente. O melhor que pode acontecer é que ele se esqueça de que você existe.

— Vou tentar.

— Bem. É tudo.

— Fredy... Obrigada!

— Peço que você continue na primeira linha de fogo arriscando a vida, e você me agradece?

Na realidade, o que Dita queria dizer é: me desculpe, lamento ter duvidado de você. Mas ela não sabe como fazer isso.

— Bem... Eu queria agradecer por você estar aqui.

Hirsch sorri.

— Não é necessário. Estou onde devo estar.

Dita se retira. A neve pousou sobre o campo e Birkenau, adornado de branco, mostra um ar menos horrível, mais sonolento. O frio é intenso, mas, às vezes, acaba sendo preferível às conversas febris dos barracões.

Depara-se com Gabriel, campeão em castigos e reprimendas dos professores, um tremendo ruivo de dez anos que usa uma calça larguíssima, de um tamanho várias vezes maior, presa por uma corda, e uma camisa igualmente grande, coberta de manchas. Ele é o cabeça de um grupo de meia dúzia de meninos da sua idade.

— Esse menino não deve estar tramando nada de bom — diz Dita a si mesma.

Mais para trás, a uns metros de distância, vem um grupo de crianças de quatro e cinco anos, de mãos dadas. A roupa velha, a cara suja e os olhos, pelo contrário, de um branco puríssimo, como a neve recém-caída.

Gabriel é um dos ídolos infantis do bloco 31 por sua desenvoltura e imaginação para todo tipo de travessuras. Dita já viu em outras ocasiões como os pequenos tentam segui-lo quando intuem que ele está para aprontar uma das suas. Naquela mesma manhã, jogou um gafanhoto na cabeça de uma menina muito afetada chamada Marta Kovač, e os gritos de histeria paralisaram o bloco inteiro. Até o próprio Gabriel parou diante da reação desaforada da menina, que, num arrebatamento, plantou-se à sua frente e lhe deu um bofetão que quase fez suas sardas pularem do rosto. Com um sentido muito talmúdico de justiça, o professor considerou que esta havia sido feita, e as aulas foram retomadas sem maiores castigos para Gabriel do que o recebido pelas mãos da menina.

Quando os pequenos tentam segui-lo para se divertir com suas travessuras, ele sempre tenta se esquivar ou espantá-los a gritos e sempre distribui sopapos se insistem em ir atrás dele. Por isso, Dita estranha que o despachado Gabriel aceite ser seguido por um séquito de pequenos que é quase uma comitiva e decide ir atrás deles mantendo certa distância, como se brincasse de rastrear suas pegadas na neve, para averiguar a que se deve essa repentina mudança de estratégia. Em se tratando dele, por certo tem a ver com alguma de suas travessuras.

Ela vê as crianças atravessarem o campo em direção à saída e, então, se dá conta de para onde vão: à cozinha. Vê que o grupo de amigos de Gabriel se detém, prudente, diante de um dos lugares vetados do campo, mas ele mantém os passos vivos e, apesar da proibição, se enfia lá dentro. Os demais espiam da porta. O que Dita vê então parece um esquete de comédia: Gabriel saindo a passos ligeiros e, atrás dele, uma cozinheira com uma cara muito feia chamada Beáta agitando os braços como um redemoinho e espantando as crianças como se fossem um bando de pássaros.

Dita percebe que devem ter ido pedir cascas de batata, um dos petiscos preferidos de todas aquelas crianças, mas pelo visto a cozinheira está cansada dos pidões e decidiu despachá-los com intemperança. No entanto, as crianças de dez anos e o próprio Gabriel não batem em retirada e se separam por poucos metros, formando um corredor, para deixarem Gabriel e a cozinheira irritada passarem. O menino ginga para um lado, e a cozinheira está a ponto de tropeçar numa placa de gelo e cair com estrépito. Ao recuperar o equilíbrio, vê plantado à sua frente o grupo de pequenos, que acaba de chegar justo naquele momento. Estão todos de mãos dadas e soltam vapor pela boca por causa do esforço que fizeram para acompanhar o passo vivo dos maiores. Beáta não pode deixar de ver suas caras, eternamente famintas. Surpresa, para de estapear e põe as mãos na cintura diante daquele rebanho de anjinhos sujos de barro e neve, de olhos suplicantes.

Dita não consegue ouvi-la, mas não faz falta. A cozinheira tem caráter forte, mãos ásperas e um coração terno. A bibliotecária sorri pensando na astúcia de Gabriel, que levou os menores até ali para amolecer a cozinheira. Beáta deve estar dizendo com um tom severo que é proibida de dar qualquer resto de comida sem autorização, que, se a *Kapo* descobre que ela ou qualquer ajudante de cozinha faz uma coisa dessas, perderá o emprego e será duramente castigada, que isso e que aquilo... E as crianças não deixarão de encará-la com os olhos vulneráveis, de modo que ela fará uma exceção, mas que nem pensem em voltar ali ou as moerá a pauladas, enquanto alguns assentem com a cabeça lhe dando razão para assim ficarem com ela na palma da mão.

A mulher desaparece lá para dentro e, pouco depois, volta com um cubo metálico cheio de cascas de batata. Diante do sinal de tumulto, contém as crianças com uma mãozada, como se fosse a trava metálica das estações onde os trens finalizam seu trajeto. Faz passarem um por um, primeiro os pequenos e depois os maiores, e todos retornam ao bloco 31 mordiscando cascas de batata.

Dita volta de bom humor pela *Lagerstraße*, mas, no meio do caminho, se encontra com sua mãe. Ela está despenteada, o que é incomum. Justo ela, que até em Auschwitz arranjou um velho pedaço de pente para estar sempre com o cabelo dignamente ajeitado.

Dita sabe que algo vai mal. Corre ao encontro da mãe, e esta a abraça com uma paixão nada costumeira: quando ela foi se encontrar com o marido na saída da oficina, ele não estava. Um colega, o sr. Brady, informou que ele não foi ao trabalho porque naquela manhã não conseguiu se levantar da cama.

— Ele me contou que seu pai estava com febre, mas o *Kapo* disse que era melhor não o levarem para o hospital.

A mulher está desorientada, não sabe muito bem o que fazer.

— Talvez deva insistir com o *Kapo* para que o mandem para o hospital.

— O papai disse que o *Kapo* do barracão dele não era judeu e sim um alemão social-democrata, distante, mas muito justo. Talvez o hospital não seja uma boa ideia. O hospital fica em frente ao bloco 31...

Então se cala. Está a ponto de dizer que vê que os doentes que entram mancando costumam sair no carrinho dos defuntos empurrado pelo sr. Lada e mais alguns. No entanto, ela não deve mencionar a morte, é preciso não invocá-la, não chamá-la, mantê-la longe de seu pai.

— Nem podemos vê-lo — lamenta sua mãe. — Não podemos entrar num barracão de homens. Pedi ao colega do seu pai, um senhor muito amável, da Bratislava, que me fizesse o favor de entrar para vê-lo e me dizer como ele estava enquanto eu aguardava na porta. — A mulher precisa fazer uma pausa para conter a emoção. Dita pega em sua mão. — Me disse que o seu pai está do mesmo jeito como o deixou pela manhã. Meio inconsciente por causa da febre. Que estava com um aspecto ruim. Edita, talvez seu pai deva ir para o hospital.

— Vamos vê-lo.

— O que você está dizendo? Não podemos entrar no barracão! É proibido.

— Também é proibido prender os outros e matá-los, e não vejo deixarem de fazer isso. Você me espera na porta do barracão.

Dita sai correndo em busca de Milan, um dos assistentes. Costuma vê-lo sentado com os amigos na lateral do 23. É um rapaz bonito, apesar de não lhe parecer muito simpático. De todo modo, talvez ela é quem seja antipática, pois mal se relaciona com os outros assistentes, preferindo dedicar o tempo livre à leitura ou passá-lo na companhia de Margit ou dos pais. Fica incomodada com a paquera das garotas e a fanfarronice dos garotos daquela idade.

De fato, encontra Milan no 23. Apesar dessa tarde de frio polonês implacável, ele e mais alguns estão sentados lá fora, com as costas apoiadas na madeira do barracão. Matam o tempo olhando os demais reclusos passarem e dizendo coisas às adolescentes. Para Dita, não tem a menor graça ficar diante desses garotos um pouco mais velhos do que ela, com pelos debaixo do nariz e espinhas de todos os tamanhos, comportando-se feito galinhos de briga. Intimida-se ao passar perto deles. Tem a impressão de que caçoam de suas pernas finas e até de suas meias de lã compridas, um pouco infantis. Mas sabe que não pode se dar ao luxo da timidez e se põe diante deles.

— Ora! — grita o próprio Milan, que se adianta, falando primeiro para deixar claro quem é o líder. — Quem temos aqui? É a bibliotecária...

— Esse é um assunto que não deve ser comentado fora do bloco 31 — corta ela. E no mesmo instante, se arrepende de ter sido tão arisca, pois o garoto se mostra atingido pelo golpe e enrubesce. Não gostou de uma menina mais jovem tê-lo enquadrado perante os amigos. E Dita estava ali para lhe pedir um favor. — Milan, quero lhe pedir uma coisa...

Os amigos se dão cotoveladas maldisfarçadas e esboçam risadinhas que pretendem ser maliciosas. Milan também se anima e se encoraja.

— Bem, as garotas costumam me pedir muitas coisas — diz ele, muito arrogante, olhando de soslaio o efeito que suas palavras causam entre os dois colegas, que, ao rir, mostram dentes estragados.

— Preciso que você me empreste o seu casaco por um momento.

Milan faz uma cara de espanto, e sua risadinha murcha de repente. Seu casaco? Ela está pedindo seu casaco? Ele tivera muita sorte ao repartirem a roupa. É um dos melhores casacos do BIIb. Já lhe ofereceram pedaços de pão, batatas e até uma barra de chocolate em troca, mas o jovem não está disposto a se desfazer dele por nada no mundo. Como aguentaria as tardes a zero graus sem o casaco? E, além do mais, o casaco o favorece. Com ele, as garotas gostam mais.

— Você está mal da cabeça? Ninguém toca no meu casaco. Ninguém mesmo. Ouviu?

— É só por um instante...

— Não diga bobagens! Nem por um instante! Acha que sou bobo? Se eu lhe empresto o casaco, você o vende por aí e nunca mais o vejo. É melhor você ir antes que me aborreça de verdade! — E ao dizer aquilo, se põe de pé com uma cara avinagrada, deixando claro que é mais de vinte centímetros mais alto do que Dita.

— Só quero usá-lo por um instante. Você pode me acompanhar o tempo todo para ter certeza de que o casaco não irá desaparecer. Vou lhe dar meu pedaço de pão do jantar.

Dita pronunciou as palavras mágicas: comida. Uma porção extra no jantar, para um rapaz em fase de crescimento que não se lembra da última vez em que foi capaz de saciar a fome, são palavras mais fortes. O estômago ronca o tempo todo. A ansiedade por comida se transforma numa obsessão. A única coisa que os empolga mais do que sonhar com a coxa de uma garota é sonhar com uma coxa de frango.

— Um pedaço inteiro... — repete ele, ponderando a proposta, já imaginando o banquete. Até poderia guardar um bom pedaço para acompanhar o caldo ralo do dia seguinte e ter um desjejum melhor. — Está dizendo que põe o casaco por um instante, eu acompanho você e depois o pego de volta?

— Isso mesmo. Não vou enganá-lo. Trabalhamos no mesmo barracão. Se eu fizesse isso e você me denunciasse, me dispensariam do meu posto no bloco 31. E nenhum de nós quer sair dali.

— Bem... tenho que pensar.

Milan pede aos amigos que juntem as cabeças, e os três formam uma confusão de sussurros em que há deliberações e de onde também se escapa uma risadinha ou outra. Por fim, Milan, risonho, levanta a cabeça num gesto triunfal.

— De acordo. Deixo o casaco com você por um instante em troca de um pedaço de pão... e de que você nos deixe tocar nos seus peitos!

— O rapaz olha por um momento para os comparsas, e eles assentem com tanto entusiasmo que seu pescoço parece uma mola.

— Não seja idiota. Eu quase nem tenho...

Dita vê que os três riem como se estivessem se divertindo muito ou precisassem disfarçar com o barulho das gargalhadas o nervosismo e o incômodo que sentem ao tratar desses assuntos. Ela suspira. Se não fosse vários palmos mais baixa do que os três, daria uma bofetada em cada um.

Por serem assanhados ou por serem idiotas.

Mas não tem opção.

E, no fim das contas, já não se importa mais.

— Está bem. De acordo. Agora me deixe vestir o maldito casaco.

Milan estremece ao ficar exposta às intempéries apenas com a blusa de três botões que usa por baixo. Dita põe o casaco, que fica enorme, exatamente como ela queria. Aquela peça tem algo que nesse momento a torna muito valiosa para a menina e que poucas das que já viu no campo possuem: um capuz. Ela sai andando com Milan atrás.

— Aonde vamos?

— Ao barracão 15.

— E as tetas?

— Depois.

— Você disse ao barracão 15? Mas esse é um barracão masculino...

— É... — E Dita põe o capuz na cabeça, que fica quase totalmente coberta.

Milan para.

— Espere, espere... Você não está pensando em entrar lá, não é? As mulheres são proibidas de fazer isso. Não vou acompanhá-la. Se descobrem você, irão me castigar também. Acho que você está um pouco louca.

— Vou entrar. Com ou sem você.

O rapaz arregala os olhos e treme ainda mais de frio.

— Se você quiser, pode me esperar na porta.

Milan tem que apertar o passo porque Dita caminha muito decidida. Ela vê a mãe a uns metros de distância rodeando o barracão de seu pai e nem sequer faz uma pausa para lhe dirigir a palavra. Liesl Adlerova está tão atordoada que nem reconheceu a filha enfiada naquela roupa masculina. Dita entra no barracão sem qualquer hesitação, e ninguém repara nela. Milan fica na porta e xinga, indeciso, sem saber se a menina o enganou e se nunca mais voltará a ver o casaco.

Dita avança por entre os treliches. Há uns homens em cima da lareira horizontal, que está apagada, e outros conversam sentados nas camas. Apesar de ser proibido se deitar antes do toque de silêncio, há alguns deitados. Isso indica que têm um *Kapo* benevolente. Cheira muito forte, ainda mais do que o barracão de mulheres, um fedor de suor azedo que enjoa. A menina não tirou o capuz, e ninguém repara nela.

Nos fundos, encontra seu pai estendido no colchão de palha de sua cama de baixo. Chega o rosto perto do dele e tira o capuz.

— Sou eu — sussurra ela.

O homem está com os olhos entrefechados, mas, ao ouvir a filha, abre-os ligeiramente. Dita põe a mão na testa do pai e nota que ele está ardendo. Não tem certeza de que ele a reconheceu, mas, mesmo assim, pega em sua mão e continua sussurrando. Não costuma ser fácil falar com alguém que não sabemos se nos escuta, mas as palavras brotam com uma facilidade surpreendente, e ela lhe diz essas coisas que ninguém para nunca para dizer porque pensa que sempre haverá tempo de dizê-las.

— Você se lembra de quando me ensinava geografia em casa? Me lembro muito bem... Você sabe tanta coisa! Sempre tive muito orgulho de você, papai. Sempre.

E fala dos belos dias de sua infância em Praga, também dos bons momentos no gueto de Terezín e do quanto ela e sua mãe o amam. Diz isso muitas vezes, para que as palavras atravessem a febre. E tem a impressão de que ele se mexe um pouco. Talvez a esteja escutando ali dentro.

Hans Adler luta contra os bacilos da pneumonia com pouquíssimas armas: um homem só, desnutrido e desfeito pelas intempéries da guerra contra um exército de vírus repletos de energia. Dita recorda que, no livro de Paul de Kruif sobre os caçadores de micróbios, eles são vistos no microscópio como um bando de vândalos em miniatura.

Exércitos demais contra os quais lutar.

Ela solta a mão do pai, a acomoda sob um lençol sujo e lhe dá um beijo na testa. Volta a pôr o capuz e se prepara para sair. Naquele momento, vê Milan a uns passos mais para trás. Pensa que ele deve estar furioso, mas o rapaz olha para ela com uma inesperada ternura.

— É seu pai? — pergunta.

Ela assente com a cabeça. Dita procura sob a roupa e pega o pedaço de pão do jantar. Estende os braços para entregá-lo, mas o rapaz não tira as mãos dos bolsos e faz que não com a cabeça. Já na porta do barracão, Dita tira o casaco, e sua mãe, ao reconhecê-la, fica perplexa.

— Você pode emprestá-lo à minha mãe por um momento? — Dita sequer espera a resposta. — Ponha o casaco e entre.

— Mas, Edita...

— Você vai camuflada! Vamos! É nos fundos, à direita. Ele não está consciente, mas acho que pode nos ouvir.

A mulher ajeita o capuz e entra, disfarçada. Milan permanece ao lado de Dita em silêncio, sem saber o que dizer nem o que fazer.

— Obrigada, Milan.

O rapaz assente com a cabeça e se mostra indeciso por um momento, como se procurasse as palavras.

— Quanto a... você já sabe — fala Dita olhando para o peito quase liso.

— Esqueça isso, por favor! — diz ele corado, agitando as mãos, espalhafatoso. — Agora tenho que ir. Amanhã você me devolve o casaco.

Dá meia-volta e se afasta num galope.

Vai pensando em como explicar aos amigos que voltou sem o casaco e sem a menina. Pensarão que ele é um tonto. Poderia dizer que já comeu o pão no caminho e que ele, sim, tocou nas tetas dela, que o fez em nome dos três, pois, afinal, o casaco é seu. Mas nega com a cabeça. Sabe que logo descobrirão a mentira. Contará a verdade. Por certo caçoarão dele e o chamarão de palerma. Milan, porém, sabe como consertar essas coisas. Entre garotos é fácil se entender: o primeiro que disser alguma coisa levará uma bofetada tão forte que terá que procurar os dentes com uma lupa. E todos tão amigos...

Enquanto Dita espera sua mãe sair, aparece Margit. Pelo semblante consternado que reflete no rosto, Dita percebe que ela já soube de seu pai. Em Auschwitz, as notícias, principalmente as ruins, são manchas de azeite num papel. Margit se aproxima e lhe dá um abraço.

— Como está o seu pai?

Dita sabe que essa pergunta esconde outra: ele vai sobreviver?

— Nada bem. Está com muita febre, e o peito faz barulho quando ele respira.

— É preciso ter fé, Dita. O seu pai já superou muitas coisas.

— Coisas demais.

— Ele é um homem forte. Vai resistir.

— Era forte, Margit. Só que esses últimos anos o envelheceram muito. Sempre fui otimista, mas já não sei o que pensar. Já não sei se vamos resistir.

— Claro que vamos.

— Por que você está tão convencida disso?

Sua amiga fica calada e morde o lábio por alguns segundos, procurando uma resposta.

— Porque quero acreditar nisso.

As duas permanecem em silêncio, sem falar mais. Já estão passando da idade em que se pensa que basta desejar as coisas para que elas aconteçam. Na infância, os sonhos são como o cardápio de um restaurante: você escolhe o que quer, e o futuro lhe traz isso numa bandeja de prata. Depois, esses tempos ficam para trás, e a vida toma rumos imprevistos. O garçom vai até a mesa e lhe diz que a cozinha está fechada.

Soa a sirene do toque de recolher, e sua mãe sai do barracão como um fantasma arrastando os pés pelo barro.

— Temos que nos apressar — diz Margit.

— Pode ir. Corra — fala Dita. — Nós vamos um pouco mais devagar.

Sua amiga se despede, e as duas ficam sozinhas. Sua mãe tem o olhar perdido.

— Como está o papai?

— Um pouco melhor — responde Liesl. Sua voz, porém, está tão ruim que é impossível acreditar naquilo. Além do mais, Dita a conhece. Essa mulher passou a vida inteira tentando fazer com que tudo estivesse bem, com que nada alterasse a ordem das coisas.

— Ele reconheceu você?

— Com certeza.

— E então, falou alguma coisa?

— Não... estava um pouco cansado. Amanhã vai estar melhor.

E não conversam mais até chegar ao barracão.

Amanhã vai estar melhor.

Sua mãe falou com uma convicção que não admite dúvidas, e as mães sabem dessas coisas. São elas que passam noites à cabeceira da cama quando os filhos estão com febre. São elas que põem a palma da mão na testa e sabem o que é preciso fazer para que os filhos fiquem bem. Dita dá a mão à sua mãe, e as duas apertam o passo com medo de que um guarda as detenha por estarem na rua fora de hora.

Quando entram no barracão, quase todas as mulheres já estão deitadas. Dão de cara com a *Kapo*, uma húngara que usa a marca laranja, de delinquente comum, um status superior. Uma ladra, caloteira, assassina... Qualquer uma vale mais do que uma judia. A *Kapo* chega para fiscalizar se puseram as lixeiras utilizadas para fazer as necessidades durante a noite e, ao vê-las chegar tarde, levanta o pau que tem na mão e ameaça bater nelas.

— Desculpe, *Kapo*, é que meu pai...

— Cale-se e já para a cama, estúpida.

— Sim, senhora.

Dita puxa sua mãe pela mão, e as duas chegam a seus treliches. Liesl sobe devagar e, antes de se deitar, se vira por um momento. Seus lábios não dizem nada, mas seus olhos sofrem.

— Não se preocupe, mamãe — anima a filha. — Se o papai continuar assim, amanhã vamos falar com o *Kapo* dele para levá-lo ao médico. Se for preciso, falo com o meu diretor do bloco 31. Tenho certeza de que o sr. Hirsch pode nos ajudar.

— Amanhã ele vai estar melhor.

As luzes se apagam, e Dita dá boa-noite à sua companheira de cama, que nada responde. A menina está tão angustiada que nem sequer consegue fechar os olhos. Repassa as imagens do pai e tenta encontrar as melhores. Há uma de que gosta muito: é uma imagem de seu pai e sua mãe sentados ao piano. Os dois elegantes e belos. Seu pai com uma camisa branca dobrada nos punhos, gravata escura e suspensórios; sua mãe, com uma blusa justa que realça o corpo. Os dois estão rindo. É claro que não conseguem se coordenar para tocar a quatro mãos. O melhor de tudo é que estão felizes porque ainda são jovens e fortes e o futuro ainda não morreu.

A última imagem que encerra essa etapa da vida normal, que acabou ao deixarem Praga, é do apartamento de Josefov no momento em que abriram a porta, puseram as maletas no patamar e se dispuseram a fechar depois de passarem por uma porta que não sabiam se voltaria a se abrir. Seu pai tornou a entrar no apartamento por um instante enquanto elas observavam do patamar. Aproximou-se do aparador da sala de jantar e girou o globo terrestre pela última vez.

E Dita, por fim, adormece.

Seu sono, porém, é inquieto. Algo a perturba. De madrugada, acorda de sobressalto com a sensação vívida de que alguém a chamou. Abre os olhos, agitada, e seu coração bate muito forte. Ao seu lado, só estão os pés de sua companheira adormecida, e há apenas um silêncio arranhado por roncos e pelo murmúrio monótono das mulheres que falam dormindo. Não passou de um pesadelo... Mas Dita tem um mau presságio. Põe na cabeça que quem a chamava era seu pai.

À primeira hora, o campo está repleto de guardas e *Kapos* para a recontagem da manhã. Duas horas de recontagem que resultam nas mais longas de sua vida. Ela e a mãe trocam olhares durante a formação. É proibido falar, mas, na realidade, quase é melhor não dizer nada. Ao serem dispensadas, as duas aproveitam que as filas do desjejum se formam para se aproximarem do 15. Quando estão chegando, o sr. Brady sai da fila. Tem os ombros carregados de más notícias.

— Senhora...

— Meu marido? — pergunta ela com a voz falhando. — Piorou?

— Morreu.

Como se pode resumir uma vida em apenas uma palavra tão curta? Como pode caber tanta desolação em tão poucas letras?

— Podemos entrar para vê-lo? — pergunta Liesl.

— Lamento. Ele já foi levado.

Elas deveriam saber disso. Recolhem os cadáveres na primeira hora, os amontoam num carrinho e os levam para serem incinerados nos fornos.

Liesl parece oscilar por um momento, a ponto de se quebrar. Aparentemente, a notícia da morte não a desconcertou tanto. Ela devia saber desde o primeiro momento em que o viu deitado na cama. Mas não poder sequer se despedir dele foi um golpe duro para ela.

No entanto, Liesl recupera a compostura, que mal chegou a perder durante alguns segundos, e envolve os ombros da filha para consolá-la.

— Pelo menos seu pai não sofreu.

Dita, que está sentindo seu sangue começar a ferver, fica ainda mais irritada por sua mãe falar como se ela fosse uma criança.

— Como não sofreu? — contesta, se soltando do abraço num movimento brusco. — Tiraram dele o trabalho, a casa, a dignidade, a saúde... e no final o deixaram morrer sozinho como um cachorro numa cama cheia de pulgas. Isso não é sofrimento o bastante? — As últimas palavras ela quase grita.

— Foi assim que Deus quis, Edita. Devemos nos conformar.

Ela nega com a cabeça. Não e não.

— Não quero me conformar! — berra a menina no meio da *Lagerstraße*. Apesar de estar na hora do desjejum, pouca gente presta atenção nela. — Se eu ficasse diante de Deus, lhe diria o que penso dele e dessa sua misericórdia distorcida.

Dita fica mal e ainda pior ao se dar conta de que acaba de ser muito grosseira com a mãe justamente quando o que esta mais precisa é de consolo e apoio, mas não consegue deixar de se sentir frenética diante da docilidade dessa mulher. Fica aliviada com a chegada da sra. Turnovská, que já deve saber o que houve, encoberta por seu enorme lenço. Ela aperta o braço de Dita, carinhosa, e abraça Liesl com afeto. Esta se agarra à amiga com uma emoção inesperada. A menina diz a si mesma que era isso o que deveria ter feito: abraçar a mãe. Mas não pode, está enfurecida demais para os abraços, só quer morder e destruir tanto quanto a destruíram.

Aparecem mais três mulheres, que Dita conhece apenas de vista e que começam a chorar, estrondosas. A menina, que tem os olhos secos, olha para elas, perplexa. As mulheres se aproximam de sua mãe, mas a sra. Turnovská se adianta.

— Fora daqui! Vão embora.

— Só queremos dar nossos pêsames à viúva.

— Se vocês não forem embora daqui em menos de dez segundos, vou expulsá-las a pontapés!

Liesl está aturdida demais para se dar conta de alguma coisa, e Dita não se sente com forças para pedir desculpas às mulheres e também que fiquem.

— O que está fazendo, sra. Turnovská? O que aconteceu? Todo mundo ficou louco?

— Elas são umas carniceiras. Sabem que, com o desgosto, os familiares dos falecidos perdem o apetite, e o que pretendem é derramar umas lágrimas de crocodilo e depois ficar com a porção de comida de vocês.

Dita se sente atordoada. Nesse momento, odeia o mundo inteiro. Pede à sra. Turnovská que cuide de sua mãe e se afasta dali. Precisa ir para algum lugar, mas não há para onde ir. Não que lhe custe aceitar a ideia de que nunca mais voltará a estar com seu pai. Ela não quer aceitar essa ideia. Não está disposta a fazê-lo, não se resignará, nem agora, nem nunca. Segue caminhando com os punhos cerrados. As juntas dos dedos, brancas. Uma ira branca a queima por dentro.

Ele nunca mais irá regressar do trabalho com seu terno transpassado e o chapéu de feltro, nem colar a orelha no rádio olhando para o teto, tampouco voltar a sentá-la no colo para lhe ensinar os países do mundo nem repreendê-la com carinho por escrever uma letra torta.

E ela nem sequer é capaz de chorar. Tem os olhos secos. E isso a deixa ainda mais furiosa. Como não tem outro lugar para onde ir, seus passos a levam ao bloco 31. As crianças estão ocupadas fazendo o desjejum, e ela vai até os fundos do barracão sem se deter, buscando refúgio atrás das madeiras empilhadas. Quase se sobressalta ao se deparar naquele canto com uma figura solitária sentada no banquinho.

Morgenstern a saúda com sua cortesia ilustre, mas, dessa vez, Dita não sorri, e o velho professor interrompe suas reverências teatrais.

— Meu pai...

Ao dizer aquilo, Dita sente que o sangue é uma gasolina inflamada queimando em suas veias. E uma palavra lhe vem à boca como um refluxo de bile:

— Assassinos!

Ela mastiga a palavra entre os dentes. Repete cinco, dez, cinquenta vezes:

— Assassinos, assassinos, assassinos, assassinos...

Dá um chute num tamborete. Em seguida o pega e o levanta como um porrete. Quer quebrar algo e não sabe o quê. Quer bater em alguém e não encontra um alvo. Tem os olhos arregalados e ofega de ansiedade. O professor Morgenstern fica de pé com uma agilidade inesperada, em se tratando de um idoso de aparência tão quebradiça, e toma o tamborete das mãos da menina com firmeza, mas com doçura.

— Vou matá-los — exclama ela com raiva. — Vou conseguir uma pistola e matá-los!

— Não, Edita, não — diz ele bem devagar. — O nosso ódio é a vitória deles.

Dita treme. O professor a envolve, e ela afunda a cabeça nos braços do ancião. Vários professores espiam, alarmados pelo barulho, seguidos de um curioso batalhão de meninos e meninas. O professor leva um dos dedos aos lábios para que não digam nada e em seguida faz sinal com a cabeça para que se vão. Surpresos por verem o professor Morgenstern tão sério, obedecem e os deixam a sós.

A menina confessa que odeia a si mesma por ter saído correndo e não ter sido capaz de chorar, por ter falhado com o pai, por não ter conseguido salvá-lo. Odeia-se por tudo. O velho professor, porém, lhe diz que as lágrimas chegarão quando a raiva se for.

— Como não sentir raiva? Meu pai jamais fez mal a alguém, jamais deixou de respeitar a todos... Tiraram tudo dele e, agora, neste buraco asqueroso, roubaram até a vida dele.

— Escute bem, Edita. Os que se vão já não sofrem. Os que se vão já não sofrem... — sussurra ele, uma vez e de novo, como se fosse um bálsamo que deve ser aplicado com insistência sobre a ferida para que ela deixe de arder.

— Os que se vão já não sofrem, os que se vão já não sofrem...

Morgenstern sabe que é um consolo escasso, antigo, gasto, uma dessas frases de velho. Em Auschwitz, porém, é um remédio que ajuda a suportar a tristeza pelos defuntos. Dita deixa de retorcer os dedos, assente com a cabeça e se senta lentamente sobre o banco. O professor Morgenstern enfia a mão no bolso e pega um passarinho de papel um tanto amassado e um pouco amarelado, oferecendo-o à menina.

Ela olha o maltratado passarinho de papel, tão vulnerável quanto seu pai nas últimas horas. Tão frágil quanto aquele velho professor louco de óculos tortos. São todos tão frágeis... Então se sente insignificante e, de repente, fraca. O concreto da raiva, que nos faz fortes nesses momentos, acaba se desfazendo, e, por fim, brotam as lágrimas, apagando o incêndio que tudo queimava.

O arquiteto assente com a cabeça, e ela desabafa chorando no ombro de risca de giz do velho Morgenstern.

— Os que se vão já não sofrem...

Ninguém sabe quanto sofrimento ainda resta aos que ficam.

Dita levanta a cabeça e enxuga as lágrimas com a manga. Agradece ao professor e lhe diz que, antes que acabe a hora do desjejum, tem que fazer algo importante. Vai toda apressada para seu barracão. Sua mãe precisa dela. Ou é ela que precisa da mãe.

Dá no mesmo...

Liesl está com a sra. Turnovská sentada sobre a lareira apagada. Quando Dita se aproxima das duas, sua mãe está muito quieta, como que ensimesmada. A sra. Turnovská tem a própria tigela vazia no chão e está tomando o chá da manhã da caçoleta de Liesl, em que molha um pedaço de pão do jantar que a recém-enviuvada não deve ter comido na noite anterior.

A quitandeira fica parada ao ver Dita com os olhos fixos na caçoleta da mãe.

— Sua mãe não queria — diz ela, um tanto engasgada com a inesperada aparição da menina, que a pegou em flagrante. — Insisti muito. E já estava na hora de ir para a oficina. Teríamos que jogar fora...

As duas se olham em silêncio. Sua mãe se encontra absorta, deve estar percorrendo o país das lembranças. A sra. Turnovská estende a caçoleta para que ela tome os últimos sorvos, mas Dita balança a cabeça para ela. Não há reprovação em seu olhar e sim uma mistura de compreensão e tristeza.

— Acabe com isso, por favor. Precisamos que a senhora esteja bem para ajudar a mamãe.

Sua mãe tem no rosto uma serenidade de estátua de cera. Dita se agacha diante dela, e a mulher reage movendo os olhos. Foca na filha, e seu semblante neutro acaba se quebrando. Dita abraça a mãe bem forte, apertando-a. E sua mãe, por fim, chora.

15

Viktor Pestek é filho da região da Bessarábia, um território originalmente moldávio que, no século XIX, passou a fazer parte da Romênia, um país que desde o princípio apoiou os nazistas. O uniforme da SS, a pistola no cinto e a braçadeira de primeiro cabo o tornam alguém muito poderoso em Auschwitz. Um ser superior que tem aos seus pés milhares de pessoas que não podem nem lhe dirigir a palavra sem que ele lhes dê permissão. Milhares de pessoas obrigadas a fazer o que ele mandar ou cuja morte ele ordenará sem se abalar.

Qualquer um que visse Pestek caminhar, com sua boina justa e as mãos para trás, acreditaria que se trata de um ser indestrutível. Em Auschwitz, quase nada é o que parece. Não há como saber, mas, por dentro, o SS se abala. Faz semanas que não consegue tirar uma mulher da cabeça.

Ela é muito jovem. Pestek nunca trocou uma palavra com ela nem sabe seu nome. Ele a viu um dia em que lhe coube supervisionar um grupo de trabalho. Ao que parecia, era uma judia como outra qualquer: vestida com roupas esfarrapadas, um lenço na cabeça e o rosto fino. Mas fez um gesto simples que o deixou hipnotizado: pegou um dos cachos louros que caíam sobre seus olhos e o esticou até os lábios para mordiscá-lo. Foi algo irrelevante, feito de maneira inconsciente, mas que, sem saber, a tornava única. Viktor Pestek se apaixonou por esse gesto.

Passou a reparar melhor na jovem. Tinha um rosto agradável, um precioso cabelo dourado, era vulnerável como um pintassilgo na gaiola. Ele não conseguiu deixar de olhá-la durante todo o tempo que passou no comando da guarda. Tentou se aproximar dela em algumas ocasiões, mas não lhe dirigiu a palavra. A jovem parecia ter medo dele. O que não é de estranhar.

Quando se apresentou à Guarda de Ferro romena, deram-lhe um uniforme marrom-claro muito vistoso, levaram-no ao campo para cantar canções patrióticas, fizeram-no sentir-se importante. No princípio, era divertido derrubar as barracas infectas dos ciganos que vagavam pelos arredores.

Depois as coisas foram se complicando. Das lutas com as mãos passaram às correntes. Logo vieram as pistolas. Ele tinha alguns conhecidos ciganos, mas a maioria dos seus amigos era judia. Como Ladislaus. Frequentava sua casa, e os dois faziam juntos os deveres do colégio ou colhiam castanhas no bosque. Um dia, quase sem se dar conta, estava com um archote na mão, tocando fogo à casa de Ladislaus.

Poderia ter recuado, mas não o fez. O pagamento na SS era bom. Os outros lhe davam tapinhas nas costas. A família se orgulhava dele pela primeira vez na vida. Quando teve permissão para voltar em casa, até o levaram para fazer um retrato de uniforme para colocá-lo no móvel da sala de jantar.

E um dia o mandaram para Auschwitz.

Agora já não tem tanta certeza de que sua família se orgulharia tanto se soubesse que seu trabalho consiste em obrigar os outros a trabalhar até a morte, conduzir crianças a câmaras de gás, bater nas mães que resistem. Tudo isso lhe parece um disparate, e às vezes ele teme que comecem a notar isso. Em algumas ocasiões, já ouviu de oficiais que deve ser mais duro com os internos.

Pestek não tem uma guarda fixa, e, no campo familiar, o comando não permite que os SS circulem pela área quando não estão em serviço, mas o sargento do posto de controle é seu amigo. Ele passa sem problemas. Os guardas entram em posição de sentido em sua presença. Isso lhe agrada.

Estão terminando a recontagem da tarde. Pestek sabe a que grupo a jovem tcheca pertence e, quando sua formação se desfaz, a vê em meio à aglomeração de mulheres. Segue na direção dela, mas a jovem percebe sua presença e aperta o passo. Ele acelera as passadas e não lhe resta outro remédio senão puxá-la pelo punho com força para fazê-la parar. A jovem tem ossos estreitos e pele áspera, mas tê-la tão perto o enche de uma rara alegria. Por fim, ela ergue a cabeça e o encara pela primeira vez. Tem olhos azuis muito brilhantes e o semblante atemorizado. Vê que outras internas se detiveram a poucos passos dali. O SS se vira com uma expressão ameaçadora, e o grupo de curiosas se dissolve de imediato. Causar medo nos demais é cômodo e acaba sendo fácil acostumar-se a isso.

— Meu nome é Viktor.

Ela permanece calada, e ele se apressa para soltar seu punho.

— Desculpe. Eu não pretendia assustá-la. Só... queria saber seu nome.

A jovem treme ligeiramente, e as palavras quase não saem de sua boca.

— Meu nome é René Naumann, senhor — responde ela. — Fiz alguma coisa errada? O senhor vai me castigar?

— Não, não! Nada disso! Só vi você... — O SS hesita, não encontra as palavras. — Eu só queria ser seu amigo.

René olha para ele com uma cara de estranheza.

Amigo? Pode-se obedecer a um SS, adulá-lo ou ser seu informante para obter benefícios. Pode-se até se tornar sua amante. Mas dá para ser amigo de um SS? Dá para ser amigo do próprio carrasco?

Como ela continua com um olhar perplexo, sem dizer nada, Pestek abaixa a cabeça e sussurra:

— Sei o que você pensa. Acha que sou mais um desses pirados da SS. Bem, sou mesmo. Mas não estou tão louco. Não gosto de vê-los passar por tudo isso. Sinto nojo.

René não abre a boca. Não entende nada do que ouviu. Está confusa. Já ouviu falar inúmeras vezes de guardas que fingem abominar o Reich para ganhar a confiança dos internos, fazer-se de seus amigos e lhes arrancar informações sobre a Resistência. Ela tem medo.

Pestek tira do bolso um pequeno objeto e o estende. É um quadrado de madeira laqueada, que ele tenta pôr na mão da jovem, que recua.

— É para você. Um presente.

Ela olha com desconfiança para o quadrado amarelo, no qual se levanta uma pequena tampa. Logo começa a soar uma toada metálica e cansativa.

— É uma caixa de música! — diz ele, satisfeito.

René observa por alguns segundos o objeto que Pestek lhe oferece, mas não faz a menor menção de pegá-lo. Ele assente com a cabeça, muito sorridente, esperando sua reação entusiasmada.

A jovem não demonstra entusiasmo. Sua boca está reta. Seus olhos não falam.

— O que foi? Você não gostou? — pergunta ele, abalado.

— Não é de comer — responde ela. Sua voz é fraca, fere, mais até do que a brisa fria de fevereiro.

Pestek se sente perturbado ao se dar conta de sua estupidez. Passou uma semana procurando uma caixa de música no mercado negro. Depois de idas e vindas, tratou com colegas da SS e com judeus traficantes da pior laia até se deparar com uma. Subornou, implorou e ameaçou. Procurou uma e outra vez até consegui-la. E só agora percebe que é um presente inútil. Num lugar onde se passa fome e frio, o único presente que ele pensa em dar à jovem é uma estúpida caixa de música.

Não é de comer...

Pestek fecha a mão e aperta tanto o punho que dá para ouvir o rangido da caixinha de música, esmagada como se fosse um pardal.

— Desculpe — diz ele, pesaroso. — Sou um completo imbecil. Não me dou conta de nada.

René tem a impressão de que o SS fica realmente abatido, como se seu desassossego não fosse fingido e, de fato, se importasse com o que ela pensa dele.

— O que você gostaria que eu lhe trouxesse?

Ela fica calada. Sabe que existem garotas que vendem o corpo por um pedaço de pão. Sua cara mostra uma indignação tão evidente que Pestek, mais uma vez, percebe que cometera um deslize.

— Não me interprete mal. Não quero nada em troca. Só quero fazer um bem em meio a todo mal que fazemos aqui todos os dias.

René permanece em silêncio. O SS se dá conta de que não vai ser fácil ganhar sua confiança. A jovem pega um dos cachos e o leva à boca naquele gesto que ele adora.

— Quer que eu volte para vê-la outro dia?

Ela não responde. O olhar da jovem volta a percorrer o barro do campo. Ele é um SS, pode fazer o que quiser, não precisa pedir permissão para lhe dirigir a palavra. Nem para o que quiser. Ela não autoriza nada, mas Pestek está tão entusiasmado que interpreta o silêncio como uma discreta afirmação.

Afinal, ela não disse que não.

Ele sorri com alegria e faz um desajeitado movimento de despedida com a mão.

— Até logo... René.

A jovem vê o desconcertante SS ir embora e passa um bom tempo sem se mexer, tão perplexa com o acontecido que não sabe nem o que pensar. Sobre a lama negra, flutuam engrenagens prateadas, molas e estilhaços dourados.

Para Dita não tem sido fácil. A ausência de seu pai é de um peso insuportável. Ela circula pelo campo com a lentidão de quem arrasta uma bola de ferro acorrentada ao tornozelo. Como pode pesar tanto o que já não está presente? Como o vazio pode ser tão pesado?

Mas pesa.

Pela manhã, quase não conseguiu sair da cama. Levantou-se tão devagar que tirou do sério sua companheira de colchão. Ao se ver diante de um obstáculo que saía da cama em câmera lenta, a mulher começou a blasfemar com as piores palavras que Dita já escutara. Em outro momento, ela teria se assustado com a ira da veterana, mas agora não tinha forças nem para isso. Virou a cabeça e olhou para a mulher tão fixamente e com tanta indiferença que esta, numa reação inesperada, se calou e não disse mais nada.

Depois da recontagem da tarde e da ordem de desfazer as filas, as crianças do 31 saem, inquietas, para brincar ou ir ao encontro dos pais. A bibliotecária começa a recolher os livros muito lentamente e, arrastando os pés, chega ao quarto do Blockältester para escondê-los. Fredy está conferindo alguns pacotes que chegaram arrebentados, mas onde ainda se pode encontrar algo de comer.

— Guardei uma coisa para você — diz Hirsch. — Para quando precisar reparar seus livros.

Ele lhe oferece uma bela tesoura escolar azul de ponta arredondada. Não deve ter sido nada fácil conseguir um objeto tão excepcional no *Lager*. O diretor sai no mesmo instante para que ela não lhe agradeça.

Dita decide aproveitar para cortar os fios soltos de um velho livro em tcheco. Prefere fazer qualquer tarefa no bloco 31, pois não tem vontade de ver ninguém e sabe que sua mãe está acompanhada da senhora Turnovská e de algumas conhecidas de Terezín. A menina esconde todos os volumes, menos o romance desvencilhado. Pega no vão uma bolsinha de veludo fechada por um barbante onde guarda sua pequena caixa de primeiros socorros de bibliotecária. A bolsinha continha quatro amêndoas usadas como prêmio numa disputadíssima competição de palavras cruzadas em que os ganhadores celebraram com um grande alvoroço. Às vezes ela chega a bolsa perto do nariz e sente o maravilhoso cheiro das amêndoas.

Vai para o canto das tábuas e se dedica à tarefa com esmero. Em primeiro lugar, recorta, com a nova tesoura, os fios que sobram. Depois, como se suturasse uma ferida aberta, recostura, com uma agulha rudimentar e uma linha, algumas páginas que estão a ponto de se soltar. O resultado não é muito estético, mas as folhas ficam bem presas. Também aplica tiras de esparadrapo nas páginas rasgadas, e o livro deixa de ser um objeto prestes a se despedaçar.

Dita quer escapar da odiosa realidade desse campo que matou seu pai, e sabe que um livro é um alçapão que leva a um sótão secreto. É um mundo à parte, no qual podemos nos refugiar.

Por um momento, tem dúvidas se deve ler *As aventuras do bravo soldado Svejk*, um livro desfolhado e impróprio para damas, segundo Hirsch. As dúvidas, porém, duram menos do que a porção de sopa do meio-dia.

Afinal, quem disse que ela queria ser uma dama?

Queria ser investigadora de micróbios ou piloto de avião, mas nunca uma brega que usa vestidos com babados e meias brancas caneladas.

O autor situa a ação na Praga da Grande Guerra e descreve o protagonista como um indivíduo gordalhão e tagarela que, depois de ter se livrado de ingressar no exército — "dispensado por imbecilidade" —, é de novo convocado para o recrutamento e se apresenta numa cadeira de rodas, supostamente sofrendo de reumatismo nos joelhos. É um idiota apaixonado por beber e comer o dia todo e trabalhar o mínimo possível. Chama-se Svejk e ganha a vida caçando cães de rua para revender como se fossem de raça. Trata todo mundo com muita educação e demonstra uma enorme bondade nos gestos e no olhar. Para tudo, sempre tem uma história ou anedota, e muitas vezes a conta mesmo sem ninguém pedir. Quando alguém o insulta ou o agride, Svejk sempre dá razão ao agressor. Isso faz todos pensarem que ele, de fato, é um completo idiota.

— O senhor é um completo imbecil!

— Sim, senhor. Isso é uma grande verdade — replica ele com seu tom mais dócil.

Dita sente falta do doutor Manson, a quem acompanhara nas leituras pelas cidadezinhas mineradoras das montanhas de Gales, e de Hans Castorp, tranquilamente deitado em sua *chaise longue* de frente para os Alpes. O livro de agora está empenhado em atá-la a Boêmia e à guerra. Ela deixa os olhos passarem pelas folhas e não entende muito bem o que o autor tcheco, de que nunca ouvira falar, quer lhe contar. Um oficial desesperado repreende o soldado protagonista, um pobre-diabo barrigudo, maltrapilho e que se faz de bobalhão. Não lhe agrada. A situação é decadente. Ela gosta dos livros que engrandecem a vida, não os que a diminuem.

No entanto, há algo nesse personagem que lhe é familiar. E, de todo jeito, o mundo lá fora está muito pior. Então, prefere permanecer encolhida em seu tamborete, concentrada na leitura, e torce para que os professores que estão de tertúlia não reparem em sua presença.

Mais adiante, depara com Svejk vestido deselegantemente de soldado sob a bandeira do império austro-húngaro, apesar da pouca graça que havia para os tchecos, pelo menos para as classes populares, estar sob as ordens dos empertigados germanos na Primeira Guerra Mundial.

— E como tinham razão — fala Dita.

Svejk serve como assistente do tenente Lukás, que grita com ele, chama-o de animal e lhe dá um pescoção cada vez que ele o tira do sério. A verdade é que Svejk sempre complica tudo, extravia os documentos que lhe confiam, executa ordens ao contrário e expõe o oficial ao ridículo, embora sempre faça tudo com a melhor das intenções. Mas seu cérebro é limitado. A essa altura do livro, Dita ainda não consegue discernir se Svejk se faz de imbecil ou se realmente é um.

Custa-lhe entender o que o autor quer contar. O extravagante soldado responde com tantas minúcias e tantos pormenores às perguntas de seu superior que as respostas se alargam, se eternizam, se ramificam em divagações. Com toda a seriedade, pequenas histórias de parentes ou vizinhos vão sendo introduzidas em seu raciocínio da maneira mais absurda: "Conheci um tal de Paroubek que tinha uma taberna em Lieben. Uma vez um telegrafista se embriagou de gim e, em vez de entregar as mensagens de pêsames de um pobre senhor falecido, levou para os familiares a lista de preços das bebidas que havia sobre o balcão. E foi um grande escândalo. Sobretudo porque, até então, ninguém tinha lido a lista de preços do bar, e, ao que parecia, o bom Paroubek cobrava sempre uns centavos a mais em cada copo, mas depois explicou que tudo era para obras de caridade...".

As anedotas que ilustram suas explicações se tornam tão extensas e surrealistas que o tenente acaba gritando para que ele desapareça dali: "Suma daqui, seu pedaço de animal!".

E Dita surpreende a si mesma soltando uma risadinha ao imaginar a cara do tenente. Em seguida, repreende a si mesma. Como pode ver tanta graça num personagem tão estúpido? Ela até se pergunta por um instante se é lícito rir depois de tudo o que passou, com tudo o que continua passando.

Como é possível rir se há entes queridos morrendo?

Ela pensa por um momento em Hirsch com aquele eterno sorriso enigmático. De repente, percebe que o sorriso de Hirsch é uma vitória. Num lugar como Auschwitz, onde tudo é projetado para fazer chorar, o riso é um ato de rebeldia.

Retoma a leitura, e acompanha as trapaças de Svejk. Nesse momento tão obscuro de sua vida, em que não sabe a que se apegar, deixa-se levar pela mão por um idiota.

Quando volta para o barracão já é noite, e um vento gélido com chuva e neve aferroa seu rosto. Mesmo assim, sente-se melhor, mais animada. Num lugar como Auschwitz, contudo, a alegria dura apenas um piscar de olhos. Alguém vindo em sua direção assobia compassos de Puccini.

— Meu Deus — sussurra Dita.

Ainda faltam vários barracões para chegar ao seu, e, naquela área, o meio da rua é pouco iluminado. Então, rapidamente, entra no primeiro que vê pela frente com a esperança de que não a tenham visto. Entra com tanto ímpeto que atropela algumas mulheres e bate a porta.

— O que você está fazendo, entrando aqui como uma louca?

Dita arregala os olhos, espantada, e aponta para fora.

— Mengele...

A irritação das mulheres dá lugar ao alarde.

— O doutor Mengele! — sussurram.

A mensagem passa de cama em cama, por meio de murmúrios, e as conversas vão se apagando.

— O Anjo da Morte...

Algumas mulheres começam a rezar. Outras pedem silêncio para ver se escutam algo vindo do lado de fora. Através da chuva se filtra tenuamente uma musiquinha aguda.

Uma delas explica que a fixação do doutor Mengele pela cor dos olhos é obsessiva.

— Contam que um médico judeu prisioneiro chamado Vexler Jancu viu uma mesa de madeira com amostras de olhos no escritório de Mengele do campo de ciganos.

— Ouvi dizer que ele espeta os globos oculares numa cortiça na parede como se fossem uma coleção de borboletas.

— Eu soube que ele costurou umas crianças pelos flancos. Elas voltaram para o barracão caminhando costuradas. Gritavam de dor e fediam a carne gangrenada. Morreram na mesma noite.

— Pois eu ouvi dizer que o doutor Mengele estava investigando como esterilizar as judias para não termos mais filhos. Ele aplicava radiação nos ovários e logo depois os extraía para investigar o efeito. Nem usava anestesia, o filho do Satanás. Os gritos das mulheres eram ensurdecedores.

Alguém pede silêncio. A musiquinha parece se afastar.

Uma ordem vai passando de garganta em garganta, numa corrida de revezamento que percorre o campo BIIb: "Gêmeos para o bloco 32!" Os internos que estiverem na rua têm instruções para repassar a ordem e, se não o fazem, podem receber castigos severos. A execução é uma possibilidade sempre muito presente em Auschwitz. Os irmãos Zdenek e Jirka e as irmãs Irene e René devem se apresentar imediatamente no barracão-hospital.

Josef Mengele se formou em medicina pela Universidade de Munique e, a partir de 1931, militou em formações próximas ao partido nazista. Foi discípulo do doutor Ernst Rudin, um dos principais defensores da ideia de destruir a vida sem valor e um dos artífices das leis de esterilização obrigatória ditadas por Hitler em 1933 para pessoas com deformidades, deficiências psíquicas, depressão e alcoolismo. Conseguiu ser mandado para Auschwitz, onde dispunha de um arsenal humano para seus experimentos genéticos.

A mãe dos meninos os acompanha rua acima. Não tira da cabeça as histórias sangrentas sobre o doutor Mengele. Morde o lábio para não chorar enquanto seus filhos caminham, alegres, pulando de poça em poça, sem que ela tenha coragem de lhes dizer para não se sujarem de barro. O lábio sangra.

No controle da entrada do campo, ela os entrega a um SS e os vê atravessar a porta metálica a caminho do laboratório do médico nazista. Passa por sua cabeça que talvez nunca mais os veja, ou que eles voltem com um braço a menos, com as bocas costuradas ou qualquer outra deformidade provocada pelas ideias excêntricas desse demente. No entanto, não há nada que possa fazer, pois se negar a cumprir a ordem de um oficial resulta em pena de morte. Às vezes é o próprio Mengele quem ocupa uma sala do bloco médico do barracão 32. Em outras, as que ela mais teme, as crianças são levadas para o laboratório dele.

Os encontros com Mengele, no entanto, vinham sendo tranquilos até então. As crianças voltavam contentes, trazendo uma salsicha ou um pedaço de pão que haviam ganhado de presente do tio Josef. Diziam inclusive que ele é muito simpático e que os faz rir. Contavam que o médico media suas cabeças, pedia que fizessem o mesmo movimento juntos e separados, pusessem a língua para fora. Às vezes, as crianças não queriam contar nada para os pais e se esquivavam das perguntas sobre o que acontecia no laboratório.

A mulher volta para o barracão com um nó na garganta. Suas pernas tremem como se fossem cordas de violão.

Dita suspira aliviada porque, naquela noite, não era ela quem ele procurava. A interna que conta as histórias de Mengele com mais detalhes é uma mulher de cabelo branco embaraçado que escapa por baixo do lenço. Parece saber muito sobre ele. Por isso, a bibliotecária se aproxima dela.

— Com licença, eu queria perguntar uma coisa.

— Diga, menina.

— Tenho uma amiga que foi alertada por Mengele.

— Alertada?

— É, avisada de que ele estaria de olho nela.

— Isso é ruim.

— O que a senhora quer dizer?

— Quando ele rodeia alguém é como uma ave de rapina que sobrevoa a presa. Ela está na mira dele.

— Mas com tanta gente que há aqui, tantos assuntos para ocupá-lo...

— Mengele nunca se esquece de um rosto. Eu sei disso.

Depois de dizer aquilo, ficou extremamente séria e calada. De repente, não falou mais. Uma lembrança a fez emudecer por um momento.

— Que ela fuja de Mengele como se fugisse da peste, que não cruze o caminho dele! Os chefes nazistas praticam rituais de magia negra. Eu sei disso. Eles se enfiam no bosque e celebram missas negras. O chefe da SS, Himmler, nunca toma uma decisão sem consultar seu vidente. É gente que está do lado obscuro. Tenho certeza. Coitado de quem se puser no meio do caminho desse homem. A maldade dele não é deste mundo, vem do inferno. Acho que Mengele é o anjo caído. É o próprio Lúcifer que tomou o corpo de um homem. Se ele persegue alguém, que Deus tenha piedade dessa alma!

Dita assente com a cabeça e sai em silêncio. Se Deus existe, o Diabo também. Os dois são passageiros da mesma linha férrea: um numa direção e o outro, na oposta. De algum modo, o bem e o mal se contrapesam. Quase dá para dizer que um precisa do outro. Como saberíamos que o que fazemos é o bem se não existisse o mal para que pudéssemos comparar e ver a diferença?, pergunta a si mesma. Pensa que em nenhum outro lugar do mundo o demônio se encontraria tão à vontade quanto em Auschwitz.

Será que Lúcifer assobia árias de ópera?

A noite já caiu, e agora só se ouve o barulho do vento. Um calafrio percorre Dita por dentro. Ela vê alguém perto da cerca, sob um feixe de luz. Os faróis em Auschwitz têm uma estranha forma curvada, como serpentes. Uma mulher fala com alguém do outro lado. Dita tem a impressão de ser uma das assistentes, a mais velha e mais bonita de todas, Alice. Uma vez esteve num turno com ela na biblioteca. A moça contou que conhecia o registrador Rosenberg e ressaltou várias vezes que eram apenas amigos, como se isso importasse a Dita.

Ela se pergunta sobre o que os dois estão falando. Ainda têm algo a dizer? Talvez só se olhem e digam palavras bonitas, dessas que os apaixonados dizem um ao outro. Se Rosenberg fosse Hans Castorp e Alice fosse Madame Chauchat, ele se ajoelharia do outro lado da cerca e diria: "Reconheci você", como fez na noite de Carnaval em que, por fim, se abriu com ela. Explicou que se apaixonar era ver alguém e de repente reconhecê-lo, saber que aquela é a pessoa por quem sempre se esperou. Dita gostaria de saber se um dia terá esse tipo de revelação.

Pensa de novo em Rosenberg e Alice. Que relação se pode manter com alguém que está do outro lado de uma cerca? Ela não sabe ao certo. Em Auschwitz, as coisas mais estranhas são o normal. Ela seria capaz de se apaixonar por alguém que estivesse do outro lado de uma grade? E mais: neste lugar infernal, onde os nazistas são enviados do Satã, pode haver amor? Parece que sim, pois Alice Munk e Rudi Rosenberg estão ali, desafiando o frio e a nevasca, tão quietos como se tivessem criado raízes no chão.

Deus permitiu que Auschwitz existisse. Então, quem sabe não é um relojoeiro infalível, como lhe disseram. No entanto, também é verdade que no estrume mais fedorento nascem as flores mais belas. Talvez, Dita diz a si mesma, Deus não seja relojoeiro, e sim jardineiro.

Deus semeia e o Diabo ceifa com uma gadanha que destrói tudo.

Quem ganhará essa disputa de loucos?, pergunta-se.

16

Enquanto caminha em direção ao barracão-oficina de seu pai, o professor Ota Keller pensa em qual das várias histórias que tem na cabeça vai contar às crianças nessa tarde. Um dia ele gostaria de reunir essas histórias da Galileia que inventa para distrair as crianças do bloco 31 e publicar um livro.

Há tantas coisas por fazer!

Mas estão presos pela guerra. Houve uma época em que ele acreditava nas revoluções e que pudesse existir uma guerra justa.

Isso já faz tanto tempo...

Aproveita o descanso da hora do almoço para visitar o pai, que toma a sopa em frente à oficina onde reforça cintos de dependurar cantis para o exército alemão. Está envelhecido e desprovido de tudo o que foi antes da guerra, mas o velho senhor Keller não perdeu a vontade de viver. Na semana anterior, ofereceu-se como tenor para dar um pequeno concerto nos fundos do barracão, antes do toque de silêncio. E Ota reconhece que, ainda que a voz de seu pai tenha minguado, ele continua entoando como um profissional do canto. Os homens o escutavam, satisfeitos, até se divertindo. Deviam pensar que era um velho boêmio, talvez um artista de segunda categoria já aposentado e um tanto desgastado. Poucos sabiam que Richard Keller havia sido até muito recentemente um importante empresário de Praga, proprietário de uma próspera fábrica de roupa íntima feminina que empregava cinquenta pessoas.

Embora se ocupasse de maneira meticulosa das finanças da fábrica, sua paixão sempre fora a ópera. Alguns empresários franziam a testa ao saber da desenfreada paixão por trinados do senhor Keller, que fazia até aulas. Naquela idade! Comentavam isso com certo desdém nas tertúlias do clube; não consideravam apropriado para um empresário sério.

Ota, porém, acha que seu pai é o homem mais sério do mundo, por isso nunca deixa de cantar, em voz alta ou em voz baixa. Quando o emissário do Conselho Judaico comunicou à metade de sua pequena câmara de Terezín que seriam deportados para Auschwitz, uns gritaram, outros choraram, um terceiro começou a bater na parede com os punhos. Seu pai se pôs a entoar em voz baixinha uma ária de Rigoletto, o instante em que raptam Gilda e embargam a pena do duque de Mântua: *"Ella mi fu rapita! Parmi veder le lagrime"*. Sua voz era a mais grave de todas, a mais doce. Todos fizeram silêncio, até que sua voz fosse o único som que se ouvia no local.

O senhor Keller pisca o olho para o filho ao vê-lo. O velho perdeu a fábrica e a casa, confiscadas pelos nazistas, além da dignidade de cidadão de primeira classe. Agora, vive enfurnado naquela cama infestada de percevejos, pulgas e piolhos. Mas não perdeu a força interior nem o gracejo, e conta que as peças produzidas em sua fábrica — referindo-se às cintas-ligas e aos *négligés* — eram, para algumas mulheres, seu uniforme de trabalho.

Como vê que seu pai está bem e conversa com os colegas de oficina, comentando os falecimentos do dia — algo que já se tornou um funesto hábito —, volta para o 31. Dá uma olhada nos internos, que se sentam por alguns minutos para esvaziar a tigela, e o panorama é triste: pessoas esquálidas vestidas como mendigos. Nunca pensou que um dia veria os seus daquele jeito, mas, quanto mais derrotados os vê, mais sua consciência judaica desperta.

Ficara para trás o tempo da adolescência em que se deixou fascinar pelos ensinamentos de Karl Marx, quando acreditava que a internacionalização e o comunismo fossem a resposta para todos os problemas da história. Sua mente racional e livre acabou encontrando muito mais perguntas do que respostas. Houve um momento em que não sabia exatamente ao que pertencia: era filho de um burguês, flertava com o comunismo passageiro, era tcheco de língua alemã e também judeu. Quando os nazistas entraram em Praga e começaram a marginalizar os judeus, Ota, por fim, se deu conta de qual era seu lugar no mundo. A tradição milenar e o sangue o uniam muito mais aos judeus do que a qualquer outro povo. E se ele tinha alguma dúvida de quem era, os nazistas se encarregaram de costurar uma estrela amarela em seu peito, para que ele não se esquecesse.

Por isso, juntou-se aos sionistas e se tornou um membro ativo do movimento Hachshara, que preparava jovens para o *aliyá*, o retorno à terra de Israel. Recorda com prazer e uma pontada de melancolia aquelas excursões em que nunca faltava um violão nem tempo para as canções. Havia naquela fraternidade de escotismo um pouco do espírito primitivo que ele buscara — uma comunidade de mosqueteiros onde era um por todos e todos por um.

Foi naquelas noites narrando contos assustadores ao redor do fogo que começou a inventar as primeiras histórias. Na época, encontrou uma vez com Fredy Hirsch, que parecia ter convicção de tudo que falava. Sentia orgulho de estar às suas ordens naquele bloco 31, que se tornara uma arca de Noé para as crianças naquele dilúvio de humilhações.

Não são bons tempos...

Ota, porém, é otimista. Herdou do pai o irônico senso de humor e se nega a pensar que não vão sair desse buraco infestado de cobras. E, para se livrar dos maus pensamentos, volta a refletir sobre esse conto que narrará para as crianças, pois os contos não podem parar, para que elas continuem sonhando.

Somos o que sonhamos, diz Ota a si mesmo.

Ota Keller tem 22 anos, mas, por sua postura, parece mais velho. Já contou muitas vezes a história do tolo comerciante de flautas mudas que viaja pelos caminhos da Galileia. Mas, sempre que a narra, não poupa entusiasmo, pois o som magnífico que as flautas produzem só será ouvido no céu.

— E não são poucos os fregueses que compram a mercadoria! Mesmo sendo fregueses mirins.

É uma história que ele próprio inventou. Por isso, caso esqueça algum detalhe, troca-o por outro. Quando chega ao fim, as crianças saem em direção à porta, gritando e fazendo algazarra. Nessa fase da vida, vive-se cada minuto intensamente, porque o presente é tudo. Ota vê as crianças se afastarem e nota uma assistente, cuja cabeleira se agita no ritmo de seus passos, passar em direção à saída como um meteoro.

A bibliotecária de pernas finas está sempre correndo...

Ota tem a impressão de que ela é uma menina com cara de anjo, mas que, por sua maneira enérgica de se movimentar e de gesticular, pode ser conduzida por todos os demônios se não conseguir o que quer. Percebeu que ela costuma não falar com os professores; deixa os livros sobre a mesa deles e os recolhe com um aceno de cabeça, sempre com pressa. Mas talvez seja a timidez que a faz sempre fingir estar apressada.

Dita sai a toda a velocidade do barracão. Não quer se deparar com ninguém, porque leva sob o vestido dois livros, e isso é material inflamável.

Nessa tarde, ao tentar guardar os livros que faltavam, encontrou o quarto de Fredy Hirsch fechado, e, apesar de ter batido com insistência à porta, ninguém atendeu. No canto onde os professores se sentam num claustro de tamboretes para conversar, encontrou Miriam Edelstein. Ela informou que o comandante Schwarzhuber havia convocado Hirsch de última hora e que este deve ter se esquecido de deixar a chave do quarto. Miriam se afasta um pouco do grupo e lhe pergunta em voz baixa o que ela pensa em fazer com os dois livros que não foram recolhidos ao fim das aulas da manhã.

— Não se preocupe. Me encarrego disso.

Miriam assente com a cabeça. Pede com o olhar que ela tenha cuidado.

Dita não dá mais explicações. Essa é sua condição de bibliotecária. Os dois livros que leva nos bolsos secretos passarão a noite com ela. É perigoso, mas Dita não confia em deixá-los no barracão.

Quase todos os alunos já se dispersaram, e alguns tutores levaram outros para praticar atividades esportivas atrás do barracão. Dentro do bloco 31, resta apenas um grupo de meninos e meninas de idades variadas que escuta atentamente o professor Ota Keller. Dita se impressiona com esse jovem professor que sabe tantas coisas e fala de maneira tão irônica. Pensa em ficar para ouvi-lo falar; parece-lhe algo sobre a Galileia. Mas tem um compromisso com um tonto chamado Svejk. No entanto, ouve algumas palavras do professor e se surpreende com o que ele conta, pois não é nenhuma aula de política nem de história, matérias que ele costuma dar pelas manhãs, e sim uma fábula. Gosta da forma apaixonada com que Keller narra a história. Parece fascinante que esse jovem tão culto e sério seja capaz de narrar contos com tamanho entusiasmo.

O entusiasmo é muito importante para Dita. Ela precisa se entusiasmar com as coisas para seguir adiante. Por isso, dedica-se de corpo e alma à tarefa de distribuir os livros: os de papel pela manhã, nas horas de estudo, e os vivos pela tarde, quando o ambiente está mais descontraído. Para esse último, organizou o rodízio dos professores, que se transformaram em livros que falam, às vezes gritam e até dão pescoções nas crianças que não obedecem.

A discrição impunha que os livros que não foram guardados no esconderijo não saíssem de baixo de seu vestido até a manhã seguinte. Mas ela não resiste à tentação de ver seu amigo Svejk e vai ler nas latrinas, um barracão feito de longuíssimas fileiras de buracos negros como bocas fedorentas.

Encontra um modo de se acomodar num canto discreto. Tem a impressão de que Svejk e seu criador, o escritor Jaroslav Hasek, achariam aquele lugar um dos mais pertinentes para a leitura. Na introdução da segunda parte, o autor diz que "as pessoas que se aborrecem com as expressões malsonantes são covardes, pois a vida real surpreende. Conta-se de são Luís no livro do monge Eustáquio, que, ao ouvir que um homem soltava gases com estrépito, começava a chorar e só conseguia se acalmar rezando. Várias pessoas gostariam de transformar a República Tcheca num grande salão com parquê onde seria necessário usar fraque e luvas. Um lugar onde seriam preservados os delicados costumes do grande mundo e, sob sua proteção, os bêbados elegantes poderiam se entregar aos piores vícios e excessos."

Ali, com quatrocentas latrinas funcionando pelas manhãs a todo vapor, o pobre São Luís teria muito o que rezar.

Quando Dita sai das latrinas já é noite, e ela precisa caminhar com cuidado porque há pequenas camadas de gelo no chão. À noite, Auschwitz-Birkenau é um lugar fantasmagórico, onde as fileiras de barracões dos sucessivos campos se transformaram em massas escuras mal iluminadas pelos faróis, que marcam linhas de luz geométricas num quadriculado interminável. O silêncio é uma boa notícia. Não há rastro da musiquinha sinistra de Mengele.

Ao chegar a seu barracão, Dita se aproxima da mãe. A menina é tagarela e costuma contar anedotas e travessuras das crianças do bloco 31, mas desta vez chega muda. Liesl, ao abraçá-la, nota os livros sob o vestido, mas não diz nada.

As mães sempre sabem mais do que os filhos pensam. E, nesse mundo fechado, as notícias passam de cama em cama, como os piolhos.

Dita acredita que, ao não contar à mãe o que fazia no 31, a está protegendo. Mal sabe ela que, na verdade, é a mãe quem a protege. Liesl sabe que, ao fingir não saber o que está acontecendo, Dita ficará mais tranquila. A mulher não quer ser um peso nos ombros da adolescente. Ao menos desse fardo ela poupará a filha. Quando Dita pergunta se a mãe passou a tarde conectada à Rádio Birkenau, a mulher finge se aborrecer.

— Não caçoe da senhora Turnovská — diz ela. Na realidade, está feliz por Dita voltar a fazer piadas. — Falamos sobre receitas de bolo. Ela não conhecia o de mirtilo com raspas de limão! Passamos uma tarde muito agradável.

Uma tarde muito agradável em Auschwitz?

Por um momento, Dita imagina que sua mãe pode estar ficando ruim da cabeça. Mas, em todo caso, talvez seja melhor assim. Viveram dias muito difíceis naquele horrível mês de fevereiro.

— Ainda falta uma hora para o toque de recolher. Vá visitar Margit no barracão dela!

Muitas vezes, Liesl manda a menina conversar com as amigas, para fazê-la sair um pouco do barracão. Não gosta que ela fique trancada ali dentro, cercada de viúvas.

Enquanto caminha em direção ao 8, Dita apalpa os livros, que balançam suavemente sob o vestido, e pensa que nas últimas semanas sua mãe tem demonstrado um ânimo surpreendente.

Ela encontra Margit sentada numa das camas, juntamente com a mãe e com a irmã, Helga, dois anos mais jovem. Cumprimenta a família, e a mãe, sabendo que as adolescentes preferem ficar sozinhas falando de suas coisas, diz que vai cumprimentar a vizinha. Helga fica, mas tem os olhos entrefechados; está quase adormecida. Anda muito cansada porque deu azar na divisão de tarefas. Foi mandada para o grupo dos que carregam pedras para tentar calçar a rua principal do campo. É um trabalho inútil. Quando chegam pela manhã, o chão está tão gelado que é impossível fincar as lajes. Depois, a capa de gelo derrete e o solo se torna tão enlameado que traga as pedras. No dia seguinte, acontece exatamente a mesma coisa.

Esse barro negro engole tudo.

Trabalhar de forma tão desgastante o dia todo, alimentando-se apenas com o chá da manhã, a sopa do meio-dia e um pedaço de pão à noite, consome qualquer um. Dita, que tinha mania de apelidar todo mundo, chamava Helga de Bela Adormecida. Mas guardava isso para si mesma, em pensamento, porque descobriu que Margit não achava a menor graça. O apelido, porém, vinha a calhar. Helga era uma adolescente extremamente magra, que vivia cansada e dormia em qualquer lugar.

— Sua mãe nos deixou a sós... Quanta consideração!

— As mães sabem o que têm que fazer.

— No caminho para cá, pensei na minha. Você a conhece. Parece uma mulher abatida, mas é mais forte do que eu imaginava. Depois do que aconteceu com meu pai, ela continua trabalhando naquela oficina fedorenta sem reclamar. E conseguiu não ficar doente nessa geladeira de madeira em que dormimos.

— Isso é bom...

— Uma vez ouvi duas moças que dormem perto de nós... Sabe como chamam minha mãe e as colegas dela?

— Como?

— Clube das galinhas velhas.

— Que horrível.

— Mas as duas têm razão. Às vezes, todas elas começam a falar ao mesmo tempo, e realmente parecem galinhas num quintal.

Margit sorri. Ela é muito precavida e não gosta de zombar dos mais velhos, mas fica feliz ao ver Dita bem-humorada de novo. É bom sinal.

— E René, como está? — pergunta Dita. Margit fica séria.

— Já faz dias que me evita...

— É mesmo?

— Bom, não só a mim. Assim que acaba o trabalho, vai embora com a mãe sem falar com ninguém.

— Mas por quê?

— Estão comentando...

— O que estão comentando? Sobre René? Por quê?

Margit se sente um pouco incomodada, pois não encontra as palavras exatas para contar.

— Ela está mantendo relações com um SS.

Há limites que não podem ser ultrapassados em Birkenau, e esse é um deles.

— Não será um boato? Você sabe que inventam muitas coisas...

— Não, Dita. Vi René falar com ele. Os dois ficam encostados no posto de guarda da entrada. Não chegamos perto de lá, mas dos barracões 1 e 3 dá para vê-los perfeitamente.

— E se beijam?

— Por Deus! Espero que não! Só de pensar nisso fico toda arrepiada.

— Eu preferiria beijar um porco.

Margit se rende ao riso, e Dita, por um momento, pensa estar falando com o soldado Svejk. Isso, porém, não lhe desagrada.

Nesse momento, a uns barracões de distância, René cata piolhos na cabeça da mãe. É uma atividade que ocupa as mãos e os olhos, mas que deixa a mente livre.

René sabe que as outras mulheres a criticam. Ela mesma acha estranho manter amizade com um membro da SS, ainda que seja com alguém educado e atencioso como Viktor.

Viktor?

Amável ou não, ele é um carcereiro. E um carrasco. Mas, na presença dela, ele é outra pessoa. Viktor lhe deu de presente um pente fino, e é com ele que René tira os piolhos da cabeça da mãe. Também lhe deu um pequeno pote de geleia de groselha. Fazia tanto tempo que a mãe e ela não sentiam esse sabor! As duas untaram o pão duro da noite e comeram com gosto pela primeira vez em meses. Nas circunstâncias em que viviam, essas vitaminas a mais podiam salvar uma vida.

René deveria manter distância desse rapaz da SS que nunca lhe pediu nada em troca? Deveria dizer que não quer nada dele?

A jovem sabe que muitas das mulheres que a criticam, se estivessem na mesma situação, aceitariam o que pudessem. Pelo marido, pelos filhos, pelo que fosse. Mas aceitariam. É fácil ser honrado quando não se está ao lado de um pote de geleia de groselha aberto e uma fatia de pão.

Viktor diz que, quando tudo acabar, gostaria que namorassem. Conta da Romênia, de como é sua aldeia, e da famosa corrida do saco, comemorada nas praças. Ela, porém, nunca fala nada. Gostaria de odiá-lo. Sabe que sua obrigação é odiá-lo. O ódio, porém, se parece muito com o amor: também não dá para escolher.

Cai a noite em Auschwitz. Na escuridão, chegam trens que descarregam mais inocentes desorientados e tremendo como folhas. O fulgor avermelhado das chaminés lembra fogueiras que nunca se apagam. Os internos do campo familiar tentam dormir nos colchões infestados de piolhos e vencer a insônia provocada pelo medo. Cada noite, porém, é uma pequena vitória.

No dia seguinte, a mesma rotina de sempre: lavar o rosto nos cochos metálicos e fazer as necessidades junto de outras trezentas pessoas. Não é nada agradável. Depois disso, há a lenta recontagem em mais um dia gélido. Do chão, sobe um frio que transforma os tamancos em sapatos de gelo. Os guardas deixam o campo com suas listas marcadas por cruzes sobre os números daqueles que não venceram a batalha contra mais uma noite, e a rotina humilhante se alivia. Por fim, Fredy Hirsch fecha a porta do barracão e arqueia uma sobrancelha. As crianças saem das filas, barulhentas, e ocupam seus tamboretes; alguns professores passam pela biblioteca. Começa um novo dia no 31.

No entanto, Dita já espera, ávida, pela sopa do meio-dia, que reconforta. Além disso, marca o início da tarde, quando ela volta a compartilhar as peripécias desse soldado esbanjador e inoportuno de quem já se tornou amiga. Um dos oficiais austríacos no comando do batalhão de Svejk é um bruto chamado Dauerling. Seus superiores o apreciam porque ele é muito severo com os soldados e os trata a golpes. “Pouco depois de nascer, Konrad Dauerling tomou uma pancada na cabeça, e ainda hoje dá para ver uma planície que parece um cometa que se chocou com o Polo Norte. Todos duvidavam de que, caso sobrevivesse a essa concussão cerebral, seria capaz de levar uma vida normal. Apenas seu pai, o coronel, manteve a esperança e estava certo de que o acidente não o prejudicaria. Caso se recuperasse, o pequeno Dauerling viraria um militar. Os quatro cursos da escola primária foram bem complicados. Um dos professores que lhe deram aulas particulares ficou louco, e outro, desesperado, quis se jogar da torre de Santo Estevão. Por fim, Dauerling entrou na escola de cadetes de Hainburg. Sua idiotice era tão grande que ele mantinha esperanças de chegar, depois de alguns anos, à escola de oficiais ou ao Ministério da Guerra.”

Ler é uma alegria.

No entanto, há quem esteja disposto a estragar qualquer festa. Os estraga-festas são filhos de Deus ou do Diabo? A fofoqueira senhora Pelanca, inconfundível com seu coque sujo e sua pele caída, espia o esconderijo. E está acompanhada de outra professora de olhos muito pequenos, quase microscópicos.

As duas param diante de Dita e, franzindo a testa, pedem que ela mostre o que está lendo. A bibliotecária entrega aquele monte de folhas pregadas, e uma das professoras o toma de um jeito enérgico demais. As folhas se soltam, e os fracos fios que as atam ao dorso estão a ponto de romper. Dita faz uma careta, mas o devido respeito aos adultos a impede de dizer o que pensa sobre esse modo estúpido de tratar os livros.

A professora lê e seus olhos vão arregalando. A pele flácida do pescoço palpita de indignação. Dita tem vontade de rir, ao pensar que a cara da senhora Pelanca é a mesma que fariam alguns dos oficiais do regimento de Svejk diante de uma das que ele apronta.

— Isso é inaceitável e indecente! Uma menina da sua idade não pode ler essas aberrações. Há blasfêmias inadmissíveis.

Nesse momento, saem do quarto de Hirsch os vice-diretores, Lichtenstern e Miriam Edelstein, seus chefes diretos. A senhora Krizková sorri, satisfeita, perante as autoridades e faz gestos e trejeitos para que se aproximem com urgência.

— Vejam. Pretende-se que isto seja uma escola, por mais precária que seja. Os senhores, como vice-diretores, não podem permitir que a juventude leia esse tipo de romance tosco que atenta contra a boa educação e a decência. Há neste livro as maiores blasfêmias que já escutei na vida.

Para reafirmar suas palavras, pede que escutem como se falta com o respeito ao testamento eclesiástico e que grosserias dizem sobre um religioso, um ministro de Deus:

— "Está bêbado como um gambá. Tem patente de capitão. A todos esses capelães militares, seja qual for sua categoria, Deus deu o dom de poder se fartar sempre de bebida, até explodir. Estive com um sacerdote chamado Katz, que, por qualquer motivo, vende o próprio nariz para beber. Vendeu o ostensório, e gastamos o dinheiro todo em álcool. Se alguém tivesse nos oferecido uns trocados por Deus, também teríamos bebido tudo."

A professora fecha as folhas com violência quando percebe que Lichtenstern está prestes a deixar uma risada escapar. Dita não tira os olhos do livro, que a qualquer momento pode se desfazer. A professora afirma que é um assunto muito grave e exige a proibição do livro.

Agita as folhas no alto e pergunta que tipo de valores vão inculcar nos jovens se permitirem a leitura de livros insensatos. E Dita, farta de vê-la sacudir o livro como se fosse um mata-moscas, fica de pé num impulso, para diante dela, apesar de ser 15 centímetros mais baixa, e pede, com palavras educadas mas com um tom de cortar ferro, que lhe conceda o livro por um momento...

— ...por favor.

E ressalta tanto o "por favor" que é como se batesse com ele em sua cabeça. A professora não esperava aquela reação da menina, que beira a impertinência, e entrega com cara de ofendida as maltratadas folhas sem entender o que ela quer fazer.

Dita pega o livro com amor, acomoda as pregas soltas e ajeita as páginas tortas. Demora tanto quanto necessário. Os outros observam, intrigados, como ela se dedica a alisar as folhas e a curar o livro como se fosse um ferido de guerra. Trata o livro com tanto carinho que nem mesmo a professora indignada não se atreve a dizer nada. A bibliotecária passa os dedos pelas páginas para alisá-las com o mesmo mimo que uma mãe pentearia a filha. Por fim, uma vez recomposto, o abre com cuidado. Dirigindo-se a Lichtenstern, circunspecto, e a Miriam Edelstein, de expressão neutra, afirma ser verdade que o livro conta coisas como as que a professora leu.

E também essas outras.

Então é ela quem lê:

— "O último recurso dos que não queriam ir para a frente era a prisão militar. Conheci um professor que, como não queria ir para o regimento de artilharia disparar, roubou o relógio de um oficial para que o mandassem para a prisão militar. Fez isso de maneira premeditada. A guerra não o impressionava nem fascinava. Para o professor, atirar contra o inimigo e disparar projéteis e granadas contra outros professores tão desgraçados quanto ele era uma imensa estupidez, uma imbecilidade."

— Estas são algumas das más ideias que este livro tão insensato inculca: que a guerra é estúpida e bestial. Os senhores discordam disso também?

Faz-se silêncio.

Lichtenstern gostaria de um cigarro nesse momento. Coça a orelha esquerda para ganhar tempo e, por fim, decide falar para não ter de dar sua opinião:

— Desculpem, mas tenho que tratar com urgência de um assunto com os médicos do hospital para as consultas das crianças.

Lichtenstern decide sair depressa de perto daquelas mulheres.

Miriam Edelstein diz:

— O que Edita leu me parece muito sensato. Além do mais — fala à senhora Krizková, olhando para ela de frente —, não podemos afirmar que este livro seja um sacrilégio e um desrespeito com a religião. Afinal, a única coisa que ele diz é que os padres católicos são uns embriagados. Em momento algum se ofende a escrupulosa retidão de nossos rabinos.

As duas professoras, ofendidas e despeitadas pela ironia, dão meia-volta ruminando queixas e reprovações ininteligíveis. Quando se encontram a uma distância razoável, Miriam Edelstein sussurra a Dita que gostaria de pegar o romance emprestado qualquer dia à tarde, depois que a menina acabar de ler.

17

Dita dispõe os livros de sua biblioteca mais uma vez. Ao ir até o quarto de Hirsch, depara com ele esboçando uma tática para a equipe de vôlei, que enfrentará a de outro professor numa partida muito importante que acontecerá à tarde, depois da sopa, atrás do barracão. Ela está menos eufórica que seu chefe e tem câimbras nas pernas depois da demorada recontagem da manhã.

— Como vai, Edita? Que bela manhã. Hoje vai dar um pouco de sol. Você vai ver.

— Minhas pernas estão moídas por causa dessas recontagens asquerosas. Elas são intermináveis. Odeio isso.

— Edita, Edita... Bendita recontagem! Sabe por que demora tanto?

— É...

— Porque estamos todos aqui. Não perdemos nenhuma criança desde setembro. Você se deu conta disso? De setembro para cá, mais de mil e quinhentas pessoas já faleceram no campo familiar por doenças, desnutrição ou fadiga. — Edita assente com a cabeça, triste. — Mas nenhuma criança do 31! Estamos conseguindo, Edita, estamos conseguindo.

Dita sorri para ele. Queria que seu pai estivesse ali para lhe contar isso, enquanto ele, com um galho, desenharia o mapa-múndi no chão.

Discretamente, a bibliotecária chega a banca de livros alguns metros para o lado. Assim, pode acompanhar mais de perto as aulas do professor Ota Keller. Agora que seu pai já não está mais ali, ela não pode descuidar dos estudos. E ouvir Keller nunca é uma perda de tempo. Ele é dessas pessoas que sempre têm algo interessante a dizer. Dita observa o professor com seu casaco de lã grossa e sua cara redonda de queijo, que indica que antes da guerra ele deve ter sido um rapaz gordinho.

O professor fala com as crianças sobre vulcanismo.

— A muitos metros sob o solo, a Terra arde. Às vezes, a pressão interna faz com que se formem chaminés por onde o material incandescente que constitui os vulcões sobe até a superfície. Essas pedras estão fundidas numa espécie de pasta muito quente que se chama lava. No fundo do mar, as erupções vulcânicas acumulam colunas de lava e acabam formando ilhas. Assim surgiram as ilhas do Havaí, por exemplo.

Dita observa o local. É como um estábulo transformado em sala de aula. É de espantar que todos ainda estejam vivos. Auschwitz explora a mão de obra escrava, e aqueles que não cabem nos planos messiânicos de Hitler sofrem graves consequências.

Como podem permitir que crianças de cinco anos circulassem livremente?

É a pergunta que todos se fazem.

Se Dita pudesse escutar os oficiais do *Lager*, teria a resposta que tantas vezes procurou.

Ficaram sozinhos na cantina de oficiais o SS-Lagerführer Schwarzhuber, responsável pelo campo de Birkenau, e o doutor Mengele, um SS-Hauptsturmführer, com atribuições "especiais". O comandante tem à sua frente uma garrafa de licor seco de maçã, e o capitão médico, uma xícara de café.

Mengele observa o comandante com indiferença, uma cara contrariada e um olhar fanático. O médico não se considera um extremista; é um cientista. Talvez não queira reconhecer que tem inveja dos olhos azuis de Schwarzhuber, esses belos olhos quase transparentes, tão arianos em comparação com os seus, que são castanhos e que, junto de sua pele mais morena, lhe dão um desagradável aspecto meridional. No colégio, algumas crianças caçoavam dele, chamando-o de cigano. Mengele adoraria poder deitá-los em sua mesa de dissecção e pedir que repetissem.

A dissecação em vivos é uma experiência extraordinária. É a relojoaria da vida.

Observa Schwarzhuber bebendo. Acha lamentável um comandante da SS, com dúzias de assistentes à sua disposição, não ser capaz de usar botas reluzentes e as pontas do colarinho da camisa passadas. Isso indica desleixo, algo imperdoável num oficial da SS. Mengele despreza homens como aquele, que se cortam ao fazer a barba. Além do mais, o comandante faz algo que deixa o médico entediado: repete conversas que já tiveram, com as mesmas palavras e os mesmos argumentos torpes.

Mais uma vez, pergunta por que seus superiores teriam tanto interesse nesse absurdo campo familiar, e espera que o médico responda o que ele já sabe. Mengele se arma de toda a paciência e demonstra uma fingida afabilidade, mas fala com ele como se falasse com uma criança pequena ou com um retardado.

— O senhor já sabe, Herr Kommandant, que este campo é estrategicamente muito importante para Berlim.

— Já sei, Herr Doktor! Que maldição! Mas não sei para que tanta consideração. Agora também vamos oferecer uma creche para as crianças? Estão todos loucos? Acham que Auschwitz é um balneário?

— Isso é o que queremos que pensem alguns países que estão nos observando com atenção. Os rumores correm. Quando a Cruz Vermelha Internacional começou a pedir mais informações sobre nossos campos e solicitou permissão para enviar inspetores, o Reichsführer Himmler foi brilhante, como sempre. Em vez de proibir a visita, ele os encorajou a fazê-la. Mostraremos o que querem ver. Famílias judias convivendo, crianças circulando por Auschwitz.

— Complicações demais...

— Todo o trabalho feito em Theresienstadt não terá servido para nada se, quando recebermos a inspeção da Cruz Vermelha Internacional, eles virem o que não nos interessa que vejam. Nós os convidaremos para ver a casa, mas não mostraremos a cozinha, apenas o salão de jogos. E voltarão satisfeitos para Genebra.

— Que se dane a Cruz Vermelha! Quem são esses suíços covardes que sequer têm exércitos para dizer ao Terceiro Reich o que fazer? Por que não os expulsamos daqui a pontapés logo que chegarem? Ou, ainda melhor, podem mandá-los para cá, que meto todos no forno sem passar nem pela cozinha.

Mengele sorri de maneira condescendente ao notar que Schwarzhuber enrubesce à medida que sua irritação cresce. Tenta se conter, porque sua vontade é pegar sua chibata e quebrá-la na cabeça dele. Aliás, sua chibata, não. É valiosa demais. Adoraria desembainhar sua pistola e meter um tiro no cérebro do infeliz. Trata-se, porém, do Lagerführer de Birkenau, embora seja um completo idiota.

— Meu querido Kommandant, não menospreze a importância da imagem que oferecemos de nós mesmos e de nosso projeto ao mundo. Devemos ser prudentes. Sabe qual foi o primeiro cargo de direção que nosso amado Führer ocupou no partido nazista? — Mengele faz uma pausa teatral. Apesar de saber que responderá a si mesmo, gosta de humilhar Schwarzhuber. — Chefe de Propaganda. Ele conta isso em *Mein Kampf*. O senhor não leu? — Diverte-se ao notar a dificuldade no rosto do comandante. — Muita gente dentro e fora da Alemanha ainda não entendeu a necessidade de limpar geneticamente a humanidade, eliminando as degenerações da raça. Há países que ficariam em guarda e poderiam abrir novas frentes de guerra contra nós. E isso agora não nos interessa nem um pouco. Queremos ser nós a decidir quando e onde abrir uma frente de guerra. É como operar, *mein* Kommandant. Não podemos sair fazendo cortes de bisturi a torto e a direito. É preciso escolher o lugar em que convém fazer a incisão. A guerra é nosso bisturi, e temos de manuseá-lo com exatidão. Se alguém o manuseia loucamente, pode acabar cravando-o em si mesmo.

Schwarzhuber não suporta aquele tom paternalista, o mesmo que um professor usaria para ensinar um aluno débil mental.

— Que maldição, Mengele! Está falando como um político! Sou um soldado. Tenho ordens e vou cumpri-las. Se o SS-Reichsführer Himmler diz que é preciso manter o campo sob essas circunstâncias, assim será feito. Mas essa coisa do pavilhão de crianças... O que tem a ver com tudo isso?

— Propaganda, *mein* Kommandant... Pro-pa-gan-da. Vamos fazer com que esses internos escrevam para casa e contem aos familiares judeus como são bem-tratados em Auschwitz.

— E que diabos nos importa o que os porcos familiares judeus dessa gente pensam sobre como ela é tratada?

Mengele inspira e conta mentalmente até três.

— Querido Kommandant... Lá fora ainda há muitos judeus que traremos aos poucos. Um animal que não sabe que está indo para o matadouro se deixa levar mais docilmente do que aquele que sabe que será sacrificado. O senhor, que vem de uma aldeia, deveria saber isso.

O último comentário irrita Schwarzhuber.

— Como o senhor se atreve a dizer que Tutzing é uma aldeia? Saiba que Tutzing é considerado o povoado mais bonito da Baviera, inclusive de toda a Alemanha... Talvez do mundo inteiro.

— Claro, Herr Kommandant. Concordo plenamente. Tutzing é um povoado maravilhoso.

Schwarzhuber pensa em replicar, mas percebe que esse médico burguês e pedante o está provocando e prefere não entrar no jogo dele. Com uma figura como Mengele, é preciso ser precavido, pois nunca se sabe o que ele tem nas mãos.

— Muito bem, Herr Doktor, um pavilhão para as crianças e uma creche. O que for preciso — ruge ele. — Mas não vou permitir que isso cause qualquer contratempo ou desordem no campo. Ao menor sinal de indisciplina, será fechado. O senhor acha que esse judeu no comando conseguirá manter a disciplina?

— E por que não? Ele é alemão.

— Capitão Mengele! Como o senhor se atreve a dizer que um repugnante cachorro judeu pertence à gloriosa nação alemã?

— Bem, o senhor chame como quiser, mas o relatório do tal Hirsch diz que ele nasceu no Aquisgrano, na Renânia do Norte. Que eu saiba, isso é Alemanha.

Schwarzhuber fuzila Mengele com o olhar. Mengele sabe que seu superior não suporta sua impertinência, mas não se preocupa, porque Schwarzhuber o respeita. O comandante tem consciência de que precisa ser cauteloso com o capitão, porque ele tem amigos poderosos em Berlim. O Lagerführer tem um brilho de rancor no olhar, como se pensasse no momento em que a bela estrela de seu subordinado cairá e ele poderá esmagá-lo como uma barata. Mengele, porém, dá um sorriso amável. Esse momento nunca chegará. Ele sempre está um passo à frente de todos os militares que não sabem por que estão combatendo. E ele sabe. Luta para se tornar uma celebridade. Primeiro dirigirá o Deutsche Forschungsgemeinschaft, o Conselho Alemão de Pesquisas, e depois mudará o rumo da história da medicina. O rumo da humanidade, definitivamente. Josef Mengele não é um homem humilde; deixa a humildade para os fracos.

A história lhe dará uma lição. A maior fraqueza de todas é, exatamente, a dos fortes: acabam se achando invencíveis. A fortaleza do Terceiro Reich é sua fragilidade. Ao acreditarem que são indestrutíveis, hão de abrir tantas frentes que acabarão desmoronando. Sobre Auschwitz, já começam a rondar os aviões dos aliados e os primeiros bombardeios são ouvidos ao longe.

Ninguém escapa da fraqueza.

Nem o invencível Fredy Hirsch.

Isso aconteceu dias depois. Quando terminam as últimas atividades da tarde e o barracão esvazia, Dita se apressa para recolher os livros. Envolve-os num tecido que os protege do contato com a terra e se dirige ao quarto do Blockältester para deixá-los no esconderijo. Quer se juntar logo à mãe para lhe fazer companhia.

Bate à porta, e a voz de Hirsch lhe dá permissão para entrar. Dita o vê sentado na única cadeira do quarto, como outras vezes. Nesta ocasião, porém, ele não está trabalhando em seus relatórios. Tem os braços cruzados e o olhar perdido. Algo nele mudou.

A bibliotecária levanta a tampa de madeira escondida sob um monte de mantas dobradas e acomoda os livros. Anda rápido para sair o quanto antes e incomodar o chefe o mínimo possível. Mas depois de já ter dado meia-volta para ir embora, escuta a voz vinda de trás.

— Edita...

A voz de Hirsch soa pausada, talvez cansada, desprovida daquela vibração que faz com que seus discursos iluminem os jovens que os escutam. Ao se virar para o atleta, ela depara com um homem esgotado.

— Sabe de uma coisa? Talvez, quando tudo isso acabar, eu não vá para Israel.

Dita olha para Fredy sem entender, e ele sorri, benevolente, diante de sua estranheza. É lógico que ela não entende. Faz anos que Fredy trabalha duro para explicar aos jovens judeus que eles devem ter orgulho de seu povo, se preparar para voltar às terras de Sião e fazer dos altos de Golã um trampolim para chegar mais perto de Deus.

— Veja só as pessoas daqui... O que são? Sionistas? Antissionistas? Ateus? Comunistas? — Um suspiro apaga as palavras por um momento. — E que diferença faz? Se você reparar um pouco, só vê as pessoas, nada mais. Pessoas frágeis e corruptíveis. Capazes do pior e do melhor.

E Dita ouve estas palavras que, como as anteriores, Hirsch não dirige a ela, mas a si mesmo:

— Tudo o que era importante agora me parece pouca coisa.

Ele torna a ficar em silêncio e seus olhos se voltam para parte alguma. É o que fazemos quando queremos nos voltar para nós mesmos. Dita não entende nada. Não entende por que o homem que tanto tem lutado para retornar à terra prometida de Israel de repente perdeu o interesse. A menina gostaria de lhe perguntar isso, mas ele já não olha para ela, já não está ali. Dita decide deixá-lo sozinho em seu labirinto e sair sem fazer barulho.

Entenderá mais adiante. Porém, nesse momento, não é capaz de ver na renúncia de Hirsh essa rara clarividência que sobrevém às pessoas quando chegam ao extremo de suas vidas. Do alto do precipício, tudo parece imensamente pequeno. O que parecia tão grande de repente se vê diminuto, e o que parecia transcendental se vê como algo sem importância.

A menina olha de soslaio para a mesa. Os papéis que estão ali em cima têm a letra de Hirsch, mas, ao reparar um pouco, ela se dá conta de que não são relatórios nem notas administrativas: são poemas. Sobre eles, como uma rocha que tivesse caído e esmagado tudo, há uma folha com o timbre do comando do campo.

Só dá tempo de ler a palavra em negrito: "Traslado".

As notícias do traslado já chegaram ao escritório do registrador Rudi Rosenberg no campo de quarentena. Faz seis meses desde o transporte de setembro, e, tal como previa sua ficha, os alemães põem em prática o tratamento especial, que recebeu o nome de "traslado".

Por isso, enquanto Rudi espera, inquieto, junto à cerca, pela chegada de Alice, fecha até o último botão de uma jaqueta que conseguiu no mercado negro. Nessa tarde, não consegue parar de se mexer; seus nervos são cabos elétricos desencapados soltando faíscas.

Na tarde anterior, pediu ajuda a Alice para cumprir a tarefa de averiguar com urgência o número exato de pessoas com que a Resistência conta no campo familiar. A Resistência opera de maneira tão secreta que muitas vezes nem os colaboradores se conhecem. Nessa tarde, ele ficou sabendo que a própria Alice, por intermédio de uma amiga, está vinculada à Resistência.

Schmulewski fala pouco, raramente mais de meia dúzia de palavras seguidas. Faz parte de sua estratégia de sobrevivência. Quando alguém lhe pede mais explicações ou recrimina sua parcimônia, ele conta que um amigo, advogado penal, lhe disse certa vez que os mudos envelhecem. Rudi, porém, havia encontrado Schmulewski especialmente sombrio e, movido pela angústia, não conseguiu deixar de perguntar se os indícios eram ruins. Suas palavras, sempre escassas, sempre veladas, foram: "O assunto vai mal."

O assunto é o campo familiar.

O que os guardas das torres veem é o registrador do campo de quarentena e sua namorada judia do campo familiar que se aproxima pelo outro lado da cerca, como em muitas outras tardes. Uma rotina a que já não prestam atenção. Os alemães, na distância física e mental que os separa dos prisioneiros, os veem como um punhado de carne numerada, não distinguem uma judia esquálida e maltrapilha de outra. Não percebem que a mulher que chega não é Alice Munk, e sim Héléna Rezekova, uma de suas melhores amigas e membro-coordenador da insurgência. É ela quem se aproxima para lhe dar a informação confidencial que o chefe da Resistência pediu: há 33 membros clandestinos divididos em dois grupos. Héléna pergunta se ele sabe mais alguma coisa sobre o traslado, mas as novidades são poucas. Há rumores sobre um possível traslado ao campo de Heydebreck, mas não há detalhes. As autoridades não dão com a língua nos dentes.

Os dois ficam se olhando sem falar por um momento. A jovem pode ter sido bonita em outras circunstâncias, mas o cabelo imundo e emaranhado, as bochechas fundas, a roupa suja, os lábios estragados, feridos pelo frio, a tornam uma mendiga de 22 anos. Rosenberg, tão falador, não sabe o que dizer a essa jovem com um presente marcado e um futuro obscuro.

À tarde, ele consegue autorização para ir ao campo BIId com a desculpa de levar umas listas, embora, na realidade, vá se encontrar com Schmulewski. Este está sentado num banco de madeira em frente a seu barracão mastigando um ramo para suprir a falta de tabaco. Rudi, que sempre dá um jeito de arrumar tudo, lhe oferece um cigarro.

Passa para ele as informações sobre o número e as ocupações fundamentais dos insurgentes do campo familiar que Héléna lhe dera, e o outro se limita a assentir com a cabeça. Rudi espera que ele lhe dê alguma explicação sobre a situação, mas isso não acontece. Como se Schmulewski não soubesse, Rudi lhe diz que é 4 de março e que estão completando os seis meses da chegada do contingente de Alice, ou seja, chega o momento do "tratamento especial".

— Preferiria que esse momento não chegasse nunca.

O polonês fuma e não fala. Rosenberg entende que a reunião acabou e se despede secamente. Volta para seu campo sem saber se Schmulewski não fala nada porque tem informações cruciais ou se, ao contrário, é porque não faz ideia do que esteja acontecendo.

A recontagem da tarde demora mais do que o habitual. Os SS mandam todos os *Kapos* comparecerem à entrada do campo. Lá, são aguardados pelo responsável civil do BIIb (o *Camp Kapo*, um prisioneiro comum alemão chamado Willy) e o Padre, flanqueados por dois guardas empunhando metralhadoras. Os internos veem que os chefes de barracão vão se aproximando do suboficial até formarem um semicírculo diante dele.

Fredy Hirsch cruza a *Lagerstraße* com seus passos largos e enérgicos, ultrapassando outros *Kapos* que se encaminham apáticos para a reunião. Embora esteja anoitecendo, é fácil distinguir a silhueta de Hirsch, altivo e desenvolto.

O Padre os espera com as mãos enfiadas nas mangas da jaqueta. Sorri cinicamente ao vê-los chegar. Seu bom humor salta aos olhos. Para o sargento, é uma bela notícia livrar-se de boa parte dos internos, pois representa menos problemas. Um ajudante distribui listas entre os *Kapos* com os nomes das pessoas que serão levadas para outro campo. No bloco 31 dorme apenas uma pessoa, o próprio Blockältester, que recebe a lista mais curta de todas, onde aparece um único nome, o seu: Alfred Hirsch. Em meio ao silêncio, quebrado apenas pelo ruído do folhear das páginas de listas, ele é o único que se atreve a abrir caminho e entrar em posição de sentido diante do suboficial.

— Com licença, Herr Obersharführer. Poderíamos saber para que campo seremos transferidos?

O Padre observa Hirsch durante vários segundos sem pestanejar. Perguntar sem que tenham lhe dirigido a palavra é um desacato que o suboficial não costuma tolerar. Nesta ocasião, porém, se limita a dizer:

— Vocês serão informados no ato. Retirem-se.

Os *Kapos* começam a berrar em frente a seus barracões os nomes daqueles que serão transportados no dia seguinte. Os murmúrios são de desconcerto; não sabem se deixar Auschwitz é bom ou ruim. A pergunta se repete:

— Para onde irão nos levar?

Não há resposta. Todo mundo já ouviu falar do tratamento especial aos seis meses. Em que consistirá? Até os mais otimistas sabem que é um traslado de destino incerto. Não se sabe para onde, se para a vida ou para a morte.

Dita conversou com Margit, tentando encontrar alguma resposta em meio a tantas perguntas. Volta ao barracão cansada de especulações. Está tão angustiada com a notícia que não tomou as precauções habituais de olhar para trás e caminhar perto das portas dos barracões, para o caso de precisar entrar num deles de repente. Ouve uma voz em alemão e sente uma toque em seu ombro:

— Menina...

Dita se sobressalta. Mas o doutor Mengele provavelmente não lhe tocaria. É Fredy Hirsch, regressando ao barracão. Ela vê um brilho febril em seus olhos escuros e nota o mesmo homem enérgico de sempre.

— O que vamos fazer?

— Continuar. Estamos perdidos, mas retroceder é pior. Não dê ouvidos a ninguém. Escute a voz da sua cabeça e siga sempre adiante.

— Mas para onde irão levar vocês?

— Vamos trabalhar em outro lugar, mas isso não importa. O que importa é que aqui há uma missão a ser cumprida.

— O bloco 31...

— Temos de terminar o que começamos.

— Vamos seguir adiante com a escola.

— Isso mesmo. Mas ainda falta uma coisa importante a ser feita.

Dita olha para ele com cara de quem não entende.

— Ouça bem: em Auschwitz, nada é o que parece, mas uma hora vai se abrir uma fresta e a verdade vai aparecer. Eles acham que a mentira está do lado deles, mas vamos fazer uma cesta no último segundo porque estarão confiantes demais. Acham que fomos derrotados, mas não fomos. — E, ao dizer aquilo, fica pensativo por um instante. — Não estarei aqui para ajudá-los a ganhar o jogo. Você precisa ter fé, Dita, muita fé. Tudo ficará bem, você vai ver. Confie em Miriam. E, sobretudo, não se renda nunca — Hirsch fita seus olhos com o mais sedutor dos sorrisos.

— Nunca!

Hirsch sorri e vai embora com passos largos, enquanto ela fica quieta, sem entender bem o que ele quis dizer com essa de “fazer uma cesta” no último segundo.

É uma noite de pouco sono nos barracões, noite de cochichos, de teorias e de rezas.

Que importa para onde vão nos levar, se já estamos no pior lugar do mundo?, clamam alguns. É uma forma de buscar consolo em meio ao sofrimento.

A grandalhona com quem Dita divide a cama pertence ao transporte de setembro e, portanto, será transferida. Ela fala pouco, com exceção das brincadeiras grosseiras entre as vizinhas. Nunca diz nada a Dita. Ao se deitar aos pés da mulher, Dita lhe deseja boa-noite, como todos os dias. E, como todos os dias, a mulher não responde. Desta vez, nem emite um ruído em resposta, como faz às vezes. Finge estar adormecida, mas tem os olhos apertados demais. É impossível pegar no sono quando se sabe que esta noite pode ser a última.

Amanhece nublado e frio. As rajadas de vento trazem algumas cinzas. Nada muito diferente de qualquer outro dia. Há certa confusão na hora de formar as filas: os de setembro se posicionaram de um lado; os de dezembro, de outro. Os *Kapos* tiveram muita dificuldade para formar os grupos. Os guardas da SS também se mostraram mais nervosos que de costume, até soltaram coronhadas, o que não é comum ver nas recontagens da manhã. O ambiente é tenso; os rostos, tristes. Fazem a chamada com uma lentidão exasperante, e os ajudantes dos *Kapos* vão marcando cruzes numa folha de registro. Dita tem a impressão, após tantas horas de pé, de que se afunda pouco a pouco na lama e de que, se a recontagem se estender muito, acabará engolida pelo lodo.

Por fim, quase três horas depois de terem iniciado as recontagens, o grupo de setembro, de aproximadamente quatro mil pessoas, começa a se movimentar. O primeiro destino será o campo de quarentena, contíguo ao atual. O registrador Rudi Rosenberg observa com a cara muito séria, atento a todos os movimentos, como se os trejeitos e os gestos dos guardas lhe permitissem saber algo a mais sobre o destino dessas pessoas, entre as quais se encontra Alice.

Dita e sua mãe, juntamente com as pessoas de seu transporte, observam em silêncio. Permanecem em formação na porta de seus barracões enquanto os esquadrões conduzem ordenadamente os veteranos de setembro até a saída do campo BIIb. É um desfile que nada tem de festivo, apesar de haver alguns internos sorrindo, convencidos de que um lugar melhor os espera. Cabeças se viram para uma última despedida. Mãos se agitam por parte dos que se vão e dos que ficam.

Dita aperta a mão da mãe com força. Não sabe se o que arranha seu estômago é o frio ou o medo pelos que partem.

Vê o travesso Gabriel, que dá gargalhadas. Ele caminha em ziguezague, de propósito, para atrapalhar a menina que vem atrás, que o xinga. De repente, sente uma mão adulta lhe puxando a orelha. A senhora Krizková faz isso sem perder o passo. Conhecidos e professores do bloco 31 passam rumo ao campo de quarentena. Também muitos rostos que Dita nunca tinha visto — caras sérias e abatidas, a maioria. Alguns cumprimentam as crianças do transporte de dezembro, que, incansáveis, acenam, entretidas por um evento que quebra a monotonia do campo.

O professor Morgenstern passa fazendo reverências ridículas, usando o terno remendado e as lentes rachadas. Ao chegar perto de Dita, sem se deter nem perder o passo para não incomodar os de trás, fica sério e pisca o olho para ela. Depois, segue adiante e volta a dar aquela risadinha de velho pirado. Por alguns segundos, enquanto o professor olhava para Dita, ela viu que seu semblante mudara e que seu rosto era outro, como se tivesse tirado uma máscara e agora se visse seu verdadeiro rosto. Não era o olhar alheio de um velho atordoado, e sim as feições equilibradas de alguém profundamente sereno. Dita não tem dúvidas.

— Professor Morgenstern!

Ela joga um beijo com a mão para o professor, que se vira para agradecer com uma reverência. As crianças riem, e então ele se inclina perante elas também. É como um ator que deixa o cenário ao fim do espetáculo e se despede do público.

Dita gostaria de lhe dar um abraço e dizer que agora sabe que ele não está louco. Quando estamos num manicômio, o pior que pode acontecer é sermos lúcidos. O despiste do professor no momento exato salvou a menina durante a inspeção do Padre e de Mengele. Salvou a vida dela e de todo mundo. Dita agora tem certeza. Como disse Fredy: nada é o que parece. Ela gostaria de lhe dar um beijo de despedida, mas isso não será possível. O professor se afasta fazendo palhaçadas, engolido pelas pessoas que vêm atrás.

— Boa sorte, professor...

Passa um pelotão de mulheres. Uma delas, das poucas que não têm um lenço na cabeça, desrespeita as ordens estritas e, saindo da fila a passos decididos, se dirige a Dita. No início, a menina não a reconhece. É a grandalhona, sua colega de cama. O cabelo embaraçado e solto tampa a cicatriz que atravessa seu rosto. Ela para diante de Dita e, por um instante, as duas se olham frente a frente.

— Meu nome é Lida! — diz a mulher com um vozeirão.

A *Kapo* ordena que ela volte imediatamente para a fila. Enquanto volta, apressada, ao grupo, vira-se por um instante, e Dita lhe dá adeus.

— Muita sorte, Lida! Adorei seu nome! — grita a menina.

Ela tem a impressão de ver sua colega de cama sorrir, orgulhosa.

Um dos últimos a passar no desfile de adeuses é Fredy Hirsch. Está com sua melhor camisa, e sobre ela o apito prateado balança suavemente. Caminha com a cabeça erguida, sem desviar os olhos, concentrado em seus pensamentos, sem ligar para saudações, apesar de alguns chamarem seu nome. Não importam seu estado de ânimo nem as dúvidas que o torturam. É um novo êxodo de judeus, que agora são expulsos do próprio cárcere e têm de enfrentar a situação com o máximo de dignidade. Não se pode mostrar fraqueza nem brandura. Por isso, ele não demonstra nenhum sentimento, e essa atitude desagradou a algumas pessoas.

Sente orgulho de sua conquista. Nenhum de seus alunos do bloco 31 morreu. Manter vivas 521 crianças durante meses é um recorde que ninguém jamais alcançou em Auschwitz. Hirsch olha para a frente, para o horizonte.

É preciso olhar para longe, ser ambicioso nas metas.

Enquanto os internos de setembro desfilam, corre entre as fileiras o rumor de que serão levados para o campo de concentração de Heydebreck. A maioria pensa que haverá uma seleção drástica e que muitos não chegarão. Outros acham que ninguém chegará.

18

7 de março de 1944

Rudi Rosenberg vê chegarem ao campo de quarentena BIIa os 3.800 prisioneiros do campo familiar do transporte de setembro. As notícias transmitidas por Schmulewski são desoladoras. Qualquer um estaria profundamente deprimido, mas a única coisa que ele procura com avidez entre as filas é Alice. Por fim, seus olhos se encontram e seus sorrisos de satisfação pairam por sobre a angústia. Depois de designá-los aos barracões, os nazistas autorizam os prisioneiros a circular à vontade pelo campo. Rudi se reúne em seu quarto com a namorada e as duas amigas dela na Resistência, Véra e Héléna.

Héléna conta que a versão oficial parece ter sido aceita pela maioria dos prisioneiros: serão levados para um campo mais ao norte, perto de Varsóvia. Véra tem uma voz aguda que faz com que seu rosto abatido lembre uma cabeça de pássaro:

— Alguns representantes importantes da comunidade judaica do campo acham que os alemães não se atreverão a exterminar as crianças, pois têm medo de que a notícia se espalhe.

Rosenberg não tem remédio senão transmitir as impressões de Schmulewski, mais diretas e cruas do que nunca:

— Ele me disse que não restava muito tempo, que acha que todos podem morrer amanhã.

Suas palavras geram um silêncio atroz. As mulheres sabem que o chefe da Resistência é mais confiável porque tem uma rede de espiões em Auschwitz. O nervosismo faz surgirem rumores, ideias, desejos transformados em ideias, fantasias...

— E se a guerra terminasse esta noite?

Héléna recupera a alegria por um instante.

— Se a guerra acabasse hoje, eu voltaria para Praga. A primeira coisa que eu faria seria ir à casa da minha mãe e tomar um caldeirão de *goulash* do tamanho de um barril.

— Eu me enfiaria com um pedaço de pão dentro do panelão e o deixaria tão brilhante que depois o usaria como espelho para depilar as sobrancelhas.

Elas sentem cheiro de carne refogada e suspiram de felicidade. Depois, voltam à realidade, sentem medo, que é como comida fria. Procuram organizar as ideias, tentando encontrar algum indício favorável, algum detalhe que tenha passado despercebido e que explique tudo de maneira satisfatória. Algo a que possam prender seus pensamentos.

A única informação complementar oferecida por Rudi, que na condição de registrador conseguiu ver as listas do transporte, é que só nove pessoas ficarão no campo familiar. Quatro delas são os gêmeos, que o doutor Mengele reclamou para seus experimentos. Além deles, ficarão os três médicos e o farmacêutico do hospital, que chegaram com o grupo e também foram reclamados por Mengele. A nona pessoa é a amante de Herr Willy, o *Kapo* do campo. Os demais receberão o tratamento especial, como previsto.

A informação de Rudi, porém, está errada. Há mais gente nessa lista de "não transferíveis". Tudo será esclarecido a tempo. Depois de uma hora de especulações que não levam a nada, ficam em silêncio.

Véra e Héléna se retiram, e Rudi e Alice ficam a sós. Pela primeira vez, não há alambrados no meio, não há guardas nas torres observando os dois com um fuzil no ombro, não há chaminés para lembrar a degradação que os envolve. Eles se olham durante alguns segundos, primeiro com pudor e certo incômodo. Pouco a pouco, com mais intensidade. São jovens e belos, estão cheios de vida, de planos, de desejos, de urgência com o presente. Ao se olharem de novo, já com a chama do desejo presa aos olhos, sentem que a felicidade os isola, que os situa em outra parte, que nada pode lhes tirar esse momento.

Rudi, abraçado ao corpo de Alice, por um momento acredita que sua felicidade é tão grande que nada poderia estragá-la. Adormece pensando que, ao despertar, todo o mal não mais existirá e a vida voltará a fluir como antes da guerra; que os galos da madrugada cantariam; que sentiria cheiro de pão recém-saído do forno e escutaria a buzina da bicicleta do leiteiro. Mas, quando acorda, percebe que a paisagem ameaçadora de Birkenau permanece intacta. Ele é jovem demais para saber que a felicidade, no fim, é sempre derrotada.

Uma voz agitada desperta Rudi bruscamente, e ele sente na cabeça um estalo de vidros quebrados. É Héléna, vítima de uma grande agitação. Ela diz que Schmulewski o procura com urgência, que o campo inteiro está infestado de SS e que algo muito grave está prestes a acontecer. Rudi tenta ajustar o calçado, e Héléna, à beira da histeria, puxa seu braço, quase o arrasta para fora da cama, enquanto Alice continua adormecida entre os lençóis, aferrando-se um pouco mais ao sono.

— Por Deus, Rudi, depressa! Não há tempo, não há tempo!

Rudi também tem a impressão de que algo vai mal logo que põe os pés do lado de fora. Há muitos guardas da SS, e vários deles o registrador nunca vira antes. É como se tivessem pedido um reforço especial aos outros destacamentos. Não parece o procedimento para um traslado rotineiro. Ele precisa falar com Schmulewski imediatamente. Preferiria não o encontrar, não conversar com ele, não escutar o que ele tem a dizer. Mas deve ir ao seu encontro no campo BIId. Devido a seu posto, não é difícil para ele sair com a desculpa de buscar porções extras de pão.

O rosto do líder da Resistência já não é um rosto, e sim um mar de rugas e olheiras. Suas palavras já não rodeiam, já não procuram a discrição nem a reserva; são apenas lâminas.

— Os transferidos do campo familiar morrerão hoje. — Não hesita nem um pouco ao dizer isso.

— Haverá uma seleção? Vão separar os idosos, os doentes e as crianças?

— Não, Rudi. Todos! O Sonderkommando recebeu ordem de preparar os fornos para quatro mil pessoas esta noite.

E, quase imediatamente, acrescenta:

— Não há tempo para nos lamentarmos, Rudi. Este é o momento da rebelião.

Schmulewski está sob uma tensão extrema, mas seu discurso, talvez por ter sido ensaiado e repetido várias vezes naquela longa noite de insônia, é absolutamente preciso:

— Se os tchecos se sublevarem, se encararem e lutarem, não estarão sozinhos. Centenas ou talvez milhares de nós estaremos ao seu lado, e, com um pouco de sorte, podemos nos dar bem. Vá dizer isso a eles. Diga que eles não têm nada a perder. Lutam ou morrem, não há opções. Mas não têm a menor chance sem um dirigente à frente.

Diante da cara de incompreensão do registrador, Schmulewski alerta que há pelo menos meia dúzia de organizações políticas distintas no campo: comunistas, socialistas, sionistas, antissionistas, sociais-democratas, nacionalistas tchecos... Se um dos grupos tomar a iniciativa, pode gerar discussões, divergências e enfrentamentos com os outros, o que tornaria impossível uma revolta unânime. Por isso, é preciso ser alguém que a maioria respeite. Alguém com muita coragem, que não vacile, que eleve a voz e a quem todos estejam dispostos a seguir.

— Mas quem poderia ser? — pergunta Rosenberg, incrédulo.

— Hirsch.

O registrador assente com a cabeça bem devagar, consciente da magnitude que os acontecimentos tomaram.

— Fale com ele, informe-o sobre a situação e o convença a liderar o levante. O tempo está acabando, Rudi. Há muito em jogo. Hirsch precisa se mexer.

"Levante", uma palavra ilusiva, magnífica, digna dos livros de história. Uma palavra que, no entanto, oscila quando Rudi ergue a cabeça e olha ao redor: homens, mulheres e crianças esfarrapados, desarmados e desnutridos contra metralhadoras instaladas em torres, soldados profissionais armados, cães adestrados, veículos blindados. Schmulewski sabe que muitos morrerão, provavelmente todos. Mas talvez alguns consigam fugir.

É possível extinguir instalações vitais do campo. Assim, seria possível salvar muitas vidas. Ou, talvez, o máximo que consigam seja levar vários tiros. São muitas incertezas. A única coisa certa é a força avassaladora da SS. Mas Schmulewski repete:

— Diga a ele, Rudi, que não tem nada a perder.

Rudi Rosenberg, ao retornar ao campo de quarentena, tem em mente que sua sentença de morte está carimbada, mas que pode lutar para tentar mudar seu destino. Fredy Hirsch é a pessoa certa para liderar uma revolta de mais de três mil almas.

Enquanto caminha, Rudi pensa em Alice. Até então, ele vinha agindo como se ela não fizesse parte do contingente de setembro condenado à morte, como se nada disso dissesse respeito a ela. Rudi prefere não acreditar que aquela beleza e juventude, aquele corpo maravilhoso e aquele olhar de gazela possam se tornar, dentro de algumas horas, carne morta. Isso ia contra todos os princípios da natureza. Como alguém quereria ver morta uma mulher como Alice? Parecia impossível. Rudi aperta o passo e os punhos, tomado por uma ira que transforma seu desânimo em raiva. Diz a si mesmo que ninguém poderá com sua juventude.

Chega ao campo de quarentena com as bochechas vermelhas de raiva. Héléna espera por ele, inquieta, na entrada.

— Avise Fredy Hirsch — diz ele à moça. — Ele deve vir ao meu quarto para uma reunião urgente. Diga que se trata de um assunto da máxima gravidade.

É o momento do tudo ou nada.

Héléna chega pouco depois, acompanhada de Hirsch, o atleta, o ídolo dos jovens, o apóstolo do sionismo, o homem capaz de tratar Josef Mengele de igual para igual. Rudi observa Hirsch por um instante: musculoso, com o cabelo molhado impecavelmente penteado para trás e o olhar sereno, um tanto severo, como se estivesse irritado por ter sido perturbado, tirado de seus pensamentos.

Quando Rosenberg explica que o maior responsável pela Resistência de Birkenau reuniu provas contundentes de que o transporte de setembro vindo de Terezín será exterminado por completo nas câmaras de gás ainda naquela noite, Hirsch não se altera, não mostra surpresa nem replica. Permanece em silêncio, praticamente em posição de sentido, como um soldado. Rudi repara no apito que pende do pescoço de Hirsch como um amuleto.

— É a única possibilidade, Fredy. Só você pode falar com os principais líderes do campo e conseguir um levante, que todos se lancem contra os guardas e a revolução estoure. Você precisa falar com todos os líderes, e esse apito que você leva no pescoço há de dar o sinal de que a revolta começou.

Mais uma vez, o alemão fica em silêncio. Seu rosto está impenetrável e seu olhar está cravado no registrador eslovaco. Rudi, após tentar convencê-lo de todas as formas, também se cala, esperando a reação de Hirsch.

Por fim, Hirsch fala.

Mas quem fala não é o líder social, não é o sionista intransigente, não é o esportista orgulhoso. É o educador infantil. Ele sussurra:

— E quanto às crianças, Rudi?

Rosenberg preferiria deixar esse ponto para depois. As crianças são o elo mais fraco dessa corrente. Numa revolta violenta, são os que têm menos chances de sobreviver. Mas ele tem uma resposta para isso.

— Fredy, as crianças vão morrer de qualquer forma, não tenha dúvida. Temos uma chance, talvez pequena, mas uma chance de conseguir que milhares de prisioneiros se rebelem, de destruir o campo e salvar a vida de muitos deportados que não chegarão até aqui.

Os lábios de Fredy permanecem selados, mas seu olhar fala por ele. Numa luta corpo a corpo, as crianças serão as primeiras a sucumbir. Se houver um buraco na cerca e um tumulto para fugir, elas serão as últimas a escapar. Se for preciso correr centenas de metros atravessando o campo em meio a balas para alcançar o bosque, serão as últimas a chegar e as primeiras a morrer. E se alguma criança chegar ao bosque, o que fará sozinha e desorientada?

— Essas crianças confiam em mim, Rudi. Como eu poderia abandoná-las agora? Como eu poderia lutar para me salvar e deixar que as matem? E se vocês estiverem equivocados e houver um traslado para outro campo?

— Não há. Vocês estão condenados. Não dá para salvar as crianças, Fredy. Pense nos outros. Pense nas milhares de crianças de toda a Europa, em todas que morrerão em Auschwitz se não nos rebelarmos agora.

Fredy Hirsch fecha os olhos e leva a mão à testa, como se tivesse febre.

— Me dê uma hora. Preciso de uma hora para pensar.

Fredy sai do quarto com a cabeça erguida, e ninguém que o vê caminhar pelo campo imagina que ele leva carrega sobre os ombros o insuportável peso de quatro mil vidas. Apenas alguém muito observador notaria que, ao caminhar, ele acaricia seu apito de maneira obsessiva.

Vários membros da Resistência entram no quarto para se inteirar do acontecido, e Rosenberg lhes conta o resultado da conversa com o responsável pelo bloco 31.

— Ele pediu um tempo para pensar.

Um dos membros, um tcheco de olhar feroz, diz que Hirsch está ganhando tempo. Todos olham para ele para que se explique melhor.

— Ele não morrerá. É útil aos nazistas. Fez relatórios valiosos para eles e, além do mais, é alemão. Hirsch está esperando que Mengele o chame, que o tire daqui a qualquer momento. É isso o que está esperando.

Durante um segundo, faz-se um silêncio tenso.

— Isso é uma maldade típica de comunistas como você! Fredy já se arriscou pelas crianças do campo cem vezes mais do que vocês! — grita Renata Bubenik.

O tcheco também começa a gritar, chamando a mulher de sionista estúpida, e afirma que Hirsch perguntou várias vezes ao *Kapo* de seu barracão se havia algum recado para ele.

— Hirsch está esperando o aviso das autoridades nazistas solicitando que ele saia daqui.

— Você tem o cérebro mais sujo do que as unhas!

Rudi se levanta e tenta apaziguar. Nesse momento, entende por que é tão importante encontrar um líder, uma única voz, alguém capaz de reunir e convencer pessoas tão diferentes a lutarem pela mesma causa.

Quando saem, Alice fica ao seu lado para compartilhar a espera com ele, pois não há nada a fazer a não ser aguardar a resposta de Hirsch. A presença de Alice é um alívio em meio ao caos e à incerteza. Custa à jovem acreditar que os nazistas matarão todos, inclusive as crianças. Para ela, a morte é terrível, mas distante de sua realidade. É como se só acontecesse com os outros. Rudi, porém, diz que Schmulewski não se enganaria com algo tão grave e sério. Por isso, pede que mudem de assunto, que falem de como será a vida depois de Auschwitz; pergunta se ela gosta das casas de campo, seus pratos preferidos, que nome gostaria de pôr nos filhos um dia... Enfim, que falem sobre a vida de verdade, e não desse pesadelo. Por um instante, o futuro parece possível.

Os minutos passam de forma quase insuportável. Rudi pensa em Hirsch, em si próprio. Já não ouve Alice. Nota no ar uma densidade asfixiante. Há em sua cabeça um relógio que faz um tique-taque infernal e o deixará louco.

Passa uma hora e não há notícias de Hirsch.

Passam muitos minutos, mais uma hora. Hirsch não aparece.

Já faz um tempo que Alice está calada com a cabeça apoiada no colo de Rudi. Ele começa a ter consciência de que a morte está bem perto. Se esticasse o braço, poderia tocá-la.

Enquanto isso, no campo contíguo, as aulas do bloco 31 foram suspensas. Os professores do transporte de dezembro, que agora são responsáveis pela escola, estão preocupados demais. Alguns tentaram organizar brincadeiras com as crianças, mas elas próprias estavam inquietas, queriam saber para onde foram seus colegas e não se interessavam por adivinhações nem canções. É uma tarde tensa. Não há combustível para a lareira e faz mais frio do que nunca. Um dos assistentes aparece e diz que novos *Kapos* foram designados para substituir os chefes judeus de barracão do transporte de setembro.

Dita sai a todo instante para ver o que acontece no campo BIIa, onde está metade dos que, até então, eram seus companheiros. Vê as pessoas perambulando pela rua principal do campo de quarentena. Alguns se aproximam da cerca, mas há muita vigilância e os soldados os fazem se afastar no mesmo instante.

O ambiente está tão tenso que Dita nem tocou nos livros, que estão escondidos no quarto do chefe do bloco, que até o dia anterior era a guarida de Hirsch e agora será ocupado por Lichtenstern. O novo responsável pelo bloco 31 trocou sua porção de comida por meia dúzia de cigarros. Fumou um atrás do outro e continua dando voltas, nervoso, pelo barracão inteiro, como um felino enjaulado.

Todos estão muito preocupados com o que vai acontecer com os do transporte de setembro. Por solidariedade e humanidade, sem dúvida, mas também porque o que acontecer com eles pode ser uma prévia do que os espera três meses depois, quando completarem seus seis meses de permanência no campo.

19

No BIIa, Rudi já não pode esperar mais.

Fica de pé, enérgico, e olha para Alice sem dizer nada. Estala os ossos dos dedos e resolve ir até o barracão de Hirsch para obrigá-lo a tomar uma decisão. Não aceitará outra resposta que não seja "sim". A revolta precisa estourar sem mais demora.

Sai muito nervoso, mas, à medida que atravessa a rua principal do campo, repleta de gente, vai se encorajando, e seu passo se torna mais resoluto. Está disposto a acabar com as dúvidas e a hesitação de Hirsch. Caminha a passos vivos, respirando fundo para pegar ar e enfrentar quaisquer impedimentos que o atual líder do campo familiar apresente; está disposto a superar tudo e a fazer o apito soar para que a revolta se inicie. Durante a espera, repassou de maneira exaustiva as objeções que Hirsch poderia apresentar e preparou uma resposta inapelável para cada uma delas. Está convencido, com esse elevado conceito que tem de si mesmo, de ter previsto todas as contingências e ser capaz de superá-las.

É verdade que Rosenberg tem respostas para todas as questões. Não deixou nenhuma de lado e não pode ser rebatido. Não se preparou, porém, para o caso de não haver objeção. Não pensou no que encontrará ao chegar ao barracão onde Hirsch tem um pequeno quarto individual.

O registrador resolvido entra, enérgico, no barracão, bate à porta do quarto e, como não recebe resposta, invade, decidido. Vê Fredy deitado na cama. Ao se aproximar para acordá-lo, observa, alarmado, que ele respira com muita dificuldade e que tem o rosto gravemente azulado. Hirsch está agonizando.

Rudi sai enlouquecido do barracão em busca de um médico. Volta com dois doutores que já estavam recolhendo seu escasso equipamento e se preparavam para retornar ao campo BIIb antes de anoitecer, como o doutor Mengele havia orientado. O exame é breve. Os médicos o fazem duas vezes e sussurram entre si com um semblante pesaroso.

— É um caso muito grave de intoxicação por overdose de calmantes. Não podemos fazer nada por ele.

Erguem a cabeça e indicam com o olhar um frasco vazio de Luminal sobre a mesa.

Alfred Hirsch está morrendo.

Rudi Rosenberg sente seu coração virar de cabeça para baixo e está prestes a desmaiar. Precisa se apoiar na parede de madeira para se manter erguido. Olha, com certeza pela última vez, para o grande atleta em seus últimos estertores. Sobre o peito de Hirsch também ficou inerte o apito metálico. Rudi se dá conta, horrorizado, de que o grande homem, por fim, não suportou levar seus pequenos a uma morte certa, não foi capaz de tomar essa decisão tão trágica e decidiu ir embora antes. Pediram que ele fizesse algo que estava além de suas forças. Além das forças de qualquer um.

Rosenberg, tomado pelo nervosismo, pensa que talvez dê tempo de arranjar outro líder, que Schmulewski descobrirá outros meios para que a revolta comece. Ele se apressa para partir. No entanto, ao tentar sair do campo para ir ao encontro do chefe da Resistência, depara com uma nuvem de guardas dos SS. O campo de quarentena foi lacrado. Ninguém pode entrar nem sair.

O registrador vai até a cerca da divisa com o campo BIIb e pede que um membro da Resistência, que perambula do outro lado, se aproxime. Diz que é preciso fazer uma informação crucial chegar imediatamente a Schmulewski:

— Fredy Hirsch se matou. Faça esse recado chegar até ele, por amor aos céus!

O outro responde que é impossível, pois eles também não podem sair do campo familiar. Rudi dá meia-volta e atravessa com dificuldade a *Lagerstraße* do campo de quarentena. O lugar se transformou num formigueiro nervoso por onde vagam internos e guardas armados, todos na expectativa, como pássaros voando baixo antes de uma tempestade.

Alice, Héléna e Véra vão ao seu encontro. Ele as informa que Fredy Hirsch não liderará mais o levante e que Schmulewski está muito longe. A essa altura, três campos é uma distância intransponível.

— Mas a revolta pode começar do mesmo jeito — dizem elas. — Dê você as ordens e nos poremos em marcha.

Rudi tenta explicar que as coisas não são tão simples, que ele não está autorizado a tomar uma decisão desse porte sem ordens de Schmulewski. Elas parecem não entender muito bem. Rudi está exausto:

— Não posso tomar essa decisão, não sou ninguém.

O orgulhoso Rosenberg pensa nesse momento que é o homem mais insignificante do mundo. Sente que tudo desaba ao seu redor, inclusive ele mesmo.

No campo familiar, a notícia passa de boca em boca, como um telegrama fúnebre. As frases mais curtas são as piores, as que não podem ser alteradas. A notícia atravessa o campo, deixando um rastro de desolação por onde passa.

Fredy Hirsch está morto.

O rumor vai se expandindo e fala-se em suicídio. E também em Luminal, sonífero cuja ingestão em grandes quantidades é letal.

Uma assistente húngara chamada Roszi Krousz entra correndo no bloco, abatida. Tem os olhos aterradores. Quase não consegue articular as palavras em tcheco. Seu sotaque peculiar não é nada cômico nesse momento e só acrescenta um toque ainda mais lúgubre à notícia: Fredy Hirsch está morto.

Ela não consegue dizer mais. Não há o que acrescentar. Desaba num tamborete e começa a soluçar.

Alguns não querem acreditar, outros não sabem o que pensar. Começam a chegar outros assistentes com o rosto lívido, e as crianças param de sorrir, de cantar e de brincar. Em seus rostos, há mais medo do que tristeza. Um calafrio percorre centenas de espinhas dorsais. Nesses seis meses, a morte não entrara no bloco 31. Tinham conseguido manter vivas todas as crianças. E agora o homem dos milagres sucumbiu. Todos querem saber como e por quê. O que será deles sem Fredy Hirsch? De repente, soam os apitos e ouvem-se ordens em alemão para que todos compareçam com urgência a seus barracões para a recontagem da noite.

Liesl espera Dita. Abraça a menina. Todos já sabem que Hirsch está morto. Mãe e filha não dizem nada, apenas encostam o rosto uma na outra e fecham os olhos.

A nova Blockältester do barracão sobe na lareira horizontal que cruza o chão e ordena silêncio com uma raiva que faz todos os sussurros se calarem. Ela é judia, de pouco mais de 18 anos, mas agora tem poder. Repartirá as porções de pão e sopa. Não passará mais forme nem usará mais esses tamancos de madeira que cheiram a podre, pois com os pedaços de pão que roubar poderá comprar botas no mercado negro. Portanto, se o *Camp Kapo* ou os SS lhe pedirem que grite, ela gritará. Se lhe pedirem que açoite aquela gente com uma vara, açoitará. Na verdade, ela gritará e açoitará sem que lhe peçam. Com bastante força, por via das dúvidas. Grita que é proibido sair até o toque de alvorada do dia seguinte. Quem tentar sair do barracão, morrerá.

Dita desejou por tanto tempo ter uma cama só sua, e agora que tem não consegue dormir. É noite em Birkenau, os campos estão em silêncio e lá fora só se ouve o vento e o monótono zumbido elétrico dos alambrados. Dita se pergunta se Lida também sente sua falta. Pula da cama e vai até a da mãe, que também tem o colchão só para ela. Encolhe-se ali, como quando tinha pesadelos e se enfiava na cama dos pais.

Rudi tenta entrar no campo BIId para falar com Schmulewski. Inventa a desculpa de que precisa entregar uns papéis importantes a ele, mas seu pedido é negado. Insiste dizendo que têm de transportar o corpo de Hirsch, mas tornam a lhe negar a permissão. Volta ao alambrado para falar com seu contato no BIIb, que já não está mais lá. Não resta ninguém fora dos barracões. É impossível qualquer contato.

Retorna a seu quarto e, depois de um tempo, torna a sair, com a esperança de convencer o suboficial a deixá-lo entrar no BIId. Nesse momento, chega uma horda de *Kapos* trazidos de outros campos. Estão armados com paus e, a gritos e pauladas, mandam os internos formarem um pelotão de homens e outro de mulheres. Há pancadas, há gritos, há apitos, há gemidos de dor e de pânico.

Alice corre até Rudi e se agarra a seu braço. Um guarda grita, violento, para que homens e mulheres se separem.

Männer hier und Frauen hier!

A seu lado chovem pauladas e o sangue salpica a lama. Alice se separa de Rudi sem deixar de lhe sorrir com tristeza. É empurrada para um grupo de prisioneiras e conduzida com toda a pressa a um caminhão parado na entrada do campo. Chegam mais veículos e formam uma fila de caminhões.

Rudi fica paralisado por um instante, e a multidão começa a arrastá-lo para um grupo de homens que tentam se proteger das pancadas. De repente, percebe que está no grupo dos que serão levados para os caminhões da morte.

Tenta caminhar contra a corrente, antes que seja impossível. Os *Kapos* com paus e os SS com metralhadoras controlam para que ninguém escape, empurram e chutam os que tentam fugir. Põe um cigarro na boca para aparentar calma e empurra outros prisioneiros para abrir caminho até um *Kapo* que conhece de vista e está no perímetro do círculo. Antes que o *Kapo* erguesse o porrete contra si, Rudi grita que é o secretário do barracão 14.

— Tenho ordens do chefe do bloco para me apresentar imediatamente.

O *Kapo* é um alemão com o símbolo dos presos comuns. Olha para Rosenberg por um instante, em meio à multidão. Ele o reconhece. Faz um gesto para o soldado com a metralhadora e o deixam sair. Um homem se agarra à jaqueta de Rosenberg para tentar sair também e recebe uma forte pancada nas costas com o cano da metralhadora. Rosenberg ouve o homem suplicar, mas não se vira. Afasta-se caminhando. Tenta demonstrar indiferença, mas suas pernas tremem.

Enquanto caminha em direção ao barracão, escuta gritos, ordens, soluços, portas se fechando, rodas deslizando sobre a lama, ronco de motor. Pensa em Alice. Lembra-se da última vez que viu seus olhos e sacode a cabeça, como se quisesse se livrar da recordação. Caminha depressa e se tranca em seu quarto.

Não se sabe o que Rudolf Rosenberg fez lá dentro.

Dita ainda estava acordada na cama. Todas as mulheres estavam. O silêncio era tanto que, vez por outra, ouviam-se freadas e motores de caminhões. Muitos caminhões.

A noite irrompe. No campo vizinho estouram gritos, apitos, soluços e súplicas a um deus ausente. Há uma tremenda gritaria, e logo voltam a ouvir as portas dos caminhões se fechando e o rangido dos trincos metálicos. Os gritos de pânico generalizado deram lugar a soluços, queixas, lamentos, centenas de vozes que se misturam numa confusa nuvem de gemidos.

No campo familiar, ninguém dorme, ninguém fala e ninguém se mexe. No barracão de Dita, quando alguém, tomada pelo nervosismo, pergunta em voz alta o que está acontecendo, as outras logo a fazem se calar, emitindo sons irritados e exigindo silêncio absoluto. É necessário silêncio para tentar ouvir o que se passa do lado de fora e também para que os SS as deixem viver em seus míseros colchões de palha putrefatos. Ao menos um pouco mais.

As batidas metálicas das travas dos caminhões não param, ao passo que os rumores de vozes diminuem. A mudança no ronco dos motores indica que os primeiros veículos carregados de gente estão saindo. Dita, sua mãe e as demais mulheres do barracão ouvem uma música. Seria uma alucinação produzida pela própria angústia? Mas aos poucos o volume aumenta. Serão vozes cantando? O coro de vozes encobre o ronco dos caminhões. Alguém diz isso em voz alta, perplexa, e as outras repetem, como se não acreditassem. Os prisioneiros levados pelos caminhões, que sabem que vão morrer, estão cantando.

As mulheres conseguem distinguir o hino tcheco, o *kde domov muj*. Noutro caminhão, ouve-se a canção judaica *Hatikvah* e, num terceiro veículo, *A internacional*. A música tem um tom melancólico, como que de fuga, e vai ficando mais baixo à medida que os caminhões se distanciam. As vozes vão se esvaindo até sumir. Nessa noite, milhares de vozes se calam para sempre.

Na noite de 8 de março de 1944, 3.792 presos procedentes do campo familiar BIIb foram mortos e incinerados no crematório III de Auschwitz-Birkenau.

20

Pela manhã, não precisa esperar os berros da *Kapo* para se levantar, pois não dormiu. Sua mãe lhe dá um beijo e ela pula da cama para a chamada do 31, como todos os dias. Mas hoje não é um dia como os outros. Metade das pessoas que viviam com ela foram embora e jamais voltarão.

Mesmo sob risco de um *Kapo* lhe chamar a atenção, Dita desvia da *Lagerstraße* e se dirige à parte de trás dos barracões para espiar o campo de quarentena, na remota esperança de encontrar alguém com vida. Mas nada se move entre os barracões do BIIa. O máximo que vê é um ou outro farrapo de alguma peça de roupa jogada no chão.

Da gritaria da noite anterior, não resta nada, só um silêncio espesso. O campo está deserto. Há uma calma sepulcral. É possível ver chapéus pisoteados, um casaco jogado, tigelas vazias. A cabeça quebrada de uma das bonecas de argila que as meninas faziam no bloco 31 desponta entre os outros objetos. Dita distingue algo branco sobre o barro, um papel amassado. Fecha os olhos quando percebe que é um dos passarinhos que o professor Morgenstern fazia. Está pisoteado, esmagado na lama.

É exatamente assim que ela se sente.

Lichtenstern foi o encarregado de passar a lista pela manhã na presença de um SS de semblante impávido, e todos relaxaram um pouco quando ele saiu do barracão. Durante todo o tempo, as crianças olhavam para um lado e para o outro, procurando quem não estava mais lá. Por mais que a rotina de fazer a chamada incomodasse os pequenos, desta vez a rapidez com que foi realizada os deixou desolados.

Dita vai para o lado de fora do barracão. Apesar de já ser dia, uma chuva seca de vento deixa o céu escuro. Cinza. Uma nevada negra como nunca tinham visto antes.

As pessoas que trabalham nas valetas olham para o céu. Os que carregam pedras as largam no chão e param. Apesar dos gritos dos *Kapos*, os que trabalham nas oficinas deixam o serviço de lado e saem para olhar. Talvez seja este seu primeiro ato de rebeldia: olhar o céu negro, indiferentes às ordens e às ameaças.

De repente, a noite parece ter voltado.

— Meu Deus! O que é isso? — pergunta alguém em tom de exclamação.

— É uma maldição de Deus! — grita outro.

Dita ergue a cabeça, e seu rosto, suas mãos e seu vestido ficam salpicados de minúsculos flocos cinzentos que se desfazem entre os dedos. As habitantes do bloco 31 saem para ver o que há.

— O que está acontecendo? — pergunta uma menina assustada.

— Não tenham medo — diz Miriam Edelstein. — São nossos amigos do transporte de setembro. Eles estão voltando.

Crianças e professores se juntam em silêncio. Muitos rezam em voz baixa. Dita forma uma concha com as mãos para pegar um pouco dessa chuva de almas e não consegue conter as lágrimas, que abrem sulcos brancos em seu rosto fuliginoso. Miriam Edelstein está abraçada ao filho, Ariah, e Dita se une aos dois.

— Voltaram, Dita. Voltaram.

Nunca mais irão embora de Auschwitz.

Alguns professores disseram que não dariam mais aulas. Para uns, essa é uma forma de protesto. Outros se veem incapazes, sem forças nem ânimo para seguir adiante. Lichtenstern tenta levantar o moral, mas não tem o carisma e a confiança de Fredy Hirsch. Além do mais, não consegue esconder que está arrasado.

Uma professora pergunta o que houve com Hirsch. Vários se juntam, cabisbaixos, como num funeral. Alguém diz que o levaram numa maca para um dos caminhões, agonizante ou já morto.

— Acho que ele se matou por orgulho. Era orgulhoso demais para se deixar matar pelos nazistas. Não lhes daria esse prazer.

— Acho que, quando ele viu que tinha sido enganado e traído pelos próprios compatriotas alemães, não suportou.

— O que ele não deve ter suportado é o sofrimento das crianças.

Dita escuta aquilo e algo se agita dentro de si, como se intuísse que algo nessa história de Hirsch fugia às interpretações convencionais. Ela se sente desolada e desorientada. O que será agora dessa escola, se Hirsch não está ali para arranjar tudo? Sentou-se num tamborete o mais longe possível das outras pessoas, mas a figura fraca e desajeitada de Lichtenstern se aproxima. Ele está nervoso. Daria dez anos de vida para fumar um cigarro.

— As crianças estão assustadas, Edita. Olhe para elas. Não se mexem, não falam.

— Todos estamos abalados, senhor Lichtenstern.

— Temos de fazer alguma coisa.

— E o que podemos fazer?

— A única coisa que nos resta é seguir adiante. É preciso fazer com que essas crianças reajam. Leia alguma coisa para elas.

Dita olha ao redor e percebe que as crianças se sentaram no chão, formando grupos silenciosos, roendo as unhas, olhando para o teto. Nunca estiveram tão abatidas nem tão caladas. Ela está sem forças e sente um gosto amargo na boca. O que mais gostaria neste momento é de permanecer sentada no tamborete, sem se mexer, sem falar e sem que ninguém falasse com ela. Não queria se levantar mais.

— E o que vou ler para essas crianças?

Lichtenstern abre a boca, mas as palavras não saem. Então, volta a fechá-la e abaixa os olhos, um tanto envergonhado. Reconhece que não entende de livros. E não pôde perguntar nada a Miriam Edelstein, pois ela está muito abalada. Permaneceu sentada nos fundos, tampou a cabeça com as mãos e não quis falar com ninguém.

— Você é a bibliotecária do bloco 31 — lembra ele, austero.

Ela assente com a cabeça. Tem de assumir sua responsabilidade. Não é necessário que ninguém a lembre disso.

Vai até o quarto do Blockältester; gostaria de perguntar ao senhor Utitz, o bibliotecário de Terezín, qual seria o livro mais indicado para crianças naquelas circunstâncias trágicas. Ela tem um ou outro romance sério, de livros de matemática e de conhecimentos do mundo. No entanto, antes de levantar a pilha de trapos velhos que oculta a tampa do esconderijo da biblioteca, já decidiu.

Pega o mais desconjuntado de todos os livros, que mal passa de um maço de folhas desencadernadas. Talvez seja o menos adequado de todos, o menos pedagógico, o mais irreverente. Há inclusive professores que desaprovam sua leitura por considerá-la chula, indecente e de mau gosto. Mas quem acha que as flores crescem nos jarros não sabe nada de literatura. A biblioteca agora é sua farmácia, e ela dará às crianças um pouco do xarope que a fez recuperar o sorriso quando acreditou que o havia perdido para sempre.

Lichtenstern gesticula para um dos assistentes vigiar a porta, e Dita fica de pé num tamborete no centro do barracão. Uma criança ou outra olha para ela com uma curiosidade inapetente, mas a maioria continua olhando para a ponta dos tamancos. Dita abre o livro, procura uma página e começa a ler. Podem até ouvi-la, mas ninguém escuta. As crianças continuam apáticas. Muitas estão jogadas no chão como que adormecidas. Os professores continuam cochichando e ruminando sobre o que sabem da morte do pessoal de setembro. Até Lichtenstern se sentou num tamborete e fechou os olhos para sair dali.

Dita lê para ninguém.

Escolhe uma cena em que os soldados tchecos, sob as ordens do alto comando austríaco, viajam num trem para a frente de batalha. Svejk consegue, com suas opiniões extravagantes, irritar um tenente arrogante chamado Dub, que inspeciona os soldados quando chegam ao destino. Enquanto ele passa, vão ouvindo sua ladainha de sempre: "Os senhores me conhecem? Pois digo que não me conhecem de verdade! Mas quando me conhecerem, os farei chorar, asnos!" O tenente pergunta se eles têm irmãos e, quando respondem que sim, grita que estes devem ser tão estúpidos quanto eles.

As crianças continuam em seus cantos, com amargura no rosto. Algumas já deixaram de roer as unhas, outras, de olhar para o teto: observam Dita, que continua lançando palavras no ar. Alguns professores, sem abandonar a conversa por completo, também viraram um pouco o pescoço na direção dela. Não conseguem entender o que ela faz ali, de pé no tamborete. Dita continua lendo, até que o tenente mal-encarado se encontra com Svejk, que critica um cartaz de propaganda em que se vê um soldado austríaco atravessando um cossaco na parede.

> — O que você não gosta no cartaz? — pergunta com maus modos o tenente Dub.
>
> — Meu tenente, não gosto do descuido com que o soldado maneja a arma. Poderia quebrar a baioneta na parede. Além do mais, é algo

bem inútil, porque o russo está com as mãos para cima, de modo que já havia se entregado. Então, é um prisioneiro. E com os prisioneiros é preciso se comportar corretamente, porque também são pessoas.

— Está insinuando que tem pena desse inimigo russo, não é? — pergunta o tenente, malicioso.

— Tenho pena dos dois, meu tenente. Do russo porque o atravessaram e do soldado porque vão prendê-lo por ter feito isso. Ele só pode ter quebrado a baioneta, meu tenente, pois a parede é de pedra e o aço é mais fraco. Antes da guerra, enquanto cumpríamos o serviço militar, tivemos um subtenente. Nem um velho soldado era capaz de dizer tantos palavrões quanto ele. No campo de exercícios, gritava: "Quando digo sentido, vocês têm de cravar os olhos como um gato fazendo suas necessidades." Só que, fora isso, era uma pessoa muito sensata. Uma vez, no Natal, ficou louco e comprou um carrinho carregado de cocos para a companhia. Desde aquele dia, sei o quanto as baionetas são frágeis. Metade das que havia na companhia se partiu ao tentarmos abrir os cocos, uma depois da outra, e o subtenente nos prendeu por três dias.

Algumas crianças olham com atenção e outras, mais distantes, se aproximam para ouvir melhor. Alguns professores continuam conversando, mas outros ficam em silêncio. Dita lê com suave obstinação. A música da narração e os repentes de Svejk foram calando os murmúrios.

— Também prenderam nosso subtenente, e senti muito, porque ele era uma pessoa muito boa, com exceção de sua obsessão por cocos...

O tenente Dub olhou, irritado, para o ingênuo rosto do bom soldado Svejk e perguntou com raiva:

— O senhor me conhece?

— Sim, meu tenente, conheço.

Os olhos do tenente Dub saltaram das órbitas. Ele começou a gritar:

— Não, o senhor ainda não me conhece!

E Svejk respondeu com voz pausada e doce:

— Conheço, sim, meu tenente. O senhor pertence ao nosso batalhão.

— Estou dizendo que ainda não me conhece! — voltou a gritar o tenente, fora de si. — O senhor talvez conheça meu lado bom, mas, quando conhecer meu lado ruim, tremerá de medo. Sou duro e faço os outros chorarem. E então, o senhor me conhece ou não?

— Claro que conheço, meu tenente.

— Digo pela última vez que o senhor não me conhece, asno! Tem irmãos?

— Às suas ordens, meu tenente; tenho um.

Vendo a candura no rosto de Svejk e sua expressão de bondade, o tenente se enfureceu e gritou ainda mais forte:

— Então seu irmão deve ser um animal como o senhor. Com certeza, é um completo idiota!

— Sim, meu tenente. Um completo idiota.

— E o que faz esse burro do seu irmão?

— Ele era professor e, ao ingressar no exército por causa da guerra, o fizeram tenente.

O tenente Dub encarou Svejk, que o observava com um semblante bondoso. Vermelho de raiva, gritou para ele se retirar.

Algumas crianças riem. Miriam Edelstein, nos fundos do barracão, espia com a cabeça entre as mãos. Dita continua narrando mais aventuras e peripécias desse soldado que, fazendo-se de tonto, ridiculariza a guerra, qualquer guerra. A professora olhou para a bibliotecária. Esse pequeno livro reuniu a tribo inteira ao seu redor.

Quando Dita fecha o livro, as crianças se levantam e voltam a se agitar e a circular pelo barracão. A vida volta depois de um apagão, e a bibliotecária acaricia o velho dorso recosido e se sente feliz porque sabe que Fredy ficaria orgulhoso dela. Dita cumpriu a promessa que lhe fez: seguir sempre adiante, não se render. No entanto, um véu de tristeza paira sobre ela. Por que ele se rendeu?

Mengele atravessa a porta do campo familiar e as valquírias de Wagner entram com ele. Uma rajada de frio também. Ele observa, atento, tudo o que se move a seu redor. Seu olhar parece ter raios X. Parece procurar alguém, mas Dita está no bloco 31. Ali está segura, pelo menos por enquanto.

Uma das façanhas mais comemoradas pelo histórico comandante de Auschwitz, Rudolf Höss, foi como o médico, no fim de 1943, acabou com um grave surto de tifo em Birkenau que já afetava sete mil mulheres. Os barracões infestados de piolhos tornavam a epidemia incontrolável. Mengele, porém, encontrou a solução. Mandou executar na câmara de gás um barracão inteiro com seiscentas mulheres e desinfetar todo o ambiente. Puseram banheiras e um posto de desinfecção do lado de fora por onde as mulheres do barracão seguinte tiveram de passar antes de entrar no barracão limpo. Depois, o barracão que ocupavam foi, por sua vez, desinfetado, e fez-se o mesmo com todas as outras mulheres. Desse modo, Mengele conseguiu acabar com a epidemia.

Os altos cargos felicitaram o doutor, quiseram até lhe dar uma medalha por sua ação. Ele fora tão ativo que também contraiu tifo. Para Mengele, os resultados globais e o avanço científico eram fundamentais, e as vidas humanas não tinham importância.

Um SS-Obersharführer traz seus gêmeos. As crianças se aproximam com certa timidez e o cumprimentam em coro, dando bom-dia ao tio Pepi. Ele sorri para elas, bagunça o cabelo da pequena Irene, e todos juntos partem para suas dependências do campo F, que os próprios guardas dos SS, quando Mengele não está presente, chamam de zoológico.

Ali trabalham vários patologistas sob o comando de Mengele. As crianças têm boa comida, lençóis limpos e até brinquedos e guloseimas à disposição. Cada vez que elas entram naquele lugar de mãos dadas com o médico, o coração dos pais para até que as vejam voltar. Até então, sempre haviam voltado contentes, com algum doce nos bolsos, e contavam que o médico media todas as partes de seus corpos, fazia exames de sangue e às vezes lhes dava injeção, mas no fim sempre compensava com tabletes de chocolate.

Outras crianças não tiveram tanta sorte. Nesse período, Mengele investigou os efeitos das doenças em gêmeos. Em vários gêmeos do acampamento cigano, ele inoculou o tifo para ver sua reação e depois os executou para observar na autópsia a evolução do organismo de cada um.

Mengele, porém, acaricia a cabeça de suas crianças gêmeas e até sorri ao se despedir delas.

— Não se esqueçam do tio Pepi! — diz.

O médico, com certeza, não as esqueceria.

Esquecer não é uma escolha. Dita não consegue esquecer a rotina fúnebre de Auschwitz. Nem quer. Fredy Hirsch mudou o rumo de sua vida, mas ela não consegue entender por quê. Continua distribuindo os livros a cada turma; cumpre o dever de bibliotecária, mas está trancada em si mesma. Observa, satisfeita, como o bloco 31 segue adiante, apesar de tudo. Talvez por agora serem menos numerosos, desde que Hirsch se foi, tudo parece menor e mais sem graça.

Hoje seu ajudante é um rapaz muito agradável e bonito, com a cara salpicada de sardas cor de canela. Em outro momento, ela teria procurado ser mais amável com ele. Não há tantos rapazes bonitos. Mas mal respondeu quando ele tentou puxar conversa. Ela está em outra parte.

Ela continua se perguntando por que Hirsch tirou a própria vida. Não era o perfil dele.

Os problemas por que passou e sua personalidade — um misto de judeu e germânico — tornavam esse suicídio incompreensível. Dita balança a cabeça para os dois lados e chega à conclusão de que falta uma peça nesse quebra-cabeça. Hirsch lhe disse que eles eram soldados, que deveriam lutar até o final. Como pode ter abandonado seu posto? Não era sua lógica. Ele era um soldado, tinha uma missão. É verdade que, na última tarde em que ela o viu, ele estava mais melancólico do que nunca, talvez mais frágil. Hirsch devia saber que aquele traslado tinha todas as chances de acabar mal. Dita não entende, porém, por que ele se suicidou. E não suporta não entender alguma coisa. É teimosa, como diz sua mãe.

Por isso, nessa tarde, ao acabar o trabalho no 31, vai para o barracão. Aproveita que sua mãe está a sós com a senhora Turnovská para abordá-la.

— Com licença — interrompe. — Eu gostaria de lhe fazer uma pergunta.

— Edita — repreende a mãe. — Você tem de ser sempre tão brusca?

A senhora Turnovská sorri. Gosta que as garotas lhe façam perguntas.

— Pode deixar. Falar com a juventude me rejuvenesce, querida Liesl. — E solta uma risadinha.

— É sobre Fredy Hirsch. A senhora sabe quem ele era, não sabe? — A mulher assente com a cabeça, presunçosa. A dúvida ofende. — Eu queria saber o que falam sobre a morte dele.

— Hirsch se envenenou com esses comprimidos horríveis. Dizem que esses comprimidos curam tudo, mas não acredito nisso. Quando o doutor me recomendava uns para o catarro, eu nunca tomava. Sempre preferi as inalações de folhas de eucalipto.

— A senhora tem toda a razão. Eu fazia a mesma coisa. Já experimentou ferver menta? — pergunta a senhora Adlerova.

— Não. Misturada com o eucalipto ou sozinha?

Dita bufa.

— Já sei dos comprimidos, mas quero saber por que ele fez isso. O que dizem por aí, senhora Turnovská?

— Ah, querida, dizem tantas coisas! A morte desse senhor deu muito o que falar.

— Edita sempre disse que ele era um bom homem.

— Claro, claro. Só que ser bom na vida não basta. Meu pobre marido, que descanse em paz, era boníssimo, mas também tão bobo que não tínhamos como prosperar com a quitanda. Os agricultores deixavam para ele as frutas passadas que não eram aceitas em nenhum outro lugar.

— Bem — interrompe Dita, prestes a explodir —, mas o que a senhora dizia sobre Hirsch?

— Ouvi de tudo, menina. Uns dizem que foi o medo da asfixia por gás. Outros dizem que ele era viciado em remédios e exagerou na dose. Alguém comentou que foi pela tristeza de ver que iam matar as crianças. Uma senhora me contou, em segredo, que tinham posto mau-olhado nele, que há nazistas que praticam magia negra.

— Acho que sei de quem a senhora está falando...

— Também escutei uma coisa bonita... Alguém falou que foi um ato de rebeldia, que ele se matou para não dar o gosto aos nazistas de fazer isso.

— E quem a senhora acha que tem razão?

— Quando me contaram, garanto que todos, à sua maneira, pareciam ter razão.

Dita assente com a cabeça e se despede das mulheres. Conseguir saber a verdade em Auschwitz é como pegar flocos de neve com o caça-borboletas do professor Morgenstern. A verdade é a primeira vítima da guerra. A bibliotecária, porém, está empenhada em encontrá-la por mais que esteja enterrada na lama.

É por isso que, nessa mesma noite, depois que sua mãe já foi se deitar, Dita vai até a cama da Rádio Birkenau.

— Senhora Turnovská...

— Diga, Edita.

— Quero lhe perguntar uma coisa. Tenho certeza de que a senhora sabe.

— É possível, é possível — responde a mulher com certa vaidade. — Pode me perguntar o que quiser. Não tenho segredos para você.

— Fale de alguém da Resistência com quem eu possa entrar em contato.

— Mas menina... — Agora a mulher se arrepende de ter dito que não tinha segredos para Dita. — Esse não é um assunto para meninas da sua idade. É muito perigoso. Sua mãe pararia de falar comigo se eu levasse você até a Resistência.

— Não quero me alistar, mas agora que a senhora está comentando, talvez não seja tão má ideia. De todo modo, não iriam me querer por causa da minha idade. Só quero perguntar a alguém da Resistência por Fredy Hirsch. Com certeza eles sabem o que aconteceu.

— Você já sabe que o último a vê-lo foi o registrador do campo de quarentena chamado Rosenberg...

— Eu sei, mas é muito difícil chegar até ele. Se eu pudesse falar com alguém daqui... Por favor.

A senhora Turnovská resmunga um pouco.

— Está bem, mas não diga que fui eu quem mandou você até lá. Tem um homem de Praga chamado Change. Ele trabalha na oficina número três e é fácil reconhecê-lo porque ele tem a cabeça lisa como uma bola de bilhar e um nariz enorme como uma berinjela. Mas eu não sei de nada.

— Obrigada. Devo uma à senhora.

— Você não me deve nada, minha menina. Não deve nada a ninguém. Aqui todos já pagamos nossas dívidas e mais um pouco.

Dita espera o dia passar no bloco 31.

Mais um dia de aulas menos barulhentas do que antes, passando a mesma fome de sempre e com medo de que seja o último. No fim, tentará encontrar o tal Change.

É uma dessas tardes em que Dita ajuda Miriam Edelstein com um grupo de meninas de sete anos, numa aula de ortografia improvisada, que está mais para trabalhos manuais. Chove, e hoje não há brincadeiras nem esportes lá fora. As crianças estão entediadas porque não podem fazer a brincadeira do lenço nem pular amarelinha, e Dita está contrariada porque já chove há vários dias e todos se refugiam nos barracões. Por isso, ainda não conseguiu topar com o homem calvo.

Miriam Edelstein disfarça a angústia na frente das crianças, mas a morte de Hirsch a deixou muito sozinha. Além disso, não soube mais nada do marido, Yakub, desde a visita de Eichmann ao campo familiar, quando este comunicou que ele havia sido transferido para a Alemanha e estava bem. Eichmann mentiu. Mais uma vez, a verdade é outra: Yakub continua preso no trágico cárcere de Auschwitz I, a apenas três quilômetros de Birkenau. Nesse cárcere, há celas que são armários de cimento onde os presos não podem nem se sentar e têm de dormir em pé. Suas pernas desmoronam. As torturas são cruéis: descargas elétricas, chicotadas, agulhas hipodérmicas. Uma das que mais divertem os carcereiros é fingir execuções. Levam o preso para o pátio, vendam seus olhos, engatilham as pistolas e, quando os presos tremem ou fazem suas necessidades na roupa, soa o clique metálico da pistola sem munição, e eles são levados de novo para os barracões. As execuções são tão frequentes que já nem se limpa o muro. Uma linha avermelhada com aderências de cabelo e massa encefálica ondula sobre a parede e marca a altura média dos que morreram.

Dita afia a ponta das colheres das meninas com uma pedra. As que já têm as colheres preparadas vão com a bibliotecária fazer ponta numas lascas de madeira. Algumas lascas têm nós e não servem. Outras, porém, acabam quebrando a ponta e é preciso começar de novo. Depois de uma longa hora conseguem deixar as madeiras pontiagudas. Então, Miriam acende com muito cuidado umas serragens dentro de uma caçarola, e nesse fogo vão queimando as pontas das madeiras. Cada uma delas é um lápis tosco com o qual é possível escrever três ou quatro palavras. Os papéis também são um bem escasso que o chefe do bloco, Lichtenstern, consegue vez por outra, dizendo aos nazistas que precisa elaborar listagens.

Miriam dita algumas palavras para as crianças, que se empenham em escrevê-las. Dita fica ao lado para vê-las trabalhando ajoelhadas, fazendo os tamboretes de mesa de apoio, e nota como se esforçam na caligrafia, apesar de tudo ser rudimentar. A bibliotecária pega um dos paus que servem de lápis e um pedaço de papel. Fazia tanto tempo que não desenhava que sua mão voa sozinha sobre a folha. Mas logo a fuligem acaba. Miriam Edelstein espia por trás dela. Vê uns traços verticais e um círculo. O carvãozinho não deu para muito mais que isso, mas, ainda assim, Miriam arregala os olhos.

— O relógio astronômico de Praga... — diz ela com melancolia.

— Você o reconheceu...

— Eu reconheceria esse relógio até no fundo do mar. Para mim, representa a Praga de relojoeiros e artesãos.

— A vida normal...

— A vida, sim.

Dita nota que a mão da vice-diretora se enfia no topo de sua meia de lã, como se ela pusesse algo ali, e então as duas continuam corrigindo as meninas como se nada tivesse acontecido. Ao tocar na própria perna, a bibliotecária sente um pequeno volume. É um lápis de verdade, com um grafite preto. É o melhor presente que lhe deram em anos. Por esse tipo de coisa é que todos já chamam Miriam Edelstein de tia Miriam.

Nessa tarde, Dita está muito ocupada com o relógio astronômico de Praga, com seu esqueleto, seu galo, suas esferas zodiacais, seus patriarcas, suas gárgulas ao lado. Várias crianças aproximaram para vê-la desenhar. Alguns não são de Praga, e outros que nasceram lá nem se lembram da cidade. Ela explica, paciente, que um esqueleto balança uma campainha nas horas redondas e umas figuras começam a desfilar, saindo por uma porta e entrando por outra.

Quando termina, dobra o desenho com cuidado e se aproxima de Ariah, o filho de Miriam Edelstein, que está com outras crianças, brincando de telefone sem fio. Ela enfia a folha no bolso do menino e diz que é um presente para a mãe dele.

Como precisa se entreter com alguma coisa para não ficar parada, ainda tem tempo de colar com cuidado o ensaio de Freud, que foi emprestado e voltou com algumas folhas quase soltas. Ela passa a mão pelas folhas, alisando cada uma delas depois do dia cheio.

O primeiro cabo dos SS, Viktor Pestek, também está feliz penteando e despenteando os cachos de René Naumann.

Ela o deixa tocá-la, mas não permite qualquer outro tipo de aproximação. Porém, quando Viktor implorou que ela o deixasse acariciar seu cabelo, ela não recusou.

Ele é um nazista, um repressor, um criminoso... mas a trata com um respeito que ela não encontra no campo nem entre as próprias companheiras. À noite, René dorme com tigelas sob o braço ou amarradas ao pé porque os roubos são frequentes. Há mulheres que usam o corpo para traficar, há delatores. Há também gente honesta, formal e religiosa que a insulta e a chama de prostituta por ela levar para a mãe um pedaço de fruta que ganhou de um SS.

Por outro lado, os momentos que René passa com Viktor são de sossego. O rapaz lhe contou que antes da guerra trabalhava num sítio. Ela o imagina carregando blocos de capim seco. Se essa maldita guerra não tivesse estourado, provavelmente seria um rapaz honrado, simples e trabalhador, como qualquer outro. Quem sabe ela até poderia ter se apaixonado por ele?

Nessa tarde, Viktor chega mais nervoso do que de costume. Cada vez que os dois se veem, ele traz um presente. Aprendeu a lição, e agora lhe dá uma salsicha cozida embrulhada num papel. Mas o presente que ele quer lhe oferecer é outro.

— Um plano, René.

Ela olha para ele.

— Tenho um plano para irmos embora daqui, casarmos e começarmos uma vida nova juntos.

Ela se mantém em silêncio.

— Já pensei em tudo. Vamos sair caminhando pela porta, sem levantar suspeitas.

— Você está louco...

— Não, não. Você irá com um uniforme dos SS. Depois de anoitecer. Vou dizer a senha e saímos tranquilamente. Você não precisa falar nada. Tomamos um trem até Praga. Lá, tenho alguns contatos. No campo, fiz amigos entre os internos. Eles sabem que não sou como os outros guardas dos SS. Vamos arranjar documentos falsos e seguir para a Romênia. E esperamos a guerra acabar.

René olha com muita atenção para esse guarda magro, bem baixo, de cabelo preto e olhos azuis, um tanto desajeitado.

— Você faria isso por mim?

— Eu faria qualquer coisa por você, René. Você vem comigo?

Não há dúvida de que o amor tem um pouco de loucura.

René suspira. Sair de Auschwitz é o sonho de cada um dos milhares de prisioneiros entre alambrados e crematórios. Ela levanta as pupilas. Tira um cacho dos olhos. E morde.

— Não.

— Você não precisa ter medo! Vai dar certo! Será no dia em que uns amigos meus estiverem de guarda. Não haverá nenhum impedimento. Vai ser muito fácil... Ficar aqui é esperar sua vez de morrer.

— Não posso deixar minha mãe aqui sozinha.

— Mas René... Somos jovens. Ela vai entender. Temos uma vida pela frente.

— Não vou deixar minha mãe. Não há mais o que dizer. Não insista.

— René...

— Já falei que não há mais o que dizer. Não importa o que você diga. Não vou mudar de ideia.

Pestek fica pensativo por um momento. Nunca foi um homem pessimista.

— Vamos levar sua mãe também.

René começa a se irritar. Tem a impressão de que ele fala tudo da boca para fora, e não acha isso nem um pouco divertido. Pestek não corre perigo, ao contrário das duas. Não se pode pensar que sair de Auschwitz é como ir embora de um cinema durante um filme chato.

— Para nós duas estar aqui dentro não é brincadeira. Meu pai morreu de tifo e meu primo e a mulher dele foram assassinados com o resto do transporte de setembro. Deixe como está. Essa brincadeira de fuga não tem graça.

— Você acha que estou brincando? Ainda não me conhece. Se estou dizendo que vou tirar você e a sua mãe daqui, é porque vou tirar.

— Isso não é possível. Você sabe que não! Ela é uma senhora quase anã de cinquenta e dois anos, com reumatismo. Você vai vesti-la de guarda da SS?

— Vamos adaptar o plano. Deixe isso comigo.

René olha para Viktor e não sabe o que pensar. Haveria alguma remota possibilidade de ele tirar as duas com vida dali? E se saíssem, o que aconteceria em seguida? Duas judias fugitivas e um traidor seriam capazes de se esconder dos nazistas? E mesmo se fossem... Ela uniria sua vida à de um nazista, ainda que ele fosse um desertor? Gostaria de passar o resto da vida com alguém que até então não se abalava ao matar centenas de inocentes?

São muitas perguntas.

Mais uma vez, ela se cala. Pestek entende seu silêncio como uma aceitação, afinal é isso que quer entender.

Parou de chover, e Dita aproveitou a hora da sopa para tentar encontrar o homem da Resistência, mas ele parece ter sido sugado pela terra, que, após tanta água, se transformou num lamaçal. Ela andou pela oficina enquanto os prisioneiros estavam ausentes, mas não o viu.

Sentada sobre seu banco, desfaz com esmero as dobras do romance em francês sem capa e aplica no dorso um pouco da cola que Margit pegou às escondidas na oficina de confecção de botas militares em que trabalha. Dita quer ajeitá-lo antes de emprestá-lo à professora de semblante amargo chamada Markéta, uma mulher de cabelo liso, grisalho demais para seus quarenta e poucos anos, com os braços feito cabos de vassoura, que dizem que foi tutora dos filhos de um ministro do governo antes da guerra. É responsável por um grupo de meninas de nove anos, e Dita já a escutou algumas vezes ensinando palavras em francês às alunas, que ficam atentas, pois Markéta sempre diz que esse é o idioma das senhoritas elegantes.

Para Dita, essas palavras tão musicais parecem uma língua inventada por trovadores.

Markéta lhe pediu tantas vezes esse romance que um dia, apesar de ela ser um pouco distante e não dar abertura para conversa, Dita lhe perguntou se o conhecia. A mulher olhou para ela de cima a baixo, estupefata, como se Dita tivesse perguntado se ela era virgem ou algo do tipo.

Graças a Markéta, Dita pôde registrar o romance formalmente. Ele se intitula *O conde de Monte Cristo*, de Alexandre Dumas. A professora contou que, na França, trata-se de uma obra célebre. Dita lhe pediu para ficar um tempo com o livro naquela tarde e, depois de repará-lo, foi até o tamborete onde a professora está sentada sozinha, imersa em seus pensamentos. É uma mulher pouco comunicativa, que mal fala com os outros, mas faz tempo que Dita pensa em abordá-la, e esse é o momento. A tranquilidade no barracão é absoluta, porque, nos fundos, o coro do professor Avi Ofir está ensaiando e todos voltaram a atenção para ele. Sem esperar que a professora a convidasse para sentar, Dita se jogou no tamborete ao lado dela.

— Eu gostaria de saber sobre o que é esse romance. A senhora me contaria?

Se a mulher lhe dissesse para sair dali, Dita iria embora. Markéta, porém, fica olhando para ela e, contra todos os prognósticos, parece grata pela companhia. De maneira surpreendente, começa a narrar a história com uma efusão inesperada.

O conde de Monte Cristo...

Markéta fala sobre um jovem chamado Edmond Dantès, nome que pronuncia com vogais afrancesadas muito abertas e repercutidas, fazendo com que o personagem adquira, de imediato, um inquestionável dandismo literário. Conta que Edmond é um rapaz robusto e honesto que retorna ao porto de Marselha por ordens do faraó para ver seu pai e sua noiva catalã.

— Ele teve de assumir o comando do barco porque o capitão faleceu durante a travessia e, como último desejo, lhe pediu que entregasse uma carta num endereço em Paris. O rapaz está num bom momento da vida. O armador quer fazer dele capitão e sua namorada, a bela Mercedes, é louca por ele. Vão se casar em breve. Mas um primo da moça também pretende se casar com ela e, como oficial do barco irritado por não ter sido designado como novo capitão, denuncia

Dantès por traição, e a carta do falecido capitão o incrimina. É algo terrível. No dia do casamento, Dantès passa da alegria à maior das amarguras quando o prendem em plena celebração e o levam como prisioneiro para o presídio da ilha de If.

— Onde fica isso?

— É uma ilhota em frente ao porto de Marselha. Lá, ele passa muitos anos trancado numa cela. Dantès encontra um companheiro de infortúnio numa cela próxima, o abade Faria. Ele é um religioso que todos julgam louco por gritar aos carcereiros que o libertem e dizer que, em troca, compartilhará com eles um tesouro fabuloso. Durante anos, o homem cavou um túnel com ferramentas que ele mesmo fabricou. Mas se enganou de direção, e em vez de sair do lado de fora do muro, foi parar na cela de Dantès. Graças a isso, suas celas são conectadas sem que os carcereiros saibam, e os dois amenizam o sofrimento fazendo companhia um ao outro.

Dita presta muita atenção. Identifica-se com Edmond Dantès, um inocente que acabou preso injustamente, como aconteceu com ela e sua família.

— Como é Dantès?

— Forte e bonito, muito bonito. E, sobretudo, tem um belo coração, cheio de bondade e generosidade.

— E o que acontece? Ele consegue a liberdade que tanto merece?

— Faria e Dantès elaboram um plano de fuga. Passam anos cavando pacientemente um túnel. Nesse tempo, o abade se torna um pai e um mestre para Dantès. Faria lhe ensina história, filosofia e muitas outras matérias. No entanto, quando estão quase concluindo o túnel, o abade falece. Quando Dantès já acreditava na possibilidade de fugir, a morte de seu amigo faz tudo cair por terra.

Dita, como se não sofresse o bastante com sua própria desgraça, franze os lábios e se lamenta diante da má sorte do pobre Dantès. Markéta sorri para ela.

— Dantès é um homem esperto e muito valente. Quando os carcereiros se retiram, depois de comprovar a morte do preso, ele atravessa a passagem secreta para a cela de Faria, leva o cadáver do velho amigo de volta pela mesma passagem e o deita na própria cama. Então, retorna à cela de Faria e entra no saco mortuário que cobria o abade. Quando os encarregados do traslado funerário chegam, levam Dantès. Ele imaginava que, no necrotério, ao primeiro descuido poderia escapar.

— Boa ideia!

— Nem tão boa. O que ele não sabia era que no presídio de If não havia necrotério nem enterros. Os cadáveres eram jogados ao mar. Atiraram Dantès de uma altura considerável. Quando os guardas descobriram o truque, imaginaram que ele, de qualquer forma, teria morrido afogado.

— E ele morreu? — pergunta Dita, angustiada.

— Não. Ainda falta muito para o livro acabar. Dantès consegue sair do saco e, apesar de exausto, chegar nadando à praia. Mas sabe qual é a melhor parte? O abade Faria não estava louco. Era verdade que havia encontrado um tesouro. Edmond Dantès o encontra, e, com a fortuna, adota uma nova personalidade. Torna-se o conde de Monte Cristo.

— E vive feliz para sempre? — pergunta Dita, ingênua.

Markéta olha para ela com uma expressão de máxima perplexidade e certa repreensão.

— Não. Como ele podia fingir que nada havia acontecido? Ele se vinga de todos que o traíram.

— E consegue?

Markéta assente com a cabeça num gesto tão amplo que não resta dúvida de que a vingança foi implacável. A professora resume para Dita as maquinações astutas de Dantès, agora conde de Monte Cristo, para castigar de forma devastadora os que o fizeram sofrer. Um plano complexo e maquiavélico do qual não fica de fora nem Mercedes, que se casou com o primo por pensar que Dantès havia morrido e por não conhecer o verdadeiro caráter de seu marido. Dantès se aproxima de todos, ganha a confiança deles disfarçado de conde rico e mundano e, no fim, os esmaga.

Depois de terminar o relato da vingança implacável do conde de Monte Cristo, as duas ficam em silêncio. Dita se levanta para ir embora, mas antes se vira para a professora por um instante.

— Senhora Markéta... a senhora me contou tão bem essa história que é quase como se eu tivesse lido o livro. Gostaria de ser um de nossos livros vivos? Assim, já teríamos *A maravilhosa viagem de Nils Holgersson*, o das lendas dos índios americanos, o da história dos judeus, e agora *O conde de Monte Cristo*.

Markéta desvia o olhar e se vira para o chão de terra batida. Volta a ser a mulher tímida e esquiva de sempre.

— Lamento, não será possível. Dar aula para minhas meninas, tudo bem, mas ficar no meio do barracão... Não mesmo.

Dita nota que a mulher enrubesce só de imaginar. No entanto, não pode se dar ao luxo de perder um livro, e pensa o que Fredy Hirsch teria dito numa situação como aquela.

— Sei que é um grande esforço para a senhora, mas... durante uma história, as crianças esquecem que estão nesse estábulo cheio de pulgas, deixam de sentir o cheiro de carne queimada, deixam de ter medo. Durante esses minutos, as crianças são felizes. Não podemos negar isso a elas.

A mulher assente com a cabeça, um tanto pesarosa.

— Não podemos...

— Se olharmos para a realidade, sentimos asco e raiva. Só nos resta a imaginação, senhora Markéta.

Por fim, a professora deixa de olhar para o chão e ergue o rosto ossudo.

— Pode me acrescentar à sua lista de livros.

— Obrigada, senhora Markéta. Obrigada. Bem-vinda à biblioteca.

A professora diz que está tarde demais para ler, que pedirá o romance no dia seguinte.

— Além do mais, preciso repassar alguns trechos.

Dita percebe que Markéta diz aquilo com certo entusiasmo e que caminha com mais graça que de costume. Talvez tenha gostado da ideia de ser um livro vivo. A bibliotecária fica quieta por um momento, folheando o livro, sussurrando em voz baixa o nome de Edmond Dantès e tentando fazer com que soe francês. Ela se pergunta se um dia conseguirá sair dali, como o protagonista do romance. Não é tão valente, mas, se tivesse uma oportunidade de sair correndo para o bosque, não pensaria duas vezes.

Não sabe também se, caso conseguisse escapar, se dedicaria à vingança contra todos aqueles guardas e oficiais das SS. Adoraria que eles sofressem a mesma dor que estão provocando em tantos inocentes. No entanto, sente certa melancolia ao pensar que gostava mais do Edmond Dantès alegre e confiante do princípio da história do que do homem calculista e cheio de ódio. Não sabe se, numa situação como a dele, escolhemos nosso destino ou se ele é traçado contra nossa própria vontade.

Vêm-lhe à cabeça os últimos dias de seu pai agonizando numa cama suja sem um remédio para aliviá-lo. Viu-o morrer lentamente.

Os nazistas têm obsessão pela morte. Ao pensar nisso, sente uma insaciável sede de vingança. Mas então se lembra do que aprendeu com o professor Morgenstern: “Nosso ódio é a vitória deles.” E assente com a cabeça.

Se o professor Morgenstern era louco, ela gostaria de que a trancassem com ele.

22

A dois campos de distância do campo familiar, surge uma cena que nenhum interno gostaria de presenciar. Rudi Rosenberg caminha pela *Lagerstraße* do BIId quando entra no campo uma patrulha da SS com quatro russos magros, mas ainda enérgicos apesar da barba comprida, da roupa rasgada e dos hematomas no rosto. Seu amigo Wetzler, empregado no necrotério do campo, lhe contou que os prisioneiros de guerra russos trabalhavam na ampliação de Birkenau fora do perímetro. Tinham jornadas de trabalho exaustivas empilhando placas pesadas e colunas de madeira.

Numa das manhãs em que o *Kapo* dos russos se ausentou por várias horas porque estava se divertindo com a encarregada do grupo de mulheres que trabalhavam capinando o terreno ao lado, eles construíram um pequeno esconderijo. Puseram quatro chapas grandes e espessas nos cantos, fazendo as vezes de paredes, e uma tábua por cima, como tampa. Empilharam mais placas ao redor, de modo que o cubículo ficasse oculto entre as pilhas. O plano era deslizar a tábua que servia de tampa e se enfiar no esconderijo num momento de descuido do *Kapo*. Quando fizessem a chamada, notariam sua ausência e procurariam no bosque e nos arredores, mas nunca desconfiariam de que estivessem escondidos fora do perímetro eletrificado, mas a apenas alguns metros da cerca do próprio campo.

Os alemães eram metódicos. O estado de alerta por fugas mobilizava a SS e fazia com que aumentasse a vigilância nos postos de controle de povoados próximos durante três dias. Depois desse período, a operação especial chegava ao fim, e os SS retornavam a suas guardas rotineiras. Por isso, os internos deveriam ficar escondidos por três dias e, na quarta noite, tentar uma fuga sem a pressão da operação de busca e captura.

A ideia foi se concretizando na cabeça do registrador até se tornar uma obsessão. Alguns veteranos falam da fuga de maneira tão acalorada como se falassem de uma doença contagiosa. De uma hora para outra, o assunto toma conta de todo mundo. Primeiro, pensa-se nisso de vez em quando; depois, com mais frequência; no fim, não dá para se concentrar em qualquer outra coisa. A necessidade de fuga se torna uma obsessão, como uma coceira repentina que só aumenta de intensidade e faz com que alguém se coce até a pele ficar em carne viva.

Passaram apenas alguns dias desde a tentativa de fuga dos russos, e Rosenberg assiste, pesaroso, à entrada de um grupo de SS que conduz os fugitivos acorrentados. Logo atrás, o Sturmbannführer Schwarzhuber encerra a comitiva. Os presos quase não conseguem caminhar com as vestimentas rasgadas e os olhos tão inchados que quase não enxergam. Os guardas do campo vão ordenando com os apitos que todos os internos saiam dos barracões, e os que estão na rua são obrigados a assistir ao espetáculo. Se alguém faz corpo mole, apanha duramente. Os nazistas gostam de público, porque, para eles, o castigo e a execução servem de lição. Poucos métodos são tão eficazes para mostrar o que acontece aos que tentam fugir.

A patrulha para em frente à porta de um barracão com uma roldana na parte superior. Poder-se-ia pensar que ela serve para erguer fardos de palha ou sacos de grãos, mas na realidade é usada para pendurar pessoas. Schwarzhuber faz um discurso longo e pausado elogiando a eficácia do Reich contra os que desobedecem às suas ordens, e anuncia com regozijo o castigo implacável que os aguarda.

Antes de executá-los, como uma macabra recompensa de sangue, lhes dão cinquenta chibatadas. Depois, põem a corda no pescoço de um por um. O tenente aponta para meia dúzia de homens que observam e manda que comecem a puxar. Se alguém hesita, faz menção de sacar a pistola. A corda sobe, e o corpo do primeiro dos prisioneiros vai se elevando do chão em meio a chutes no ar e convulsões de sufocamento.

Rudi Rosenberg vê com espanto seus rostos desfigurados, os olhos como ovos cozidos abrindo caminho por entre as pálpebras inflamadas, as línguas enormes, os gritos sem som das bocas retorcidas. De repente, a agonia cessa. Ao desviar os olhos, depara-se com os rostos dos outros fugitivos, que mal se aguentam de pé, uns apoiados nos outros, e esperam sua vez de ser executados. Seus pensamentos já não estão mais aqui. A dor das chicotadas os deixou tão destruídos que a morte é uma libertação. A corda no pescoço é quase um presente.

Apesar de a cena comover Rosenberg, ele nem pensa na possibilidade de abortar o plano de fuga. Alice lhe deixou a lembrança de que nada de belo pode germinar nesse inferno atroz. O campo o asfixia, já não suporta mais conviver com a morte. Precisa tentar sair dali ainda que termine chutando o ar com uma corda no pescoço.

Fez algumas sondagens no campo BIId, onde tem contato com gente que circula por todas as frestas do *Lager*. Numa tarde, cruza com Frantisek, o secretário de um barracão com quem tem acordos e é membro de destaque da Resistência, e lhe conta seus planos. Muitos *Kapos* de barracão arranjam secretários que servem como ajudantes e ficam sob sua proteção. Frantisek lhe diz para passar no seu quarto no dia seguinte e tomar um café.

Café?

Café é um luxo ao alcance apenas daqueles que têm ótimos contatos no mercado negro. Não basta só o café. É preciso também um moedor, uma cafeteira, água, uma fonte de calor... Naturalmente, Rosenberg vai encontra-lo. Adora café e mais ainda estar na companhia de gente bem-relacionada. Entra no barracão, onde a essa hora não há mais ninguém, pois todos estão trabalhando na ampliação de Auschwitz, e se dirige ao quarto de Frantisek. Entra sem bater, e é o próprio registrador quem se surpreende. Seu coração se vira de cabeça para baixo quando vê que, junto ao secretário, há um membro uniformizado dos SS. Pensa em delação.

— Entre, Rudi. Tudo em ordem. Estamos entre amigos.

Ele hesita por um instante, mas Frantisek é confiável, ou pelo menos é nisso que acredita. O SS se apressa para se apresentar e estende a mão, amistoso.

— Meu nome é Viktor. Viktor Pestek.

No cargo de registrador, Rudi já ouviu muitas coisas, mas nunca algo tão surpreendente quanto o que o guarda dos SS pergunta em seguida:

— Gostaria de fugir comigo?

Viktor Pestek lhe conta seu plano em detalhes, e a princípio parece algo bem razoável: saírem vestidos com um uniforme dos SS pela porta principal sem levantar suspeitas e pegar o trem para Praga. Quando notarem sua ausência na manhã seguinte, já estarão longe. A segunda parte lhe parece mais complicada: conseguir documentos para eles e mais duas mulheres, e voltar a Auschwitz para buscá-las.

Rudi escuta com atenção. Dificilmente haveria um modo melhor de fugir dali do que ser ajudado por um primeiro cabo dos SS. Mas algo lhe diz que não vai funcionar, talvez sua desconfiança dos SS. Decide negar com educação o convite, e lhes promete absoluta discrição.

Frantisek não dispõe de uma cafeteira, e sim de uma meia que mergulha numa marmita antes de pô-la sobre um fogareiro. Para Rudi, porém, o café de panela tem sabor de glória, e ele vai embora pensando que esse SS conta seus planos com alegria demais.

A obsessão de Viktor Pestek em fugir começa a ficar perigosa. Ninguém acreditaria que um SS quer fugir de Auschwitz. Parece a lenda do pote de ouro no final do arco-íris ou a do homem do saco. Pestek, porém, é insistente. Ele poderia ir embora sozinho, mas precisa de alguém que conheça os círculos clandestinos de Praga para fazer o mais rápido possível a documentação falsa de que precisa para tirar René e a mãe dali.

Insiste tanto que encontra alguém disposto a ajudá-lo. É um dos internos do campo familiar, chamado Siegfried Lederer e pertencente à Resistência. Alguém que também está decidido a fazer qualquer coisa para sair dali.

Pestek marcou com René. Ela chega muito séria, envergonhada, sem tirar as mãos dos quadris e cabisbaixa.

— Este é nosso último encontro em Auschwitz.

Já faz dias que ele lhe conta sobre a fuga, mas ela não consegue acreditar.

— O grande dia chegou — diz Pestek. — Bem, é só a primeira parte, claro. Primeiro saio eu e depois venho buscar você e sua mãe.

— Mas como?

— É melhor você não saber dos detalhes. Qualquer deslize pode ser fatal. Talvez eu mude o plano de fuga se as coisas não saírem como previ. Mas não se preocupe com nada. Um dia, você cruzará a entrada do campo e seremos livres.

René olha para Viktor com seus olhos de um azul muito pálido e puxa um cacho, graciosa, até a boca, como ele gosta.

— Agora preciso ir.

Ela assente com a cabeça.

No último instante, detém-no pela manga da jaqueta.

— Viktor...

— O que foi?

— Tome cuidado.

Ele suspira feliz. Agora, mais do que nunca, nada poderá impedi-lo.

E nada impedirá Dita de tentar descobrir o que aconteceu com Hirsch naquela tarde de março que o levou ao suicídio. Há vários dias ela rodeia a oficina, procurando Change, mas nunca o encontra.

A sorte, às vezes, precisa ser agarrada pelo pescoço.

Dita segue rumo ao que parece o último grupo de operários a deixar a oficina no final do dia de trabalho.

— Com licença...

Os homens olham para ela, cansados e amistosos.

— Estou procurando um senhor... sem cabelo.

Os homens se olham como se não a entendessem.

— Sem cabelo?

— É, quero dizer, careca. Todo careca.

— Todo careca?

— Claro! — exclama um deles. — Ela está falando de Kurt, com certeza.

— Suponho que sim — diz Dita. — E onde posso encontrá-lo?

— Aí dentro — indicam os homens. — Ele sempre sai por último. É o encarregado de varrer, limpar e pôr tudo em ordem.

— Uma labuta e tanto — comenta um deles.

— Acontece que, além de judeu, é comunista.

— E ainda por cima careca — acrescenta outro, com ironia.

— Ser careca é uma vantagem. Os piolhos batem e voltam.

— Nos dias de neve patinam sobre o gelo na cabeça dele — diz o irônico.

E saem rindo, como se Dita não existisse. Ela passa bastante tempo esperando do lado de fora até que, enfim, sai o homem sem cabelo. A senhora Turnovská tinha razão ao dar o nariz como referência.

Dita começa a caminhar a seu lado.

— Com licença. Preciso de uma informação.

O homem olha para ela de cara feia e acelera o passo. Dita faz o mesmo e o alcança.

— Ei, preciso lhe fazer uma pergunta sobre Fredy Hirsch.

— Por que você está me seguindo? Não sei de nada. Me deixe em paz.

— Não queria incomodá-lo, mas preciso saber...

— E o que tenho a ver com isso? Sou só um varredor de oficina.

— Me disseram que o senhor é mais do que isso...

O homem para de repente e se vira para ela, enfurecido. Olha para um lado e para o outro algumas vezes, e, naquele instante, Dita se dá conta de que, se Mengele a pegar ali, será o fim.

— Pois se enganaram.

O homem volta a andar.

— Espere! — grita Dita, irritada. — Quero falar com o senhor! Prefere que seja aos berros?

Algumas pessoas viram a cabeça, curiosas, e o homem xinga em voz baixa. Puxa Dita pelo braço e a leva para a rua lateral, entre dois barracões, onde a luz é mais fraca.

— Quem é você? O que você quer?

— Sou uma assistente do bloco 31. De confiança. Pode pedir referências minhas a Miriam Edelstein.

— Está bem, está bem... fale.

— Estou tentando entender por que Fredy Hirsch se matou.

— Por quê? É bem simples. Ele se acovardou.

— O que disse?

— O que você ouviu. Ele deu para trás. Pediram que Hirsch liderasse o levantamento e ele não se atreveu. Fim da história.

— Não acredito no senhor.

— Para mim, tanto faz se você acredita ou não. Foi isso o que aconteceu.

— O senhor não conhecia Fredy Hirsch, não é? — Então é o homem quem fica parado, como se tivesse sido pego fazendo algo errado. Dita faz força para que, ao falar, a raiva não se transforme em lágrimas. — Não, não o conheceu. Não sabe nada dele. Ele nunca recuou diante de nada. O senhor acha que sabe muito, que a Resistência sabe tudo... mas não entende nada.

— Veja, menina, o que sei é que essa ordem foi transmitida da direção da Resistência. E o que ele fez em seguida foi tomar todos aqueles comprimidos para sumir do mapa — responde o homem, incomodado. — Não sei de onde vem tanto interesse por ele. Essa coisa toda do bloco 31 é um teatro. O campo familiar inteiro é.

Hirsch e todos nós temos feito o jogo dos nazistas, temos sido seus criados.

— O que o senhor quer dizer com isso?

— Este é um campo-disfarce, uma camuflagem. A única função deste lugar é dissimular perante os observadores internacionais que podem vir averiguar o que há de verdade nos rumores que chegaram a alguns países de que os campos alemães são matadouros. O campo familiar e esse bloco 31 são um cenário e, nós, os atores dessa comédia.

Dita fica calada. O homem calvo balança a cabeça para um lado e para o outro.

— Pare de remoer isso. Seu amigo Hirsch teve medo. Isso é humano.

O medo...

De repente, Dita pensa no medo como um ácido que corrói tudo, destrói tudo.

O homem calvo se afasta, olhando à direita e à esquerda, nervoso.

Dita segue pelo beco. As palavras retumbam em sua cabeça e ensurdecem tudo o que há ao redor.

Cenário? Atores de uma comédia? Comparsas dos nazistas? Todo o esforço que têm feito no bloco 31 é em benefício dos alemães?

Precisa apoiar uma das mãos na lateral do barracão, que está cambaleando. O campo familiar inteiro é uma mentira? Nada pode ser verdade?

Começa a pensar que talvez seja verdade. A verdade é armação do destino, não passa de um capricho do acaso. A mentira, por outro lado, é mais humana: fabricada pelo homem, feita sob medida.

Ela vai atrás de Miriam Edelstein. E a encontra no barracão, sentada na cama. Seu filho, Ariah, se despede naquele momento e sai com os outros meninos pela *Lagerstraße* antes que distribuam o pão dormido do jantar.

— Incomodo, tia Miriam?

— Claro que não.

— É que... — Sua voz hesita. Ela inteira é uma hesitação. Mais uma vez, suas pernas tremem, velozes como bielas. — Falei com um homem da Resistência. Ele me contou uma história incrível. Que o campo familiar é um disfarce dos nazistas para o caso de aparecerem observadores de outros países para questionar...

Miriam assente com a cabeça em silêncio.

— Então é verdade! A senhora já sabia! Quer dizer que — sussurra Dita —, a única coisa que fizemos esse tempo todo foi estar a serviço dos nazistas.

— Nada disso! Eles tinham um plano, mas implementamos o nosso. Queriam um depósito de crianças largadas num canto como trastes, mas abrimos uma escola. Queriam que fossem quadrúpedes num estábulo, mas fizemos com que se sentissem gente.

— E de que adiantou? Todas as crianças do transporte de setembro morreram.

— Valeu a pena. Nada foi em vão. Lembra como riam? Como arregalavam os olhos quando cantavam o *Alouette* ou escutavam as histórias dos nossos livros vivos? Lembra os pulos que davam quando púnhamos meio biscoito na tigela delas?

— E o entusiasmo com que preparavam as peças de teatro!

— Foram felizes, Edita.

— Mas durou tão pouco...

— A vida, qualquer vida, dura muito pouco. Mas se conseguimos ser felizes, ao menos por um instante, terá valido a pena.

— Um instante! Tão pouco tempo assim?

— Muito pouco. Basta ser feliz pelo tempo que um fósforo leva para acender e apagar.

Dita fica em silêncio e pondera quantos fósforos se acenderam e apagaram em sua vida. Foram muitos, ela não é capaz de contá-los. Foram muitos pequenos momentos em que a chama brilhou, inclusive na mais absoluta escuridão. Alguns desses momentos se deram quando, em meio ao maior dos desastres, ela abriu um livro e mergulhou nele. Sua pequena biblioteca é uma caixa de fósforos. Ao pensar nisso, sorri com certa tristeza.

— E o que será dessas crianças agora? O que será de todos nós? Estou com medo, tia Miriam.

— Os nazistas podem nos privar de nossa casa, dos objetos, da roupa e até do cabelo, mas, por mais que eles nos arrebatem, não podem nos tirar a esperança. Esta é nossa. Não podemos perdê-la. Ouvimos cada vez mais bombardeios dos aliados. A guerra não vai durar para sempre e temos de nos preparar também para a paz. As crianças precisam continuar estudando porque vão encontrar um país e um mundo em ruínas e serão elas e vocês, os jovens, que terão de reerguê-lo.

— Mas o fato de o campo familiar ser um truque dos nazistas é horrível. Os observadores internacionais vão chegar, isto aqui será mostrado a eles, eles verão que as crianças sobrevivem em Auschwitz, as câmaras de gás serão escondidas e eles irão embora, enganados.

— Ou não.

— O que a senhora quer dizer com isso?

— Esse será nosso momento. Não os deixaremos ir embora sem saber a verdade.

Então, Dita começa a recordar a tarde antes de o transporte de setembro partir, quando cruzou com Fredy na *Lagerstraße*.

— Agora me veio à cabeça uma coisa que Fredy me disse na última vez em que conversamos. Ele comentou que, em algum momento, uma fresta se abriria, e esse momento seria a hora da verdade. Teríamos de arriscar. Seria preciso fazer uma cesta no último segundo, quando eles menos esperassem, e ganhar o jogo.

Miriam assente com a cabeça.

— Esse era o plano. Fredy deixou uns papéis para mim antes de ir. O que ele escrevia era mais do que relatórios para o comando. Tinha reunido dados, datas, nomes... um dossiê inteiro do que acontece em Auschwitz, elaborado para ser entregue a um observador neutro.

— Fredy não vai poder entregá-lo.

— Não, ele já não está mais aqui. Mas não vamos nos render, não é?

— Nos render? Nem pensar! Conte comigo, seja para o que for. Custe o que custar.

A vice-diretora do bloco 31 sorri.

— Mas, então — insiste Dita —, por que Fredy se rendeu no último momento e se suicidou? Os membros da Resistência dizem que ele teve medo.

O sorriso de Miriam Edelstein se enruga de repente.

— Um homem da Resistência disse que pediram a Fredy para liderar uma revolta e que ele recuou. Falei que esse homem não fazia a menor ideia, mas ele tinha tanta certeza...

— É verdade que propuseram que Fredy liderasse uma revolta quando já tinham certeza de que o transporte de setembro inteiro iria para as câmaras de gás. Uma fonte em que confio me contou.

— E ele recusou?

— Uma revolta formada por um contingente de famílias com idosos e crianças contra SS armados não era um grande plano. Ele pediu para pensar um pouco.

— E depois se suicidou.

— Sim.

— Por quê?

O suspiro de Miriam Edelstein a deixa vazia por dentro.

— Nem sempre temos respostas para tudo.

A mulher pega nos ombros da bibliotecária e a puxa para si. As duas se abraçam por um bom tempo em que o silêncio as une mais do que qualquer palavra. Despedem-se, afetuosas, e Dita sai do barracão. Pensa que talvez não haja respostas para tudo, mas Fredy lhe disse: "Não se renda nunca." E ela não abrirá mão de encontrar essa resposta.

O barulho das aulas tira Dita de seus pensamentos. A poucos metros se encontra o grupo de Ota Keller. As crianças acompanham suas explicações, muito atentas, e a bibliotecária aguça o ouvido para não perder o elo que os nazistas cortaram. Sente falta do colégio. Gostaria de continuar estudando e, talvez, ser aviadora, como a mulher que vira numa revista ilustrada da mãe que se chamava Amélia Earhart e aparecia nas fotos descendo de um avião, com uma jaqueta masculina de couro, óculos de pilotagem erguidos na testa e um olhar sonhador. Imagina que para ser aviadora seja preciso estudar muito. Chegam ali, onde a bibliotecária está sentada, os murmúrios cruzados de vários professores, e ela não entende nenhum.

Dita observa o professor Keller. Dizem que ele é comunista. O comunismo ainda é um sonho, ainda não se tornou um pesadelo. Ota Keller fala sobre a velocidade da luz e conta que não há nada tão veloz no universo, que essas estrelas que vemos brilhar no céu são o resultado dos fótons de luz que elas emitiram e que percorreram milhões de quilômetros a uma velocidade vertiginosa até chegar a nossas pupilas. Ele hipnotiza as crianças com o entusiasmo contagiante que emana ao contar as coisas, gesticulando muito com as sobrancelhas e mexendo o dedo indicador como se fosse o ponteiro de uma bússola.

Dita pensa, de repente, que as bússolas são muito difíceis de entender. Talvez, quando mais velha, prefira, em vez de aviadora, ser pintora. Seria um jeito de voar, mas sem depender de tantos aparatos e alavancas. Ela pintaria o mundo como se o sobrevoasse.

Nessa tarde, Margit espera Dita na saída do barracão 31. Chegou com a irmã, Helga, que está muito magra. Margit sussurra à amiga que está um pouco preocupada com a irmã, pois vê que ela anda muito abatida. Helga deu o azar de cair numa brigada das valas de drenagem e, devido às constantes chuvas da primavera, passa o dia ali, tirando o barro acumulado.

Há muitos internos como Helga. Padecem de uma magreza ainda maior que a dos demais, como se o pedaço de pão e a sopa entrassem e saíssem de seu corpo sem deixar rastro. Talvez estejam tão magros quanto o resto, mas há algo em seu semblante caído e no olhar derrotado que os faz parecer mais frágeis. Fala-se muito do tifo, da cólera, da tuberculose e da pneumonia, mas não se fala tanto do desânimo que açoita o *Lager*. Com o pai de Dita foi assim também. É gente que, de imediato, começa a perder a vontade de viver. São os que se renderam.

Dita e Margit tentam animar Helga e iniciam uma conversa a mais divertida possível.

— E então, Helga, você encontrou algum garoto bonito por aí?

Como ela fica parada, sem saber o que responder, Dita passa a bola para a irmã da menina.

— E você, Margit, também não viu nada no campo inteiro que valha a pena? Assim você vai ter de pedir ao comando para ser transferida!

— Espere... vi um garoto, do barracão 12. É uma gracinha.

— Uma gracinha? Você ouviu isso, Helga? Que jeito mais brega de falar é esse?

As três riem.

— E você disse alguma coisa a essa gracinha? — insiste Dita.

— Ainda não. Ele deve ter pelo menos uns 25 anos.

—Velho demais! Um idoso. Se vocês saíssem juntos, pensariam que ele é seu avô.

— E você, Dita? — contra-ataca Margit. — Não encontrou nesse barracão inteiro um assistente que valha a pena?

— Assistente? Não. Quem quer saber de um garoto com a cara cheia de espinhas?

— Bem, deve haver alguém interessante!

— Não.

— Nenhum?

— Bem... tem um diferente.

— Diferente como?

— Ele não tem três pernas, já vou logo avisando. Mas — Dita fica mais formal — é um desses rapazes que parecem ser muito sérios, só que sabem como contar as coisas. O nome dele é Ota Keller.

— Ou seja, um chato.

— Nada disso!

— O que você acha, Helga? Um desastre esse panorama dos garotos, não é?

A irmã de Margit assente com a cabeça, sorrindo. Tem vergonha de falar de garotos com ela, que costuma ser muito séria. Quando Dita está, porém, é diferente. Ela consegue que tudo pareça menos transcendente.

Nessa noite, enquanto Helga, Margit, Dita e o campo familiar inteiro dormem, um primeiro cabo da SS entra no campo sem chamar a atenção. Está com uma mochila no ombro.

Ele vai para trás de um barracão e desliza a barra que tranca a porta dos fundos. Naquele instante, Siegfried Lederer aparece por entre as sombras e troca de roupa em segredo. Deixa de ser um pedinte e se transforma num reluzente oficial dos SS. Pestek preferiu arranjar uma farda e insígnias de tenente, pois dessa maneira é mais difícil alguém se atrever a lhe dirigir a palavra.

Os dois saem pelo posto de controle, onde os guardas da guarita os saúdam, respeitosos, com o braço erguido e rígido. Encaminham-se à entrada sob a enorme torre de vigilância, que parece um castelo sinistro. É noite, e ela está iluminada na parte superior, em que fica o observatório envidraçado de onde os guardas vigiam. Lederer sua no uniforme, mas Pestek caminha muito seguro. Está convencido de que passarão pelo controle sem grandes problemas.

Os dois se aproximam do posto que há sob a imponente torre da entrada e Pestek dá uns passos à frente. Ao vê-lo chegar, os guardas se viram e, com eles, suas metralhadoras carregadas. Pestek sussurra para Lederer afrouxar o passo, de modo que o primeiro possa ficar à frente, mas pede que o outro continue andando para o lado de fora, diz que o mais importante é não hesitar, não deixar de caminhar, não se deter. Se ele não duvida, a vigilância também não duvidará. Não se atreverão a parar um tenente.

Com total desenvoltura, Pestek dá uns passos à frente. Aproxima-se dos guardas e, como se estivesse entre amigos e fosse lhes fazer uma confidência, diz em voz baixa que vai levar um oficial recém-chegado a Auschwitz para dar uma volta no prostíbulo de Auschwitz I.

Mal dá tempo aos guardas de soltar umas risadas cúmplices, o falso tenente vai adiante, e todos entram em posição de sentido enquanto ele responder à saudação com a cabeça, de maneira indolente. Pestek se une a seu superior e os dois se perdem na noite. Os guardas do posto de controle pensam que ambos são sujeitos de sorte. E são.

Pestek e Lederer caminham até a estação de Oświęcim. Precisam tomar um trem que sai em poucos minutos para a Cracóvia. Se tudo correr bem, de lá pegarão outro até Praga. Caminham em silêncio, tentando fazer com que seus passos largos não se mostrem apressados. A liberdade pinica a coluna de Lederer, ou talvez seja a farda ou o próprio medo. Pestek caminha mais confiante, até assobia. Está convencido de que tudo correrá bem. Não poderão pegá-los porque ele sabe perfeitamente como pensam os SS, ainda que não faça nem 15 minutos que se tornou um deles.

A recontagem da manhã é mais interminável do que nunca. Quando acaba, ouvem-se apitos e gritos em alemão. Um SS chega e dá a ordem para que se repita a recontagem. Muitos judeus tchecos falam alemão, de modo que há um murmúrio de decepção no barracão. Mais uma hora de pé... Não sabem o que está acontecendo, mas notam o nervosismo dos guardas. Uma palavra é sussurrada entredentes, de fila em fila: fuga.

Nessa manhã, no bloco 31, soa, estrondosa, a canção *Alouette*. Avi Ofir conduz o coro com sua habitual jovialidade, e as crianças, de idades diferentes, apreciam a canção que se tornou o hino do bloco 31. Dita também se junta ao coro. A música produz uma vibração acústica que os embala. Quase todas as 360 crianças do bloco descarregam as gargantas em uma só voz de muitas nuances.

Quando terminam, Lichtenstern anuncia que logo chegará o Sêder de Pêssach e que a direção do bloco infantil está trabalhando para que seja um grande acontecimento. As crianças aplaudem, algumas assobiam com entusiasmo. Dizem que faz dias que o chefe do bloco tenta arranjar no mercado negro ingredientes suficientes para a celebração. São notícias que animam o dia a dia e os envolvem numa bolha de normalidade. Outra notícia que correu como a velocidade da luz é a da fuga de um interno chamado Lederer. Foi por isso que tiveram de repetir a recontagem e mandaram cortar o cabelo de todos. Os *Kapos* repetiam a gritos a palavra higiene, mas é apenas rancor. Horas e horas de fila para chegar a uns cabeleireiros gregos com umas tesouras enferrujadas que na vida civil teriam cortado, no máximo, fatias de toucinho. Da cabeleira média e volumosa de Dita, ficaram quatro fios apenas.

Mas tanto faz.

Os alemães estão especialmente irritados com essa fuga porque dizem que Lederer escapou graças à colaboração de um guarda da SS que desertou. Nada os deixa tão enfurecidos. Não encontrarão corda áspera o suficiente para pendurá-lo. Margit contou que esse guarda era o que andava com René, mas que a moça não fala com ninguém. Nem disso nem de nada.

E, até agora, graças a Deus, não os pegaram.

Destino é destino. Dita caminha pela *Lagerstraße*, com os olhos e os ouvidos alertas para detectar Mengele. Quem vê vindo, porém, é um prisioneiro de alta categoria que a bibliotecária tinha visto em alguma ocasião do outro lado da cerca. Já faz semanas que ela quebra a cabeça tentando encontrar com o rapaz, e ali vem ele, caminhando sozinho com as mãos nos bolsos. Está com uma calça que parece ser para montar cavalos, como se fosse um *Kapo*. No entanto, é o registrador do campo de quarentena, Rudi Rosenberg.

— Com licença...

Rudi reduz o passo sem parar. Está muito concentrado em seu plano. Já não há como voltar atrás. O remorso é insuportável. Ele tem que sair dali, vivo ou morto. Não pode esperar mais. O dia está marcado e falta apenas arrematar a questão das provisões. A sorte começará a mudar, e ele não pode permitir distrações.

— O que você quer? — responde ele de má vontade. — Não tenho comida para lhe dar.

— Não é isso. Eu trabalhava no bloco 31, para Fredy Hirsch.

Rosenberg assente com a cabeça, mas não se detém, e Dita tem de dar passos cada vez mais largos para acompanhá-lo.

— Eu o conhecia...

— Não se engane. Ninguém conhecia esse homem. Ele não deixava.

— Mas ele era valente. Chegou a lhe dizer algo que explicasse por que se matou?

Rosenberg para por um momento e olha para ela com cara de cansado.

— Ele era humano. Vocês acreditavam que ele fosse um patriarca bíblico, um Golem da lenda judaica ou coisa do tipo. — O registrador suspira com desdém. — Ele tinha fabricado essa auréola de herói para si mesmo. Mas não era para tanto. Eu vi. Era um homem como qualquer outro. Simplesmente não aguentou mais. Falhou, como teria falhado qualquer outro. É tão difícil assim de entender? Esqueça isso. O momento dele já passou. Agora preocupe-se apenas em como sair viva daqui.

Rudi, visivelmente mal-humorado, dá a conversa por terminada e retoma a caminhada. Dita pensa em suas palavras. E também em seu tom hostil. Claro que Hirsch era humano, tinha fraquezas. Ela sabia muito bem disso. Ele nunca disse que não tinha medo. Claro que tinha. Mas dizia que é preciso engolir o medo. Rosenberg é alguém que sabe muitas coisas. Todo mundo comenta isso. Ele lhe deu um conselho sensato: pense apenas em você. Dita, porém, não quer ser sensata.

Abril trouxe uma temperatura mais temperada, e o frio cortante do inverno foi diminuindo. A chuva transformou a *Lagerstraße* num lamaçal encharcado, e a umidade fez com que aumentassem as doenças respiratórias. O carrinho que recolhe os mortos do dia pela manhã atravessa o campo repleto de cadáveres atacados por pneumonias traiçoeiras. A cólera e o tifo também matam muitos. Não há uma mortalidade repentina e generalizada como em uma epidemia, mas a morte é uma torneira aberta que não para de vazar por um dia sequer nesses barracões úmidos que são um paraíso para as bactérias.

Abril trouxe a Birkenau uma chuva de água e outra de transportes. Há dias em que chegam até três trens, abarrotados de judeus, que jorram água e gente sobre a nova plataforma interna. As crianças se alteram, querem sair para ver a chegada dos trens e se espantar com a montanha de maletas e pacotes que ficam empilhados no chão. Caixas e caixas de comida que elas observam com cobiça nos olhos e saliva na boca.

— Veja! Um queijo enorme! — grita um menino de dez anos chamado Wiki.

— E ali jogados no chão... Parecem pepinos!

— Meu Deus! Uma caixa de castanhas!

— Ah, é verdade. São castanhas!

— Quem dera o vento trouxesse nem que fosse só uma castanha! Não estou pedindo muito! Uma só! — E Wiki começa a rezar baixinho. — Uma. Nada mais, Deus do céu.

Uma menina de cinco anos com a cara suja e o cabelo parecendo um esfregão dá alguns passos à frente e a mão de um adulto a segura pelo ombro para que ela não vá mais adiante.

— O que é castanha?

Os meninos e as meninas um pouco mais velhos olham para ela, rindo, mas logo ficam sérios. A pequena nunca viu uma castanha, nunca sentiu seu gosto assado no forno nem o do bolo de castanhas de novembro. Wiki pensa que, se Deus ouvisse suas preces e o vento lhe trouxesse uma castanha, ele daria metade à menina. Alguém não pode dizer que viveu se não conheceu o sabor de uma castanha.

Os professores não veem pacotes de comida, mas fardos de pessoas derrotadas que os guardas fazem entrar em formação a pancadas para submetê-las à macabra rotina de cada transporte: separar os que serão raspados, tatuados e jogados no meio de um lamaçal para que trabalhem até a morte e os que serão assassinados de uma vez. Atrás da cerca do campo familiar, as crianças de seis ou sete anos às vezes fazem gracejos sobre os novos deportados, e é difícil saber com exatidão se caçoam de verdade e não se importam nem um pouco com a dor dos desconhecidos ou se fingir indiferença ao que acontece diante dos companheiros é uma forma de se fazerem de fortes e superarem a angústia.

Na primeira noite de Pêssach, no princípio de abril, as famílias se reúnem ao redor da mesa e se faz a leitura do Hagadá, que narra a saída dos israelitas do Egito. A tradição manda que sejam bebidos quatro cálices de vinho em honra a Deus. Prepara-se a Keará, a fonte onde se colocam os seguintes alimentos: Zeróa (uma coxa de frango), Beitzá (um ovo marrom que simboliza a dureza do coração do faraó), Maror (ervas amargas ou rabanete picante, que simbolizam a amargura da escravidão sofrida no Egito), Jaroset (uma pasta doce de maçã, mel e frutas secas que representa o cimento que os judeus usaram para construir suas casas no Egito) e Karpás (um pouco de salsa numa tigela de água salgada que simboliza a vida dos israelitas, sempre banhada em lágrimas). No entanto, o elemento mais importante é a Matzá, o pão sem fermento, de que todos os comensais pegam um pedaço. A última cena de Jesus com seus discípulos foi para celebrar o Sêder, e a eucaristia cristã surge desse rito judaico. Tudo isso vem sendo explicado por Ota Keller ao grupo de alunos, e ninguém perde um detalhe sequer. A tradição religiosa e a comida são temas sagrados para eles.

Lichtenstern conseguiu: poderão celebrar o Pêssach. Embora não tenham arranjado todos os ingredientes para comemorar de maneira ortodoxa, as crianças estão na maior expectativa quando o chefe do bloco sai do quarto portando um pedaço de madeira como se fosse uma bandeja. Nela estão, em ordem precisa, um osso de algo que poderia ser frango, um ovo, uma rodela de rabanete e uma caçarola de água salgada em que ervas flutuam.

Tia Miriam pôs marmelada de beterraba no chá da manhã para simular o vinho. Ela é a encarregada de amassar o pão. Valtr, um dos homens que costumam colaborar nas tarefas de manutenção do barracão, conseguiu um arame grosso e o dobrou como se fosse uma resistência para assar o pão. Hipnotizadas, as crianças assistem a todo o processo. Num lugar onde a comida é um bem tão escasso, elas veem com assombro como de um punhado e farinha e um pouco de água surge o delicioso pão, com esse aroma tão inebriante.

Por fim, um milagre.

Por isso, ainda que no fundo alguns dos menores brinquem de se perseguir fazendo barulho, um silêncio impregnado de misticismo paira no ar, fazendo com que se calem.

Finalmente conseguem sete pães, que põem numa mesa de centro. Não é muito para mais de trezentas crianças, mas Lichtenstern manda que cada uma pegue um pedacinho, apenas o necessário para provar a Matzá.

— Eis o pão sem fermento que nossos antepassados comeram no êxodo da escravidão para a liberdade — diz ele.

E todos começam a passar em ordem por ele para ter seu pedacinho sagrado.

As crianças voltam a se sentar em grupos e os professores contam a história do êxodo dos judeus enquanto elas comem o pão do ritual e tomam o chá tingido de marmelada de beterraba, como se fosse vinho. Dita vai ziguezagueando por entre os grupos e escutando a história com diferentes vozes, versões distintas dos mesmos feitos extraordinários da longa peregrinação pelo deserto, guiados pelo profeta Moisés. As crianças adoram as histórias e escutam atentamente como Moisés subiu até o íngreme monte Sinai para se aproximar daquele Deus feroz e como o mar Vermelho se abriu para eles. Deve ser a celebração da noite de Sêder menos ortodoxa da história — nem noite é, e sim meio-dia. E já não poderão comer o tradicional cordeiro. Como um grande brinde, cada um receberá meio biscoito. Mas o próprio empenho e a fé com que celebram a data, apesar de todas as carências, faz daquela uma cerimônia emocionante.

Avi Ofir reúne o coro, que passou vários dias ensaiando para a ocasião, e começam a entoar, primeiro com timidez e depois com elegância, a *Ode à alegria*, de Beethoven. Como é difícil ensaiar qualquer coisa em segredo nesse bloco em que se amontoam todas as crianças, a maioria dos presentes sabe a letra de cor e se põe a cantar também, até formar um coro gigantesco de centenas de vozes.

A força daquela música atravessa as paredes e os alambrados. Os que trabalham nas valas de drenagem do campo param por um momento e se apoiam nas pás para escutar melhor...

Escutem! São as crianças que estão cantando...

No barracão têxtil ou no de mica, onde são fabricados condensadores para aparelhos eletrônicos e radares, também desaceleram o trabalho por um instante e viram o rosto para essa melodia alegre que chega de algum lugar que parece alheio ao *Lager*.

Não, não, diz alguém. São anjos do céu.

Nessas valas de grude onde as cinzas nunca deixam de cair e os *Kapos* atiçam os internos para que eles cavem até suas mãos sangrarem, a música e as vozes trazidas pelo vento são um milagre. A letra fala de um tempo em que milhares de seres irão se abraçar, o mundo inteiro irá se beijar e todos os homens serão irmãos. Um pedido de paz gritado do fundo do peito na maior fábrica de morte de todos os tempos.

A ode soa tão forte que chega ao escritório de um melômano de destaque. Ele ergue a cabeça como se tivesse chegado a seu nariz o aroma de uma torta deliciosa a que alguém não resiste a seguir até chegar ao forno onde está sendo assada. Rapidamente, deixa seus papéis, atravessa a *Lagerstraße* do campo familiar e para na entrada do bloco 31.

Já repetiram várias vezes a primeira estrofe, que é a que todos sabem, e estão no final do estribilho quando a figura usando o quepe com a caveira se planta na porta, projetando uma sombra enorme e ameaçadora. Lichtenstern fica gelado. É como se o inverno tivesse voltado de repente.

O doutor Mengele...

Lichtenstern continua cantando, mas sua voz fraqueja. Eles não têm autorização para celebrar nenhuma festa judaica. Dita emudece por um momento, mas logo engata de novo na letra porque, ainda que os adultos tenham se calado, as crianças seguem cantando com os pulmões a todo vapor, como se nada tivesse acontecido.

Mengele passa um tempo escutando com uma expressão neutra, impassível, impenetrável. Vira a cabeça para Lichtenstern, que já não canta e olha para ele, aterrorizado. Mengele assente com a cabeça como se gostasse do que ouve e ergue a mão coberta por luva branca, encorajando-os a continuar. O oficial dá meia-volta, e o bloco termina a canção com todas as gargantas na potência máxima para mandar uma mensagem de força a Mengele. Depois, explodem em aplausos dedicados a si mesmos, à sua energia e ao seu atrevimento.

Pouco depois de terminar a celebração de Pêssach, quando todos se preparam para a recontagem da noite e ainda ressoa em seus ouvidos a vibração da *Ode à alegria*, a música que se ouve lá fora é outra. Mais aguda, mais opressora, mais monótona, sem traços de alegria, ainda que alguns sorriam ao escutar aquele som. São sirenes de alarme que ecoam por todo o *Lager*.

Os membros da SS correm em todas as direções. Os dois soldados que estavam na *Lagerstraße* flertando com uma jovem, entre lisonjeada e assustada, deixam o galanteio de lado e se apressam em direção ao corpo de guarda. As sirenes alertam para uma fuga. As fugas são tudo ou nada, a liberdade ou a morte.

É a segunda vez que soa a sirene de fuga em poucos dias. Primeiro foi esse homem chamado Lederer, que, segundo rumores, pertencia à Resistência e fugiu com um desertor da SS. Não tiveram mais notícias dos dois, e isso é ótimo. Contam que o nazista tirou Lederer vestido de membro da SS, os dois passaram pela porta tranquilamente, os vigilantes que estavam em guarda foram tão estúpidos que até os convidaram para tomar uma dose de vodca.

E a sirene volta a tocar. As fugas deixam os nazistas alterados. São um desacato à sua autoridade, mas, sobretudo, uma ruptura da ordem que eles estabeleceram com obsessão. E duas fugas tão seguidas são uma ofensa para Schwarzhuber. Quando lhe dão a notícia, ele começa a chutar os subordinados e a pedir cabeças. Sejam quais forem.

Os internos sabem que a noite será longa. Os nazistas obrigam todos a entrar em formação, inclusive as crianças, na rua do campo, sob a intempérie. Fazem a chamada várias vezes. Passam mais de três horas e os internos continuam de pé. É um modo de verificar que ninguém mais está faltando, mas também uma vingança por não poderem descarregar a ira nos fugitivos. Pelo menos, não agora.

Enquanto no campo os guardas correm de um lado para o outro e a tensão cresce, a poucas centenas de metros dali o registrador Rudi Rosenberg se mantém em silêncio junto de outro camarada, Fred Wetzler, na mais absoluta escuridão. Estão num esconderijo minúsculo que lembra um túmulo. Apenas suas respirações agitadas acrescentam à pequena penumbra um componente de vida. Na cabeça do registrador, projeta-se a imagem de uns dias antes, quando penduraram os russos no meio do campo: as línguas inchadas e arroxeadas; os olhos para fora das órbitas, chorando sangue.

Uma gota de suor escorre por sua testa e ele não se atreve nem a enxugá-la para não se mexer um milímetro. Agora é ele quem está junto de seu amigo Fred no *bunker* construído pelos russos. Os dois decidiram jogar cara ou coroa. Tudo ou nada.

As sirenes do campo berram. Rudi estende a mão em direção a Fred e toca-lhe a perna. Fred põe a mão na de Rudi. Já não há como voltar atrás. Os dois esperaram vários dias para ver se os nazistas desmanchavam o esconderijo e, como isso não aconteceu, chegaram à conclusão de que era seguro. Em breve essa dúvida será esclarecida.

No campo familiar, depois de uma jornada exaustiva e com apenas alguns minutos livres antes do toque de silêncio, Dita ajuda sua mãe a tirar as lêndeas do cabelo para impedir que se transformem em piolhos. Para isso, passa o pedaço de pente uma e outra vez pelos fios. Sua mãe não suporta a falta de higiene, ou não suportava antes, quando repreendia a filha se ela pegasse qualquer coisa com as mãos sem antes lavá-las com sabão. Agora não tem remédio senão tolerar a sujeira. Dita pensa em como era sua mãe antes da guerra: uma mulher belíssima, muito mais bonita do que ela, muito elegante.

Algumas internas também aproveitam o tempo livre antes de dormir para matar os inquilinos indesejáveis que habitam suas cabeças. E, enquanto isso, sem deixar a tarefa de lado, de cama em cama, vão comentando a novidade do momento.

— Não entendo por que alguém com um cargo de secretário registrador, que não passa fome nem tem um trabalho especialmente duro, que não passa por seleções porque tem um bom relacionamento com os nazistas, arrisca a vida desse jeito.

— Ninguém entende.

— Fugir é suicídio. Quase todos acabam voltando e sendo enforcados.

— E também já falta muito pouco para sair daqui — comenta outra. — Dizem que os russos estão fazendo os alemães recuarem. A guerra pode acabar ainda esta semana.

Esse comentário desperta inúmeros murmúrios animados, teorias otimistas alimentadas pelo desejo urgente de ver o final dessa interminável noite da guerra.

— Além do mais — diz uma das mulheres que tem voz ativa —, cada vez que alguém foge, os demais sofrem represálias. Há mais restrições, castigos... Em alguns campos, mandaram os internos para as câmaras de gás como represália. Não sabemos o que pode acontecer conosco. É inacreditável que alguns sejam tão egoístas a ponto de porem os outros em perigo.

As demais assentem com a cabeça.

Liesl Adlerova raramente intervém nas discussões. Ela não gosta de chamar a atenção e sempre repreende a filha por não ser discreta o bastante. É chocante o fato de uma mulher que conhece vários idiomas ficar em silêncio tanto tempo. No entanto, essa noite ela fala:

— Até que enfim uma voz atinada. — Mais uma vez, as demais assentem com a cabeça. — Até que enfim alguém diz a verdade.

Ouvem-se murmúrios de aprovação. Liesl continua:

— Finalmente alguém falou o que é importante: não nos preocupa nem um pouco se esse homem conseguirá escapar com vida ou não. O que nos preocupa é que isso nos afete, que nos tirem uma concha de sopa ou nos deixem várias horas de pé às intempéries enquanto fazem a chamada.

Há murmúrios de perplexidade, mas ela não deixa de falar.

— A senhora disse que a fuga não serve para nada. Vão mandar dúzias de patrulhas rastrearem os fugitivos, e isso obriga os alemães a destinar cada vez mais efetivo à retaguarda quando, em outra situação, estariam combatendo na frente contra os aliados que hão de nos resgatar. Não serve para nada lutar daqui para dispersar a força dos alemães? E por acaso serve para alguma coisa ficarmos aqui fazendo tudo o que os SS mandam até a hora em que decidirem nos matar?

O assombro sufocou até os murmúrios e começou a haver uma divisão de opiniões. Dita ficou com o pente na mão, petrificada de tanto espanto. A única voz que se ouve no barracão é a de Liesl Adlerova.

— Uma vez escutei uma garota nos chamar de "galinhas velhas". Ela tinha razão. Passamos o dia cacarejando. Fazemos pouco mais do que isso.

— E você, que tanto fala — grita a voz irritada da mulher de antes —, por que não foge, se isso é tão bom? Falar é fácil...

— Não tenho idade nem forças para isso. Também não tenho tanta coragem. Sou uma galinha velha. Por isso respeito os que têm coragem para fazer o que eu não faria.

As mulheres ao redor ficaram mudas. Até a bondosa e mexeriqueira senhora Turnovská, que sempre tem voz ativa em tertúlias, olha para a amiga, curiosa.

Dita deixa o pente sobre o colchão e olha para a mãe como se a observasse através de um microscópio, com a estranheza daquele que descobre alguém diferente ao seu lado. A menina acreditava que a mãe vivesse ilhada no próprio mundo, que depois da morte de seu pai, ela estivesse alheia a tudo o que acontecia ao seu redor.

— Mamãe, fazia séculos que eu não ouvia você falar tanto.

— Você acha que passei da conta, filha?

— Não sobrou nem uma vírgula.

A poucas centenas de metros, por outro lado, impera o silêncio. E a escuridão. Se um dos fugitivos erguer a mão, não consegue ver nem os dedos diante do rosto. Nesse cubículo de placas de madeira, onde hão de permanecer sentados ou deitados, o tempo passa com uma lentidão agonizante, e os dois se sentem um tanto enjoados por respirar esse ar velho que fede à gasolina. Um veterano aconselhou que se encharcassem de tabaco com querosene para despistar os cães.

Rudi nota ao seu lado a respiração inquieta de Fred Wetzler. Os dois têm tempo de sobre para perder com as menores coisas possíveis. Impossível não pensar na loucura de deixar o emprego vantajoso no campo, onde poderia esperar o fim da guerra trabalhando. Mas ele foi tomado pelo anseio de evasão e não era mais capaz de contê-lo. Nem o último olhar de Alice nem o rosto azul de Hirsch saíam de sua cabeça. Depois de estar diante de alguém tão indestrutível quanto Fredy Hirsch e vê-lo se desfazer, não dá para acreditar em imunidade alguma.

E o que dizer da morte de Alice? Como aceitar que sua beleza e juventude não puderam deter o rolo compressor do ódio? Não há limites para os nazistas. Sua determinação em matar até o último judeu do planeta é metódica e infindável. Os dois devem fugir. Isso, porém, não basta. Eles também devem contar tudo ao mundo, a esse Ocidente ignorante que acredita que a frente de guerra esteja na Rússia ou na França, enquanto a verdadeira carnificina acontece no coração da Polônia, nesses campos que chamam de concentração, mas onde a única coisa que se concentra é a operação criminosa mais cruel da história.

Então, apesar da angústia que multiplica o frio nessa escura noite polar, ele acaba concluindo que está onde deve estar.

O tempo vai passando, ainda que a minúscula fresta só deixe entrar um fio de ar e não lhes permita saber se é dia. Os dois têm de permanecer três dias sumidos na noite mais absoluta. Ainda assim, pelo rumor de atividades que vem do lado de fora, sabem que já amanheceu.

Não é fácil suportar esse tempo de espera no esconderijo. Os dois conseguem cochilar por um tempo, mas, ao despertar, reagem com um espasmo nervoso ao abrirem os olhos e perceber que o mundo desapareceu, engolido pela negritude, até que um momento depois lembram que estão nesse *bunker* pré-fabricado e se tranquilizam um pouco, escondidos a poucos metros das torres de vigilância. A cabeça dá mil voltas. Os medos são plantas noturnas que crescem na escuridão.

Resolveram não falar, pois não sabem se alguém pode escutá-los. Também não sabem se a minúscula fresta no encaixe das placas será suficiente para a circulação do ar. Em determinado momento, porém, acabam conversando, aos sussurros, sobre como proceder caso não conseguissem remover as placas. O esconderijo se tornaria um caixão lacrado, e eles morreriam de asfixia ou de fome. Nessa espera tão longa e angustiante, é inevitável não delirar, não se perguntar, no caso de ficarem presos, qual dos dois morrerá primeiro.

Escutam o latido de cães, seus piores inimigos, mas, por sorte, eles estão longe o bastante. Começam a ouvir outro ruído. São passos e vozes, que vão se aproximando até ficarem totalmente nítidos.

As botas dos guardas retumbam no chão. Os dois deixam até de respirar. Mesmo se quisessem, não conseguiriam, porque o medo obstrui os pulmões. Ouvem, ao redor, o barulho surdo de placas sendo deslizadas. Alguns membros da SS estão removendo as tábuas na área onde estão escondidos. Mau sinal. Os dois estão tão perto que captam até conversas, palavras de irritação dos soldados, que tiveram suas licenças canceladas para percorrer o perímetro do *Lager*. Em suas frases, há muito ódio dos fugitivos. Dizem que quando encontrá-los, se Schwarzhuber não os executar, eles mesmos quebrarão seus crânios de bom grado. E as palavras são tão nítidas que o corpo de Rudi esfria, como se já estivesse morto. Sua vida depende apenas da espessura da placa que os cobre. Só quatro ou cinco centímetros os separam da morte. O repicar das botas ao redor e a movimentação das placas, junto ao esconderijo, marcam o fim de tudo. Rudi sente tanta angústia que só deseja ser encontrado e que acabem com tudo o quanto antes. Prefere levar um tiro ali mesmo. Torce para que a raiva dos guardas lhes poupe da humilhação e da dor de serem enforcados em público. Há poucos instantes, Rudi desejava ser livre. Agora, só quer morrer depressa. Seu coração bate tão forte que ele começa a tremer.

As botas ribombam, as placas deslizam com um roçar de lápide. Rudi já começa a se entregar, e relaxa sua posição petrificada. Não há o que fazer. Durante os dias que precederam a fuga, sua obsessão era pensar na angústia do momento em que o pegassem, nesse instante em que o sonho da liberdade se quebra como espelho e somos tomados por um pânico incontrolável ao ter certeza de que vamos morrer. No entanto, nota que a angústia é anterior a esse momento. Quando o nazista aponta a Luger para nós e nos manda levantar os braços, sentimos uma calma fria, um abandono, porque já não há mais nada a fazer e não há como piorar. Ele escuta o barulho da madeira se mexendo e levanta os braços por instinto. Até fecha os olhos para prevenir o choque da luz depois de dias de escuridão.

O clarão, porém, não chega. Parece que as botas repercutem um pouco mais amortizadas e que o roçar das madeiras se torna mais surdo. Não é um sonho. Ao aguçar o ouvido, percebe que as conversas e os barulhos se distanciam. A cada segundo que passa, como se passasse uma hora inteira, os cães rastreadores também vão se afastando do esconderijo. Por fim, volta o silêncio, e os dois escutam apenas algum caminhão ou apito ao longe. Além desses sons, ouve-se também um latir descontrolado que Rudi não sabe se vem de seu coração ou do de Fred, ou de ambos, tomados pela taquicardia.

Eles se salvaram... por enquanto.

Para comemorar, Rudi, quase como um luxo, se permite um suspiro longo e uma leve mudança de posição. Então é Fred Wetzler quem estende a mão suada procurando o companheiro, e Rudi a segura. Os dois tremem juntos.

Depois de passarem muitos minutos e de o perigo já ter se esvaído, Rudi sussurra no ouvido de Fred: "Esta noite, vamos embora. Vamos embora daqui para sempre."

E esta é uma verdade que não deixa dúvidas: os dois vão embora para sempre. À noite, quando empurrarem a placa do teto e saírem engatinhando pelo bosque rumo ao amparo da escuridão, aconteça o que acontecer, nunca mais voltarão a ser presidiários de Auschwitz. Ou serão homens livres, ou morrerão.

24

Enquanto Birkenau dorme, inquieto, seu sono elétrico, uma placa de madeira desliza depois dos alambrados. Faz isso lentamente, como o tampo de uma caixa de peças de xadrez. Dali debaixo, quatro mãos a empurram até que o frio da noite entra, abundante, no cubículo minúsculo. Duas cabeças apontam, precavidas. Eles mastigam o ar fresco. É um manjar.

Rudi observa com cuidado. Vê que não há guardas nos arredores e que a escuridão os ampara. A torre de vigilância mais próxima se encontra a não mais de quarenta ou cinquenta metros, mas o guarda vigia o lado de dentro do campo. Por isso, não percebe que, fora do perímetro, entre as placas empilhadas para os novos barracões da ampliação do *Lager*, duas figuras se arrastam de cócoras para o bosque.

Chegar até as árvores e inundar os pulmões de seu aroma úmido é uma sensação tão nova que se sentem renascer. Mas a euforia produzida pelo primeiro bocado de liberdade dura pouco. O bosque, tão belo e acolhedor visto de longe, à noite é um lugar inóspito para o homem. Logo se dão conta de que caminhar sem trilhas, quase às cegas, é uma tarefa difícil. O solo está repleto de armadilhas, os arbustos arranham, os galhos batem, a folhagem molha. Tentam seguir em linha reta da melhor maneira possível e estabelecer o máximo de distância entre eles e o *Lager*.

O plano é alcançar a fronteira eslovaca dos montes Beskides, a 120 quilômetros de distância, caminhando à noite e se escondendo durante o dia. E rezar. Sabem que não podem esperar ajuda da população civil polonesa porque os alemães fuzilam os aldeões que dão abrigo aos fugitivos.

Andam às escuras, tropeçam, caem, levantam-se, caminham outra vez. Depois de algumas horas avançando lentamente e sem rumo, o bosque clareia, as árvores se dispersam e os dois atravessam zonas de matos baixos. Até avistam a luz de uma casa a algumas centenas de metros. Por fim, desembocam num caminho de terra de onde conseguem vislumbrar as fronteiras graças à luz fraca de uma lua encoberta. É mais arriscado, mas, como não está asfaltado, acham que se trata de um trecho pouco transitado e, diante da dificuldade de ganhar alguns metros pelo bosque, decidem seguir por ali, o mais junto possível da valeta e atentos a qualquer ruído. As corujas dão um tom arrepiante à noite, e as rajadas de brisa são tão gélidas que cortam a respiração. Quando se aproximam de alguma casa, entram na mata e a contornam a uma distância prudente. Em algumas ocasiões, os cães latem, nervosos, tentando delatá-los. Então, os dois apertam o passo para se afastar o quanto antes.

Quando começa a amanhecer, decidem procurar uma árvore grande onde possam passar o dia escondidos na copa. Conforme o céu clareia, vão distinguindo os contornos e conseguem avançar melhor. Meia hora depois, a luz começa a ser suficiente para que um veja o rosto do outro. Eles se olham por um momento e não se reconhecem. Faz três dias que não veem o próprio rosto e a barba já cresceu de maneira desmedida. Também têm um semblante diferente, uma mistura de inquietação e prazer por estarem fora do campo. Na realidade, não se reconhecem porque agora são outros homens, livres. Dão um sorriso.

Trepam numa árvore e tentam se acomodar entre os galhos da melhor maneira possível, mas é difícil encontrar uma posição estável. Tiram do bornal um pão dormido que parece de madeira e tomam os últimos sorvos de água de um pequeno cantil. Aguardam, na expectativa de que o sol desponte. Fred se situa no mesmo instante. Aponta com o dedo para umas colinas e diz:

— Estamos no caminho certo para a fronteira da Eslováquia, Rudi.

Aconteça o que acontecer, ninguém pode tirar dos dois esse momento de liberdade no topo de uma árvore enquanto mastigam um pedaço de pão sem terem ao redor nazistas armados, sirenes nem ordens. Não é fácil conseguir um pouco de equilíbrio sem cair da copa e sem que os galhos se cravem dolorosamente no corpo, mas eles estão tão cansados que conseguem entrar num estado de modorra que lhes permite recuperar um pouco as forças.

Mais tarde, escutam vozes e passos apressados sobre a folhagem. Sobressaltados, abrem os olhos e veem, a poucos metros da árvore, que por ali passa um bando de meninos com a suástica nos braceletes, cantando canções alemãs. Os fugitivos se olham, alarmados: trata-se de um grupo de jovens hitleristas em excursão. A má sorte faz com que o jovem instrutor que dirige os vinte meninos decida parar para comer os sanduíches numa clareira a pouquíssimos metros da árvore. Os dois fugitivos ficam rígidos como se fossem mais um galho e não mexem um músculo sequer. Os meninos riem, gritam, brigam, cantam... Os dois, dali de onde estão, distinguem os uniformes cáqui, as calças curtas e a energia tumultuosa. E de vez em quando, um menino se aproxima perigosamente da árvore em busca de alguma frutinha para jogar nos companheiros como se fosse um projétil. A hora do lanche termina, e o instrutor dá ordens aos meninos para que retomem o percurso. A tropa atrapalhada se afasta, e na copa de uma árvore perto dali há suspiros de alívio, mãos que se abrem e se fecham para recuperar o fluxo sanguíneo depois da imobilidade.

Os dois pouco cochilam no que resta do dia. Contam com ansiedade as horas que faltam para anoitecer. Aproveitam os últimos vestígios de sol para se aproximar do caminho e observam o pôr do sol para localizar o oeste com exatidão.

A segunda noite é muito mais cansativa do que a primeira. Precisam parar mais vezes para descansar. Estão exaustos. A excitação provocada pela fuga, que lhes deu forças no dia anterior, foi diminuindo. Ainda assim, seguem adiante. Quando começa a clarear, já não conseguem mais. O caminho é cheio de cruzamentos e bifurcações. Eles foram obrigados a usar a intuição, mas na realidade não sabem onde estão.

O bosque denso ficou para trás, e os dois chegaram a uma área bem menos frondosa, com grupos de árvores dispersas, campos cultivados e matagais. Sabem que é uma região povoada, mas estão cansados demais, não têm escolha. Ainda está muito escuro, mas eles avistam um clarão ao lado do caminho, cercado de mato alto. Vão para lá, recolhem às apalpadelas uns galhos com muitas folhas e fazem uma cabana improvisada para dormir por algumas horas. Se o lugar for discreto, podem passar até o dia inteiro ali. Eles se enfiam na toca e fecham a entrada com alguns galhos espessos. As madrugadas polonesas são muito frias. Os dois se encolhem abraçados para se aquecer e conseguir, por fim, dormir um pouco.

Descansam tão profundamente que, quando são acordados por umas vozes, o sol está alto e um pânico se crava em seu estômago. O refúgio está longe de ser tão encoberto quanto pensavam. Os galhos que puseram para fechar o esconderijo deixam aberturas significativas, e o que os dois veem através das frestas os enche de estupor. Eles não tinham parado para pernoitar na clareira de um arvoredo, como pensavam. Na escuridão da noite, sem se dar conta, haviam chegado aos arredores de um povoado e dormiram num parque público. O que há a poucos metros do que acreditavam ser uma discreta clareira são bancos e gangorras.

Os dois se olham de soslaio, petrificados, sem se atrever a mexer um músculo sequer porque ouvem passos apressados. Enquanto se preparavam para a fuga, lucubraram sobre como se esquivar das patrulhas da SS, dos controles e dos cães, mas o que se tornou seu pior pesadelo foram as crianças.

Antes de o medo se apoderar, os dois já têm diante da abertura de seu refúgio um menino e uma menina louros de olhos azuis que olham para eles com uma curiosidade ariana. Uns passos mais atrás, veem chegar umas botas pretas de cano alto. As crianças se viram correndo e gritam em alemão:

— Papai, papai, venha! Uns homens estranhos estão aqui!

O quepe de um Obersharführer da SS desponta, e o nazista fica olhando para eles. Os dois estão paralisados, encolhidos, apertados um contra o outro, absolutamente indefesos. A cabeça do Obersharführer, ao espiar por entre os galhos, parece de uma grandeza desmedida, como a de um ogro. A caveira de seu quepe olha para os dois como se os conhecesse. Nesse momento, a vida inteira passa pela mente dos dois fugitivos. Queriam dizer algo, mas o próprio medo lhes calou e congelou seus movimentos. O sargento nazista observa os homens e um sorriso malicioso aparece em seu rosto. Eles veem os sapatos de salto alto de sua mulher, que se aproxima, e não conseguem entender o que o marido sussurra a ela. Só escutam o comentário em voz alta da senhora alemã escandalizada:

— Já não se pode nem trazer as crianças a um parque público sem encontrar dois homens mantendo relações entre as plantas! Isso é uma vergonha!

A mulher se afasta, indignada, e o sargento, sem apagar o sorriso do rosto, reúne as crianças e sai atrás dela.

Rudi e Fred, deitados na moita, se olham. Não tinham se dado conta de que continuavam abraçados, exatamente como adormeceram pouco antes do amanhecer. E então se abraçaram ainda mais forte e agradeceram como nunca que o medo os tenha emudecido. Qualquer única palavra os teria delatado como estrangeiros. Quase nunca há algo melhor que o silêncio.

Rudi Rosenberg e Fred Wetzler acreditam já estar perto da Eslováquia, mas não sabem qual é o caminho certo até a cordilheira dos Beskides. Esse é o segundo problema. O primeiro é que não são invisíveis. Na curva de uma vereda, batem quase de frente com uma mulher. É uma região de campos abertos e muito povoada. Não vão conseguir evitar as pessoas, como essa camponesa polonesa com o rosto cheio de rugas que olha para eles com apreensão.

Os dois concluem que não têm escolha, que não têm remédio senão se arriscar. Cedo ou tarde topariam com alguém, e, além do mais, precisam de ajuda. Já estão há mais de 24 horas sem comer, há vários dias quase sem dormir e não sabem se estão no caminho certo para a Eslováquia. Os dois fugidos trocam olhares rapidamente e concordam no mesmo instante em contar a verdade para a mulher, que olha para eles com desconfiança. Num polonês precário, misturando expressões em tcheco e gesticulando no ar, e até completando as frases um do outro para tentar se explicar da maneira mais convincente, contam que são presos evadidos de Auschwitz, que são gente de paz, que só precisam saber como chegar à fronteira eslovaca e voltar para casa.

O semblante da camponesa não mudou. Ela olha para os dois com a mesma desconfiança de antes e dá um passo para trás quando eles tentam se aproximar. Fred e Rudi ficaram calados. A mulher os encara sem dizer nada com uns olhos pequeninos, como grãos de pimenta. Ambos estão cansados, famintos, desorientados e assustados. Imploram ajuda com gestos, e ela olha para o chão. Os dois se olham, e Fred faz um movimento de cabeça indicando que é melhor saírem dali antes que a mulher comece a gritar pedindo ajuda e os denuncie. No entanto, temem que, logo que se virarem, ela faça um alarde.

Os dois não têm tempo de bater em retirada. A mulher levanta a cabeça, dá um passo à frente como se tivesse tomado uma decisão repentina e puxa Rudi pela manga do casaco. Eles se dão conta de que a mulher quer observá-los mais de perto; ela os examina em detalhes, como faria com um cavalo ou um bezerro. Quer ver que tipo de homem são. As caras com barba de vários dias e a roupa ensebada não bastam para convencê-la de que estão falando a verdade. Ela vê seus olhos exaustos, inchados pela falta de sono, afundados numas caras magras, quase cadavéricas, e observa que seus ossos sobressaem por todas as partes e lhes fincam a pele. E então, por fim, assente com a cabeça. Faz um gesto com a mão para que fiquem ali e outro que dá a entender que lhes trará comida. Eles pensam entender duas palavras do que ela lhes diz em polonês: pessoa e fronteira. Depois de dar uns passos, a mulher se vira e insiste para que esperem, para que não saiam dali.

Rudi sussurra que ela poderia delatá-los às autoridades alemãs e que quem apareceria seria uma patrulha da SS. Fred diz que eles podem se esconder, mas que se o alarme soar avisando que os presos fugidos de Auschwitz estão ali, isolarão a área, revirarão cada palmo e será muito difícil escapar.

Decidem esperar. Ficam do outro lado de uma ponte de madeira que atravessa um riacho onde naquela manhã saciaram a sede. Se os SS chegassem, os dois teriam tempo suficiente para entrar no bosque antes dos soldados. Passa mais de uma hora, e a velha camponesa de olhos minúsculos ainda não voltou. As entranhas dos fugitivos pedem algo mais do que ar.

— O sensato seria voltar para o bosque — murmura Rudi.

Fred assente, mas nenhum dos dois dá um passo. Já não podem se mexer, esgotaram todas as forças. Não restam cartuchos a serem queimados.

Depois de duas horas, já não esperam que ninguém venha e se encolhem juntos para se proteger do frio. A calma é desfeita pelo barulho de passos rápidos. Seja lá quem for, não vão nem se dar ao trabalho de tentar fugir. Abrem os olhos e veem que o dono dos passos é um garoto de 12 anos, vestido com uma calça presa por uma corda e uma jaqueta de aniagem, que lhes traz um embrulho. Acertam ao entender que quem o mandou ali foi a avó. Ao abrir a pequena caixa de madeira que ele trouxe, descobrem umas fumegantes batatas cozidas em cima de dois espessos filés de vitela assada. Não trocariam aquilo nem por vinte baús cheios de ouro.

Antes que o garoto vá embora, tentam perguntar pela fronteira eslovaca. Ele diz para esperarem. Então, ficam onde estão, um pouco mais tranquilos com o cordial gesto da comida e tonificados pelo alimento, que devoraram numa alegria veloz. Em seguida, anoitece e a temperatura cai. Faz um tempo que decidiram passear em círculos para desincharem e se esquentarem um pouco.

Por fim, voltam a soar passos, dessa vez mais cautelosos e encobertos pela escuridão. A luz da lua só lhes permite avistar o homem quando este já se encontra quase em cima deles. Está à paisana, mas com uma pistola na mão. Arma é sinônimo de má notícia. O homem para diante deles e acende um fósforo, que ilumina por um momento o rosto dos três. Ele tem um bigode castanho-claro e espesso como uma escova de lustrar sapatos. Abaixa a mão que segura a pistola e estende a outra para que a apertem.

— Resistência.

Ele não diz mais nada, mas é o suficiente. Rudi e Lederer dão pulos de alegria, começam a dançar e se abraçam no chão. O polonês olha para os dois, perplexo. Pergunta a si mesmo se estão embriagados. Eles estão embriagados de liberdade.

O guerrilheiro se apresenta como Stanis, apesar de desconfiarem de que esse não é seu verdadeiro nome. Ele fala tcheco e explica que a desconfiança da mulher que os encontrou se devia a não saber se os dois eram agentes da Gestapo disfarçados, em busca de poloneses que colaborem com a guerrilha. Diz que estão muito perto da fronteira, que é preciso ter cuidado com os soldados alemães, mas que ele conhece os horários das patrulhas. São tão exatos que passam toda noite pelo mesmo lugar no mesmo minuto, de modo que poderão se esquivar sem dificuldade.

O guerrilheiro pede que o sigam. Caminham em silêncio e às escuras, durante muito tempo, por veredas solitárias, até chegarem a uma cabana de pedra abandonada, cujo teto de palha está afundado. A porta de madeira cede facilmente ao empurrá-la. Lá dentro, a vegetação e a umidade tomaram o quadrilátero. O polonês se agacha, acende um fósforo, afasta algumas madeiras apodrecidas pela umidade e puxa uma argola. Ao se esticar, abre um tampo. Tira uma vela do bolso e a acende. Ajudados pelo clarão, descem por uma escada até um antigo depósito de ervas secas construído sob a cabana. Ali há colchões, mantas e provisões. Os três jantam umas sopas enlatadas aquecidas num fogareiro a gás e, pela primeira vez em muito tempo, Fred e Rudi dormem em paz.

O polonês é um homem de poucas palavras, mas de uma eficácia extraordinária. Os três saem cedo pela manhã e ele demonstra conhecer os caminhos com a precisão de um javali. Depois de uma jornada inteira atravessando os bosques quase sem parar, passam a noite numa caverna. No dia seguinte não vão parar. Sobem e descem a montanha, esquivando-se das patrulhas como quem deixa o trem passar, procurando rochas resguardadas onde se entrincheirar até que o perigo tenha se afastado e possam continuar avançando. Nessa madrugada, por fim, pisam nas terras da Eslováquia.

— Vocês estão livres — diz o polonês como despedida.

— Não — responde Rudi —, não estamos. Ainda temos um dever a cumprir. O mundo tem de saber o que está acontecendo.

O polonês assente com a cabeça e seu bigodão balança para cima e para baixo.

— Obrigado. Muito obrigado — dizem eles. — Você salvou nossa vida.

Stanis dá de ombros, não tem o que responder.

A segunda parte de sua viagem consistirá em tentar fazer com que o mundo saiba o que realmente está acontecendo no interior do Reich, o que a Europa não sabe ou não quis saber: que se trata de mais que uma guerra de fronteiras, que uma raça inteira está sendo exterminada.

Em 25 de abril de 1944, Rudolf Rosenberg e Alfred Wetzler se apresentaram ao porta-voz dos judeus eslovacos, o doutor Oscar Neumann, no quartel-general do Conselho Judaico de Zilina. O cargo de registrador de Rudi lhe permitiu ditar um relatório repleto de estatísticas de dar calafrios (ele estimava que o número de judeus liquidados em Auschwitz fosse de 1.760.000) em que se descrevia pela primeira vez o mecanismo de assassinato massivo organizado e o aproveitamento físico do trabalho escravo; a apropriação de pertences; a utilização de cabelo humano para a fabricação de tecidos ou a extração de peças dentais de ouro e prata com o objetivo de fundi-las e convertê-las em dinheiro para o Reich.

Rudi falou de como conduziam fileiras de mulheres grávidas com crianças agarradas às saias até as duchas de onde brotava um gás venenoso; das celas de castigo do tamanho de um caixote de cimento onde os presos não podiam nem se sentar; das longas jornadas de trabalho que os reclusos passavam às intempéries com neve até os joelhos, com uma camisa de verão e uma tigela de sopa aguada para passar o dia todo. Falou e falou. Às vezes, escapavam-lhe as lágrimas, mas não deixava de falar, tomado por um desejo febril de gritar ao mundo ensurdecido pelos bombardeios que existia uma guerra ainda mais suja e terrível da porta para dentro e que era preciso pará-la a todo custo.

Quando Rudi acabou de ditar o relatório, estava exausto mas satisfeito, em paz consigo mesmo pela primeira vez em anos. De imediato, enviaram seu relatório a Hungria. Os nazistas tinham tomado o país e estavam organizando o transporte dos judeus para os campos, que o mundo inteiro acreditava serem de concentração ou agrupamento, mas não indústrias da morte.

A guerra, porém, não só destroça corpos ceifados pelas metralhadoras e pelas explosões. Também aniquila a sensatez, mata as almas. Aquelas advertências chegaram ao Conselho Judaico da Hungria, mas ninguém deu importância. Os dirigentes judeus preferiram acreditar em certas promessas dos nazistas e seguiram adiante com a distribuição do povo nos transportes para a Polônia, que se traduziu num aumento das chegadas massivas de húngaros a Auschwitz. Depois de toda a dor e de todo o sofrimento, do júbilo da liberdade, Rudi teve uma amarga decepção. Seu relatório não salvou as vidas húngaras que os dois acreditaram que poderiam salvar. Uma guerra é um rio transbordado: é difícil represar. Se interpomos uma pequena barreira, logo ela é arrastada.

Rudi Rosenberg e Fred Wetzler foram levados para a Inglaterra, onde apresentaram seu relatório. Nas ilhas britânicas os escutaram, mas pouco podiam fazer. O que estava a seu alcance era lutar com mais brio para deter aquele delírio que assolava a Europa.

Em 15 de maio de 1944, chegou ao campo familiar outro transporte procedente de Terezín, com 2.503 novos deportados. No dia seguinte, chegou mais um, com mais 2.500. E, no dia 18, um terceiro. Ao todo, 7.503 pessoas, das quais quase a metade era de judeus alemães (3.125), além de 2.543 tchecos, 1.276 austríacos e 559 holandeses.

A primeira manhã foi caótica. Gritos, apitos, confusão. Dita e sua mãe não só se viram obrigadas a usar a mesma cama, como tiveram de dividi-la com uma terceira prisioneira. Uma holandesa muito assustada, que em dois dias não havia sido capaz nem de dizer bom-dia. Tremia a noite inteira.

Dita vai depressa para o bloco 31 porque Lichtenstern e sua equipe estão atolados tentando reorganizar o barracão-escola. A situação é caótica; há tchecos, alemães e holandeses juntos e ninguém se entende. Dita recebeu ordens de Lichtenstern e Miriam Edelstein para suspender temporariamente o serviço bibliotecário até que os grupos se organizem e a situação se esclareça. Com o transporte de maio, chegaram mais trezentas crianças, então é preciso organizar novos grupos escolares.

Os pequenos estão muito nervosos. Há altercações, empurrões, disputas, brigas, choros e uma confusão que parece cada vez maior. Não conseguem ficar quietos, estão alterados por causa das picadas de percevejo, pulgas, piolhos e toda espécie de ácaro que vive nos colchões de palha úmida. O bom tempo não só faz germinar as flores, como também os bichos.

Miriam decide utilizar a última porção de carvão que guardava para uma emergência para esquentar os baldes e lavar neles a roupa íntima das crianças. Gera-se uma enorme gritaria e não há tempo para secar as peças na lareira, de modo que as crianças as vestem molhadas. Mas, ao menos, isso parece ter acabado com a maioria dos insetos e, ao longo do dia, as crianças vão recuperando a calma.

Os que foram designados para trabalhar no bloco 31 pensaram, ao chegar àquela fileira de barracões, que chegavam a um lamaçal. No entanto, descobrir a existência de uma escola clandestina os deixou estupefatos. Estupefatos e esperançosos.

Lichtenstern os reúne no final do dia, quando os grupos já estavam se organizando e tinha início a rotina escolar. São apresentados a uma jovem com pernas de bailarina e meias de lã de cano longo que balança, nervosa, sobre os tamancos de madeira. Quem não reparar bem nela, pensará que é miúda, talvez frágil, mas, se observarem com atenção, verão que tem fogo no olhar. Parece se mexer com timidez, mas ao mesmo tempo observa tudo ao seu redor de um jeito descarado. Disseram-lhes que é a bibliotecária do bloco.

Alguns não acreditavam que havia uma bibliotecária. Como, se os livros eram proibidos? Não entendiam como um assunto tão perigoso e delicado podia estar nas mãos de uma garotinha. Então, Miriam pede que ela suba num tamborete para que todos a escutem.

— Bom dia. Sou Edita Adlerova. Temos uma biblioteca de oito livros em papel e meia dúzia de livros vivos.

A perplexidade no rosto de alguns dos recém-chegados é tamanha que até Dita, que começou muito séria para cumprir sua responsabilidade perante tantos adultos, não conseguiu evitar que lhe escapasse uma ligeira risada.

— Não se preocupem. Não estamos loucos. Os livros não estão vivos, claro. As pessoas que contam as histórias aos alunos é que estão vivas. Os senhores poderão pegá-los emprestados para as atividades da tarde.

Dita explica em tcheco e alemão com uma desenvoltura espantosa. Diante dela, os professores recém-nomeados ainda estão aturdidos pela contradição implícita em falar do funcionamento normal de uma escola no lugar mais anormal do mundo. Quando termina, Dita faz uma reverência um tanto exagerada, como as do professor Morgenstern, e consegue a duras penas segurar o riso ao se ver tão formal. Tem mais vontade de rir ao ver como alguns a olham boquiabertos quando ela abre caminho para ocupar um lugar mais discreto.

— É a bibliotecária do 31 — sussurram.

À tarde, há tanto tumulto que é impossível se esconder para ler. Foi até o esconderijo das tábuas e encontrou meia dúzia de meninos reunidos, brincando de torturar formigas.

Pobres formigas, pensa ela. As formigas de Auschwitz devem passar por maus bocados para encontrar uma migalha.

Por isso, Dita esconde *A breve história do mundo* sob a roupa, escapole para as latrinas e se esconde atrás de umas lixeiras dos fundos. Ali se enxerga mal e o cheiro é ainda pior, tanto que os guardas da SS raramente aparecem para dar uma olhada. O que ela não sabe é que, exatamente por isso, as latrinas são o lugar preferido para os cambalachos do mercado negro.

É quase hora da sopa e, portanto, o momento dos negócios. Um polonês que trabalha fazendo reparos pelos campos se posiciona sob uma das torneiras como se estivesse consertando uma tubulação. É um dos contrabandistas mais ativos: tabaco, um pente, um espelho, um par de botas... É um Papai Noel com cara de presidiário a quem se pode pedir qualquer coisa, desde que se lhe dê algo em troca. Dita ouve vozes e começa a passar as páginas de um jeito ainda mais silencioso. O diálogo vai penetrando em seus ouvidos. Uma das vozes é de mulher.

Dita não a vê, mas Bohumila Vlatava tem um nariz pontudo e arrebitado que lhe dá um ar de soberba. As pálpebras inchadas, flácidas, muito arroxeadas, sujam seu olhar.

— Tenho um cliente. Vou precisar de uma para depois de amanhã, à tarde, antes da recontagem da noite.

— A tia Bohumila pode arranjar isso, mas a *Kapo* do nosso barracão anda um tanto inquieta e vamos ter de lhe dar um pouco mais.

— Não abuse, Bohumila.

E então o tom de voz muda:

— Não estou pedindo para mim, seu estúpido! Estou falando que é a *Kapo*. Se ela não fizer vista grossa e nos deixar usar o quarto, vocês ficarão sem o manjar.

Arkadiusz fala mais baixo, mas sua voz soa igualmente encrespada e ameaçadora:

— Combinamos um pedaço de pão e dez cigarros. Você não vai receber nem uma migalha a mais. Vocês duas que dividam isso como quiserem.

Até Dita escuta a mulher resmungar.

— Com 15 cigarros, tudo se ajeita.

— Já falei que não dá.

— Maldito agiota polaco! Está bem, tiro dois cigarros da minha comissão para dar a *Kapo*. Mas se eu perder minha renda e não conseguir comprar comida no mercado negro, vou adoecer. E quem vai arranjar judias bonitinhas para vocês? Vocês vão vir chorar com a tia Bohumila, já vi tudo, e lamentar terem sido tão ignorantes comigo.

E não se ouve mais nenhuma palavra. Na hora das trocas sempre há um momento de silêncio, como se os dois comerciantes precisassem se concentrar de maneira especial. Arkadiusz pega cinco cigarros. Bohumila sempre pede a metade como adiantamento. A outra parte do pagamento, o pedaço de pão, é o que se paga às mulheres no momento do encontro.

— Quero ver a mercadoria.

— Espere.

Os dois voltam a ficar em silêncio durante uns minutos, e, pouco depois, Dita torna a ouvir a voz nasal da mulher de antes.

— Aqui está.

Dita não resiste à tentação de esticar o pescoço e espiar, aproveitando a penumbra. Avista a figura mais alta do polonês e a volumosa Bohumila, que não parece nada desnutrida. Há outra mulher, mais magra, com as mãos nos quadris e a cabeça baixa.

O polonês levanta a saia da mulher e toca suas partes íntimas. Depois afasta os braços da mulher e pega nos peitos, apertando, examinando, enquanto ela permanece imóvel.

— Não é muito jovem...

— Melhor. Assim sabe o que tem de fazer.

Muitas das mulheres que Bohumila recruta são mães. Querem a porção extra de pão porque não suportam ver os filhos passando fome.

O polonês assente com a cabeça e vai embora.

— Bohumila — sussurra a mulher, tímida —, isso é pecado.

A outra olha para ela com uma careta de cômica seriedade.

— Você não deve se preocupar com isso, querida. É o desígnio de Deus: você tem de ganhar o pão com o suor da xoxota.

E dispara a rir com umas gargalhadas obscenas. Sai das latrinas rindo, seguida da mulher, que arrasta os pés, cabisbaixa.

Dita sente a saliva amargar na boca. Não consegue voltar para o esconderijo da Revolução Francesa e continuar lendo. Volta para o barracão, muito pálida, e sua mãe, quando a vê chegar, abandona a tertúlia, deixa uma senhora com a palavra na ponta da língua e vai abraçá-la. Nesse momento, a menina se sente pequena e vulnerável e gostaria de viver para sempre entre os braços da mãe.

Os trens no *Lager* carregados de judeus húngaros — 147 trens de carga com 435 mil pessoas — trazem ainda mais nervosismo para o campo nesses dias. Há sempre, perto da cerca do campo, montões de crianças absortas no espetáculo das chegadas, gente desorientada que tem seus pertences tomados e é tratada a gritos, sacudidas e pancadas.

— *Das ist Auschwitz-Birkenau!*

Seus rostos cheios de perplexidade mostram que esse nome não significa nada para eles. Muitos não vão saber onde morreram.

Dita não sabe em que momento chegarão os observadores internacionais e a oportunidade será aproveitada para dizer a verdade de que Hirsch e tia Miriam falaram. E não sabe também como isso seria feito. Quando fecha os olhos, vê o doutor Mengele com o semblante neutro, esperando-a com um jaleco branco junto de uma cama de mármore.

Apesar dessa angústia, não tira da cabeça a morte de Hirsch. Disseram que ele decidiu se render, mas, apesar das evidências, ela não quer acreditar nisso. Não se contentou com nenhuma explicação, certamente porque não eram o que ela queria escutar. Dizem que Dita é teimosa. E é mesmo. Talvez haja um momento para se render. Ela, porém, ainda não quer fazer isso e vai ao barracão 32, o bloco médico, disposta a queimar o único cartucho que lhe resta. Eles foram os últimos a ver Fredy Hirsch respirando, os que ouviram suas últimas palavras.

Na entrada do hospital, há uma enfermeira dobrando uns lençóis com umas manchas escuras, repulsivas.

— Eu queria falar com os médicos.

— Com todos eles, menina?

— Com algum...

— Você está doente? Já informou à sua *Kapo*?

— Não. Não quero que me atendam. Só quero fazer uma pergunta.

— Conte o que está acontecendo com você. Já sei curar tudo o que é preciso curar por aqui.

— É uma pergunta sobre uma coisa que aconteceu com o transporte de setembro.

A enfermeira fica tensa e olha para ela com receio.

— E o que você quer perguntar?

— É sobre uma pessoa.

— Um parente seu?

— É, meu tio. Acho que os doutores do transporte de setembro que estavam no campo de quarentena o atenderam antes de ele morrer.

A enfermeira olha fixamente para a menina. Nesse momento, chega um dos médicos. Ele está com um jaleco branco cheio de manchas amareladas.

— Veja, doutor, uma menina está perguntando por alguém do transporte de setembro que ela diz que foi atendida no campo de quarentena.

O médico tem os olhos empapuçados e o semblante cansado. Ainda assim, esboça um sorriso com a intenção de ser amistoso.

— E quem você diz que atendemos no campo de quarentena?

— Ele se chamava Hirsch, Fredy Hirsch.

O sorriso desaparece do rosto do médico como se uma cortina se abrisse. De repente, ele se torna hostil.

— Já repeti mil vezes! Não pudemos fazer nada para salvar a vida dele!

— Mas o que eu queria era...

— Não somos deuses! Ele estava azul. Ninguém teria conseguido fazer nada. Fizemos o que tínhamos de fazer.

Dita quer perguntar sobre o que Hirsch disse, mas o médico se vira, muito alterado, e sai sem se despedir, visivelmente irritado.

— Se você não se importar, gracinha, temos trabalho — diz a enfermeira, indicando a porta.

Ao sair, Dita repara que está sendo observada por alguém. É um garoto grande, de pernas compridas, com quem já se deparou algumas vezes na ida e na volta do bloco-hospital. Pelo visto, ele trabalha como mensageiro. Ela sai desgostosa por ter sido tratada tão mal e vai procurar Margit. Encontra a amiga catando piolhos na irmã, atrás do barracão, e se senta numa pedra ao seu lado.

— Como vão, meninas?

— Desde que o transporte de maio chegou, há mais piolhos.

— Não é culpa deles, Helga. Há mais gente, então há mais de tudo — diz Margit, conciliadora.

— Mais caos, mais barulho...

— É, mas, com a ajuda de Deus, sairemos antes — fala Margit, tentando animá-las.

— Não aguento mais. Quero ir embora daqui, quero voltar para casa... — soluça Helga. Sua irmã, mais do que catar lêndeas, lhe acaricia a cabeça.

— Não fique assim, Helga.

Em Auschwitz, a obsessão de todos é ir embora, sair dali e deixar aquele lugar para trás. Não há outros sonhos nem se pede mais nada a Deus. No entanto, há quem tenha um relógio com ponteiros que giram ao contrário. É alguém que está voltando a Auschwitz. Contra toda a lógica, contra toda a prudência, contra todo o sentido, Viktor Pestek viaja num trem com destino a Oświęcim, em cujos arredores se ergueu o maior campo de extermínio da história.

Em 25 de maio de 1944, Viktor Pestek volta pelo caminho que seguiu seis semanas antes. Depois de sair andando pela porta do *Lager* com Lederer, os dois tomaram um trem em Oświęcim, de acordo com o que haviam planejado. O tcheco, vestido de tenente, fingiu estar dormindo enquanto ocupava aqueles assentos, e nenhuma das patrulhas que vasculharam o trem ousou incomodar um oficial da SS que descansava, tranquilo, a caminho da Cracóvia.

Uma vez ali, sem sair da estação, tomaram um trem para Praga. Ele se lembra do momento de hesitação na hora de descer em Hlavni Nadrazi, a enorme estação central de imensos tetos de ferro que estava infestada de gente. Lembra-se, em especial, do olhar que ele e Lederer trocaram. Estava na hora de deixar o refúgio relativamente seguro do compartimento do trem e se lançar de peito aberto num lugar repleto de olhos vigilantes. A recomendação dada por Pestek era clara: cabeça erguida, olhar à frente, cara azeda e não parar.

O saguão da estação estava infestado de soldados da Wehrmacht, que olhavam para os uniformes pretos da SS com uma mistura de respeito e desconfiança. Os civis não se atreviam a levantar a cabeça e olhar para eles. Ninguém se atreveu a lhes dirigir a palavra. Lederer havia sugerido que se dirigissem a Plzen, onde ele tinha amigos. Lá esconderam suas roupas e encontraram refúgio numa cabana abandonada de uma região de bosques nos arredores do povoado. Lederer foi localizando seus contatos com cautela para conseguir a documentação falsa para os dois e as duas mulheres. Isso levou algumas semanas. O que eles não sabiam era que a Gestapo vigiava seus passos.

Nessa viagem às avessas em que retorna a Auschwitz, Pestek se veste como civil e carrega uma mochila onde leva seu uniforme das SS dobrado com perfeição para usá-lo pela última vez.

Do assento na janela, repassa mentalmente um plano que executou milhares de vezes na cabeça. Tinha levado do escritório do campo uma folha com o selo do comando de Katowice e preparou uma autorização de remoção em nome de René e da mãe dela. Em Katowice ficava a central de detenção mais importante da região, e era frequente a Gestapo solicitar que lhes mandassem prisioneiros para interrogá-los. Marcava-se uma remoção, levavam os presos para o corpo de guarda da entrada e um carro do comando de Katowice os pegava para levá-los ao interrogatório. Muitos nunca voltavam.

Pestek conhece perfeitamente o procedimento. Sabe que chaves e palavras são utilizadas. Ele telefonará solicitando que ponham as duas prisioneiras à disposição da Gestapo. E um SS chegará num carro a Auschwitz-Birkenau para apanhá-las. Será Lederer, com a autorização selada que Pestek preparou antes de escapar. Seu companheiro de fuga fala um alemão perfeito. Buscará as duas e, depois, liberdade.

Lederer chegou um dia antes para se encontrar com os contatos da Resistência, que lhes arranjarão um veículo adequado. Precisa ser escuro, discreto. E alemão, naturalmente.

A única incerteza que Pestek tem é quando tenta imaginar qual será a reação de René quando os dois já estiverem em liberdade. Ele não será um SS nem ela uma prisioneira. A moça será livre para amá-lo ou repudiá-lo. Ela ficava tão calada nos encontros que ele se dá conta de que mal a conhece. É um livro em branco. Mas não importa: os dois têm a vida inteira pela frente para preencher suas páginas.

O trem entra bem devagar na estação de Oświęcim. A tarde é cinzenta. Pestek não se lembrava da cor suja do céu nos arredores de Auschwitz. No desembarque, há pouca gente, e ele avista Lederer sentado num banco, lendo jornal. Temia que o tcheco desse para trás de última hora, mas Lederer cumpriu a palavra. Nada pode dar errado.

Pestek desembarca com sua mochila, contente por estar tão perto de René. Imagina a moça sorrindo para ele, puxando um dos cachos e levando-o à boca. Lederer se levanta do banco para caminhar em direção a ele, mas é ultrapassado, quase atropelado por duas colunas de guardas da SS com metralhadoras na mão que entram correndo na plataforma.

Viktor Pestek entende logo que os vê. Estão ali atrás dele.

O oficial no comando dá um apito estridente e grita. Pestek deixa tranquilamente a bolsa no chão. Alguns guardas berram para que ele ponha as mãos para o alto e outros gritam para que ele não se mexa, ou o matarão ali mesmo. Gritam ordens contraditórias para desconcertar e paralisar o suspeito. Ele dá um sorriso amargo. Sabe de cor o procedimento de detenção. Ele próprio o executou várias vezes.

Lederer recua devagar na plataforma. Não o viram, e ele aproveita o tumulto da detenção para fugir. Enquanto caminha tentando manter a calma, xinga tudo que vem à cabeça. Na Resistência há delatores e infiltrados, e alguém entregou os dois. No centro do povoado, encontra uma motocicleta sem trava, sobe e não olha para trás.

Viktor Pestek foi levado para as dependências centrais da SS e torturado durante dias. Queriam saber por que ele tinha voltado a Auschwitz, queriam informações sobre a Resistência, mas ele pouco sabia sobre isso e nada disse sobre sua relação com René Naumann. A pena para os desertores é sempre a morte. Ele permaneceu encarcerado até que, em 8 de outubro de 1944, foi executado.

26

Margit e Dita estão sentadas atrás do barracão. As tardes estão mais longas e começa até a fazer um pouco de calor. O calor de Auschwitz é abafado. As duas estão num daqueles momentos em que a conversa foi acabando pouco a pouco e ninguém fez questão de recomeçá-la. A amizade entre as duas chegou a um nível em que o silêncio não incomoda. Faz parte da conversa. Aparece à sua frente uma velha conhecida.

— René... Há quanto tempo!

A loura dá um sorriso tênue diante das boas-vindas. Puxa um cacho de cabelo e o morde. Ultimamente, não tem sido tratada com amabilidade por quase ninguém.

— Vocês estão sabendo da fuga de Lederer com um primeiro cabo da SS que não queria mais ser nazista?

— Estamos...

— Era aquele nazista que no começo ficava olhando você...

René assente com a cabeça bem devagar.

— Acabou que ele não era má pessoa — conta ela. — Não gostava nada do que estava acontecendo aqui, por isso desertou.

Dita e Margit ficam caladas. Para um judeu, um nazista da SS que serve de carrasco num campo de extermínio... pode não ser má pessoa? Isso não é fácil de aceitar. No entanto, qualquer uma delas já ficou mais de uma vez observando um desses jovenzinhos quase imberbes usando botas de cano longo e uniforme preto. Quando olhavam em seus olhos não vinham um carrasco nem um guarda, mas apenas um rapaz.

— Hoje à tarde dois guardas da patrulha se aproximaram. Apontaram para mim e riram. Disseram que faz dois dias que prenderam...

Bem, esses porcos disseram que ele era meu amante, mas isso é uma mentira... Que o prenderam na estação de Oświęcim.

— A três quilômetros daqui! Mas como, se faz quase dois meses que ele fugiu? Será que ele não pensou em ir se esconder mais longe?

René fica pensativa por um tempo.

— Sei por que ele estava tão perto.

— Passou essas semanas todas escondido na cidade?

— Não. Estava vindo de Praga. Com certeza. Tinha voltado para me tirar daqui. E a minha mãe também, claro. Eu nunca teria ido embora sem ela. Mas o pegaram... anteontem.

As outras duas ficam em silêncio. René olha para o chão e se arrepende de ter sido sincera com elas. Dá meia-volta e pega o caminho em direção ao barracão.

— René! — chama Dita, e a jovem se vira. — Esse Viktor... talvez não fosse má pessoa, no fim das contas.

Ela assente com a cabeça bem devagar. De todo jeito, não terá como confirmar.

Margit vai passar um tempo com a família e Dita fica sozinha. Nesse dia, não há internos no campo de quarentena, e o campo contíguo do outro lado, o BIIc, também está vazio no momento, depois de despejarem seus inquilinos... Não se sabe se os levaram para fora de Auschwitz ou se os mataram. O fato de os dois campos vizinhos estarem vazios é algo incomum, causado por essa tarde abafada, que levou os internos a se recolherem aos barracões. Há um silencio tão incomum que Dita para um instante para aproveitá-lo.

Percebe que alguém está olhando para ela. No campo BIIc, uma figura solitária a cumprimenta e lhe faz sinais. É um prisioneiro, um jovem que deve estar trabalhando em algum conserto. Ao se aproximar da cerca e reparar melhor, vê que ele está com um terno de risca de giz mais novo do que os que se costuma ver nos presos dos campos vizinhos, e a boina indica que pertence ao pessoal de manutenção, um cargo privilegiado. Vem-lhe à mente aquele polonês que aproveitava os trabalhos cobrindo os tetos com tela asfáltica para fazer negócios nas latrinas. A capacidade de fazer qualquer tipo de conserto lhes permite ter acesso a todos os campos, e, o que é melhor, suas porções de comida são mais completas. Por isso, são reconhecidos de imediato, como no caso desse rapaz, que tem um aspecto saudável, em quem os ossos não parecem furar a pele do rosto.

Dita faz menção de partir, mas ele gesticula com muitos trejeitos e dá a entender que é para ela se aproximar. Parece um rapaz agradável e, em meio a sorrisos, diz algumas palavras em polonês que Dita não compreende. Só consegue decifrar a palavra "*jabko*", que em tcheco significa "maçã". E, naquele momento, lembrar comida é quase uma tortura. Dita estica o pescoço e diz:

— *Jabko?*

Ele sorri e faz que não com o dedo.

— *Jabko* não... *Yayko*!

Ela se decepciona um pouco... Faz tanto tempo que não experimenta uma maçã que quase nem sabe mais como é. Lembra que as maçãs são açucaradas, só que com um toque de acidez, mas o que mais lembra é de sua carne branca e úmida. Fica com água na boca. Não sabe o que esse rapaz quer lhe dizer. Talvez ele só queira paquerá-la, mas nem por isso ela recua. Ainda que se incomode, no fundo gosta que garotos mais velhos reparem nela, sobretudo agora que seu cabelo voltou a crescer.

A cerca eletrificada dá medo. Encostar nela significa uma morte horripilante. Dita já viu um interno ou outro receber uma descarga letal. Foram vários os que acabaram com a própria vida dessa maneira, mas ela só viu na primeira vez. Depois disso, sempre que notava alguém se dirigindo ao alambrado eletrificado com o olhar fora de órbita, virava o rosto e se afastava o mais rápido possível. Nunca esqueceu aquela primeira vez, o cabelo encrespado de uma mulher muito doente, o corpo enegrecido e o cheiro amargo de carne chamuscada, os fios de fumaça saindo de sua pele carbonizada.

Ela não gosta nada de se aproximar da cerca, mas às vezes a fome fala mais alto. Os internos mal conseguem se saciar à noite com o pedaço de pão e o sopro de margarina, e, se não dão a sorte de pescar alguma coisa boiando na sopa, têm de esperar outras 24 horas até poder pôr algo sólido na boca. Dita não está disposta a perder a oportunidade de forrar o estômago, embora não entenda o polonês.

Para não chamar a atenção de algum soldado, faz um gesto com a mão para que o garoto espere e entra no barracão das latrinas. Atravessa o estábulo fedorento a toda a velocidade e sai pela porta dos fundos. Chega discretamente à parte posterior do barracão, perto da cerca. Teme se deparar com corpos no chão, pois é para lá que costumam levar os que morrem durante a noite, para serem recolhidos pelo carrinho de defuntos e transportados para os crematórios. Mas a área, desta vez, está limpa. O polonês tem nariz grande e orelhas de abano. Não é muito bonito, mas tem um sorriso tão alegre que, para Dita, parece gracioso. Ele faz um sinal para que ela espere um instante e se enfia numa abertura na parte de trás do barracão, como se fosse buscar algo.

A única pessoa à vista nessa área atrás do BIIb é um prisioneiro de aspecto abatido que fez uma fogueira a alguns barracões de distância e está queimando farrapos de roupas. Não se sabe se lhe deram ordens para queimá-las por estarem infestadas de piolhos ou por terem sido de alguém que morreu de alguma doença contagiosa. Não é um ótimo trabalho manusear farrapos infectados, mas é melhor do que o de muitos outros, que são obrigados a drenar valetas ou a carregar pedras e materiais de construção o dia inteiro. De longe, qualquer um diria que o homem é um idoso. Não deve chegar aos quarenta anos.

Enquanto Dita espera que o carpinteiro volte, vê como o indivíduo queima os farrapos e eles se encolhem, deformam-se entre as chamas e se desfazem na fumaça intensa. Nesse momento, ela sente uma presença a seu lado, alguém que se aproximou dela muito sigilosamente. Ao se virar, depara, a dois passos dali, com a figura alta e negra do doutor Mengele. Ele não assobia, não gesticula, não fala. Só olha para ela. Talvez a tenha seguido até ali. Talvez tenha pensado que esse rapaz polonês seja algum contato da Resistência. O encarregado de queimar a roupa se levanta e foge. Por fim, ela fica a sós com Mengele.

Pensa em como justificará os bolsos internos de seu vestido quando a revistarem. Ou se valerá a pena justificar. Mengele não interroga seus prisioneiros. Esse é um trabalho vulgar demais para ele. Interessa-se apenas pelos órgãos dos internos. Extirpa-os para que revelem a verdade científica que procura.

O capitão médico não diz nada. Ela se sente impelida a explicar sua presença perto da cerca.

— *Ich wollte mit dem Mann dortsprechen.*

"Queria falar com o homem que está agachado ali perto do fogo", diz ela sem muita convicção. O homem do fogo já não está mais lá.

Mengele olha para Dita com mais intensidade, e ela percebe que ele entrefecha um pouco os olhos, como se tentasse se lembrar de algo. Dita se lembra do que a costureira disse: "Você não sabe mentir." Nesse momento, tem certeza de que o doutor Mengele não acreditou nela e nota que seu corpo esfria de repente, como se sentisse o contato frio com a mesa de mármore onde ele irá rasgá-la de cima a baixo, como um bezerro.

Mengele assente com a cabeça levemente. Parece ter se lembrado do que desejava lembrar. Quase parece sorrir com um brilho de triunfo. Leva a mão ao cinturão, a poucos centímetros da capa da pistola, e Dita tenta não tremer. Nesse momento, ela pede a Deus apenas para não tremer nem urinar na roupa, para poder partir com dignidade.

Nada mais.

Mengele continua assentindo com a cabeça e, por fim, começa a assobiar umas notas. E Dita percebe que ele não olha exatamente para ela, e sim mais adiante. Ela é tão insignificante que o médico nem percebeu sua presença. Mengele se vira e sai assobiando, satisfeito.

Bach às vezes resiste a ele.

Dita observa aquela figura alta, negra e trágica se afastando. E então percebe:

— Ele não se lembra nem um pouco de mim. Não sabe quem sou. Nunca me perseguiu...

Nunca foi à porta do barracão para esperá-la nem olhava para ela de um jeito diferente do que olha para todo mundo. Anotá-la em sua caderneta, ameaçá-la com a sala de autópsias... Tudo aquilo era uma brincadeira macabra e rotineira de alguém que dizia às crianças para chamá-lo de tio Pepi, acariciava-lhes o cabelo com um sorriso e em seguida aplicava uma injeção de ácido clorídrico para ver sua reação letal. O medo levou Dita a acreditar que um nazista almejando desvendar os mistérios da genética mundial se preocuparia com uma garotinha como ela e perderia tempo em segui-la.

Mais uma vez, a verdade era outra.

A bibliotecária suspira aliviada por tirar dos ombros ao menos esse peso, embora sua vida continue correndo perigo, como a de todo mundo.

Isso é Auschwitz.

O prudente seria voltar depressa para o barracão, porque Mengele poderia voltar e sua sorte, mudar. As serpentes dão o bote de uma hora para outra. Mas ela está curiosa demais para saber por que aquele carpinteiro polonês a chamava, tão agitado, parecendo dizer com gestos que tinha algo para ela. Seria apenas alguma promessa de amor? Dita não está interessada em namoros nem em romances, muito menos num polonês que ela não compreende nem um pouco, com orelhas que parecem tigelas.

Não quer namorados que lhe digam o que fazer. Ainda assim, reflete com obstinação enquanto morde os lábios com seus dentes separados, que não lhe agradam por deixá-la com cara de criança.

O polonês viu Mengele e se escondeu no barracão vazio, onde trabalhava numas goteiras. Ao ver o doutor ir embora, reaparece do outro lado. Dita não o vê trazer nada nas mãos e se decepciona. O rapaz vira para um lado e para o outro e se apressa até chegar a centímetros da cerca. Continua sorrindo. Já não parece ter orelhas tão grandes. Seu sorriso apaga tudo.

O coração de Dita para quando o jovem carpinteiro introduz o punho cerrado por um rasgo no arame da cerca. Ao abrir a mão, algo branco cai rodando e chega aos pés dela. À primeira vista, parece uma pérola enorme. É um ovo cozido. Faz dois anos que ela não come ovo. Quase nem se lembra do sabor. Ela o pega com as duas mãos, como se fosse uma peça delicada, e olha para o rapaz, que puxou de volta a mão, correndo o risco de ser eletrocutado.

Os dois não conseguem se entender. Ele só fala polonês, e ela não entende uma palavra. Mas o jeito como Dita se inclina e, sobretudo, a forma com que seus olhos crepitam de felicidade são uma linguagem que ele entende melhor do que qualquer discurso. O rapaz também inclina a cabeça, divertido, cerimonioso, como se, em vez de estarem num campo de extermínio nazista, os dois estivessem na recepção de um palácio.

Dita agradece ao rapaz em todos os idiomas que conhece. Ele pisca um olho para ela e fala bem devagar: *"yayko"*. Ela joga um beijo para ele com a mão antes de correr de volta para o barracão. O polonês finge dar um pulo e pegá-lo no ar, sem deixar de rir.

Enquanto corre com seu tesouro branco em busca da mãe para celebrar um banquete, Dita pensa que guardará consigo esta lição pelo tempo que lhe resta de vida: em polonês, ovo é *yayko*. As palavras são importantes.

Isso ficará claro no dia seguinte. Na recontagem da manhã, os internos são informados de que, depois da recontagem da noite, cada um dos maiores de idade receberá um cartão-postal para escrever a seus entes queridos. O *Camp Kapo*, um alemão com o triângulo de presidiário na jaqueta, passa pelas filas repetindo que não serão aceitas mensagens derrotistas nem difamatórias contra o Reich. Nesse caso, destruirão os postais e castigarão seus autores severamente. A palavra "severamente" é ressaltada com um desprezo que já antecipa o castigo.

Os *Kapos* dos blocos recebem instruções ainda mais concretas. Estão proibidas palavras como fome, morte, execução... Está descartada qualquer palavra que tente pôr em dúvida a grande verdade: eles têm o privilégio de trabalhar para o glorioso Führer e seu Reich. Lichtenstern explica durante o descanso da hora do almoço que o *Camp Kapo* exigiu que eles mandem, em seus respectivos barracões, que escrevam cartas alegres. O diretor do bloco 31, a cada dia com os olhos mais fundos, com a cara mais chupada por conta de sua dieta de cigarros e sopa de nabo, lhes diz para escreverem o que quiserem, pois ele tem vergonha de dar uma ordem dessas.

Durante o dia, ouvem todo tipo de comentário. Há quem se surpreenda com esse gesto humanitário dos nazistas de deixá-los entrar em contato com a família e pedir que enviem alimentos. No entanto, os veteranos logo explicam que os nazistas são, antes de tudo, pragmáticos. Para eles, é muito conveniente que as famílias mandem pacotes para o campo, pois ficarão com a melhor parte. Se, de cada um, confiscarem quatro ou cinco itens, multiplicando isso por centenas ou milhares de pacotes, o número de provisões que conseguirão será significativo. De quebra, os judeus do exterior ainda receberão mensagens tranquilizadoras dos familiares que contradizem outras informações e geram dúvidas sobre o que acontece em Auschwitz.

Há muitos comentários preocupados. Os membros do contingente de setembro também receberam postais para escrever pouco antes de serem enviados para as câmaras de gás. O transporte de dezembro está prestes a cumprir os seis meses de permanência no campo, que foi o prazo que seus companheiros assassinados tiveram. Estão percorrendo exatamente o mesmo caminho. Dá vertigem.

No entanto, dessa vez não há distinção entre os transportes, e os recém-chegados de maio também receberão postais. À fome e ao medo habituais, soma-se uma incerteza contagiosa que torna a jornada no bloco 31 mais desordenada que de costume. À tarde, não é possível coordenar de forma simples as brincadeiras e as canções.

Depois da recontagem da noite, são distribuídos os cartões-postais apenas entre os adultos. Muita gente de outros blocos fez fila diante do atravessador Arkadiusz, encarregado de entregar os cartões e que, discretamente, disse que alugaria os lápis em troca de uma rodela de pão. Alguns prisioneiros foram atrás de Lichtenstern, que usa lápis na escola e os cedeu a contragosto.

Dita se senta na porta do barracão, junto à mãe, e observa o vaivém de gente nervosa com os cartões na mão. Sua mãe lhe pede que escreva para a tia, de quem também não têm notícias há quase dois anos. Dita pensa nas primas, no que elas estarão passando no mundo lá fora.

Dividiu o espaço mentalmente e calculou que cabem pouco mais de trinta palavras. Se depois dessa carta ela morrerá na câmara de gás, essas trinta palavras serão as últimas que deixará escritas. É sua única oportunidade de fazer o mundo exterior conhecer a verdade sobre os campos de concentração. Mas, se ela for sincera, não lhe permitirão enviá-la e castigarão sua mãe. Pergunta a si mesma, no entanto, se os nazistas de fato lerão mais de quatro mil postais.

Os nazistas são muito metódicos.

Dita continua pensando nas trinta palavras. Escutou uma das professoras contar que escreveria na carta que estava lendo um livro de Knut Hamsun, na esperança de que seus parentes percebessem que ela se referia ao título do mais famoso de seus romances: *Fome*. Mas é difícil. Outros tentavam imaginar subterfúgios para contar a situação de genocídio que viam diariamente. Uns eram engenhosos; outros, tão metafóricos que ninguém compreenderia nada. Uns queriam pedir a maior quantidade possível de comida; outros, notícias do mundo externo. Muitos queriam apenas dizer que estavam vivos. Os professores iniciaram uma espécie de torneio para ver quem era capaz de mascarar melhor as mensagens subversivas aos parentes.

Dita diz à mãe que deveriam contar a verdade.

— A verdade...

Sua mãe murmura a palavra "verdade" um tanto escandalizada, como se fosse uma blasfêmia. Contar a verdade significa relatar pecados horríveis e aberrações. Como pensar em contar algo tão abominável?

Liesl Adlerova se sente envergonhada do próprio destino, como se quem tem uma sorte dessas tivesse de se culpar por algo. Lamenta que a filha seja tão impulsiva e desmiolada, que não meça a transcendência das coisas nem seja mais discreta. Por fim, pega o papel e decide ela mesma escrever uma nota em que dirá que as duas estão bem, graças a Deus; que seu querido Hans, que Deus o tenha em sua glória, não resistiu a uma doença contagiosa; que as duas têm muita vontade de voltar a ver todos. Dita olha para a mãe, que lhe diz que tem certeza de que o postal chegará a seu destino e as manterá em contato com a família.

— Assim terão alguma notícia nossa.

Nem com essa prudência um tanto covarde, porém, sua mãe alcançará seu objetivo. Quando o postal chegar ao destino, não haverá ninguém para recebê-lo.

Os bombardeios aéreos aliados estão se tornando mais frequentes. Dizem que os alemães perdem posições na frente, que a guerra mudou de rumo e que o final do terceiro Reich pode estar perto. Se superarem os seis meses de concentração, talvez possam ver o fim da guerra e voltar para casa. Ninguém, porém, se mostra otimista. Faz anos que ouvem falar do fim de uma guerra que está se tornando mais longa do que muitas vidas.

Na manhã seguinte, Dita dispõe sua biblioteca sobre o banco de madeira. Enquanto os grupos se acomodam nos tamboretes, Miriam Edelstein vai até ela e sussurra:

— Não virão.

Dita faz cara de quem não entendeu.

— Foi Schmulewski quem soube. Parece que os observadores internacionais estiveram em Terezín e os nazistas organizaram tudo muito bem. Então, não pediram para ver mais nada. Os observadores da Cruz Vermelha Internacional não virão a Auschwitz.

— Então... E o nosso momento?

— Não sei, Edita. Quero acreditar que sempre existe um momento para a verdade. Temos de prestar atenção, ser pacientes. Se a Cruz Vermelha não vier, é provável que o campo familiar deixe de ser útil para Himmler.

Dita se decepciona. Todo mundo acreditava que a Cruz Vermelha chegaria para mostrar o Holocausto ao mundo. Além do mais, se até então suas vidas tinham valido tão pouco, agora não valiam nada.

— Isso é ruim, muito ruim — murmura.

Miriam está certa, e as coisas não demoram a acontecer. Numa manhã aparentemente igual às outras, Lichtenstern encerra as aulas cinco minutos antes da hora, mas ninguém nota, porque ele é o único em todo o campo que tem um relógio. Miriam Edelstein o acompanha, e os dois sobem, não sem alguma dificuldade, na parte horizontal da lareira que atravessa o barracão. As crianças, que acreditam ser o fim das aulas da manhã, se agitam, riem, fazem brincadeiras. Ninguém espera que o chefe do bloco leve o apito à boca e o sopre de maneira estridente pedindo atenção.

Por um momento, aquele ruído faz os veteranos lembrarem o saudoso Fredy Hirsch. Todos ficam em silêncio e sabem que algo de grave está acontecendo.

Lichtenstern anuncia com uma voz muito séria que Miriam Edelstein fará um comunicado importante. Ela parece desgastada, mas sua voz é firme.

— Professores, alunos, assistentes... Comunico que o comando de Auschwitz-Birkenau nos informou que o campo familiar será fechado imediatamente. Este foi o último dia de aulas no bloco 31. — Os murmúrios nervosos inundam o barracão, e Miriam gesticula para acalmá-los. — Amanhã a SS fará uma seleção. Dois grupos serão formados: um deles será transferido para outro campo e o outro ficará aqui.

— Que tipo de seleção é essa? — pergunta um dos professores.

— Não nos deram mais explicações. Não sei mais nada.

Os murmúrios nervosos tomam o barracão. Seleção é uma palavra que ninguém quer escutar. Os nazistas fazem a roleta girar. Quem der azar, morre.

Miriam, em meio ao alvoroço, avisa que a recontagem da manhã será feita com cada um em frente ao seu barracão e que depois o *Camp Kapo* dará ordens sobre a seleção. Os comentários são tantos que só quem está bem próximo a ela a ouve encerrar o breve discurso desejando sorte a todos.

Dita balança a cabeça lentamente. Talvez a sorte não possa fazer nada por eles.

À tarde, o bloco 31 está vazio. Voltou a ser um depósito. Ela bate várias vezes à porta e, como Lichtenstern não responde, usa a chave que lhe deram semanas antes. Há latas de conserva vazias, pedaços de pano manchados, lençóis não muito limpos e peças de roupa sobre caixas de papelão com mantimentos escassos.

Dita aproveita que Lichtenstern não está e que ainda falta um tempo até a hora do toque de recolher para ajuntar todos os seus livros.

Fazia dias que não folheava o atlas, e agora sente um imenso prazer ao subir e descer cordilheiras com o dedo, ao sussurrar os nomes de cidades como Londres, Montevidéu, Ottawa, Lisboa, Pequim... Enquanto faz isso, parece ouvir a voz de seu pai quando girava o globo terrestre. Pega também o amarelado exemplar de *O conde de Monte Cristo*, livro cujos segredos, apesar de estarem em francês, ela pôde desvendar graças a Renata. Sussurra em voz alta o nome de Edmond Dantès e tenta imitar o sotaque francês. Chegou o momento de abandonar a prisão de If.

Pega também H.G. Wells, seu professor particular de história nos últimos meses. E a gramática russa, o livro de Sigmund Freud e o tratado de geometria. E ainda o romance russo sem capa cujo mistério cirílico ela não chegou a decifrar. Com um cuidado extremo, tira o último livro do esconderijo, a edição desfolhada de *As aventuras do bravo soldado Svejk*. Não resiste à tentação de ler umas linhas para se certificar de que Svejk continua em meio àquelas páginas. Ali está ele, em plena forma, tentando acalmar o tenente Lukás depois de sua última mancada.

> — Falta metade deste prato de consomê que me trouxe da cozinha do regimento.
>
> — Sim, meu tenente. É que estava tão quente que evaporou pelo caminho.
>
> — Deve ter evaporado nas suas tripas, seu sanguessuga sem-vergonha!
>
> — Meu tenente, posso lhe garantir que tudo foi causado pela evaporação. Essas coisas acontecem. Uma vez, um arrieiro que fazia a rota de Karlovy Vary transportava umas vasilhas de vinho quente...
>
> — Saia já da minha vista, animal!

Dita se abraça a esse montão de folhas como a um velho amigo.

Dedica-se com todo cuidado a colar os dorsos soltos com um pouco de goma-arábica e a esfregar com um trapo limpo e saliva alguma capa manchada pela terra. Cura-lhes as feridas pela última vez. Quando já não pode fazer mais nada para repará-los, passa a mão pelas folhas para desfazer algumas dobras, tocando-as. Mais que alisar as folhas, ela as acaricia.

Os livros alinhados formam uma fileira minúscula, um modesto desfile de veteranos. Nos últimos meses, porém, conseguiram que centenas de crianças passeassem pela geografia do mundo, aproximassem-se da história e aprendessem matemática. E adentrassem os caminhos sinuosos da ficção, multiplicando suas vidas. Nada mau para um punhado de livros velhos.

27

Julho de 1944

Já fecharam as oficinas e o bloco 31. Sua mãe conversa, ou melhor, assiste à conversa das mulheres, capitaneada pela senhora Turnovská. Dita está recostada atrás do barracão. É tanta gente que custa encontrar um lugar para apoiar as costas. Margit se junta a ela e se acomoda como pode no pedaço de manta que Dita lhe deixa. Dá para notar sua agitação na maneira como morde o lábio inferior.

— Acha mesmo que vão nos mandar para outro lugar?

— Disso não resta a menor dúvida. Só espero que não seja para o outro mundo.

Margit se remexe ao lado de Dita, inquieta. As duas dão as mãos.

— Estou com medo, Ditinka.

— Todos estamos.

— Não. Você está tão tranquila. Até ri do traslado. Eu queria ser valente como você, mas estou com muito medo. Meu corpo inteiro treme. Faz calor e estou com frio.

— Uma vez, quando minhas pernas estavam tremendo muito, Fredy Hirsch me disse que os verdadeiros valentes sentem medo.

— Por quê?

— Porque é preciso ser valente para sentir medo e seguir em frente. Se não se sente medo, qual é o mérito por fazer isso ou aquilo?

— Vi o senhor Hirsch na *Lagerstraße* algumas vezes. Ele era muito bonito. Eu queria tê-lo conhecido.

— Não era alguém que você pudesse conhecer com facilidade. Ele passava a vida enfurnado no quarto. Fazia as conversas de sexta-feira, organizava as atividades esportivas. Se houvesse alguma problema, ele resolvia. Era muito amável com todos... mas depois desaparecia no quarto. Era como se quisesse se isolar.

— Você acha que ele era feliz?

Dita se vira em direção à amiga e fica olhando para ela, incrédula.

— Que pergunta, Margit! Quem poderia saber? Não sei... Acho que sim. Nunca foi fácil para Hirsch, mas acho que ele gostava dos desafios. E nunca desistiu.

— Você admirava Hirsch, não é?

— Como podemos não admirar aquele que nos ensinou a ser valente?

— Mas... — Margit mede as palavras. — Na última hora, Hirsch desistiu. Não aguentou até o fim.

Dita dá um suspiro profundo.

— Tenho pensado muito na morte dele. Disseram tantas coisas... Mas continuo achando que falta uma peça, que existe algo em tudo isso que não se encaixa. Render-se? Hirsch? Não acredito.

— Mas Rosenberg, o registrador, o viu morrer...

— É...

— Só que também ouvi dizer que não se pode confiar em tudo o que Rosenberg conta...

— Dizem tantas coisas... Mas acho que naquela tarde de oito de março aconteceu algo que mudou tudo. O ruim é que nunca poderemos perguntar isso a ele.

Dita se cala, e Margit respeita seu silêncio por alguns segundos.

— E agora, o que vai ser de nós, Ditinka?

— Ninguém sabe. Então, não vale a pena se preocupar demais. Você e eu não podemos fazer nada. Se alguém decidir organizar uma revolução, logo descobriremos.

— Acha que haverá uma revolta?

— Não acredito. Se isso não aconteceu com Fredy Hirsch, agora mesmo é que é impossível.

— Então vamos rezar.

— Tente.

— Você não vai rezar?

— Rezar? A quem?

— A quem poderia ser? A Deus. Você também devia fazer isso.

— Centenas de milhares de judeus rezam a Deus desde 1939 e ele não escutou ninguém.

— Talvez não tenhamos rezado o suficiente, forte o bastante para que ele nos escute.

— Ora, Margit. Deus sabe se pregamos o botão de uma camisa no sabá para nos castigar e não sabe que estão matando milhares de inocentes e que outros milhares são mantidos como prisioneiros e tratados piores do que cães? Acha mesmo que ele não sabe?

— Não sei, Dita. É pecado questionar Deus.

— Bom, então sou uma pecadora.

— Não fale assim! Deus vai castigá-la!

— Mais?

— Você vai para o inferno.

— Não seja ingênua, Margit. Já estamos no inferno.

Os rumores continuam serpenteando pelo campo como enguias elétricas. Há quem diga que a seleção é uma tragicomédia, que matarão todos. Outros acreditam que irão separar a mão de obra apta a trabalhar e matar o resto.

Inesperadamente, o Padre entra no campo acompanhado de dois guardas armados. Os internos fingem não olhar para ele, mas não tiram os olhos dessa ave de mau agouro que nada de bom pode ter ido fazer ali fora do horário da recontagem. Param na porta de um barracão e, no mesmo instante, aparece a *Kapo*.

Ela passeia, nervosa, pelos arredores, até indicar uma interna sentada na lateral com um menino que apoia a cabeça em seu colo. São tia Miriam e seu filho, Ariah. O sargento informa que tem ordens diretas do comandante Schwarzhuber: ela e o filho serão levados até Yakub.

Eichmann mentiu para Miriam. Seu marido, Yakub, não está em Berlim. Na realidade, nunca saiu de Auschwitz. Também disse que logo eles estariam juntos. Nesse aspecto, porém, disse a verdade. Mas as verdades de Eichmann são piores que suas mentiras.

Levam Miriam e o filho num jipe para Auschwitz I, a três quilômetros, onde fica a carceragem de presos políticos, membros da Resistência, espiões e demais ameaças à integridade do Reich. Na realidade, todo tipo de prisioneiro passou por suas celas opressivas, construídas para provocar o maior estrago e a maior aglomeração possível. Dessa prisão só se saía para morrer fuzilado.

Quando Miriam e o filho foram conduzidos à sala onde dois guardas mantinham Yakub algemado e preso pelos braços, com um terno de risca de giz ensebado e só pele e ossos, ela mal o reconheceu. Ele também demorou para reconhecê-la, pois não usava seus óculos redondos com armação de casco de tartaruga. Perdeu-os logo que chegou, e desde então via tudo embaçado.

Miriam e Yakub Edelstein eram extremamente inteligentes e logo entenderam por que estavam ali. Ninguém pode imaginar o que passou pela cabeça dos dois naquele instante.

Um cabo da SS pegou uma pistola e apontou para o pequeno Ariah. Disparou à queima-roupa. Depois, matou Miriam. Quando atiraram em Yakub Edelstein, ele já estava emocionalmente morto.

Quando se iniciou o fechamento do campo BIIb, em 11 de julho de 1944, havia 12 mil prisioneiros. O doutor Mengele organizou a seleção, que durou três dias. Dentre todos os barracões, escolheu o 31 por ser mais espaçoso e não haver camas. Mengele comentou com seus ajudantes que era o único barracão que não cheirava tão mal. Embora fosse fascinado por autópsias, também era refinado e não suportava mau cheiro.

O campo familiar chega ao fim. Dita Adlerova e sua mãe se preparam para passar pelo filtro do doutor Mengele, que decidirá se vivem ou morrem. Depois do caldo ralo do desjejum, os internos recebem ordens para entrar no barracão. Todos estão alterados, nervosos, e andam de um lado para o outro, imaginando que podem estar a poucos minutos da morte. Os maridos correm para se despedir das mulheres, e as mulheres, dos maridos. Muitos casais se encontram no meio da *Lagerstraße*, na metade do caminho de seus barracões. Há beijos, abraços e lágrimas. E também reprovações: "Se tivéssemos ido para a América do Norte quando propus...". Cada um vive à sua maneira o que podem ser os últimos momentos. Os *Kapos* apitam com fúria para que cada um volte para seu barracão diante do olhar indiferente dos SS que chegam ao campo.

A senhora Turnovská se aproxima para desejar sorte a Liesl.

— Sorte, senhora Turnovská? — diz outra mulher. — Precisamos é de um milagre!

Dita se afasta uns passos em meio ao tumulto de gente que vai e vem com nervosismo. Percebe que alguém se situa logo atrás dela e até sente seu hálito na nuca.

— Não se vire — ordena.

Dita, tão acostumada às ordens, permanece cravada onde está, sem olhar para trás.

— Você perguntou pela morte de Hirsch, não é?

— Sim.

— Sei de umas coisas... Mas não se vire!

— Até agora, tudo o que me disseram é que ele teve medo, mas sei que o medo de morrer não o faria desistir.

— Nisso você está certa. Vi a lista de internos que os SS tirariam da quarentena. Hirsch estava nela. Ele não ia morrer.

— Então, por que se suicidou?

— Nisso você está errada — diz a voz, hesitando primeiro, como se não soubesse até onde deveria contar. — Hirsch não se suicidou.

Dita se assusta e vira para seu enigmático interlocutor. Mas ele sai correndo a grande velocidade entre os outros. Ela o reconhece: é o rapaz que trabalhava como recadeiro do bloco-hospital.

Pensa em ir atrás dele quando sua mãe a pega pelo ombro.

— É para entrar em formação!

A *Kapo* de seu barracão distribui pancadas e os guardas dão coronhadas. Não há tempo. A contragosto, Dita se posiciona em sua fileira junto à mãe.

O que significa Fredy Hirsch não ter se suicidado? Ele não morreu da maneira que tinham lhe contado? Talvez o garoto tenha inventado essa história. Mas por que faria isso? Será que tudo foi uma brincadeira, motivo pelo qual ele saiu correndo quando ela se virou? É possível. Porém, no instante em que ela olhou para ele não havia riso em seus olhos. Mais do que nunca, está convencida de que o que aconteceu naquela tarde no campo de quarentena não é o que os membros da Resistência contaram. E por que mentiriam? Ou será que nem eles sabiam a verdade sobre o que acontecera?

Há perguntas demais e tempo de menos para descobrir as respostas. Há milhares de pessoas no campo familiar, e todas passarão pela avaliação do doutor Mengele... Rumo à vida ou à morte.

Os grupos entram e saem pela porta dos fundos do bloco 31 e ninguém sabe ao certo o que está acontecendo. Recebem a sopa do meio-dia e se sentam no chão, mas o cansaço e o nervosismo da espera abalam a todos. E os rumores correm. Estão separando os internos mais saudáveis dos doentes e improdutivos. Algumas comentam que o doutor Mengele decide, impassível, quem vive e quem morre. Os prisioneiros entram nus no barracão para que o médico os examine. Mengele teve o mínimo de decência ao separar homens de mulheres e não olha para as internas nuas de maneira libidinosa. Ao contrário, observa todo mundo com a mais absoluta indiferença e às vezes boceja, entediado de sua obrigação.

Membros da SS não permitem que ninguém se aproxime do bloco 31. Os grupos que não passarão pela seleção nesse dia perambulam, nervosos, pelo campo. Os instrutores tentam se ocupar das crianças até o último momento. Alguns grupos se sentam atrás dos barracões e tentam organizar brincadeiras de adivinhações ou qualquer outra coisa, desde que amenize a angústia. Até a professora Markéta faz a brincadeira do lenço com algumas de suas meninas. Cada vez que ela pega o lenço, leva-o disfarçadamente ao rosto e seca as lágrimas. As meninas perambulam cheias de vida, discutem e brigam para ver quem tocou primeiro no tecido... Markéta pensa se os nazistas a usarão como mão de obra ou matarão todas.

Dita está em formação com as mulheres de seu barracão em frente ao bloco 31. Entrarão em seguida. São obrigadas a se despir e a jogar a roupa num canto, que vira uma montanha de farrapos sobre a lama.

Ela sente mais pudor pela mãe nua do que por si mesma. Vira o rosto para não ver seus peitos enrugados, seu sexo à mostra, seus ossos que fincam a pele. Algumas mulheres cruzam os braços para tampar o máximo as partes íntimas, mas a maioria já nem se importa. De um lado e de outro das filas, há pequenos grupos de membros da SS ociosos, fora de serviço, que passam a manhã observando maliciosamente as mulheres nuas e comentando em voz alta sobre suas preferidas. Os corpos são esquálidos, as costas fazem mais curvas que o quadril; há moças nas quais mal desponta uma penugem pubiana. Mas os soldados estão ávidos por distração e estão tão habituados a ver a magreza esquelética dos internos que aplaudem as mulheres como se fossem belezas lascivas.

Dita tenta ficar na ponta dos pés para enxergar através da muralha de guardas o que acontece lá dentro. Apesar de sua vida e a de sua mãe estarem em risco, não deixa de pensar em sua biblioteca.

Os livros ficaram no esconderijo, armazenados sob a terra, profundamente adormecidos, até que alguém os encontre por acaso e lhes devolva a vida, como o Golem da lenda de Praga, que permanece inerte num lugar secreto à espera de alguém que o ressuscite. Lamenta não ter deixado uma mensagem junto aos livros para o caso de outro prisioneiro de Auschwitz encontrá-los. A bibliotecária gostaria de lhe dizer para cuidar deles.

Elas ainda têm de passar muitas horas sem roupa, esperando. As pernas doem e se tornam frágeis. Uma mulher se sentou porque não aguentava mais e, apesar dos gritos e das ameaças da jovem *Kapo*, se negou a ficar de pé. Dois guardas a arrastaram para trás do barracão como se puxassem um saco de batatas. Suspeita-se que a tenham jogado no monte do material descartável.

Envolta em murmúrios e rezas, chega a vez de Dita. Ela cruza, junto com a mãe, a entrada do bloco 31. A mulher à sua frente soluça.

— Não chore, Edita — sussurra a mãe. — Agora deve se mostrar forte.

Dita assente com a cabeça. Apesar da tensão que se respira, dos SS armados e da mesa diante da lareira de onde Mengele dita a sentença, ela se sente, de algum modo, protegida. Os SS não tiraram os desenhos das crianças da parede. Lá está a Branca de Neve e seus anõezinhos em diversas versões. Há princesas, animais da selva, barcos coloridos daqueles primeiros dias em que havia lápis de cor... Ela se dá conta de quanta falta sentiu de colorir em Auschwitz, como fazia em Terezín, e de transformar a desordem de suas emoções numa paisagem.

No entanto, ainda que os tamboretes e os desenhos continuem ali, o bloco 31 já não existe. Deixou de ser uma escola. Deixou de ser um refúgio. Agora, logo depois de entrar, deparam-se com uma mesa de escritório e, atrás dela, estão sentados o doutor Mengele, um registrador e dois guardas com metralhadoras. Nos fundos do barracão vão se formando dois grupos já selecionados. O da esquerda fica em Auschwitz e o da direita será enviado para trabalhar em outro campo. Num grupo estão as mulheres jovens e de meia-idade com um aspecto saudável, ou seja, quem ainda pode trabalhar. O outro, muito mais numeroso, é composto de meninas pequenas, idosas e mulheres que parecem adoentadas. Quando disseram que o grupo da esquerda ficará em Auschwitz, eles sabiam que podiam esperar pelo pior.

O médico nazista, imperturbável, gesticula com a mão numa luva branca à direita e à esquerda e define o destino de todas as pessoas. Faz isso sem titubear.

A fileira da frente vai esvaziando. A mulher que chorava foi enviada para a esquerda, com os imprestáveis para o Reich.

Dita respira fundo: chegou sua vez.

Dá uns passos e para diante da mesa do médico. O doutor Mengele olha para ela. A menina se pergunta se ele a reconhecerá como membro do bloco 31, mas é impossível saber o que ele pensa. Sente um calafrio ao notar a total ausência de emoção no rosto dele. É um olhar tão vazio e tão neutro que intimida.

Solicita a informação que repete a todas as internas:

— Nome, número, idade e profissão.

Dita sabe que o segredo é dizer uma profissão que possa ser útil aos alemães (carpinteiro, agricultor, mecânico, cozinheira...) e, para os mais jovens, aumentar a idade. Precisa ser prudente, mas sua natureza lhe pede outra coisa.

Diante do todo-poderoso doutor Josef Mengele, dono da vida e da morte como um deus do Olimpo, dá seu nome, Edita Adlerova; seu número, 73305; sua idade, 16 anos (um ano a mais do que tem de fato); e, na hora de informar sua profissão, hesita por um momento e, em vez de dizer algo que agrade ao SS da cruz de ferro no peito, diz:

— Pintora.

Mengele, entediado, cansado do que para ele é uma rotina, fita seus olhos com mais atenção, como as serpentes que levantam a cabeça quando há uma presa a seu alcance.

— Pintora? Você pinta paredes ou retratos?

Dita sente o coração açoitar sua caixa torácica, mas responde com alemão impecável e com uma compostura que ali é considerada rebeldia.

— Pinto retratos, senhor.

Mengele olha para ela estreitando um pouco os olhos, esboçando um sorriso irônico.

— E você poderia me pintar?

Dita nunca sentira tanto medo. Não podia estar mais vulnerável: com 16 anos, sozinha e nua diante de homens com metralhadoras que decidirão se vão matá-la ou deixá-la viver um pouco mais. O suor escorre por sua pele nua e as gotas caem no chão. Mas ela responde com um vigor inesperado:

— Sim, senhor.

Mengele observa a menina com atenção, o que não é bom sinal. Nada de bom pode sair daquela cabeça. O mundo inteiro está parado naquele momento. O barracão se encontra em completo silêncio, e nem as respirações são ouvidas. Os SS das metralhadoras não se atrevem a perturbar o momento de reflexão do doutor. Por fim, Mengele sorri e, fazendo um gesto com a mão enluvada, manda a menina para a direita, o grupo das aptas.

Dita, porém, ainda não suspira aliviada. Logo atrás vem sua mãe. Desacelera o passo e vira o pescoço para vê-la.

Liesl é uma mulher com rosto e corpo tristes, com os ombros caídos, o que intensifica sua aparência de adoentada, convencida de que não passará no corte, derrotada antes do início da luta. Não tem a menor chance, e o médico não perde nem um segundo:

— *Links!*

Esquerda. O grupo mais numeroso, o das inaptas.

No entanto, sem pretensão de se rebelar contra nada, apenas pelo próprio aturdimento, é o que Dita pensa, Liesl vai para a fila da direita atrás da filha. A menina fica sem ar e imagina que a sua mãe será retirada de lá à força. Se isso acontecer, não terá outro remédio a não ser se agarrar a ela.

Para a sorte de ambas, nenhum dos guardas, cansados da rotina e mais preocupados em olhar as mais jovens, se dá conta. Nem Mengele, distraído com o registrador, que não entendeu um dos números ditados e lhe pediu ajuda. Outras mulheres mandadas para o grupo da esquerda haviam gritado e se jogado no chão após a sentença, o que fez os guardas intervirem. Mas Liesl não protestou. Com absoluta docilidade, passou nua diante dos olhos de todos e se encaminhou para o outro lado.

Dita está com o coração na boca. Olha para a mãe está atrás dela, que parece não se dar conta do que acabara de fazer: desobedecer Mengele. A menina imagina que a mãe não entendera a ordem, pois sabe que ela não tem coragem de tomar uma atitude tão importante de maneira intencional. Sem dizer nada, as duas dão as mãos com força. Olham uma para a outra, e esse olhar parece ter palavras. Outra mulher chega à fila da direita e encobre Liesl da vista dos guardas.

Elas são levadas para o campo de quarentena. Há abraços alegres entre os que se salvaram por um momento, mas também rostos abatidos, à espera de familiares e amigos que nunca chegarão. A senhora Turnovská e as companheiras de tertúlia da mãe foram para o grupo da esquerda. As crianças também sumiram. E Dita não tem mais notícia de Miriam Edelstein. Há uma enorme confusão, e os primeiros grupos começam a ser levados em direção à plataforma mesmo antes do término das seleções no BIIb. Margit também desapareceu.

Mãe e filha escaparam da morte por enquanto, mas não é fácil sobreviver sabendo que centenas de inocentes perderão a vida em alguns minutos.

28

Primavera de 1945

Passaram-se oito meses desde a extinção do campo familiar e as duas estão mais uma vez num vagão de trem para gado em que viajam sem saber o destino. Primeiro foi de Praga a Terezín. Depois, de Terezín a Auschwitz. Mais tarde, de Auschwitz a Hamburgo. E agora Dita está mais uma vez sobre esses trilhos que descarrilharam sua juventude.

Na estação de Auschwitz, mãe e filha são empurradas para um trem de cargas e mandadas com um grupo de mulheres para a Alemanha. É uma viagem dura, durante a qual se passa fome, sede; há mães sem filhas, filhas sem mãe, irmãs sem irmã. Quando abrem o vagão em Hamburgo, os SS encontram um carregamento de bonecas quebradas.

Trocar a Polônia pela Alemanha não fez as coisas melhorarem. Em terras germânicas, os membros da SS tinham mais notícias sobre a guerra e o nervosismo se difundia. A Alemanha retrocedia em todas as frentes, e o Terceiro Reich começava a se estilhaçar. Por isso, os guardas descarregavam a raiva e a frustração nos judeus, como se estes fossem responsáveis pela derrocada alemã.

Mãe e filha foram destinadas a um campo onde as jornadas de trabalho eram tão longas que parecia que os dias tinham muito mais de 24 horas. Ao voltar para o barracão, não restavam forças nem para se queixar. Só tomavam a sopa em silêncio e se esticavam na cama para tentar se recuperar até o dia seguinte.

Dos meses que passou em Hamburgo, Dita tem uma imagem cravada na cabeça: sua mãe diante da máquina empacotadora de ladrilhos com o suor escorrendo pelo lenço da cabeça. A mulher transpirava, mas sua expressão era neutra, concentrada e serena, como se preparasse uma salada de berinjela.

Dita sofria por ela. Estava tão frágil que nem com a melhora nas porções de comida, em comparação às de Auschwitz, conseguia engordar um grama. Era proibido falar durante o trabalho, mas quando passava carregando algum material perto da esteira da mãe, Dita lhe gesticulava perguntando como estava, e Liesl assentia com a cabeça e sorria. Sempre estava bem.

Essa atitude, porém, desagradava a Dita. Se sua mãe sempre estava bem, como saberia quando ela estivesse mal?

Para Edita, contudo, a senhora Adlerova sempre está bem.

No trem, Liesl finge dormir com a cabeça apoiada à parede do vagão. Edita quer vê-la descansar um pouco, mas a verdade é que faz meses que mal consegue pregar os olhos à noite. No entanto, não contará isso à filha. Ela é jovem demais para entender quão difícil é para uma mãe não poder dar uma infância feliz a um filho.

A única coisa que Liesl pode fazer pela filha, que é mais forte, mais esperta e mais valente do que ela, é não a deixar mais preocupada do que já está, dizer sempre que está bem, embora, desde a morte do marido, sinta em seu íntimo uma ferida que não se fecha, que sangra por dentro.

O emprego na fábrica não durou muito tempo. O nervosismo na cúpula dirigente nazista fazia com que as ordens fossem contraditórias. Algumas semanas depois, foram levadas para outra fábrica, onde se reciclava material militar. Numa das oficinas, consertavam bombas defeituosas que não haviam explodido. Ninguém parecia se importar de trabalhar ali. Nem as duas. Trabalhavam na parte coberta e, quando chovia, não se molhavam.

Uma tarde, voltando para o barracão depois de um dia de trabalho, Dita viu sair de uma oficina René Naumann, que conversava, animada, com outras meninas. Parou e fez menção de ir até ela. Era bom vê-la. René a cumprimentou de longe com a mão num gesto fugaz e continuou caminhando envolvida na conversa com suas companheiras. Tinha feito novas amigas, pensou Dita, gente nova que não sabia que um dia ela teve um amigo na SS e a quem não deveria explicação alguma. René não quis parar para lembrar o passado.

Novamente, estão viajando sem saber o destino, como gados.

— Tratam a gente como ovelhas a caminho do matadouro — lamenta-se uma mulher com sotaque dos Sudetos.

— Quem dera! Para as ovelhas a caminho do matadouro dão de comer.

O vagão de mercadorias balança com um barulho de máquina de costura. Dita e sua mãe estão sentadas no chão junto a mulheres de várias nacionalidades, muitas delas judias alemãs. Das mil mulheres que saíram oito meses antes do campo familiar de Auschwitz--Birkenau, metade ficou em Hamburgo para trabalhar numa oficina no subúrbio da cidade, perto do rio Elba. Estão exaustas. Os últimos meses têm sido extenuantes nas fábricas, com jornadas de trabalho longuíssimas, em condições sub-humanas. Dita olha para as próprias mãos. Parecem mãos de velha.

Faz anos que vão de um lado para o outro aos empurrões, sob ameaças de morte, dormindo mal e comendo ainda pior, sem saber se verão o fim da guerra.

Dita não se preocupa mais com isso. A apatia é o pior de todos os sintomas.

Não, não, não... Não vou me render.

Ela se belisca no braço até doer. Belisca com mais força e quase tira sangue. Precisa sentir dor. Quando algo dói, é sinal de que nos importamos com ele.

Lembra-se de Fredy Hirsch. Nesses meses, tem pensado menos nele, mas ainda se pergunta o que aconteceu naquela tarde. O rapaz das pernas longas disse que Hirsch não se suicidara... Então, exagerou na dose dos calmantes? Ela quer acreditar que ele não quis se matar, que foi um engano. Mas sabe que Hirsch era muito metódico, muito alemão. Como pôde tomar vinte comprimidos por engano?

Suspira. Nada disso importa mais. Ele não está mais ali e não voltará. Tanto faz.

Dentro do trem, corre um rumor de que estão sendo mandadas para um lugar chamado Bergen-Belsen. Dita escuta especulações sobre o novo campo. Algumas mulheres ouviram dizer que é um campo de trabalho, que não tem nada a ver com Auschwitz ou Mauthausen, onde a única indústria é a da morte. Se for verdade, não estão indo para um matadouro. Parecem notícias tranquilizadoras, mas a incerteza faz todas ficaram em silêncio.

— Venho de Auschwitz — afirma uma. — Nada pode ser pior.

As outras mulheres não dizem nada. Aquilo não as convence. Mostram-se reticentes a esse raciocínio tão lógico. Descobriram, ao longo desses anos, que o terror não tem fim. Não confiam. São como gatas escaldadas com medo de água fria. Têm medo. E têm motivos para isso.

A viagem de Hamburgo a Bergen-Belsen é curta, mas o trem demora várias horas até parar, num ranger de dentes. Elas precisam caminhar da plataforma até a entrada do campo de mulheres. São conduzidas por guardas da seção feminina da SS que as empurram com violência e gritam palavrões desagradáveis. As SS têm ódio no olhar. Uma interna encara uma vigilante, que lhe cospe no rosto para que se vire.

— Desgraçada — murmura Dita. Sua mãe lhe dá um beliscão para que se cale.

A menina não entende o ódio das SS com as prisioneiras, já que são estas as humilhadas e as privadas de tudo, que mal puseram os pés no campo, não fizeram mal a ninguém e não farão outra coisa senão obedecer e trabalhar para o Reich sem pedir nada em troca. No entanto, essas guardas bem-alimentadas e com roupas confortáveis se mostram furiosas. Dita não consegue entender. As SS lhes dão pancadas nas costas, insultam-nas com frases obscenas e se enfurecem com as recém-chegadas. Dita não admite a irritação das agressoras com quem nada lhes fez.

Após entrarem em formação, aparece a supervisora. É uma mulher alta, loura, de costas largas e mandíbula quadrada. Ela se move com a segurança de quem está acostumado a mandar e a ser obedecido no mesmo instante. Com voz potente, informa sobre a proibição de sair dos barracões depois do toque de recolher, às sete, sob pena de morte. Faz uma pausa e procura, ávida, o olhar das internas, que têm os olhos cravados à frente.

Uma jovem comete o erro de encarar a supervisora, que a puxa pelos cabelos com violência, tira-a da fila e a joga no chão diante da formação. Apesar de ninguém olhar diretamente para o que se passa, todas veem. A supervisora dá uma chicotada na jovem. E outra. E mais outra. A jovem não grita, só soluça. Depois da quinta chicotada, nem soluça mais, apenas geme. As mulheres não ouvem o que a supervisora diz à jovem ao aproximar a boca de seu ouvido, mas a prisioneira se levanta gotejando sangue e volta cambaleando para seu lugar na fila.

A supervisora das guardas de Bergen-Belsen se chama Elisabeth Volkenrath. Depois de sua formação como vigilante em Ravensbrück, passou por Auschwitz, onde adquiriu uma sólida reputação por ordenar, sem piedade, execuções na forca. No princípio de 1945, mandaram-na para Bergen-Belsen.

As prisioneiras deixam para trás várias zonas cercadas que demarcam diversos campos de que vão tendo notícias mais adiante. O campo de prisioneiros masculinos, o campo da estrela para os internos destinados ao intercâmbio de prisioneiros de guerra, o campo neutro para várias centenas de judeus com passaportes de países neutros, o campo de quarentena para isolar doentes com tifo, o campo húngaro e o temido campo-prisão, que na realidade é um campo de extermínio, onde os prisioneiros doentes vindos de outros campos de trabalho são internados e forçados a trabalhar até a morte.

Por fim, seu grupo chega a um campo provisório, de barracões pré-fabricados, sem encanamento nem esgoto. Apenas quatro paredes finas de madeira. Lá, há várias outras prisioneiras recém-chegadas a Bergen-Belsen.

No barracão para onde Dita e sua mãe são mandadas, juntamente com dezenas de outras mulheres, não há jantar nem camas, e as mantas fedem a urina. Elas têm de dormir no assoalho de madeira, e mesmo ali quase não há lugar.

No início, Bergen-Belsen era um campo para prisioneiros de guerra sob a supervisão da Wehrmacht, mas a pressão das tropas russas na Polônia provocou um desvio de prisioneiros desses campos para Bergen-Belsen, de modo que a SS assumiu o controle. A chegada de novos transportes é constante; não há mais lugares. A aglomeração, a falta de provisões e as precárias condições de higiene fizeram o número de mortes disparar.

Mãe e filha se olham. Liesl esboça uma cara de desolação ao ver as novas companheiras de barracão, tão esquálidas e adoentadas. Pior ainda são seus olhares desorientados, a maioria tão apática que parecem já mortas. Dita não sabe se a expressão de sua mãe se deve às prisioneiras famintas ou a elas duas, pois esse é o aspecto que terão em pouco tempo. As veteranas mal se alteram diante do alvoroço de sua chegada. Muitas não se levantam das camas improvisadas, feitas com mantas velhas empilhadas. Muitas delas, mesmo se quisessem, não teriam conseguido se levantar.

Dita estica a manta de sua mãe no chão e lhe diz para se deitar. A senhora Adlerova obedece e se encolhe. Aproxima o rosto da manta e vê saltar um exército de pulgas, mas não se mexe. Já não se importa. Uma das recém-chegadas pergunta a uma das veteranas que tipo de trabalhos são realizados ali.

— Aqui não se trabalha — responde com má vontade a mulher. — Só se sobrevive enquanto se pode.

Durante o dia, ouvem explosões de bombas das tropas aliadas. Já estão bem perto, e isso difunde certa euforia entre as prisioneiras. Algumas falam sobre o que farão quando a guerra acabar. Uma mulher sem dentes diz que irá replantar o jardim inteiro com tulipas.

— Não seja burra — responde uma voz amarga. — Se eu tivesse um jardim, plantaria batatas para nunca mais na vida voltar a passar fome.

Pela manhã, elas compreendem as palavras da interna que disse que em Bergen-Belsen não se trabalha, apenas se sobrevive. São acordadas a gritos e chutes por algumas vigilantes da SS e se apressam a sair e entrar em formação. No entanto, as guardas desaparecem, e as internas passam muito tempo na porta do barracão, esperando para receber instruções que não existem. Algumas das veteranas nem levantam de suas mantas e suportam os chutes de maneira heroica.

Mais de uma hora depois, aparece uma guarda e exige a gritos que entrem em formação para fazer a chamada, mas percebe que não tem a lista e pergunta pela *Kapo* do barracão. Ninguém responde. Pergunta três vezes, cada vez mais furiosa.

— Suas filhas de uma cadela! Onde está a *Kapo* desse barracão fodido?

Ninguém responde. Vermelha de ira, a guarda pega uma prisioneira pelo pescoço com violência e lhe pergunta onde está a *Kapo*. Ela é uma recém-chegada e responde que não sabe. Então, a guarda se vira para uma veterana facilmente reconhecível por sua magreza esquelética e repete a pergunta encarando-a com a vara.

— E então?

— Morreu há dois dias — responde.

— E a nova *Kapo*?

A interna dá de ombros.

— Não há.

A guarda fica pensativa e não sabe o que fazer. Poderia nomear *Kapo* qualquer uma das mulheres, mas não há presas comuns. Todas são judias nesse barracão, e ela poderia arranjar problemas. Por fim, vai embora. As internas veteranas desfazem as filas por conta própria e voltam para o barracão. As novas olham umas para as outras, ainda de pé, em frente à porta. Dita prefere ficar do lado de fora. Lá dentro, foi crivada por pulgas e piolhos e sente uma coceira intensa pelo corpo todo. Sua mãe, porém, está cansada e gesticula com a cabeça para entrarem.

Ao entrarem, perguntam a uma veterana pela hora do desjejum. A careta intensa, que esconde um sorriso amargo, é eloquente.

— Hora do desjejum? — diz outra. — Rezemos para que hoje tenha a hora da comida.

Elas passam a manhã inteira sem fazer nada até que alguém grita "*Achtung!*" com hostilidade, o que as faz ficar de pé depressa. Entra no barracão a supervisora acompanhada de umas ajudantes. Com a vara, aponta para uma das veteranas e lhe pergunta se há baixas. A prisioneira indica os fundos do barracão e outra interna dali indica o chão. Uma mulher não se levantou ao ouvir o grito. Está morta.

Volkenrath dá uma olhada rápida e aponta para quatro prisioneiras: duas veteranas e duas novatas. Não pronuncia palavra alguma. As veteranas já sabem o que fazer. Aproximam-se do cadáver com um entusiasmo inesperado e cada uma segura num pé. Pelos membros inferiores, os cadáveres pesam menos, além de serem menos desagradáveis. A rigidez cadavérica deslocou a mandíbula da mulher, que tem boca e olhos bem abertos. Com um aceno, mandam que as outras duas prisioneiras se aproximem para segurar no ombro. As quatro abrem caminho carregando a falecida até a saída.

As guardas desaparecem de novo e ninguém mais entra no barracão até a noite. Então, uma vigilante aponta a cabeça e convoca quatro internas para irem à cozinha buscar o caldeirão de sopa. Começa, então, um alvoroço, e há gritos de júbilo.

— Tem jantar!

— Obrigada, meu Deus!

Chegam as internas carregando o caldeirão com duas madeiras compridas para não se queimarem, e nessa noite há sopa para o jantar.

— Esse cozinheiro estudou na mesma escola que o de Birkenau — diz Dita entre um sorvo e outro.

Sua mãe mexe em seu cabelo, que começa a se voltar para cima.

Nos dias seguintes, a confusão se torna cada vez maior. Em alguns dias, tomam sopa ao meio-dia, mas nada de desjejum nem jantar. Em outros, almoçam e jantam. E há aqueles em que não comem nada. A fome se torna uma tortura e uma fonte de ansiedade que bloqueia a cabeça e não deixa pensar. Só fazem esperar com agonia a refeição seguinte. Tantas horas livres e essa angústia causada pela fome fazem qualquer um enlouquecer.

29

Nas semanas seguintes, chegam mais internos e a comida vai espaçando ainda mais. A mortalidade aumenta de maneira exponencial. Mesmo sem câmaras de gás, Bergen-Belsen se torna uma máquina de matar. Todo dia é preciso tirar meia dúzia de cadáveres do barracão. Oficialmente, constam como falecidos de morte natural. Mas a morte em Bergen-Belsen é tão natural quanto uma mosca num estábulo.

Quando chegam as vigilantes para selecionar as prisioneiras encarregadas de levar as defuntas, todas torcem para não ser selecionadas. Dita tenta dissimular.

Mas nesta manhã é sua vez.

A vigilante da SS aponta inequivocamente para ela com a vara. A menina foi a última a ser selecionada, então, quando chega perto do cadáver, as posições para segurar nos pés já estão ocupadas. A ela e a uma mulher morena, que parece cigana, só resta carregar pelos ombros. Dita já viu muitos cadáveres ao longo desses anos, mas nunca tinha tocado em um. Acaba roçando a mão da defunta, e aquela frieza de mármore lhe dá um calafrio.

Ela e a mulher morena têm de aguentar a maior parte do peso. O fato de os braços permanecerem rígidos e meio dobrados, como se o corpo fosse um boneco articulado, deixa Dita irritada.

Uma das mulheres que levam o cadáver pelos pés indica o caminho, até que chegam a uma área de alambrados. Dois guardas armados com metralhadoras flanqueiam seus passos. Elas passam para uma área descampada e são instadas a parar por um oficial alemão. Elas obedecem sem soltar a defunta, em quem ele dá uma olhada. O oficial pergunta o número do barracão e o nome dela. Toma nota numa caderneta e depois faz sinal para que prossigam. Uma das veteranas sussurra que aquele é o doutor Kline, o encarregado de controlar os surtos de tifo. Se detectam a doença num barracão, fazem uma seleção drástica e as doentes são mandadas para um campo de quarentena até a morte.

À medida que as quatro avançam, o cheiro se torna mais nauseante. Elas veem vários homens musculosos trabalhando uns metros mais à frente. Os lenços sujos que usam para tampar o nariz lhes dão um aspecto de foras da lei. Diante deles, outro grupo de mulheres está depositando um cadáver junto a outros corpos. Um dos homens gesticula para que elas o deixem no chão. Os homens jogam os mortos numa fossa imensa, como se fossem sacos de batata. Dita espia por um instante e sente uma vertigem que a faz se agarrar a uma de suas companheiras.

— Meu Deus...

É uma vala imensa, infestada de cadáveres. Os do fundo estão queimados; os de cima, empilhados uns sobre os outros numa mistura de corpos. É uma massa de braços, cabeças e peles amareladas. Nesse lugar, a morte perde qualquer dignidade e reduz as pessoas a restos mortais.

Dita sente o estômago embrulhar.

Isso é tudo o que somos? Um punhado de matéria em decomposição? Átomos reunidos, como os de um salgueiro ou um sapato?

Até a veterana, que já esteve ali várias vezes, se mostra alterada. Ninguém fala no trajeto da volta. A morte vista dessa forma submerge qualquer pessoa numa confusão profunda e perturba tudo em que se acreditava até então.

Vista assim, a vida parece não valer nada.

Pessoas que horas antes pensavam e sentiam acabam como lixo. Os operários usam lenços, ao que parece, para suportar o cheiro. Mas agora Dita acha que é para tapar o rosto.

Sentem-se envergonhados por serem lixeiros de homens.

Quando Dita chega e sua mãe lhe pergunta com o olhar como foi, ela cobre o rosto com as mãos. Gostaria de ficar sozinha. Sua mãe, porém, lhe dá um abraço e faz companhia.

O caos é cada vez maior. Os grupos de trabalho organizados desapareceram e as mulheres recebem ordens de passar o dia todo perto do barracão para o caso de precisarem delas. Às vezes aparece uma das SS bracejando energicamente, exibindo suas panturrilhas bem-alimentadas, e grita em voz alta uns nomes para irem com ela colaborar na manutenção das valas de drenagem ou cobrir faltas em alguma oficina. Algumas vezes, Dita é recrutada para trabalhar numa oficina onde perfuram os cinturões e pregam os botões dos uniformes. As máquinas estão muito velhas, e é preciso muita força para que o furador exerça a pressão suficiente nas tiras de couro.

Numa manhã, quando a recontagem já está no fim, a supervisora Volkenrath aparece diante do grupo em formação. É fácil identificá-la por seu coque pretensioso, que sempre deixa escapar mechas louras, de modo que ela acaba parecendo mais desalinhada do que arrumada. Parece alguém que fez um penteado no cabeleireiro e depois andou por um celeiro. Dita tinha ouvido falar que, na vida civil, a supervisora era cabeleireira, o que explica esses penteados tão sofisticados para circular em meio à imundície, aos piolhos e ao tifo de Bergen-Belsen.

Volkenrath está com o mesmo ar enfurecido de sempre, que atemoriza até as próprias ajudantes. Dita pensa que, se Hitler não tivesse chegado ao poder e a guerra não tivesse estourado, essa mulher sem escrúpulos, que agora aparece diante delas com um brilho criminoso no olhar, seria mais uma dessas cabeleireiras simpáticas, um pouco atarracadas, que fazem cachos nas meninas e comentam, alegres, as fofocas do bairro com as clientes. As mulheres, inclusive as judias alemãs, abaixariam a cabeça e ela cortaria seus cabelos com a tesoura na mão sem que ninguém se preocupasse nem um pouco por deixar o pescoço nas mãos dessa grandalhona chegada a coques um pouco fantasiosos. Se com o passar dos anos alguém insinuasse que Elisabeth Volkenrath era uma assassina, a comunidade inteira se indignaria diante de tamanha calúnia. "A boa Beth? Essa mulher não mataria nem uma formiga!", replicariam muito revoltados. Exigiriam que o autor de uma calúnia dessas se retratasse no mesmo instante. E talvez tivessem razão. Mas as coisas saíram de outra maneira. Agora, quando não lhe agrada o comportamento de uma das mulheres que chegam a seu estabelecimento, o que a inofensiva moça do salão de beleza faz é pôr uma corda em seu pescoço e enforcá-la.

Dita está absorta nesses pensamentos quando o som penetra seu cérebro como o furador metálico da oficina perfura o couro.

— Elisabeth Adlerova!

Em Bergen-Belsen, a confusão administrativa é tamanha que voltaram a chamar os internos pelo nome em vez do número. A voz da SS (autoritária, firme, agressiva, militar, impaciente) torna a convocar... Elisabeth Adlerova!

Sua mãe estava um pouco distraída. Faz menção de sair da fila, mas Dita é bem mais rápida e deixa a formação, muito decidida.

— Adlerova, presente.

Adlerova, presente? Liesl arregala os olhos e se surpreende tanto com a audácia da filha que, durante alguns segundos, não sabe o que fazer. Quando decide sair e esclarecer a confusão com as guardas, gritam "Desfaçam as filas!". A onda de mulheres se mexendo, enérgicas, de um lado para o outro bloqueia a senhora Adlerova, e, quando o nó de gente é desatado, sua filha já desapareceu dentro do barracão para carregar os mortos do dia. A mulher fica parada, atravancando o caminho das companheiras, que têm uma pressa inútil, como se não lembrassem que não podem ir a lugar algum. Pouco depois, Dita sai carregando um cadáver com outras três internas. A mãe, ainda no mesmo lugar, sozinha no meio da avenida de lama, vê, muito contrariada, a filha se afastando.

Outra viagem ao limite do ser humano.

Dita torna a espiar a beira da fossa e volta pálida de tanta náusea. Todas dizem que o cheiro lhes dá náuseas, mas o que perturba mesmo é ver aquelas vidas jogadas numa lixeira.

Reza para nunca se acostumar a isso.

Ao voltar para o barracão, sua mãe continua plantada perto da entrada, como se as filas ainda não tivessem sido desfeitas depois da recontagem. Seu semblante é de profundo aborrecimento, até de ira.

— Por acaso você é burra? Esqueceu que o castigo para quem assume a identidade de outro recluso é a morte? — grita ela.

Dita não se lembrava da última vez em que sua mãe gritara com ela. Uma interna que passava se virou para olhar, e Dita sentiu seu rosto esquentar. Não acha justo, e, ainda que não queira chorar, seus olhos se encharcam de lágrimas. Só seu orgulho consegue conter a duras penas o conteúdo das pálpebras. Ela assente com a cabeça e dá meia-volta.

Não suporta que sua mãe a trate como criança. Liesl não foi justa com a filha. A menina fez aquilo porque sabe que a mãe está fraca e não tem forças para carregar um cadáver. Mas não pôde se explicar. Dita achou que a mãe ficaria orgulhosa pelo que fez, mas recebeu a pior reprimenda desde o bofetão em Praga.

Ela não dá valor a nada do que faço...

Sente-se incompreendida. Está num campo de concentração, mas não é diferente dos milhões de outros adolescentes prestes a completar 16 anos.

No entanto, Dita está enganada ao pensar que sua mãe não está orgulhosa. Liesl está, mas jamais admitirá. Questionou durante todos esses anos o tipo de pessoa que a filha se tornaria ao crescer sob repressão militar, sem ser devidamente escolarizada, vivendo em lugares infectados de ódio e violência. E esse gesto generoso da filha confirma todas as suas intuições e esperanças. Ela sabe que, se Edita sobreviver, será uma mulher de bem.

Liesl, porém, não pode dizer nada. Mostrar-se contente com um gesto tão temerário seria lhe dar asas para recolocar a própria vida em perigo, a fim de poupar a mãe de alguma penalidade. É ela quem quer poupar a filha. Para Liesl, a vida não será nem melhor nem pior. A existência se tornou indiferente, como um desses peixes cozidos sem sabor. Sua única felicidade é a da filha. Mas Dita ainda é jovem demais para perceber isso.

No dia seguinte, uma vigilante que Dita batizou como Cara de Corvo aparece no barracão e manda que entrem em formação.

— Todas! Quem não se levantar eu mato.

De má vontade, sem pressa, as mulheres começam a se mobilizar.

— Peguem as mantas!

Era uma novidade. Olham umas para as outras, mas a incerteza logo se esclarece. Serão transferidas para outro campo feminino para dar lugar a um novo contingente que acaba de chegar. Lá, as internas estão tão famintas quanto elas, e a água é escassa, usada de forma racionada e apenas para beber. Ninguém pode lavar nada. O caos é tamanho que algumas prisioneiras nem usam o uniforme listrado. Outras usam um colete ou qualquer outra peça de roupa com os trajes de presidiárias. A imundície enegrece a pele das mulheres, de modo que mal se sabe o que são farrapos de tecido e o que são tiras de pele esfoladas e escuras. Um SS vigia um grupo de mulheres que trabalha na vala de drenagem, cerrando os dentes. Seus braços se confundem com os cabos das enxadas.

O barracão está lotado, mas tem camas como as de Auschwitz, ou seja, um leito de palha ensebado infestado de percevejos, mas onde ao menos não se é espetado pelos próprios ossos. Há muitas mulheres deitadas. A maioria está doente e não se levanta. As guardas não se aproximam delas porque têm medo de pegar tifo. Algumas mulheres se fingem de doentes para não serem incomodadas.

Mãe e filha se sentam num colchão de palha desocupado que dividirão. Liesl está muito cansada, mas a inquietação faz Dita se levantar e andar pelo campo. Na verdade, só há barracões e cercas. Há rodas de mulheres que ainda conversam, animadas. São as que chegaram nos últimos transportes e ainda têm reservas de energia no corpo. Mas outras tantas não têm forças nem para falar. Mal olham para as outras presas.

Essas se entregaram.

Dita repara que, na lateral de um dos barracões, há uma garota com um vestido listrado de presidiária e um lenço surpreendentemente branco na cabeça em meio a esse gigantesco chiqueiro. Olha para ela, e no mesmo instante fecha os olhos, como quem não acredita no que acabou de ver. Quando os reabre, tem certeza:

— Margit...

Corre e grita o nome da amiga com uma força que acreditava não ter mais.

— Margit!

Sua amiga ergue a cabeça de repente e faz menção de se levantar, mas se vê atropelada por Dita, que se joga em cima dela, e as duas caem rodando e rindo pela terra. Pegam-se pelos antebraços com muita força e se olham. Se é que isso é possível, elas são felizes naquele instante.

Dão-se as mãos e vão se encontrar com Liesl. Logo que a vê, Margit se aproxima e, apesar de nunca ter feito isso antes, lhe dá um abraço, se joga em seus ombros. Precisava de um lugar protegido para poder chorar.

Depois de desabafar, conta que a seleção no campo familiar foi horrível, sua mãe e sua irmã foram enviadas para o grupo de condenados. Narra, com a precisão milimétrica de quem reviveu a mesma cena muitas vezes na cabeça, como mandaram as duas para a fila dos fracos.

— Fiquei de olho nas duas o tempo todo dentro do barracão, até a seleção acabar. Elas estavam de mãos dadas, muito serenas. Depois, o grupo menor, o das mulheres aptas, em que eu me encontrava, recebeu a ordem para sair. Eu não queria ir, mas uma onda de mulheres me empurrou para fora. Eu via Helga e a mamãe do outro lado da lareira do barracão, cada vez menores, cercadas de crianças e idosas. Elas olhavam enquanto eu saía. Sabe de uma coisa, Ditinka? Enquanto me viam sair... sorriam! Davam adeus com a mão e sorriam. Você acredita? Estavam condenadas à morte e sorriam.

Margit revive esse momento, que ficou gravado em sua memória, e balança a cabeça para os lados como se não acreditasse.

— Será que elas tinham consciência de que fazer parte daquele grupo de velhos, doentes e crianças era uma sentença de morte praticamente certa? Talvez soubessem e estivessem contentes por mim, já que eu poderia me salvar.

Dita se encolhe e Liesl lhe acaricia o cabelo. As duas imaginam a mãe e a irmã de Margit não tendo mais de lutar pela sobrevivência.

— Sorriam... — sussurra Margit.

Dita e a mãe perguntam a Margit por seu pai. Desde aquela manhã no BIIb, ela não o vê.

— Quase fico feliz por não saber que fim ele levou.

Talvez tenha morrido, mas não há como ter certeza.

Margit já tem 17 anos, mas a senhora Adlerova lhe diz para levar sua manta para lá. Sem se darem conta, esta noite as três dormirão no mesmo colchão.

— Vou incomodar vocês — diz Margit.

— Mas ficaremos juntas. — E a reposta de Liesl não admite argumentações.

A mulher se encarrega dela como que de uma segunda filha. Para Dita, Margit é a irmã mais velha que ela sempre quis ter. Como as duas eram morenas e tinham um sorriso doce com dentes ligeiramente separados, muita gente no campo familiar estava convencida de que eram irmãs, e elas gostavam disso.

Ninguém reclamará se Margit se mudar para o barracão de Dita. Ninguém se importa mais com nada. Dá tudo no mesmo. Não é um campo de prisioneiros, é um campo de derrotados.

Nessa tarde, não deixam de se olhar.

— Não estamos muito sedutoras com esses vestidos de festa — diz Dita, exibindo as enormes mangas de seu vestido listrado, bem maior do que o necessário.

As duas se olham. Notam que estão mais magras e acabadas, mas uma não diz isso à outra. Elas se animam. Conversam, apesar de não haver muito o que contar. Caos e fome, infecções e doenças. Nada de novo.

A umas fileiras de distância de sua cama, duas irmãs com tifo estão perdendo a disputa pela vida. A mais jovem, Anne, se agita na cama, delirando em febre. Sua irmã, Margot, está ainda pior. Permanece na cama de baixo, imóvel, conectada ao mundo por um fio de respiração que vai se apagando.

A menina em estado mais crítico se parece muito com Dita: adolescente, com sorriso doce, cabelo escuro, olhos sonhadores. Como ela, é uma menina enérgica e tagarela, um pouco fantasiosa e um tanto rebelde. Uma menina que, para além de sua aparência desenvolta, tem uma voz interior reflexiva e melancólica. As duas irmãs chegaram a Bergen-Belsen em outubro de 1944, vindas de Auschwitz, e antes haviam sido deportadas de Amsterdã. Seus crimes: serem judias. Não resistiram às precárias condições nem ao tifo.

Anne morre em sua miserável cama, na mais absoluta solidão, um dia depois da irmã. Seus restos mortais ficarão para sempre nessa sucata humana chamada Bergen-Belsen. Porém, sua memória e a da irmã, Margot, continuará viva por muito tempo. No esconderijo em que se refugiaram em Amsterdã junto com a família, ela fazia anotações sobre sua vida na "casa de trás", umas dependências anexas à oficina de seu pai. Durante dois anos, sua família viveu escondida com os Van Pels e Fritz Pfeffer, graças à ajuda de amigos. Pouco depois de se instalarem ali, celebraram seu aniversário, e entre os presentes ela recebeu um caderno para anotações. Decidiu que, como não podia ter uma amiga a quem contar seus sentimentos, usaria a caderneta, que batizou de *Kitty*. Hoje em dia, as anotações entraram para a história como *O diário de Anne Frank*.

30

A comida se tornou raridade. Mal lhes dão pedaços de pão para passar o dia. Muito de vez em quando, à tarde, aparece um caldeirão de sopa. Dita e sua mãe emagreceram mais do que em Auschwitz. As internas mais antigas são como marionetes de madeira com braços e pernas de pau. A água é escassa, e é preciso enfrentar longas filas para encher uma vasilha numa torneira que ainda goteja.

E chega outro transporte com mais mulheres, mesmo não havendo mais espaço para ninguém. São judias húngaras. Uma das recém-chegadas pergunta pelas latrinas. Ingênua.

— Temos quartos de banho com torneiras de ouro. Peça a Volkenrath para lhe trazer um frasco de sais de banho — responde uma mulher, ironicamente.

E algumas dão gargalhadas.

Não há latrinas. Fizeram uns buracos no chão, mas já estão cheios.

Outra mulher do transporte, furiosa, se dirige a uma das guardas para lhe dizer que elas são trabalhadoras, que é preciso mandá-las para uma fábrica e tirá-las daquele chiqueiro. Para seu azar, escolheu a pior pessoa do mundo para fazer a reclamação. Uma veterana sussurra que se deve fugir de Volkenrath, a supervisora das vigilantes, como se foge do tifo, mas já é tarde.

A SS ajeita tranquilamente o coque louro, um tanto caído. Em seguida, tira do cinto uma pistola Luger e finca o cano na testa da mulher. E lhe lança um olhar raivoso. A prisioneira levanta os braços e suas pernas tremem tanto que ela parece dançar. Volkenrath ri.

Só ela tem vontade de rir.

A pistola é como uma barra de gelo em sua cabeça, e uma urina quente começa a escorrer por entre suas pernas. Não é muito respeitoso se mijar diante de uma supervisora. Todas cerram os dentes e se preparam para escutar a detonação. Algumas mulheres olham para baixo para não ver a cabeça explodir em pedaços. Volkenrath tem uma ruga vertical entre as sobrancelhas que chega até a raiz do cabelo, tão marcada e profunda que parece uma cicatriz negra. A raiva com que empunha a pistola é tamanha que as juntas do punho que a sustenta estão brancas. A supervisora aponta com ira a arma para a testa da mulher, que chora e urina ao mesmo tempo. Por fim, levanta a pistola. A prisioneira fica com um anel avermelhado na pele. Meneando o queixo, a supervisora manda que ela volte para o lugar.

— Não vou lhe fazer esse favor, cadela judia. Hoje não é seu dia de sorte.

E solta uma gargalhada que soa como um serrote.

É noite. Uma mulher com cabelo branco chora a morte da filha desde a madrugada. Nem sabe do que ela morreu. Pela manhã, ajoelha-se atrás do barracão e começa a cavar o chão com as mãos para construir um túmulo. Porém, o buraco que consegue criar mal dá para um pombo. A mulher se larga no chão enlameado, e uma companheira de cama se aproxima para consolá-la.

— Ninguém vai me ajudar a enterrar minha filha? — grita a mãe, do chão.

Não restam muitas forças, e ninguém acha sensato gastá-las em algo que não tem conserto. Ainda assim, várias mulheres se oferecem para ajudá-la e começam a cavar o barro. Mas o chão está duro e suas mãos frágeis logo começam a sangrar. As mulheres, exaustas e doloridas, desistem.

A companheira tenta convencê-la a levar a filha para a fossa.

— A fossa... Já vi como é. Não, por favor. Ali, não. É uma ofensa a Deus...

— Ela vai estar com todos os outros inocentes. Assim não ficará sozinha — diz alguém.

A mulher assente com a cabeça muito lentamente. Não há consolo.

O campo fede. Está encharcado de dejetos dos doentes com disenteria, que se apoiam nas paredes de madeira dos barracões e caem no chão por cima dos próprios excrementos sem que ninguém os ajude. Se o falecido tiver parentes ou amigos, levam-no para a fossa. Se não tiver, o corpo fica no meio da rua até que um SS empunhe a pistola e obrigue internos a arrastá-lo dali.

As três caminham devagar ao longo do campo, e o panorama é igualmente desolador em todos os cantos. Com uma das mãos, Dita pega a mão de Margit e, com a outra, a de sua mãe, que treme de febre e de terror. É impossível distinguir a doença da degradação.

Voltam para o barracão e é ainda pior. O cheiro amargo das doenças, dos lamentos, dos suspiros. O monótono sussurro de rezas. Muitos doentes não conseguem nem sair das camas, muitos fazem todas as necessidades ali. O fedor é insuportável.

O interior do barracão parece um asilo de desenganados. E é. Dita olha para as camas. Ao redor de algumas pessoas, parentes e amigos tentam aliviar os doentes. Em outros casos, os doentes sofrem sozinhos, agonizam sozinhos, morrem sozinhos.

Dita e sua mãe decidem deixar o barracão. Chegou o mês de abril, mas continua fazendo um frio intenso na Alemanha, que dói os dentes, enrijece os dedos e congela o nariz. Ficar exposto às intempéries germânicas é tarefa árdua.

— É melhor morrer de frio do que de nojo — fala Dita à mãe.

— Edita, não seja grosseira.

Muitos outros internos optaram, como elas, por ficar do lado de fora. Liesl e as duas garotas conseguiram um pedaço livre de parede para apoiar as costas e ali ficaram, envoltas em mantas.

O campo está fechado. Ninguém entra nem sai. Poucos guardas vigiam das torres com as metralhadoras. Deveriam tentar escapar — se as pegassem, ao menos morreriam de maneira instantânea —, mas não restam forças nem para tentar. Não resta nada.

À medida que passam os dias, tudo piora. Os guardas da SS deixaram de patrulhar o campo, que se transformou numa cloaca. Não há comida e cortaram definitivamente a água. Algumas bebem das poças no chão. Pouco depois se contorcem de tanta cólica e morrem de cólera. Dita olha ao redor e fecha os olhos para não ver como a vida apodrece diante de seus olhos. Faz cada vez mais calor, e os cadáveres se decompõem mais depressa. Já não há braços nem para retirá-los.

Quase ninguém se levanta de onde está. Muitas nunca mais levantarão. Outras tentam, mas suas pernas de arame fraquejam, e elas desabam no chão, que está um lamaçal de dejetos. Outras caem, barulhentas, em cima de algum cadáver. Fica difícil distinguir os vivos dos mortos.

As explosões dos combates estão cada vez mais próximas, mais nítidas. Os disparos, mais sonoros. A vibração das bombas faz cócegas nas pernas, e a única esperança que lhes resta é que esse inferno acabe a tempo. A morte, porém, parece avançar muito mais veloz.

Dita abraça a mãe. Olha para Margit, que tem os olhos fechados, e decide que não vai mais lutar. Fecha os olhos. Prometeu a Fredy Hirsch que resistiria. Ela não se rendeu, mas seu corpo, sim. De todo modo, o próprio Hirsch também acabou se entregando... Ou não? Agora tanto faz.

Ao fechar os olhos, desaparece o horror de Bergen-Belsen e ela se transporta para o balneário de Berghof de *A montanha mágica*. Parece até sentir a rajada daquele vento frio e cristalino dos Alpes.

A fraqueza alimenta uma frouxidão mental que faz com que tudo comece a se amontoar de maneira desordenada em sua mente. Misturam-se momentos, lugares e personagens que Dita conheceu de verdade e outros que conheceu nos livros, e ela não é capaz de distinguir as recordações reais das imaginárias.

Não sabe se é mais verdadeiro o arrogante doutor Behrens, do Berghof — o médico que atendia Hans Castorp —, ou o doutor Mengele. Em dado momento, chega a vê-los passeando juntos pelos jardins do sanatório. Parecem conversar, animados. De repente, entra numa sala de jantar e encontra sentados à mesa, repleta de magníficos manjares, o cavalheiresco doutor Manson de *A cidadela*, o belo Edmond Dantès com sua camisa de marinheiro desabotoada e a madame Chauchat, elegantíssima e sedutora. Repara um pouco mais e vê que quem está na cabeceira da mesa é o doutor Pasteur, que, em vez de cortar o suculento peru assado para comê-lo, disseca-o com um bisturi. Passa por ali a senhora Krizková, que Dita sempre chamou de "a senhora Pelanca", repreendendo um garçom que tenta fugir. O rosto deste é o de Lichtenstern. Outro garçom, mais gorducho, se aproxima carregando uma bandeja com uma deliciosa torta de carne, mas, com uma inaudita lerdeza, tropeça e lança o guisado sobre a mesa, salpicando de gordura os comensais, que olham para ele com reprovação. O garçom se desculpa, muito compungido diante de seu desatino, e inclina a cabeça várias vezes, submisso, enquanto se apressa para recolher os restos da torta despedaçada. Então, Dita o reconhece: é

Svejk aprontando mais uma das suas! Por certo, ao chegar à cozinha, monta com esses pedaços de torta de carne descartados um banquete para os ajudantes.

Dita delira. Melhor assim. Está se desprendendo da realidade e não se importa. Sente-se feliz, como quando era pequena e, ao fechar a porta de seu quarto, o mundo ficava lá fora e nada podia lhe fazer mal. Tem náuseas, e de repente tudo começa a se desfazer.

Ouve soar em sua cabeça vozes extravagantes, de outro mundo. Sente que cruzou a fronteira e está do outro lado, num lugar onde há vozes masculinas vigorosas que falam um idioma incompreensível, discursos enigmáticos que talvez só os escolhidos saibam decifrar. Nunca tinha se perguntado que idioma falam no céu. Ou no purgatório. Ou no inferno. É um idioma que ela não entende.

Escuta também gritos de histeria. Mas esses gritos tão agudos... estão cheios de emoção. Não podem ser do além. São gritos deste mundo asqueroso. Então, ainda não está morta. Abre os olhos e vê algumas internas se levantando e gritando, enlouquecidas, tomadas por uma histeria repentina. As pessoas gritam, balbuciam; há ruídos, soam apitos e se ouve estrondos de passos. Dita está tão aturdida que não entende nada.

— Todos enlouqueceram — sussurra. — O campo virou um manicômio.

Margit abre os olhos e se vira para ela, assustada, como se ainda pudessem temer algo. Dita toca no braço da mãe, que também abre os olhos.

Então, veem soldados entrarem no campo. Estão armados, mas não são alemães. Usam um uniforme marrom claro diferente dos uniformes pretos que elas viam até então. Os soldados primeiro apontam suas armas em todas as direções, mas, em seguida, as abaixam. Alguns põem o fuzil a tiracolo e levam as mãos à cabeça:

— *Oh, my God!*

— Quem são eles, mamãe?

— São ingleses, Edita.

— Os ingleses...

Margit e ela ficam com a boca tão aberta quanto os olhos.

— Ingleses?

Um jovem suboficial trepa numa caixa de madeira vazia e, formando um alto-falante com as mãos, fala num alemão rudimentar:

— Em nome do Reino Unido da Grã-Bretanha e de seus aliados, este campo está libertado. Vocês estão livres!

Dita dá um cutucão em Margit. Sua amiga fica paralisada, não consegue falar. Apesar de não ter mais forças, Dita consegue ficar de pé e apoia uma das mãos no ombro de Margit e a outra no de sua mãe, que também olha, aturdida. E, por fim, pronuncia a frase que passou a infância inteira esperando para dizer:

— A guerra acabou.

A bibliotecária do bloco 31 começa a chorar. Chora por todos os que não conseguiram chegar até ali para ver aquilo: seu avô, seu pai, Fredy Hirsch, Miriam Edelstein, o professor Morgenstern... por todos aqueles que não estão ali para ver esse momento. É a amargura da alegria.

Um soldado se aproxima das sobreviventes de sua área e sai gritando num alemão com sotaque galês que o campo foi libertado, que todos estão livres.

— Livres! Livres!

Uma mulher se arrasta até abraçar a perna do soldado. Ele se agacha, sorrindo, disposto a receber o agradecimento dos libertados. Mas a mulher cadavérica fala com uma reprovação áspera:

— Por que vocês demoraram tanto?

Os soldados britânicos esperavam ser recebidos por uma multidão alegre e eufórica. Esperavam risos e aplausos. O que não esperavam era encontrar uma recepção de queixumes, de suspiros e estertores, de gente que chora com uma mistura de alegria por ter se salvado e de profunda pena por maridos, filhos, irmãos, tios, primos, amigos, vizinhos... tantos e tantos que não conseguiram.

Alguns soldados mostram compaixão no rosto; outros, incredulidade; e muitos, nojo. Nunca pensaram que um campo de internação de judeus pudesse ser esse lamaçal de corpos onde não se distinguem vivos e mortos, uns em cima dos outros sobre o barro. Os vivos estão ainda mais esqueléticos do que os mortos. Os ingleses pensavam que libertariam um campo de prisioneiros, mas o que encontraram foi um cemitério.

Algumas vozes ainda são capazes de comemorar modestamente a notícia. Mas a maioria dos vivos só têm forças para olhar com incredulidade, sobretudo quando vê passar um pelotão de detidas. Dita precisa olhar duas vezes para acreditar. Pela primeira vez na vida, desde que faz uso da razão, os detidos não são judeus. À frente, sob a custódia dos soldados britânicos armados, Elisabeth Volkenrath caminha com a cabeça erguida, com o coque desfeito sobre o rosto.

31

Os primeiros dias de liberdade são estranhos. Dita presenciou cenas que jamais poderia imaginar: as vigilantes nazistas arrastando mortos com as próprias mãos; Volkenrath, sempre tão impecável, com o uniforme sujo de barro e o cabelo engordurado, carregando cadáveres nos braços até a fossa. Os britânicos puseram o doutor Kline para descer os cadáveres que vão lhe sendo passados pelos guardas da SS, que se tornaram presos condenados a trabalhos forçados.

A liberdade chegou, mas ninguém está alegre em Bergen-Belsen. A quantidade de mortos é desoladora. Logo se dão conta de que não podem agir de maneira tão respeitosa com os defuntos, como gostariam, porque a propagação de doenças é vertiginosa. Por fim, ordenam que os SS empilhem os corpos, e uma escavadora os empurra até a fossa. É preciso apagar o quanto antes os efeitos da guerra.

Margit está na fila para receber a refeição do meio-dia quando uma mão pousa em seu ombro. É um gesto insignificante. Mas há algo nesse gesto que faz com que, de repente, sua vida se prolongue. Antes de se virar, já sabe que é a mão de seu pai.

Dita e Liesl se alegram muito por Margit. Estão felizes por vê-la feliz. Quando conta que os ingleses arranjaram um lugar para seu pai num trem com destino a Praga e que ela vai acompanhá-lo, as duas lhes desejam muita sorte na nova vida. Tudo está mudando numa velocidade vertiginosa.

Margit fica séria e olha para elas com muita intensidade.

— Minha casa será a casa de vocês.

Não é cortesia. Dita sabe que é a declaração de amor de uma irmã. O pai escreve num pedaço de papel o endereço de alguns amigos tchecos não judeus que espera que estejam bem e que possam alojá-los em Praga.

— Nos veremos em Praga! — fala Dita pegando as mãos de Margit para se despedir.

Dessa vez, trata-se de uma despedida mais esperançosa. Uma despedida em que se pode dizer até logo.

A confusão dos primeiros dias é grande. Os britânicos eram treinados para combater nas trincheiras, mas não para atender milhares de pessoas desorientadas e sem documentos, muitas delas desnutridas ou doentes. O batalhão inglês tem um escritório para administrar a repatriação dos internos, mas estão sobrecarregados e a concessão de papéis provisórios é de uma lentidão insuportável. Ao menos os reclusos voltaram a receber comida, têm mantas limpas, e foram instalados hospitais de campanha para os milhares de doentes.

Dita não quis estragar o dia de Margit lhe contando que sua mãe não anda bem. Apesar de ter voltado a se alimentar direito, não ganha peso e começa a ter febre. Terá de ser internada, o que adiará seu traslado.

O hospital de campanha, instalado pelas tropas aliadas na antiga enfermaria do campo para atender os sobreviventes de Bergen-Belsen, parece não ter se inteirado de que a guerra acabou. O exército alemão se rendeu, Hitler se suicidou no próprio *bunker* e os oficiais da SS se tornaram prisioneiros ou fugiram. Nos hospitais, porém, a guerra continua. O armistício não faz os membros amputados crescerem nos mutilados, não cura a dor dos feridos, não erradica o tifo, não recupera os moribundos, não devolve os que já se foram. A paz não cura tudo, pelo menos não tão depressa.

Liesl Adlerova, que resistiu a todas as penúrias, tragédias e misérias desses anos, ficou doente justamente agora que a guerra acabou. Dita não consegue acreditar que, depois de tudo que ela superou, não vai resistirá a esse último obstáculo antes de voltar a viver em paz. Não seria justo.

A mulher está deitada numa maca de campanha, mas os lençóis são limpos, ou pelo menos parecem limpos em comparação aos que usaram nos últimos anos. Dita pega na mão da mãe e sussurra palavras de ânimo em seu ouvido. Os medicamentos a mantêm num estado de sedação.

Com o passar dos dias, os enfermeiros vão se familiarizando com a presença dessa menina tcheca com cara de anjo que não se separa da mãe. Preocupam-se também com Dita. Cuidam para que ela faça as refeições e saia de tempos em tempos do hospital.

Numa dessas tardes, Dita vê um dos enfermeiros, um rapaz sardento com o rosto muito redondo, chamado Francis, lendo um romance. Aproxima-se do livro e observa o título, ávida. É um romance do Oeste cuja capa é a imagem de um cacique com um penacho chamativo, uma pintura de guerra no rosto e um fuzil na mão. O enfermeiro, ao notar que está sendo observado, tira os olhos do livro e pergunta se ela gosta dos romances do Oeste. Dita lera um romance de Karl May e gostava do valente Mão de Ferro e seu amigo apache Winnetou, que imaginava vivendo aventuras extraordinárias nas campinas intermináveis da América do Norte. Ela se aproxima e toca o livro com o dedo como se o acariciasse, desamassa o dorso muito lentamente, para cima e para baixo. O soldado olha pare ela, um tanto perplexo. Imagina que a menina esteja meio transtornada, o que seria normal depois de tudo que viveu.

— Francis...

Dita aponta para o livro e depois para si mesma. O enfermeiro entende que ela gostaria de pegá-lo emprestado. Sorri. Levanta-se e tira do bolso traseiro da calça dois outros romances de feitios parecidos: pequenos, flexíveis, de papel amarelado e com capas em cores vivas. Um é faroeste; o outro, policial. Dá os dois livros a Dita, que se afasta. Então, o enfermeiro a chama em voz alta:

— *Hey, sweetie! They're in English*! — E ele mesmo se traduz para o alemão, desajeitado: — Menina! Estão em inglês!

Dita se vira e, sem parar, sorri. Sabe que estão em inglês e que não entenderá. Mas não importa. Enquanto sua mãe dorme, ela se senta numa cama vazia e sente o cheiro de celulose dos romances, faz as folhas correrem rapidamente com o polegar, e o barulho de cartas de baralho a faz sorrir. Ela abre uma página e o papel range. Desamassa outra vez o dorso e nota os volumes de cola das capas. Gosta do nome dos autores. São nomes ingleses que lhe parecem exóticos. Voltar a ter livros nas mãos faz com que a vida comece a se encaixar, com que as peças de um quebra-cabeça que alguém desmanchou a chutes voltem, pouco a pouco, ao seu lugar.

Há, porém, uma peça que se dobrou e não quer encaixar: sua mãe. Os dias passam e ela está cada vez pior, a febre vai minguando seu corpo, que se torna mais transparente. O médico que cuida dela não fala alemão, mas gesticula de tal maneira que Dita sabe que as coisas não vão muito bem.

Certa noite, Liesl piora. Sua respiração se torna entrecortada e ela se agita na cama. Dita decide tentar pela última vez. Vai para o lado de fora, caminha até se afastar das luzes pestanejantes que os geradores do hospital proporcionam. Procura a escuridão. Ao alcançar a mais absoluta solidão, eleva o rosto ao céu nublado, onde não há nem lua nem estrelas. Cai de joelhos e pede a Deus que salve sua mãe. Depois de tudo o que passou, não é possível que ela morra sem voltar a Praga; falta pouco para ir embora. Ele não pode fazer isso com ela. Deve isso a ela. Essa mulher jamais prejudicou alguém, nunca ofendeu nem incomodou ninguém, não tirou nem uma migalha de pão de ninguém. Por que castigá-la dessa maneira? Ela repreende Deus, roga, implora humildemente que não permita que sua mãe morra. Faz todo tipo de promessa por sua cura: tornar-se a mais devota das devotas, peregrinar a Jerusalém, dedicar a vida inteira a louvar sua glória e generosidade infinitas.

Ao voltar, vê na porta iluminada do hospital uma figura alta e magra olhando a noite. É Francis, o enfermeiro. Está à sua espera. Muito sério, dá um passo à frente, aproximando-se de Dita, e põe uma das mãos em seu ombro com afeto. Uma mão pesada. Olha para ela e balança a cabeça dizendo que não foi possível.

Dita sai correndo para a cama da mãe e encontra o médico fechando a maleta. Sua mãe já não está lá. Resta apenas sua pequena carcaça humana, o corpo de um passarinho. Nada mais.

Derrotada, a menina se senta numa cama. O enfermeiro sardento se aproxima dela.

— *Are you OK?* — E levanta o polegar para que a menina entenda que ele pergunta se ela está bem.

Como ela pode estar bem? O destino, ou Deus, ou o Diabo, ou o que quer que seja não poupou sua mãe do sofrimento por um minuto sequer ao longo dos seis anos de guerra; não lhe permitiu desfrutar um único dia de paz. O enfermeiro continua olhando para ela, como que esperando por uma resposta.

— Merda — responde.

O enfermeiro faz a cara cômica que os ingleses fazem quando não entendem algo, esticando o pescoço e arqueando muito as sobrancelhas.

— *Shit*... merda — fala Dita, que aprendeu a palavra nos últimos dias.

Então, o enfermeiro assente com a cabeça.

— *Shit* — repete. E se senta ao seu lado em silêncio.

A Dita resta o consolo de que sua mãe deu o último suspiro como uma mulher livre. Ainda que lhe pareça um consolo muito pequeno para uma dor tão grande. Mas se vira para o enfermeiro, que olha para ela com certa preocupação, e gesticula com o polegar para cima, dizendo que está bem. O jovem se sente mais aliviado e se levanta para dar água a outra paciente.

Por que eu disse ao enfermeiro que estou bem, se estou arrasada, se não tenho como estar pior?, pergunta a si mesma. E sabe a resposta antes de terminar de fazer a pergunta: porque ele é meu amigo e não quero preocupá-lo.

Estou começando a me comportar como minha mãe...

É como se tomasse seu lugar.

O médico lhe diz no dia seguinte que acelerarão os trâmites para que ela possa voltar imediatamente para casa. Ele espera que isso a alegre, mas Dita o escuta como uma sonâmbula.

Voltar?, pergunta a si mesma. Para onde?

Dita não tem pais nem casa, e também não tem nenhum documento de identidade que diga quem ela é. Resta algum lugar para onde voltar?

32

A vitrine dos armazéns Hedva da rua Na Prikope lhe mostra uma mulher jovem com um vestido comprido de tecido azul e um modesto chapéu cinza de feltro, com um laço de fita. Dita olha com atenção e continua sem reconhecê-la. Não consegue aceitar que essa estranha é ela, é seu reflexo num vidro.

No dia em que os alemães entraram em Praga, Dita era uma menina de nove anos que caminhava pela rua de mãos dadas com a mãe. Agora é uma solitária mulher de 16. Ainda estremece ao recordar o tremor dos tanques atravessando a cidade. Tudo acabou, mas em sua cabeça nada se concluiu. Não vai se concluir nunca.

Depois da algazarra da vitória e dos festejos de fim de guerra, depois dos bailes organizados pelas tropas aliadas e dos discursos ribombantes, a realidade do pós-guerra se mostra exatamente como é: muda, áspera, sem fanfarras. As bandas de música se foram, os desfiles terminaram e os grandes discursos se calaram. Dita está em paz, mas vive num país em ruínas, sem pais nem irmãos, sem casa, sem estudos, só com a roupa do corpo e uma cartilha de racionamento que conseguiu depois de muita burocracia. Nessa primeira noite em Praga, dormirá num albergue para os repatriados.

Só lhe resta um pedaço de papel com um endereço garatujado. Olhou para ele tantas vezes que o sabe de cor. A guerra muda tudo. A paz também. O que ficará, agora que tudo acabou, da fraternidade que havia entre ela e Margit nos campos de concentração? Sua amiga e o pai achavam que Dita e a mãe tomariam um transporte dali a alguns dias, mas a doença de sua mãe atrasou seu regresso em várias semanas. Nesse tempo, Margit pode ter feito novas amizades e talvez seu único objetivo seja esquecer tudo o que aconteceu antes. Como René, que a cumprimentou de longe sem se deter, querendo se distanciar do contato com o passado.

O endereço anotado por Margit é de amigos não judeus com quem ela e o pai não entravam em contato havia anos. Na realidade, ao deixar Bergen-Belsen, os dois nem sabiam onde viveriam nem o que fariam da nova vida. Não sabiam se esses seus amigos continuavam no mesmo endereço depois de todos aqueles anos de guerra ou se queriam saber deles. O pedaço de papel vai amassando na palma da mão de Dita e começa a ficar ilegível.

Ela vaga pelo norte da cidade em busca do local, perguntando e tentando seguir indicações de ruas por onde nunca havia passado. Não sabe mais se orientar em Praga. A cidade lhe parece imensa e labiríntica. O mundo fica enorme quando alguém se sente pequeno.

Por fim, chega à praça dos três bancos quebrados que tinham lhe indicado. Perto dali, fica o número 16 da rua anotada no papel. Dita entra no saguão e toca a campainha do 1º B. Quem abre a porta é uma senhora loura e gorda. Ela não é judia. Os judeus gordos são uma espécie extinta.

— Com licença, senhora. É aqui que o senhor Barnash e a filha dele, Margit, moram?

— Não, eles não moram aqui. Foram para longe de Praga.

Dita assente com a cabeça. Não reprova aquilo. Talvez a tenham esperado por uns dias, mas ela demorou tanto para voltar que agora é tarde. Devem ter recomeçado em outro lugar. Depois do que aconteceu, não é preciso apenas virar a página. É preciso fechar um livro e abrir outro.

— Não fique aí na porta — diz a mulher. — Entre e coma um pedaço de bolo que acabei de fazer.

— Não, obrigada. Não se incomode. Na verdade, estão me esperando. Um compromisso de família, a senhora sabe. Estou indo. Fica para outra oportunidade...

Dita se vira para sair dali o quanto antes. Mas a mulher a chama.

— Você é Edita... Edita Adlerova.

A jovem para quando já está com um pé na escada.

— A senhora sabe meu nome?

A mulher assente com a cabeça.

— Eu estava à sua espera. Tenho algo para você.

A mulher apresenta Dita a seu marido, um homem de cabelos brancos e olhos azuis que continua bonito em sua idade avançada. A mulher lhe traz uma enorme fatia de bolo de mirtilo e um envelope com seu nome.

São uns senhores tão amáveis que ela se sente à vontade para abrir o envelope diante deles. Dentro, há endereços de Teplice, duas passagens de trem e um bilhete de Margit escrito com aquela sua letra de aluno primário:

"Querida Ditinka, estamos esperando vocês em Teplice. Venham logo. Um beijo enorme de sua irmã, Margit."

Ter alguém nos esperando é como um fósforo que se acende no campo à noite. Não pode iluminar toda a escuridão, mas mostra o caminho de volta para casa.

Enquanto ela come, o casal lhe conta que o senhor Barnash arranjou um emprego na cidade de Teplice e se instalou lá com Margit. Comentam que Margit passou tardes inteiras falando dela.

Antes de sair rumo a Teplice, Dita precisa ajeitar seus documentos, como foi orientada a fazer no escritório do Conselho Judaico. Por isso, à primeira hora da manhã, entra numa fila longuíssima do escritório de expedição dos documentos de identidade.

Horas de espera. Mais uma fila. Mas não é como a de Auschwitz, pois aqui as pessoas fazem planos para quando saírem da fila. Há pessoas irritadas, mais irritadas até do que as daquelas filas em que se esperava por apenas um prato de sopa aguada ou um pão dormido. As pessoas se irritam pela demora, porque não são bem-informadas ou pela quantidade de papéis necessários. Dita sorri para si mesma. A vida retoma seu curso quando nos irritamos com coisas pequenas.

Alguém chega à fila e fica bem atrás dela. Ao olhar de soslaio, nota que se trata de um rosto conhecido. É um dos jovens professores do campo familiar. Ele também parece surpreso por encontrá-la ali.

— A bibliotecária das pernas finas! — exclama.

É Ota Keller, o jovem professor que diziam ser comunista e que inventava histórias da Galileia para os alunos. Ela reconhece em seguida aquele olhar irônico carregado de inteligência que a intimidava um pouco.

Agora, por outro lado, vê no olhar do jovem professor uma ternura especial. É como se, de repente, ele a reconhecesse. Não apenas se lembra de ela foi companheira de campo num momento crítico de suas vidas, mas descobre nela um elo que os une. No 31, mal se falavam. Na realidade, ninguém nunca os apresentou. São duas pessoas que aparentemente não se conhecem. Mas, ao se cruzarem em Praga, é como se dois velhos amigos se reencontrassem.

Ota olha para ela e sorri. Com seus olhos vivazes e um tanto bobos, é como se dissesse à moça que se alegra em vê-la viva. Ela também sorri para ele, sem saber o motivo. É o elo. Esse elo que une as pessoas,que se transforma num novelo.

Em seguida, ele a contagia com seu bom humor.

— Arranjei um emprego para administrar as contas de uma fábrica e uma acomodação modesta... Bem, se pensarmos onde estávamos, é um palácio.

Dita sorri.

— Mas espero encontrar algo ainda melhor. Me ofereceram um trabalho como tradutor de inglês.

A fila é grande, mas, para Dita, se torna curta. Os dois conversam sem parar, sem silêncios embaraçosos, com confiança de velhos camaradas. Ota lhe conta de seu pai, o empresário sério que sempre quis ser cantor.

— Ele tinha uma voz extraordinária — comenta com um sorriso orgulhoso. — Em 1941, tomaram a fábrica dele e o prenderam. Depois mandaram todos nós para Terezín. E, de lá, para o campo familiar. Na seleção de julho de 1944, em que o campo BIIb foi desfeito, ele não passou no corte.

Ota, tão resoluto e gaiato, nota que suas palavras prendem na garganta, mas não sente vergonha de que Dita veja seus olhos umedecerem.

— Às vezes, à noite, parece que escuto meu pai cantar.

Quando um dos dois desvia o olhar para relembrar um momento difícil ou doloroso desses anos, o outro também volta os olhos para esse ponto de fuga no qual só nos acompanha quem é de nossa máxima confiança e já nos viu sorrir e chorar. Eles revisitam juntos todos os momentos que os marcaram para sempre. São tão jovens que é quase como contar a vida inteira.

— O que terá sido de Mengele? Será que o enforcaram? — pergunta ela.

— Ainda não, mas estão o procurando.

— E o encontrarão?

— Claro que sim! Há meia dúzia de exércitos procurando esse homem. Ele será preso e julgado.

— Que o enforquem logo! É um criminoso.

— Não, Dita. Precisam julgá-lo.

— Para que perder tempo com trâmites?

— Somos melhores do que eles.

— Fredy Hirsch também dizia isso!

— Hirsch...

— Quanta falta ele faz!

Chega a vez de Dita no guichê, e logo seus trâmites são resolvidos. Pronto. Ota e ela são dois desconhecidos. É hora de desejarem sorte um ao outro e partir. Ele, porém, pergunta para onde ela vai depois. Ela responde que ao escritório da Comunidade Judaica. Quer saber se pode solicitar uma pequena pensão de orfandade.

Ota diz que, se ela não se importar, irá acompanhá-la.

— É meu caminho — diz ele com tanta seriedade que ela desconfia.

É uma desculpa para continuar com ela, mas não uma mentira. É, de fato, caminho para ele.

Dias depois, em Teplice, a alguns quilômetros da capital, Margit Barnash varre a entrada do prédio. Movimenta a vassoura, ensimesmada, enquanto pensa num rapaz que faz mandados com uma bicicleta e buzina, muito alegre, cada vez que passa a seu lado. Pensa que talvez seja hora de se pentear melhor pela manhã e pôr a fita nova no cabelo. De repente, vê de soslaio a sombra de alguém que passa pela entrada.

— Você está muito gorda, garota! — gritam para ela.

Seu primeiro impulso é responder com maus modos essa vizinha grosseira. No entanto, num instante depois, está prestes a deixar a vassoura cair.

É a voz de Dita.

Margit é a mais velha, mas sempre se sentiu como a irmã mais nova. Joga-se nos braços de Dita como fazem as crianças pequenas, sem calcular o impulso, sem reserva alguma.

— Assim vamos cair no chão! — diz Dita entre risos.

— E de que importa, se estamos juntas?

Era verdade. Por fim, algo era verdade. Estavam à sua espera.

EPÍLOGO

Ota era um amigo especial que descia do trem em algumas tardes em que ela estava de folga dos eventuais empregos que arranjava. Conciliava-os com as aulas a que assistia na escola de Teplice, onde ela e Margit recuperavam um pouco do tempo perdido, se é que isso é possível.

Teplice é um antiquíssimo balneário, muito conhecido por suas águas. Por fim, Dita encontrou seu Berghof. Não estava nos Alpes, como em *A montanha mágica*, mas tinha por perto as terras altas da Boêmia. Ela gostava de passear pelas ruas de paralelepípedos, embora a guerra tivesse castigado duramente essa linda cidade de construções senhoris. Às vezes, perguntava a si mesma o que teria sido da enigmática madame Chauchat, que deixou o balneário em busca de novos horizontes. Gostaria de lhe pedir conselhos sobre o que fazer da vida.

A bela sinagoga fora queimada, e suas ruínas chamuscadas faziam lembrar o horror daqueles anos calcinados. Aos sábados, Ota acompanhava Dita nesses passeios. Falava-lhe de mil coisas. Era um jovem de uma curiosidade voraz a quem tudo interessava. Às vezes se queixava um pouco de ter de fazer várias transferências de trem e ônibus para percorrer os oitenta quilômetros que separam Teplice de Praga. Mais do que se queixar, ronronava como um gato.

Foram meses de agradáveis passeios por aquelas praças que, pouco a pouco, recuperavam os maciços de flores e voltavam a dar a Teplice seu gracioso ar de cidade termal. Nesses passeios, Dita e Ota foram fortalecendo o elo. Um ano depois do encontro na fila do escritório de documentos, Ota lhe disse algo que mudaria tudo:

— Por que você não vem para Praga? Não posso amá-la à distância!

Em todas aquelas tardes, já haviam contado a vida inteira um para o outro. Era o momento de partir do zero, de iniciar uma nova.

Ota e Dita se casaram em Praga e, em 1949, nasceu seu primeiro filho.

Depois de árduos trâmites, Ota conseguiu recuperar a fábrica de roupas íntimas femininas de seu pai e se pôs à frente dela para reerguê-la. Era um projeto fascinante, pois, de algum modo, com ele Ota podia voltar no tempo. Não podiam ser apagadas as ausências nem as cicatrizes, mas ao menos era uma forma de voltar à Praga de 1939. Ota não sabia ao certo se queria ser empresário. Era um pouco como seu pai, que preferia as partituras de ópera às folhas de balancete. Ota preferia a linguagem dos poetas à dos advogados.

No entanto, não teve tempo de sofrer o desencanto como empresário. O rastro deixado pelas botas dos nazistas nas ruas de Praga ainda não tinha nem esfriado quando os soviéticos chegaram pisoteando tudo. Com essa depreciável teimosia da história em se repetir, a fábrica tornou a ser confiscada. Na ocasião, não era em nome do Terceiro Reich, e sim do partido comunista.

Mais uma vez, ficaram sem nada. Qualquer um teria se rendido ao desalento. Ota não se rendeu. Nem Dita. Estavam acostumados a nadar contra a corrente. O rapaz conseguiu, graças a seu domínio de inglês e a seus conhecimentos de literatura, um emprego no Ministério da Cultura. Seu trabalho consistiria em selecionar novidades editoriais interessantes o bastante para serem traduzidas para o tcheco. Ele era o único empregado de sua categoria não filiado ao partido comunista. Naquele tempo, muitos enchiam a boca para falar de leninismo. Mas não lhe dariam lições, pois Ota entendia mais de marxismo do que qualquer um deles. Tinha lido mais do que todos. Sabia melhor do que ninguém que o comunismo era um belo caminho que dava num precipício.

Fizeram intrigas contra ele, começaram a acusá-lo de inimigo do partido, as coisas foram ficando difíceis. Em 1949, Ota e Dita decidiram emigrar para Israel e começar do zero. Por fim, realizariam o sonho de Fredy Hirsch.

Lá trabalharam duramente num *kibutz* e Dita concluiu os estudos. Foi exatamente em Israel que os dois se reencontraram com outro velho conhecido do bloco 31, o professor Avi Ofir, que transformava um modesto barracão de crianças prisioneiras num alegre orfeão. Foi ele quem lhes deu uma mão para que começassem a trabalhar na escola Hadassim, perto de Netanya. Ota e Dita trabalharam como professores de inglês e educadores num dos centros escolares mais renomados de Israel, que acolheu muitas crianças que chegaram com a onda de imigrações posterior ao fim da Segunda Guerra Mundial. Depois, a escola passou a se ocupar de crianças que pertenciam a famílias com problemas e de alunos em risco de exclusão social. Sempre contavam com vários professores especialmente envolvidos nesse tipo de questão, mas era difícil alguém ser tão sensível ao sofrimento dos outros quanto Ota e Dita.

O casal teve três filhos e quatro netos. Ota, que fora um grande contador de histórias no bloco 31, escreveu vários livros. Um deles, *The Painted Wall*, é uma ficção que relata as vivências de uma série de personagens do campo familiar BIIb. Dita e Ota enfrentaram juntos os acasos e os empecilhos da vida durante 55 anos. Não deixaram de se amar e de se apoiar por um dia sequer. Compartilharam livros, um senso de humor indestrutível e toda uma vida.

Envelheceram juntos. A união forjada nos tempos mais horríveis que alguém poderia viver só pôde ser dissolvida pela morte.

ETAPA FINAL

Ainda restam coisas importantes a contar sobre a bibliotecária do bloco 31 e Fredy Hirsch.

Esta narração foi construída com materiais reais, que se uniram nas páginas com uma argamassa de ficção. O verdadeiro nome da bibliotecária do bloco 31, cuja vida inspirou estas páginas, era — de solteira — Dita Polachova, e o professor Ota Keller foi inspirado naquele que seria seu marido, o professor Ota Kraus.

A menção feita por Alberto Manguel em *A biblioteca à noite* à existência de uma minúscula biblioteca num campo de concentração foi o ponto de partida para a investigação jornalística que originou este livro.

Alguns não vão compartilhar dessa fascinação por descobrir o que levou algumas pessoas a arriscar a vida para manter aberta uma escola secreta e uma biblioteca clandestina em Auschwitz-Birkenau. Alguns pensarão que se trata de um ato inútil num campo de extermínio, pois existem outras preocupações mais urgentes — afinal, livros não curam doenças nem podem ser utilizados como armas para render um exército de carrascos; não enchem barriga nem matam a sede. De fato, a cultura não é necessária para a sobrevivência do homem; apenas o pão e a água. Com pão para comer e água para beber, o homem sobrevive, mas só com isso a humanidade inteira morre. Se o homem não se emociona com a beleza, se não fecha os olhos e põe em funcionamento os mecanismos da imaginação, se não é capaz de fazer perguntas e vislumbrar os limites de sua ignorância, é homem ou mulher, mas não é pessoa. Nada o distingue de um salmão, de uma zebra ou de um boi-almiscarado.

Na internet, há toneladas de informações sobre Auschwitz, mas a documentação fala apenas do lugar. Se quisermos um lugar que fale conosco, é preciso ir até lá e passar tempo suficiente para ouvir o que ele tem a dizer. Para procurar algum vestígio do campo familiar ou algum rastro a seguir, viajei para Auschwitz. Não só faziam falta os dados quantitativos e as datas, como era preciso sentir a vibração daquele lugar maldito.

Fui de avião para a Cracóvia e de lá tomei um trem até Oświęcim. Nada nessa pequena e agradável cidade nos faz pensar no horror vivido em seus arredores. Tudo é tão plácido que se chega à porta do campo de ônibus.

Auschwitz I tem um estacionamento para ônibus interurbanos e uma entrada como a de um museu. Fora um antigo quartel do exército polonês, e suas agradáveis construções retangulares de ladrilho, separadas por amplas avenidas pavimentadas em que os passarinhos ciscam, não mostram à primeira vista os sinais do horror. Há, porém, vários pavilhões em que se pode entrar. Um deles foi preparado como se fosse um aquário: atravessa-se um corredor escuro e de um lado e de outro há imensos aquários iluminados. Lá dentro há sapatos gastos, montões, milhares deles. Duas toneladas de cabelo humano que formam um mar tenebroso. Próteses estragadas como brinquedos velhos. Milhares de óculos quebrados, quase todos redondos, como os do professor Morgenstern.

Em Auschwitz II-Birkenau, a três quilômetros de distância, ficava o campo familiar BIIb. Hoje em dia, resta a fantasmagórica torre de vigilância da entrada do *Lager*, com um túnel na base, para que, a partir de 1944, a ferrovia fosse até lá. Os barracões originais foram queimados depois da guerra. Há alguns barracões reconstruídos em que se pode entrar. São estábulos de cavalos que até limpos e ventilados se mostram sombrios. Depois dessa primeira linha de barracões no que seria o campo de quarentena, abre-se um imenso descampado que era ocupado pelo resto dos campos. Para ver o lugar ocupado na época pelo BIIb, é preciso deixar a rota das visitas guiadas, que não passa das réplicas dos barracões da primeira fileira, e margear todo o perímetro. É preciso ficar sozinho. Caminhar sozinho por Auschwitz-Birkenau significa suportar um vento muito frio que traz os ecos das vozes dos que ficaram ali para sempre e fazem parte do barro que pisamos. Do BIIb, resta apenas a porta metálica de acesso ao campo e uma imensa solidão onde mal cresce mato. Restam apenas cascalhos, vento e silêncio. Um lugar agradável ou espectral, dependendo dos olhos que o veem.

Dessa viagem, eu trouxe muitas perguntas e quase nenhuma resposta, algumas percepções do que foi o Holocausto que nenhum livro de história poderia me ensinar e, por puro acaso, uma edição de um livro importante: *Je me suis évadé d'Auschwitz*, a tradução para o francês das memórias de Rudolf Rosenberg (*I Cannot Forgive*), que encontrei na livraria do Museu do Shoah da Cracóvia.

Outro livro me interessava de maneira muito especial e comecei a rastreá-lo logo que retornei. Era um romance ambientado no campo familiar de alguém chamado Ota B. Kraus, intitulado *The Painted Wall*. Encontrei-o na internet. No entanto, não era uma página muito profissional, não dava para efetuar o pagamento com cartão Visa, só havia um endereço para entrar em contato. Escrevi demonstrando interesse pelo livro e perguntando como poderia fazer o depósito. E recebi um e-mail desses que comprovam que a vida é um cruzamento de caminhos. A resposta, muito educada, dizia que o dinheiro poderia ser enviado pelo Western Union. Tratava-se de um endereço de Netanya (Israel) e quem assinava essas linhas era D. Kraus.

Com o maior tato possível, perguntei se ela era Dita Kraus, a menina que esteve no campo familiar de Auschwitz-Birkenau. E era. A bibliotecária do bloco 31 estava viva e me escrevendo um e-mail! A vida é surpreendente, mas às vezes pode ser extraordinária.

Dita já não era menina — tinha então oitenta anos —, mas continuava sendo a mesma pessoa dedicada e batalhadora de antes, e agora lutava para que os livros de seu marido não caíssem no esquecimento.

A partir daí, começamos a nos corresponder. Sua amabilidade extrema facilitava que nos entendêssemos com meu inglês ruim. Por fim, combinamos de nos vermos pessoalmente em Praga, onde ela passa umas semanas por ano e me levou para percorrer o gueto de Terezín. Dita não é uma vovozinha agradável como as de antigamente. É um torvelinho amável que logo encontrou para mim uma acomodação perto de sua casa e organizou tudo. Quando cheguei à recepção do hotel Triska, ela já estava me esperando sentada num sofá do saguão. Era como eu imaginava: magra, enérgica, ativa, séria e risonha ao mesmo tempo, absolutamente encantadora.

Sua vida não foi fácil nem durante a guerra nem depois. Ota e ela eram muito unidos, até que ele faleceu, em 2000. Tiveram dois filhos e uma filha. A menina morreu aos 18. Dita, porém, não se deixou abater pelos golpes do destino. Não fez isso na época e não fará nunca.

É espantoso como alguém com todo esse sofrimento acumulado sobre os ombros é capaz de não perder o sorriso. "É só o que me resta", diz ela. No entanto, restam-lhe sua energia, sua dignidade de batalhadora contra tudo e contra todos que fazem dela uma mulher de oitenta anos erguida e com olhos efusivos. Dita não quer pegar um táxi, e não me atrevo a contrariar seu senso de economia, próprio de quem viveu tempos muito ruins. Pegamos o metrô e ela vai em pé. Há assentos livres, mas ela não se senta. Não há quem possa dobrar uma mulher assim. O Terceiro Reich inteiro não pôde com ela.

Incansável, ou cansada, mas nunca resignada a desfalecer, me pede que lhe dê uma ajuda porque vai levar cinquenta exemplares de *The Painted Wall* para a loja do memorial de Terezín, já que os de lá se esgotaram. Nem alugamos um carro. Ela insiste para irmos de ônibus. Fazemos o mesmo trajeto que ela fez quase setenta anos antes, só que agora carrega uma maleta cheia de livros. Receio que ela se sinta mal pelas lembranças ruins, mas é uma mulher forte. Nesse momento, sua maior preocupação é repor os livros na livraria do gueto.

Terezín parece uma vizinhança agradável de construções quadriculadas, salpicada de jardins arborizados e banhada pela brilhante luz de maio. Dita não só deixa os livros, como também, batalhadora como sempre, me consegue uma entrada gratuita para a exposição permanente.

É um dia repleto de momentos muito emocionantes. Entre os quadros expostos dos internos no gueto, há um da própria Dita, um quadro escuro e tenebroso que mostra uma cidade muito menos luminosa do que a que percorremos. Também há um cômodo com os nomes das crianças que chegaram a Terezín. Dita passa pelos nomes e sorri, recordando alguns. Quase todos já estão mortos.

Uns monitores projetam o testemunho de sobreviventes que contam sua experiência em Terezín. E numa das quatro telas aparece um homem maduro com voz grave: é Ota Kraus, seu marido. Ele fala em tcheco e, ainda que suas palavras sejam legendadas em inglês, não presto atenção, pois estou hipnotizado por sua voz. Ela transmite tanta altivez que não se pode deixar de ouvi-la. Dita fica em silêncio.

Está séria, mas não derrama nenhuma lágrima. Saímos, e ela me diz que vamos ver onde morou. Essa mulher é de ferro, ou parece ser. Pergunto se não é duro para ela. "É, sim", responde, mas não para, segue em frente a passos firmes. Eu nunca havia conhecido uma mulher de uma valentia tão extraordinária.

O antigo bloco onde Dita se instalou no tempo que passou no gueto de Terezín agora é uma inofensiva casa de vizinhos. Ela ergue os olhos até o terceiro andar. Conta que um primo seu, carpinteiro, lhe fez uma prateleira. Conta mais coisas enquanto nos dirigimos a outro prédio, onde foi conservado como museu um andar com suas cabines cheias de beliches, exatamente como na época do gueto. É um lugar opressor, pequeno demais para tantas camas. Também está ali a bacia de louça que usavam como banheiro comunitário.

— Dá para imaginar o cheiro? — pergunta ela.

Não, não dá.

Entramos em outra sala onde há uma vigilante. Estão pendurados nas paredes quadros e pôsteres da época. Na sala soa uma ópera de Viktor Ullmann, um célebre pianista e compositor que se tornou um dos animadores culturais mais ativos de Terezín. Dita para no meio da sala vazia, ocupada apenas pela vigilante entediada, e começa a cantar com suavidade a ópera de Ullmann. Sua voz é a voz das crianças de Terezín, que volta a soar essa manhã para um público muito reduzido, mas não por isso menos surpreso. Nem é preciso dizer que a vigilante não ousa interrompê-la. Esse é outro momento em que o tempo retrocede e Dita torna a ser Ditinka, cantando a ópera *Brundibár* com suas meias de lã e olhos sonhadores.

Na viagem de volta de Terezín a Praga, Dita solicitou, enérgica, ao motorista do ônibus que abrisse o teto corrediço para que não nos asfixiássemos de tanto calor num veículo sem janelas. Como o motorista não lhe deu importância, ela mesma foi puxar o tampo e depois, eu. Juntos, conseguimos.

Quando estávamos sentados no ônibus interurbano surgiu na conversa um tema que fazia minha cabeça girar havia meses: o que aconteceu na tarde de 8 de março, quando Fredy Hirsch foi pensar na proposta da Resistência de liderar o levantamento do campo diante do iminente extermínio do transporte de setembro nas câmaras de gás. Por que um homem tão equilibrado como Fredy Hirsch iria se suicidar com uma overdose de Luminal?

Dita olha para mim, e há um mundo dentro de seus olhos. E começo a entender. Leio em seus olhos o que lera nas linhas escritas por Ota em seu livro, mas que tomara por uma licença literária ou por uma hipótese em particular. Por acaso *The Painted Wall* não era um livro de ficção? Ou era apenas para camuflar certas coisas que, se Ota tivesse dito em outro contexto, poderiam ter lhe trazido sérios problemas?

Dita me pediu discrição, pois pensava que o que me contou poderia lhe gerar problemas.

Por isso, em vez de contar o que ela me disse, reproduzirei o que Ota B. Kraus escreveu e publicou em seu romance ambientado no campo familiar, *The Painted Wall*. Um dos poucos personagens que aparecem com o nome verdadeiro nesse livro é o instrutor do bloco 31, Fredy Hirsch. Eis o que conta o livro sobre o momento crucial em que, depois de a SS ter transferido o transporte de setembro para o campo de quarentena, a Resistência solicita a Hirsch que encabece um levantamento e ele pede um tempo para pensar:

> Depois de uma hora, Hirsch se levantou da cama para procurar um dos médicos.
>
> — Já decidi — falou. — Logo que escurecer, vou dar a ordem. Preciso de um comprimido para me acalmar os nervos.
>
> [...]
>
> Um motim contra os alemães era uma loucura, pensou o médico. Era a morte para todos: do transporte condenado, dos prisioneiros do campo familiar e até da equipe do hospital reclamada por Mengele. O homem havia enlouquecido. Obviamente, estava fora do seu juízo, e, se não o detivessem, os doutores judeus morreriam com o resto dos reclusos.
>
> — Vou lhe dar uma coisa. Um sedativo — disse o médico, que se virou para o farmacêutico.
>
> Os remédios eram sempre escassos, mas havia um pequeno estoque de calmantes. O farmacêutico estendeu a mão com um frasco de comprimidos para dormir. O doutor derramou o conteúdo na própria mão e a fechou num movimento rápido. Tinha um pouco de chá frio num recipiente e o agitou até dissolver os comprimidos no líquido turvo.

Há palavras no Código Penal que descrevem o que, na realidade, aconteceu com Fredy Hirsch naquela tarde de 1944. Às vezes, a ficção dos romances esconde verdades que não podem ser contadas de outra maneira.

Outros testemunhos enfraquecem cada vez mais a teoria do suicídio que pode ser lida nas resenhas oficiais que falam dele. Michael Honey, um sobrevivente do campo familiar que trabalhava como recadeiro da equipe médica, põe em dúvida o testemunho que Rosenberg dá em seu livro de memórias sobre o ocorrido em 8 de março de 1944: *"He was given an overdose of Luminalets when he asked for a pill because of a headache."* (Deram-lhe uma overdose de comprimidos de Luminal quando ele pediu um remédio para dor de cabeça.)

Tomara que este livro sirva também como reivindicação da figura de Fredy Hirsch, um tanto encoberta pela falsa ideia de que ele tirou a própria vida voluntariamente. Por culpa dessa ideia, durante anos sua inteireza nos momentos decisivos foi questionada. Fredy Hirsch não se suicidou. Nunca teria deixado suas crianças sozinhas. Era um capitão, teria naufragado com o barco. É assim que deve ser lembrado, como um batalhador de um valor extraordinário.

E, naturalmente, este livro é uma homenagem a Dita, com quem tanto aprendi.

Nossa bibliotecária do bloco 31 continua vivendo em Netanya e passando alguns dias por ano em seu pequeno apartamento em Praga. E vai continuar fazendo isso enquanto a saúde lhe der chance. Ainda é uma mulher de uma curiosidade, clarividência, amabilidade e integridade que superam tudo o que se pode imaginar. Até então, eu nunca tinha acreditado nos heróis, mas agora sei que existem, e Dita é um deles.

ANEXO

Que fim levaram...?

Rudi Rosenberg

Após a guerra, mudou seu nome para Rudi Vrba. Depois de escapar de Auschwitz, deu aos dirigentes judeus da cidade de Zilina um primeiro depoimento sobre o que realmente acontecia com os deportados de Auschwitz, o que não tinha nada a ver com as mentiras nazistas. O depoimento foi enviado para Budapeste, mas alguns altos dirigentes judeus não lhe deram importância e, em maio, os nazistas começaram a enviar até 12 mil judeus por dia para Auschwitz. Ao chegar a Grã-Bretanha, Rudi Rosenberg redigiu, junto do companheiro de fuga Fred Wetzler, outro depoimento detalhado que serviu para que o mundo conhecesse a terrível verdade sobre o que acontecia nos campos de concentração. O texto foi uma das provas utilizadas durante os julgamentos de Nuremberg. Depois da guerra, Rosenberg foi condecorado. Estudou química na Universidade de Praga e se tornou um professor respeitado na área de neuroquímica. Viveu no Canadá e faleceu em 2006. Suas amargas críticas a membros de destaque da comunidade judaica húngara, que mais tarde teriam um papel relevante na fundação do Estado de Israel, fizeram com que, durante décadas, certos setores do Estado hebreu questionassem seus testemunhos e sua figura, e ainda hoje ele é ali um personagem controverso.

Elisabeth Volkenrath

Era cabeleireira profissional, mas sua afiliação ao partido nazista a levou a se alistar na SS. Participou de um período de treinamento no campo de Ravensbrück e, em 1943, foi mandada para Auschwitz com o cargo de SS-Aufseherin. Em novembro de 1944, promoveram-na a SS-Oberaufseherin e, nesse cargo, ordenou uma grande quantidade de execuções. No princípio de 1945, foi transferida para o campo de Bergen-Belsen como supervisora. Quando os aliados libertaram o campo, ela foi presa pelas tropas britânicas e acabou no banco dos réus. No julgamento conduzido para apurar as responsabilidades dos guardas de Bergen-Belsen, condenaram-na à forca. Foi executada em 13 de dezembro de 1945, no povoado de Hamelin.

Rudolf Höss

O comandante de Auschwitz recebera uma rígida educação católica e seu pai até quis que ele se ordenasse sacerdote. Por fim, Höss optou pelo exército, pois era fascinado por ordem e hierarquia. Sob seu comando, entre um e dois milhões de pessoas foram assassinadas em Auschwitz. Ao acabar a guerra, Höss escapou do cerco dos aliados, que estavam em busca dos principais criminosos de guerra, utilizando uma identidade falsa para se fazer passar por soldado do exército espanhol. Passou quase um ano trabalhando como agricultor, até que os aliados forçaram sua esposa a confessar seu paradeiro e o prenderam. Na Polônia, ele foi julgado e condenado à morte. Antes da execução, escreveu na prisão umas memórias onde não negava as centenas de milhares de crimes e as justificava afirmando que, dado seu cargo militar, deveria obedecer às ordens recebidas. Até se orgulhava de seu talento e de sua organização para operar um maquinário de morte tão complexo como o de Auschwitz. Enforcaram-no em Auschwitz I e ainda hoje se pode ver o patíbulo onde foi justiçado.

Adolf Eichmann

Foi um dos principais ideólogos da chamada solução final para exterminar a raça judaica. Eichmann se encarregou da logística das deportações para os campos de concentração. Também foi o artífice dos *Judenräte*, ou conselhos judaicos, que colaboraram com as deportações. Com o fim da guerra, Eichmann foi capturado pelas tropas americanas, mas se fez passar por Otto Eckmann e conseguiu fugir. Depois de se esconder na Alemanha e passar pela Itália, em 1950, tomou um barco rumo à Argentina. Lá reuniu a família e viveu com um nome falso trabalhando como operário numa fábrica de automóveis.

Em 1960, graças às informações fornecidas pelo caçador de nazistas Simon Wiesenthal, um grupo de elite do serviço de inteligência israelita (Mossad) o descobriu em Buenos Aires. Numa operação ousada, prenderam-nos em plena rua, enfiaram-no num carro e se dirigiram ao aeroporto. De lá, tiraram-no clandestinamente do país num avião da companhia israelita El Al, fazendo com que ele passasse por um mecânico de voo em estado de embriaguez. Foi um assunto que gerou um amargo conflito diplomático entre Argentina e Israel. O tenente-coronel da SS foi julgado em Jerusalém e condenado à morte. Executaram a sentença em 1° de junho de 1962.

Petr Ginz

O redator-chefe da revista *Vedem*, que os jovens faziam voluntariosamente em Terezín, nasceu em 1° de fevereiro de 1928, em Praga. Seus pais eram apaixonados pelo esperanto e dotados de grandes inquietações culturais. Em outubro de 1942, Petr foi deportado, junto com centenas de vizinhos, para Terezín, por ordem da Gestapo, enquanto seus pais e sua irmã ficaram em Praga por mais um tempo. Petr era um dos poucos filhos sozinhos em Terezín, embora seus pais lhe mandassem com frequência pacotes de comida e folhas para escrever. Numa carta que foi conservada, Petr pedia à família chicletes, cadernetas, uma colher, pão, lâminas para copiar... e um livro de sociologia. Compartilhava os pacotes com os companheiros de cabine. Sua generosidade, sua inteligência e seu trato afável o tornaram um dos rapazes mais queridos por companheiros e professores. Em 1944, foi deportado de Terezín e, ao acabar a guerra, não voltou para casa. Seu nome não apareceu em nenhum registro de falecimento, e, durante dez anos, sua família se manteve na esperança de vê-lo de novo. Passado esse tempo, porém, Jehuda Bacon, que fora deportado no mesmo transporte que Petr Ginz, entrou em contato com a família dele e contou que tinham sido enviados a Auschwitz. Na própria estação, realizaram uma seleção: os da direita iam para o campo e, os da esquerda, diretamente para as câmaras de gás. Jehuda viu Petr entrar na fila da esquerda.

David Schmulewski

O líder polonês da Resistência em Auschwitz já era um veterano esquerdista antes de ter sido detido. Lutara nas Brigadas Internacionais durante a guerra civil espanhola e, depois, combateu os nazistas. Com o fim da guerra, ocupou cargos importantes no partido comunista polonês. Um assunto escuso em que se viu envolvido — algo relacionado ao tráfico de obras de arte — o obrigou a deixar o partido, e ele acabou se exilando em Paris, onde viveu até morrer. Não se sabe até que ponto sua implicação no tráfico de obras de arte foi uma manobra de autoridades do partido comunista para desprestigiá-lo, já que sua condição de herói de guerra o tornava intocável. Seu sobrinho-neto, o polêmico e brilhante intelectual inglês Christopher Hitchens, falecido em 2011, contou algumas dessas coisas no livro *Hitch-22*.

Siegfried Lederer

Foi o companheiro de fuga do primeiro cabo da SS, Viktor Pestek, a quem a deserção custou a vida. Lederer escapou por pouco da Gestapo e se tornou um ativo membro da Resistência. Em Zrabaslav chegou a se fazer passar por general da SS para ajudar os grupos locais da Resistência. Acabou indo para a Eslováquia, onde se dedicou durante o resto da guerra a ajudar os guerrilheiros locais.

Hans Schwarzhuber

Foi nomeado responsável pelo setor masculino de Auschwitz-Birkenau (que fazia parte do campo familiar) em novembro de 1943. Em 1944, destinaram-no ao campo de Ravensbrück como subcomandante. Em 1954, o exército britânico o deteve e ali mesmo se reuniram evidências de que ele mandara pelo menos 2.400 pessoas para a câmara de gás nos últimos meses. Schwarzhuber foi julgado e condenado à morte. Em 1947, executaram-no com o método de que tanto gostava quando era comandante: a forca.

Josef Mengele

Em janeiro de 1945, poucos dias antes de as tropas aliadas tomarem o campo de Auschwitz, Mengele se uniu a um batalhão de infantaria em retirada. Desse modo, acabou prisioneiro junto com centenas de soldados e conseguiu passar despercebido. Para isso, contribuiu, além do caos após o fim da guerra nas primeiras semanas, o fato de que os aliados identificavam os membros da SS pelo tipo sanguíneo tatuado no braço, o que não acontecia com os soldados regulares. Mengele, porém, sempre prevenido, nunca fez a tatuagem. Conseguiu escapar da Alemanha com o apoio econômico de sua influente família de industriais e se refugiou na Argentina. Lá viveu tranquilamente com um alto padrão de vida como sócio de uma empresa farmacêutica. No final dos anos 1950, o caçador de nazistas Simon Wiesenthal descobriu seu paradeiro graças à ata de divórcio assinada por Mengele, um trâmite que o capitão médico resolveu com sua mulher por carta. Mas alguém conseguiu avisá-lo de que o haviam encontrado e Mengele fugiu para o Uruguai. Lá viveu com uma nova identidade falsa, mas com maiores restrições, num modesto barraco e com a angústia de saber que era perseguido. No entanto, nunca foi preso. Faleceu enquanto se banhava numa praia (provavelmente de um infarto) em 1979, aos 68 anos. Na biografia de Mengele escrita por Gerald Posner e John Ware, os autores relatam que seu filho Rolf foi visitá-lo antes de morrer depois de anos mantendo um intermitente contato por carta. Rolf, por fim, pôde lhe fazer a pergunta que o carcomia desde criança: se era mesmo culpado dos crimes atrozes que atribuíam a ele. Para um filho, era difícil aceitar que seu pai, tão atencioso e carinhoso em suas cartas, pudesse ser esse monstro sanguinário que os jornais relatavam. Quando, por fim, lhe perguntou cara a cara se era verdade que ele mandara executar milhares de pessoas, Josef Mengele garantiu que era exatamente o contrário. Muito convencido e com absoluta frieza, disse que, com suas seleções — em que separava os judeus que ainda serviam para trabalhar dos que seriam assassinados —, salvara milhares de judeus da morte, mandando-os para a fila dos aptos.

Seppl Lichtenstern

Seppl Lichtenstern passou pela seleção de julho de 1944 no campo familiar e o mandaram para o campo de Schwarzheide, na Alemanha. Ali, foi posto para trabalhar na fábrica que obtinha diesel à base de linhito. No final da guerra, os nazistas organizaram uma macabra marcha sem provisões com milhares de prisioneiros de campos que estavam prestes a cair nas mãos dos aliados numa fuga para parte alguma. Foi chamada de "A marcha da morte" porque nessa caminhada forçada, em que as armas eram disparadas na primeira oportunidade, se executava os que desfaleciam à beira da estrada. Morreram milhares de prisioneiros. Lichtenstern faleceu durante esse último gesto de loucura do nazismo e seus restos descansam no cemitério de Saupsdorf, na Alemanha.

Margit Barnai

Casou-se e passou a vida toda em Praga. E, embora Dita tenha emigrado para Israel, as duas nunca perderam o contato. Elas se escreviam e enviavam fotografias dos filhos. Margit teve três filhas. A terceira chegou inesperadamente, quando ela já tinha quarenta anos, e foi batizada com o nome de Dita. Margit morreu jovem demais, com 54 anos. Dita Kraus continua mantendo contato com as filhas de Margit e é como uma tia para elas; veem-se toda vez que Dita visita Praga.

BIBLIOGRAFIA PRINCIPAL CONSULTADA

ADLER, Shimon, *Block 31: The Children's Block in the Family Camp at Birkenau*, Yad.

Vashem Studies XXIV, 1994.

DEMETZ, Peter, *Prague in Danger*, Farrar, Straus and Giroux, 2009.

GUTMAN, Yisrael, e Michael Berenbaum, Michael (eds.), *Anatomy of the Auschwitz Death.*

Camp, Indiana University Press, 1994.

KRAUS, Ota B., *The Painted Wall*, Yaron Golan Publ., 1994.

KRIZKOVÁ, Marie Rút, Kurt Jirí Kotouc e Zdenek Ornest, *We Are Children Just the Same.*

Vedem, the Secret Magazine by the Boys of Terezin, Aventinum Nakladatelství, 1995.

LEVINE, Alan J., *Captivity, Flight and Survival in World War II*, Praeger, 2000.

MILLU, Liana, *El humo de Birkenau*, Acantilado, 2005.

POSNER, Gerald L., e John Ware, *Mengele*, La Esfera de los Libros, 2002.

VENEZIA, Sholomo, *Sonderkommando*, RBA, 2010.

VRBA, Rudolf, e Alan Bestic, *Je me suis évadé d'Auschwitz*, Éditions J'ai Lu, 1998.

Publisher
Kaike Nanne

Editora de aquisição
Renata Sturm

Editora executiva
Carolina Chagas

Coordenação de produção
Thalita Ramalho

Produção editorial
Mônica Surrage

Revisão de tradução
Guilherme Bernardo
Frederico Hartje

Revisão
Leonardo Vianna
Simone Campos

Diagramação
DTPhoenix Editorial

Este livro foi impresso no Rio de Janeiro, em 2014, pela Edigráfica para a Agir.
O papel do miolo é avena 80g/m² e o da capa é cartão 250g/m².